广陵散

郭平 著

江苏凤凰文艺出版社

图书在版编目（CIP）数据

广陵散 / 郭平著. —南京：江苏凤凰文艺出版社，2022.6

ISBN 978-7-5594-6623-5

Ⅰ.①广… Ⅱ.①郭… Ⅲ.①长篇小说-中国-当代 Ⅳ.①I247.5

中国版本图书馆 CIP 数据核字（2022）第 029730 号

广陵散
郭　平 著

出 版 人	张在健
责任编辑	李珊珊　秦宇阳　李　黎
责任印制	刘　巍
出版发行	江苏凤凰文艺出版社
	南京市中央路 165 号，邮编：210009
网　　址	http://www.jswenyi.com
印　　刷	苏州市越洋印刷有限公司
开　　本	880 毫米×1230 毫米　1/32
印　　张	14.5
字　　数	309 千字
版　　次	2022 年 6 月第 1 版
印　　次	2022 年 6 月第 1 次印刷
书　　号	ISBN 978-7-5594-6623-5
定　　价	68.00 元

江苏凤凰文艺版图书凡印刷、装订错误，可向出版社调换，联系电话 025-83280257

但识琴中趣，何劳弦上声

1

青年古琴家周明上音乐学院，是十多年前的事情，而他开始学琴，则又在入学前两年。

周明清楚地记得他是在初二那年的夏天第一次听到古琴的。那天傍晚，周明的父亲带回来一部收录机，这是给周明学外语用的。周明得到这部收录机的那天没有吃晚饭，他把机子抱到自己的床上，把《新概念英语》盒带第一册放进去，反复地听。这套盒带购自外文书店，是原装进口的，发音纯正优雅，周明觉得那两个朗读者的声音简直比一切音乐都动人。

那是个酷热的夏天，屋里根本待不住人，各家连晚饭都是在露天吃的。晚饭过后，还要在室外待到半夜才回到蒸笼般的屋内。周明没有出门，他把英语磁带听了一遍又一遍，直到听见屋外乘凉的人们开始和他父母议论起自己，才把磁带放音停了，转换到收音功能。电台正在播放音乐专题，介绍的正是古琴名家钟鸿秋。古琴的声音几乎是在他聆听的一瞬间就洞穿了他内心中的某种东西。他没有将音量关小，而是把收录机放得离他远了一些，因为他觉得有一座山正在他眼前矗立起来，气息逼人,不得迫近。然后,他听到了有人在空寂的山中伐木,有水流拍击船舷,有一人长久地伫立于山水之旁,长风掠过,掀动他白色的衣袖。

这是周明从未有过的体验,与他第一次听捷克交响组曲《我的祖国》中的《沃尔塔瓦河》时激动得要哭不一样,与听所有其他的音乐都不一样。这一次聆听,让他觉得自己像是随琴音走进了大山之中,内心是空空的,却又是满满的。自己变得极其渺小,却又大得无边,不用力却又有无尽的力气。

这是件什么样的乐器呢?盘腿坐在床上的周明站起身来,他的头顶到了天花板。他记得,就在前几天,他站在床上时,头顶离天花板还有一掌厚呢。

高一那年的寒假,周明第一次见到了古琴。那年他和父母去江城姑姑家,周明是提前一个星期就自己先去的。姑父是个大提琴手,周明很喜欢听姑父拉大提琴。周明的姑父是个相当傲慢的人,周明觉得他把什么人都不放在眼里,但他拉起大提琴时忘乎所以的样子让周明喜欢。周明开始接触古典音乐后,试着和姑父说起一些他听过的音乐,也会提到一些演奏家,比如马友友、帕尔曼。谁知周明姑父对这些在周明看来很不错的名家竟是不以为然的反应,他给周明听一盒录音,也是大提琴曲,是巴赫的。天气很冷,朝北的书房里没有空调,周明的姑父袖了手,闭着眼睛听着。琴声干涩厚重,情感炽热如燃烧的焦炭一般。在将近一个小时的聆听过程中,周明的姑父一直没说话。琴声结束后,他睁开眼睛,看了周明一眼,说:"怎样?"周明不知该如何说出心里的感受,慌乱地点了点头。周明的姑父又说:"有没有兴趣学大提琴,你爸爸说你喜欢音乐?"

周明迟疑了一下,说:"很想学样乐器,不过,好像特别喜欢古琴。"

周明的姑父看着周明,说:"没想到,真没想到。小小少年,竟有这样的喜好,不俗。古琴高啊,连我都不敢说懂得古琴。你说说,为什么喜欢古琴?"

周明说:"我也不知道,说不清为什么。"

"好,这个回答好。"周明的姑父说,"这个感觉是对的,说不清就对了。走,我带你去见一个琴家。我的大学同学,陆近春。陆地的陆,远近的近,春天的春。"

陆近春住在音乐学院一栋破旧的楼房里。这里的住户一家一间屋,厕所共用,厨房都在楼道里,各家的锅灶都在楼道,显得楼道十分拥挤。周明的姑父敲开陆近春的房门,开门的是一位头发花白的中年人,穿一件咖啡色的薄棉袄,见了周明的姑父和周明,说:"我不收学生的,你又不是不知道。"

周明的姑父说:"谁来跟你学琴?我的侄儿,喜欢古琴,带他来看看你,也不可以?"

"是这样啊,"陆近春把周明他们让进屋,"我就怕人来学琴。"

屋子里两只书柜,一张床,一只矮茶几,靠窗一只小琴桌,上面放着两张琴,其中一张琴中的一根弦断了,松垮垮地弯在琴面上。屋子的中间有一只煤炉,用以烤火,排烟管一竖一横支在空中,从气窗通到了屋外。

"你这里暖和。现在用这种方式烤火取暖的人家不多了。"

周明的姑父在矮凳上坐下,"周明你也坐,随便点没关系的。"

周明也在小凳上坐下,他看那张黑黑的像一段老木桩的琴。

陆近春泡了一壶茶,在小茶几上放了三只茶杯,倒出茶来。他和周明的姑父一边说话一边喝茶,说的都是生活的琐事,内容与音乐一点关系没有。周明在一边听,面前的那杯茶他没喝,只是看着那琥珀色的茶汤。

后来他们说起了陆近春的老师顾传松。说他们读书的时候,常会到顾先生那里去听琴,说顾先生可爱得像个天真顽皮的孩子,说顾先生似乎永远只吃馒头,而且每天都要走很远的路去一家小铺子买一种硬硬的焦底馒头。他们每回到顾先生那里去,都要带几只焦底馒头给顾先生,他们喜欢看顾先生看到焦底馒头时的笑容。有一回他们破天荒地给顾先生带了半斤叉烧,原以为顾先生看到肉会不喜欢,谁知顾先生开心得很,说:"馒头就是我的命,可我见了肉,就不要命了。"后来他们说起了钟鸿秋先生。顾先生的琴案上有一只镜框,是钟鸿秋先生的照片。照片上的钟先生穿了件大棉袄,袖手坐在一只大瓦缸旁边。顾先生说,钟先生最爱种花养鱼,冬天最冷的时候,钟先生会陪着金鱼挨冻。这张照片就是钟先生陪着金鱼挨冻的情形。他们在顾先生那儿聊天的时候,说别的什么都没关系,就是不能提钟先生,一提钟先生,顾先生就会不说话。陆近春说:"顾先生想念钟先生的样子,真是感人啊。"然后,他也不说话了。

听他们说到钟先生,周明心里莫名地欢喜,觉得他们在说他认识的一个人似的。

周明坐在那里听姑父和陆近春说话,就在他姑父准备告辞时,阳光突然照进屋里,落在案上的琴上。陆近春站起身,走到琴前坐下,开始弹琴。这是一支很小的曲子,陆近春弹完后,回身看周明:"听过这支曲子吗?"

周明摇头。

"说说,你听到了什么?"

周明看了一眼姑父,又把脸转向陆近春:"我说不好,好像是一个人,在看一些变化,比如山色在四季中的变化。"他只说到此,其实他在说这话时,似乎看到了皑皑的冬雪覆在山上;春天,山绿了,蝴蝶在轻巧的光线中飞动;夏日的山寂静而喧噪;秋天的山变大了,枝上挂着黄灿灿的树叶。但他没有把这些说出口。

陆近春的左手放在琴上,右手在脸上抹了一下,想说什么,又没说,只点了点头。

姑父带着周明离开陆近春家,陆近春送他们下楼。出了门,周明的姑父邀陆近春到他家去吃饭,陆近春拒绝了。"你跟顾先生一样,只爱吃焦底馒头。"周明的姑父说。

陆近春没接周明姑父的话,突然问周明:"你叫什么的?"

周明说:"周明。"

"什么'明'?"

"'日''月''明'。"周明说。

"我忘了告诉你,刚才我弹的那支曲子,叫《四大景》,正是说四季的。这支曲子只剩下《杏花天》,其他夏秋冬失传了。不过,你说得对,春天也可以听到别的季节才好。"

"哦。"周明点头。

陆近春对周明他们说:"就这样吧,我不送你们了。"

周明和姑父走了不多远,问姑父:"我还可以再来吗?"

周明姑父回头,见陆近春正往相反的方向慢慢地走着,喊道:"老陆!"

陆近春回过头来。

"周明问他以后可不可以再来?"

陆近春说:"可以。"说完,往他们这边挥了一下手,转身走了。

周明姑父摇了摇头说:"古琴这东西,太孤独。你想学吗?"

"嗯。想的。"

"慢慢来吧,你不能急,你一急,陆老师肯定不能收你,不急,倒有可能。"

"我不急,不学琴也没关系,不一定非要学,听听,也就很好了。"周明说的真话。

周明姑父拍拍周明的肩膀,说:"不得了,周明,你小小年纪,说出来的话挺吓人的。"

周明不解地看姑夫。

周明姑夫说:"我活了这一大把年纪,才明白一个道理,比音乐重要的东西多了去了。别太把艺术这玩意儿当回事,假如太当真、太执着,会耽误事儿,耽误更要紧的事儿。"

"耽误什么事儿?"

"唉,"周明姑夫叹气道,"耽误活着,耽误吃饭,耽误最亲的人。"

又说:"这个世界,缺了什么都没关系,缺了谁都没关系。

你说得对，不学琴没什么关系，不一定要学。在陆老师家，你出去上厕所的时候陆老师对你的评价不错，说看不出你出口成章。说你将来可能会在文字上有出息。"

周明后来果然以文章名满琴界，但那时他完全没意识到这点，他的心里还在想着那首《四大景》，他其实是想学琴的。

就这样，周明不久后开始随陆老师学琴。每周坐绿皮火车来一次江城，当天再回去。

本来周明并没有进音乐学院学琴的打算，只是把琴当作兴趣来学。因为他的老师陆近春在音乐学院，招古琴学生顺理成章，周明高中毕业的当年便考了音乐学院，成了陆近春老师专业的学生。不过，陆老师此后多年没再招古琴专业的学生，在学校只教"中国音乐学"课。周明曾经问过老师为什么不再招古琴学生了，陆老师说，琴这东西，还是业余弹弹就好了，成了专业，以后吃饭成问题，哪个乐团都不要古琴的。

学院地处闹市，并不大，却因为旧而自有沉静的气氛。学校里主要的建筑，都有近百年的历史。据说这里原先是一间女子教会学校，1949年后成了音乐学院。

周明被分在民乐班，他这届学民乐的学生，统共二十三人，其中还有十人来自其他国家。外国留学生的水平比之国内的学生相差甚远，不仅有的专业课要分开上，文化课也不在一个班。因此，经常在一起上课的也就十三人。这十三名学生中，三名学二胡，两名学古筝，两名学琵琶，两名学笛子，唢呐、扬琴、柳琴、阮各一名。其中女生居多，有十名。只有周明，还有学二胡的季风、学唢呐的徐大可这三人是男生，他们住一间宿舍。

学乐器的很苦，尽管学校的管理并不很严格，但有那么多东西要学，就必得花时间。除了基础乐理和文化课，其余时间，大家都各跟自己的导师学乐器，然后，各自在琴房里练习。算起来，孤独一人在仅有不到五平方米的琴房的时间是最多的。

琴房是周明最喜欢待的地方。他的琴房号是101，这是最大的一间琴房了，为的是能有空间摆下弹古琴用的琴案。琴房里还有一架立式钢琴，很旧，声音特别好。琴房是轮流使用的。每天，周明可以在上午、下午和晚上各用一个小时琴房。在他前面用琴房的是弹筝的余韵，接着他的是吹唢呐的徐大可。

余韵是个漂亮的女孩子。她是从附中升到本科部的，加之上附中时她就得过国内比赛的大奖，学校的老师很熟悉她。在周明的印象中，余韵好像都不怎么开口说话的，和人说话时，她的眼睛安静地看着对方，脸上总浮着一层笑。周明没跟她说话时，很愿意在她不注意时看她的神情，待到果真和她面对面说话了，又觉得这样的神情不大好对待，好像说话是多余的事。他很羡慕徐大可，徐大可和女孩子说起话来，是滔滔地说的，跟余韵说话也是如此。而且他总是能逗得女孩子们笑出声来。后来周明听徐大可说，一般人平常都爱说道理，而人们都喜欢跟爱说故事的人在一起。

周明不知道筝有什么好学的，就那么几个曲子，中学时她们早已弹得烂熟，进了大学本部，还是这些曲子，想想就烦。而古琴有那么多曲子，又难。国内大多数成名琴家，一生也就弹二三十曲罢了。周明平时翻乐谱时，常会对着那些谱子心生遥想，他希望能在四年学业结束时弹下五十首曲子来，可是陆近春先生似乎从来就没在数量上对他有过要求。第一学期，陆老师要求他练基本指法的曲子都是他以前学过的，而且还只是其中的三支小曲：正调的《四大景》《良宵引》和蕤宾调的《阳关三叠》。这些曲子，周明至少都弹了数千遍了。虽说琴曲有百弹不厌的情况，但周明每每翻琴谱时，总不免想去弹《白雪》《欸乃》《离骚》《秋鸿》这样的曲子，尤其是每天听钟鸿秋先生弹奏的这些曲子的录音，更是让他按捺不住要去摸弹它们。可是，陆先生的话他还是听的，他想陆老师这样安排，一定有他的道理。所以，第一学期他每天在琴房里练的，真的仅限于这三首小曲而已。有一回陆老师在周明练琴的时候来到琴房，见周明正在练《四大景》，就坐下来，让周明弹给他听。周明想上午陆老师刚刚听他弹过，也没说什么，为什么下午又专门到琴房里来听。可周明还是认真地弹了一遍。弹过以后，他看陆老师。陆老师弓着背，低着头，眼睛闭着，过了很久才说："琴这东西，大概真不合适在学院里学。关在这么个地方，外面连棵树都看不到，更不要说看到天地，如何能把琴弹得好。《四大景》可不是小意思小曲子啊，它可是要容纳天地四季的。"然后他坐到案前，自己弹了一遍，说，"你听，我也弹不好。琴曲之意，大乎哉！现代人要弹成一支小曲，哪怕是一支小曲，也是很不容易的事情啊。"说了这话，陆近春先生长长地吁了一口气，不再说话。周明和老师就这么坐着，一直到徐大可进来用琴房，谁也没说话。离开琴房的时候，陆老师对周明说："曲子的架子你早就搭好了，音准、节奏都没有一点儿问题，只是琴的滋味还缺。这大概不是靠弹琴本身能解决的问题。如果你觉得弹得不得意，可以少弹，或者可以不弹，到图书馆看看书，翻翻古人的画册，或者出去玩玩，交交朋友。成天这么练，或许会离琴意越来越远的。"

那天，周明跟陆老师还有徐大可一起到校外的一家小火锅店吃火锅。在那里，他们碰到了余韵和另两个女生。陆老师认识她们，对其中一个名叫谈丽的女生尤其熟悉。因为谈丽的爸爸也在音乐学院工作，是学校车队的队长。

见了陆老师，三个女孩子都站起来致意。陆老师见了女孩子，特别高兴，说："好了，今天我们吃火锅，可是有人买单了。"

谈丽说："真的！今天是季风请客，这个火锅店是他爸开的。"

"季风人呢，他自己怎么没来？"陆老师问。

"他啊？做家教挣人民币去了。"

徐大可拉过边上的桌子，两桌并一桌，几个人坐下来。得知陆老师来了，季风的爸爸——一个剃着寸头戴一根粗大金项链的男子——过来跟陆老师打招呼，说想不到陆大师光临小店。

谈丽说："你认识我们陆老师啊？你知道古琴几根弦吗？古琴不是古筝哦。"

季风的爸爸说："嘿，你小看叔叔了。古琴，不就是诸葛亮和林黛玉弹的那种琴吗？五根还是六根弦的，七根啊？反正比古筝的弦少。音乐学院谁我不认识？上至书记院长，下至门卫保安，就没有我不认识的。你爸谈德国，车队长，你妈在校医院，对不对？我跟你爸以前是球友。你妈跟你爸谈对象时有个老师想插一杠子,这个人是谁我就不说了,被你爸打得满地游。音乐学院的事我知道得太多了!吃吧吃吧,菜还行吧?陆老师喜欢吃什么你们多点。这位是余韵吧?漂亮,真漂亮!你们吃,你们吃。"

几个人吃完了,离开火锅店,季风的爸爸送到门口,说:"欢迎大家常来,有什么想不开的,吃火锅,火锅能解决一切苦恼。"

吃火锅的过程中,陆老师几乎没说什么话,但周明记得送陆老师回家时陆老师对他说:"余韵这孩子,很难得。不过,好像有些摸不透她,不知道她将来会是什么样子。有的人,一眼就知道将来会是什么样,比如你,以后跟现在大概不会有太大的差别。有的就不同了。"周明不明白陆老师为何会突然说这话,因此,也就不知该如何回应。

而陆老师接着说的一句话,更是让周明不知所以了:"人啊,财富、美貌,还有才华,弄得不好,就是一个肿瘤。"

陆近春两年前收周明为学生,他教得很快,周明学得也很快。那两年中,周明共学了十二首琴曲,难度最大的是《潇湘水云》。陆老师说,这样的曲子本来不适合这么早就学,但要考音乐学院,没有一定的难度不行。五个评委中,只有他一人懂琴,其他老师对琴几乎一无所知,如果只弹到《忆故人》这样的难度,想上音乐学院是不可能的。其实,琴和其他乐器大不一样,考生即便是弹一曲小小的《良宵引》,也是可以轻易分辨出水准来的。考试的时候周明按老师的要求弹了《潇湘水云》,十二分钟的曲子,一音未错,堂堂正正。考官中教筝的老师当时就叹息道，琴到底不一样，这才是中国文化的代表。入学专业考试，周明得到的是最高分。然而入学之后，陆老师要求周明把先前弹过的所有大曲都停了。周明按老师的要求，不再弹大曲，其实这些曲子他始终也没弹出心得来，每回轻重疾徐地弹大曲，周明总觉得弹得越熟练，离曲子的意思反而越远。周明接触过一些弹琴的人，包括陆老师的同学、也是当今古琴大家的冯子铭、余以怀等先生以及他们的琴弟子。每回见面，大家都夸周明的琴学得快，超乎寻常的快。一般学琴者在这样的时间里能弹到周明三分之一的数量就算很不简单了。但陆近春不止一次地对周明说过，学琴快，并不是件好事啊。琴这东西，倒是学得慢没坏处的。进入大学后的第一次课，陆近春先生并未开始教周明弹琴。周明记得很清楚，陆老师带着他乘坐公交车到郊外。他们在终点站下车后，周明发现这里寻常得不能再寻常，一些被收割过的稻田，稻田旁边正在进行建筑施工，有座称不上山的山平缓地起伏了几下，上面长着些低矮的马尾松，再就是杂草和灌木了。两人走到山顶上，陆老师四下里看，说，有这样的地方，也算是稀罕了。周明不知道陆老师带他到这里来做什么，这里真的没什么可看的，哪怕有一座废弃的塔也好啊。陆近春在草地上坐下，说，顾传松先生以前带他来过这里，春天风大起来的时候，顾先生喜欢到这里来放风筝，顾先生是做风筝的高手。然后陆近春从包里取出两只风筝，一只只地放到天上。他说现在的风筝质量好，材料轻，什么样的天气都能上天的。很长的时间里，周明就这么仰着脑袋看天上的风筝，一直到中午，太阳很高，晒得人昏昏然了，陆老师才收了线，和周明吃带去的面包。吃完面包，陆老师收拾好风筝，和周明回城。在公交车上，陆老师开口说了话，他说："周明，你的琴可以放一放，要弹，也只弹些简单的小曲。你选修的是什么乐器？钢琴。好，那你可以多花些时间学学钢琴。琴先放一放。你现在弹得太熟，你会弹，这时就不要弹，等你哪天觉得自己有些不会了，再开始弹起来。"陆老师这话是公交车已经进入闹市区时说的。车上的人很多，陆老师坐在周明前排的车座上，说得又断断续续，周明听起来有点吃力，但基本上都听到了。下车后，周明走在回学校的路上，想着老师的话，心里一片糊涂。他回到宿舍，离吃晚饭的时间还早，宿舍里只他一个人。周明不知道该干什么好，就站到窗口往外看。窗口朝西，外面不远处是一座高楼，这是学校的老师公寓，里面传出不少琴声，一听就知道都是到教师家学琴的小孩子弹出的。音乐学院的老师都收业余学生，成天忙到晚，挣钱颇多。学校里不收学生挣钱的老师，大概只有陆近春一人而已。好在这地方究竟都是些有文化的人，对有本领有学问的人，至少在面子上是尊重的。加之有本领有学问的陆近春向来不和别人争任何东西，这种尊重就来得格外容易。不管是老师还是学生，在路上见着陆老师，都会停下来和他说几句话，把学音乐的人特有的莫名其妙的傲慢暂时搁下。陆老师其实是很爱和人说话的，这与当初周明第一次跟着姑父去见陆老师的印象很不一样。但是，每回只要有人当面提及介绍学生跟陆老师学琴的事，陆老师的脸便立即现出苦难之色，然后言语神情都生硬地拒绝，弄得气氛很不好，反倒是旁人来安慰陆老师，请他别为难，只是随便问问的，不教没关系。话虽这么说，人们背后说起陆老师可又是另一副口气态度。有一回，周明去市图书馆参加一个琴会，本地和外地都有琴家来弹琴。这样的琴会，陆老师是从来不参加的，但他并不阻止周明去听琴。多听听总是好的，陆老师说，各种声音都有听头的。周明知道陆老师其实并不太喜欢他去参加琴会，但他还是忍不住听别人弹琴的欲望，一个人去了。参加琴会的人不算多，不超过五十人。其中多数是来听琴的，弹琴的有八人。琴会正式开始之前和中间休息的时候，人们在一起说话，提到了陆近春。北京来的冯子铭先生是当今的著名琴家，穿得很规整，挺热的天，白衬衫上还打着领带。他和别人说起陆近春时，说："陆兄真是怪啊，古琴如此萧条，他老兄也不出来做点事情。这也是一种自私吧。"

  这话让周明听了很不舒服。琴会开始之前，电视台的人来采访冯子铭，冯子铭很熟练地站在摄像机前，扶了扶眼镜，脸上一副亲切模样，说："这样可以吗？"记者说："很好，冯先生真上相。"记者刚问了一个问题，冯子铭正要说话，他口袋里的手机响了。是一个信息。冯子铭看了，笑，把内容念出来给大家听："想和美眉约会吗？保证让你一夜销魂。哈哈，看来我挺有艳福嘛！"大家也都跟着笑。周明想这位先生倒是挺潇洒随意的，只是他觉得这种潇洒未免低级做作。以至于他在听冯子铭弹琴时，也觉得他的琴并非是让人听的，而是让人看的了。周明把眼睛闭起来听他的琴，琴音细腻精确，却听不到弹琴者的心思，或者说那心思是空洞乏味的。听了不久，周明就开始走神，他想起了余韵弹筝时的样子和她手下的曲子。余韵弹筝的时候松弛安静，不像其他弹筝的人，身形摇摆，手势花哨。她的《寒鸦戏水》弹得最拿手，周明特别喜欢听她弹此曲。刚入学不久，学校组织了一些学生去欧洲访问演出，有西乐也有民乐。周明这一级学生中，只有余韵和徐大可去了。徐大可回来说余韵的演出得到了最高的评价，可以说是轰动。周明问余韵在国外弹的是什么曲子。徐大可说正式曲目是《战台风》和《渔舟唱晚》，因为往往谢不了幕，又加演了《打雁》。周明很是遗憾，说："怎么没弹《寒鸦戏水》呢？"徐大可说："这你就不懂了，给外国人弹中国乐曲，就是要有鲜明的形象。《寒鸦戏水》有什么好，空空的，别说外国人，就是我听，也觉得不知所云。《战台风》那么有变化，外国人听了，都说不可思议。"见到余韵，周明向她表示了祝贺。余韵却没表示出任何兴奋来。周明说："如果弹《寒鸦戏水》就好了，我觉得你弹这支曲子最好。"余韵说："我也这么想，可是领队说《寒鸦戏水》有点空，形象不鲜明。"周明说："中国古代音乐的高境界，其实往往会给人空的感觉，不过这个空不是空洞，而是空灵。"说了这话，周明为自己高兴，因为他觉得自己说得有些水准。可余韵却说："你说得太玄了，我还到不了这种境界，只是觉得弹这支曲子心里舒服罢了。"

周明想，余韵的性格真是让人琢磨不透，总是这么淡淡的，也不知道她心里到底在想些什么。

同宿舍三个人中，季风的日子过得最好，社会上学二胡、古筝的人多，音乐学院的老师根本应付不过来，有人找上门来要求学乐器了，老师就会让学生去教。季风刚入学不久，就带了五个小孩子学二胡。一次课一小时，一次八十元，一个星期五小时，就是四百元，一个月下来就有一千大几的收入。后来学生就更多，季风忙得要命，琴房的使用时间不够，就来和周明商量租用他的琴房时间。周明当然不好拒绝，但他并没有收季风的钱。这样一来，周明练琴就只好到宿舍。相比于琴房，周明倒更喜欢在宿舍里练琴，房间里东西多，似乎更有生活气息，不像琴房里空荡荡的，叫人有时候不知道该如何打发无聊的情绪。不想弹琴的时候，周明就坐在或干脆躺在床上看书，在自己的床上看书，比在图书馆看书的状态也要更好些。周明读得较多的是中国古代诗文，这是他喜欢的，也是陆老师希望的。但有时周明会去看季风床头的杂志。季风不大读书，几乎只看杂志。他看的都是些时尚杂志，还有一些人体摄影。周明对时尚杂志不感兴趣，而人体摄影画册经常被他"偷看"。有一阵子周明几乎无法抑制自己看人体摄影画册的冲动，只要宿舍没人，他就坐在季风的床上看这些精美的画册。不仅如此，连他弹琴的时候，他也会走神，想起画册上清晰美丽的女子，想着想着，会发觉她们变得模糊起来，于是，便丢下琴，再去季风的床上复习。这样的状态后来终于让周明对自己担心起来，他放弃了在宿舍读书，恢复了去图书馆。让他去图书馆读书的更重要的原因，是余韵经常在图书馆阅览室看书。周明到图书馆，可以见到余韵。

　　在图书馆里，周明发现其实并不是他一个人留意余韵，有不少男生都对这个弹古筝的女生有好感，而且，他们比周明主动大方得多。有些男生借了书，就在余韵身边的座位上坐下，有一茬没一茬地找些话来说，甚至有男生毫不顾忌阅览室有其他人在座的情况，向余韵发出一起看电影或吃饭的邀请。男生来说话，余韵并不拒绝，脸上有恬淡的笑意，话语和缓地与之说几句，但吃饭和看电影的邀请总是被她婉拒的。余韵不卑不亢有礼有节，却是对男生热情的最严酷打击，以至于后来男生们对她都失去了兴趣，背后说她是无滋无味的木头美女。只有徐大可坚决认为余韵是个内热外冷的女孩，他对周明说："如果被余韵接受，把她的内心激荡起来，那她的潜力不可估量，要比那些看上去浪漫有风情的女生来劲得多。"

周明在寒假期间见过一次余韵。那是大年三十，下了雪，周明在家无事可干，忽然想起可以去龙吟寺走一走，就去了。

龙吟寺在东郊，是江中的一座小岛。坐公交车到终点站下车以后，再坐轮渡过江才能上山。这地方周明来过多次，都是和同学、家人一起来的。岛不大，游人却多，因此每回的玩兴都被喧闹打了折扣。这次来，一定是大年三十的缘故，渡轮上竟然只有他一人。上了山以后，周明也没看到其他游人。地上的雪积得有脚面厚了，粉粉的，温柔得叫人舍不得踏脚上去。上山有两条路，往左可达寺庙，往右则是盆景园和碑林。走到山上，这两条路又是可以汇合的。周明站在公园大门内两边看了看，左边一条路上的积雪已有脚印，周明想这或许是早起的和尚或公园的工作人员踏出的。右边一条道则雪面完整纯净，尚无人践踏。于是周明选择了走右边这条道。

盆景园空空的，大概是怕植物被冻坏，大多数盆景都被搬进了暖房。暖房的门关锁着，周明隔着被暖气弄得模模糊糊的玻璃墙，能大致地看到里面放着的盆景。碑林里的石碑都嵌在回廊的墙壁上。院子里有假山和蜡梅，都积上了雪。蜡梅早已过了盛开的时候，但还有一些黄色的花从雪中透出。壁上的石碑从六朝一直到清晚期的都有，周明一一地看。他还从来没这么细致地看过这些石碑，此时一人独享，逐字品读，它们便都像是会说话似的。但是碑上的文字毕竟远离此刻，逐字地读也未必真的能够进入。这让周明为自己沮丧，他发现自己很难凝神去体会什么了，做任何事情时，他都仿佛身在别处。看了不到一半石碑，周明又回头再读，他想这回他可以找一个与琴有关的主题来集中注意力。因为有了目标，周明的阅读变得快速高效起来，他很快地通读了全部石碑，并统计出这里的石碑上共计有七十八处直接写到"琴"字，未直接写"琴"字而以"丝桐""绿绮""焦桐""七弦"等表示琴的有十二处。这个数目是相当不小了。周明于是快活起来，古代的人，不论是达官、高士还是清寒的书生、僧侣，他们的话语、心思中，多是有琴的。

在出了碑林往山上去的小路上，周明碰到了余韵。

那段路极窄，最多只可容两人并行，路的一边是山壁，另一边是峭壁，再过去就是苍茫的江流。当时周明正走到半山的一处平台，立住脚歇息，一边观览江景。听得山上有人说话的声音，扭头一看，是余韵和一个男的一起往山下走。余韵穿的是一件白色的长羽绒服，和那人手牵着手，很亲热的样子。那人周明是认得的，是钢琴系大四的高才生哈维。哈维少小成名，在才子成堆的音乐学院也是佼佼者。因为他得过国际性赛事的奖，因此独自享有一间琴房，这让许多学生不满，加之哈维生性傲慢几乎不和任何人来往，就更没有人缘。学校有好几个学生室内乐小组，哈维喜欢室内乐，但就是没人愿意和他一块儿演奏。不过，他的才华还是受到一致公认的。有一回哈维在学校音乐厅开音乐会，周明原来也不想去的，在食堂吃饭的时候他听到余韵跟女生说起了这场音乐会，说她想去听听，周明就去了。哈维的音乐会分上下两场，上半场是古典名曲，下半场则是他自己创作的几支曲子。其中一首爵士风格的曲子《落英》给周明留下相当深的印象。哈维是个长着一头鬈发的瘦高个，戴着黑边板材眼镜的脸如刀削一般。他在演奏会上始终没说一句话，一上台就弹琴，最后只是在掌声中鞠躬谢幕。因为来听他音乐会的人不多，掌声也就稀稀拉拉，而且，也没有像别的同学开音乐会那样有人上台来献花。但这种清冷的音乐会倒是让周明有点感动，他也真的从哈维的音乐中听出了一些东西，一种孤独和一些苦涩的梦。余韵当然也是去听了这场音乐会，周明是在中场短暂的休息时看到了坐在后排座位上的余韵。

在龙吟寺山上的相遇，周明和余韵都觉得意外。但余韵和哈维很快就走过了周明身边，周明也拾级而上，踏着他们踏过的雪往山顶走去。周明和余韵擦肩而过时，看到了余韵眼中的一丝不自在，而周明则觉得自己的脸热得厉害。哈维大概是不认得周明的，他在经过周明时，眼中是习惯性的冷傲一瞥。这让周明心里不快，于是余韵和哈维手牵手给他的不快加上这个傲慢的钢琴手看人眼光的无礼带来的不快合并在一处，让周明陡然地觉得眼前的美景尽皆成了对他的一种蔑视。

周明升至大二时，哈维毕业去了美国。余韵继续她的学业，依然是平平静静，好像一直都是这样清淡。但自从有了那次山上的偶遇，余韵对周明的态度明显有了不同。周明在图书馆阅览室看书时，余韵会主动坐到他旁边的位置上，时不时地还会侧过脸来问周明看的是什么书。离开阅览室时，两人会一同走，随便找些话来说着。周明发现余韵很爱说话，她也像其他女孩子一样，喜欢逛街啊时尚啊一路的事情。他们聊得更多的是阅读。周明发现余韵读的书很多，但周明发现只要他试图就他们共同读过的某一部书展开讨论时，她却并无兴趣。她说："读书这事情，好像看风景一样，还是不去评论才好。包括人也是一样，我不喜欢议论任何人。我只是爱听故事。"谈到音乐的时候，余韵说她并不很喜欢弹筝，也不真喜欢音乐，她觉得她弹了这么多年筝，早已经没什么好弹的了。余韵的热情不在书和音乐而在生活的种种方面，这大大出乎周明的意料。但在周明失望的时候，他又立即发觉余韵说的是真实的想法。余韵和周明同样来自润城，他们会说起故乡的一些事情，饮食、风景等等，周明更多地会说起家人和同学，而余韵从来不提她的家人。

大二第二学期快放暑假的时候，天已经很热了。周明在学校看到一张音乐会海报，是哈维回国演出的消息。海报是黑白的，做得很有力量。哈维扶琴的照片被电脑处理成木刻效果，他的头发已经长得披到肩头，戴的还是那种板材眼镜。周明看过海报，正准备去食堂，却见余韵走过了布告栏。周明叫住她，用大拇指指着海报说，哈维回来开音乐会了。他说这话的时候不知怎么的有一种心照不宣的俏皮，谁知余韵脸色一下子变了，说，谁是哈维？我不认得这个人。周明一下子没反应过来，看着余韵远去的背影，愣了半天。

后来周明才想到，余韵与哈维大概是分手了。

这件事给周明相当大的影响，至少，在他的琴中有了反映。周明正是在大二时突然觉得自己的琴有了变化。那些弹得纯熟的小曲，此时再弹，心里会生出很多不同的内容来，尽管这些内容肯定不是制曲者原来的意思而大多是周明自己的心理。陆近春听周明的琴，也有这样的感觉。他说，周明你的琴长了，可以学新曲了。

2

对于周明来说，徐大可是个超人。他常常想，他从徐大可那里学到的东西大概要超过从别人那里学到的总和。

周明很安静，喜欢一个人待在哪里，躺着，坐着，发发呆，想些什么。照徐大可说周明的："你把青春都想老了。"事实上徐大可比周明更爱想事情，只是他想事情的时候并不闲着，一边做着各种事情一边想事情。他曾经对周明说："看上去你在思考，其实我敢断定，你的脑子只是在原地打转转而已，你的思想不仅没改变你的选择，就连思想本身也没有任何改变。不能改变生活选择的思想，那都不能叫作思想。"

读大学时周明和徐大可住一个宿舍，但周明很少在宿舍碰到徐大可。徐大可总是在外面忙，忙各种事。也很少去琴房练唢呐。徐大可说过不止一次，他的唢呐在入学前已经达到登峰造极的水平了，大学期间吃老本就够了。这话并非无稽的夸口。徐大可的唢呐当真是神乎其技，把唢呐那种大悲大喜、悲中带喜、喜中含悲的境界完全表现了出来。大二时，徐大可偶尔听到周明弹《普庵咒》，说这个曲子可以改编成唢呐和乐队，并且，不久后真的写出了唢呐与管弦乐队的《普庵咒》。写好以后，徐大可和周明拿去给作曲系的老师马风子看。

马老师说："唢呐？唢呐演奏佛曲，太俗了吧？"

"好东西，在我看，都是凡圣并举的。"徐大可说。每每在关键时刻，徐大可说出的话都会有不同凡响之处，这一点，周明领教得太多了。

果然，马老师同意徐大可吹一段《普庵咒》。徐大可拿起唢呐刚吹了一小段，马老师就大叫一声："绝了！我来弄一弄，管弦乐部分太粗糙了，整个要重新弄。"

此后，就是马老师专门为徐大可调整这一首曲子了。按马老师的话，此曲必将载入史册。

在第一次演出之后，这一首曲子立即名满天下。照说徐大可也扬名立万了，但他对此并不以为意。他对周明说："这算什么啊？我的格局、我的世界哪里是这一首曲子可以规范的！"

徐大可的话，周明深信不疑。徐大可在生活中的表现经常让周明佩服得五体投地。比如唢呐与管弦乐队的这曲《普庵咒》，马风子老师赚得个名扬天下盆满钵满，对唢呐演奏者徐大可也未忘记。他多次表示要给徐大可一些费用，算作版权费，而徐大可分毫未取。徐大可说："这首曲子从创意到作曲，都是您的才华和心血，我只是照谱吹吹而已。不是我，别人吹也没问题。钱我就不要了，如果哪天我急用钱了，您再接济我一下，您看如何？"

几乎是在第一次见到徐大可那天，周明就被这位同学给吸引住了，然而，究竟徐大可什么方面吸引了他，他又想不明白。

那天，周明是一个人到学校来的，拉着新买的行李箱，可能是质量问题，箱子在校园里拉着的时候掉了一只轮子，于是周明只好扛着箱子走。周明报过到以后，扛着行李找到宿舍，铺好床，感觉到无所事事，就坐在床上，找出本书来看，窗外人来车往，声音嘈杂。周明哪有心思看书，不时地看窗外。音乐学院多俊男靓女，报到这天来送子女的豪车载着这些天之骄子挤满了学校的院子。每个人好像都中了大奖似的播撒着他们的喜气，还有就是风华盖世的神情。这让周明觉得自己浑身上下满是沉闷的暮气，觉得自己与这个充满艺术和青春气息的地方似乎没什么关系。

正发着呆，一个人肩扛手拎着行李进了宿舍。此人大头大脸，身板壮实，眉毛宽而黑，像两把刷子，眼睛黑亮。穿白色的汗衫，肥大的短裤，脚下是一双拖鞋，腿上是浓重的黑毛。

他看了看床上贴着的写有学生姓名的纸条，把行李扔在"徐大可"的床上。然后转过身，伸手给周明："你好同学，我是徐大可，吹唢呐的。"

周明起身跟他握手，说了自己的名字，说："我还以为你是哪位学生的家长呢。"

徐大可哈哈大笑："你多大？十八。我其实也十八，但是看上去像他妈三十八。生活啊，是生活把我折磨成这样的。你肯定不记得我，可我记得你，艺考时你就是我前面的一个，我在你后面，听你弹过琴。"

接着徐大可问周明要不要跟他一起去几位老师家走一走，

说学校本来不一定要招唢呐学生的，一是唢呐老师快到退休年龄了，二是这个专业现在不大吃香。后来看他的情况比较突出，算是有点破例招了他，所以要去谢几位面试的老师。他带了点土特产的。

"都是我们那儿的煎饼，不值钱，礼轻情义在，礼多人不怪。我知道很多学生都是用重礼孝敬老师的，送宝马奔驰的都有。我送不起，但煎饼它也是个稀罕对不对？"

周明说："我不去，我什么也没带。"

"你没送过礼？"徐大可说，"厉害。走吧走吧，老师也是人，一日为师终身为父，头一天进校理当去拜访请安的。碰巧的话会有老师留我们吃晚饭，多好。"

周明心里很不情愿，觉得这么做太社会了，但是后来还是稀里糊涂地跟在徐大可后面去了三位老师家。每到一家，徐大可就从他那只不知哪年产的老行李包里掏出一卷煎饼送给老师，并无一例外地被愉快接受，每个老师都留他们喝茶。除了老师问周明什么，周明始终找不出话来说，而徐大可与他们海阔天空相谈甚欢，从江南梅雨说到曲阜孔庙里的老柏树，从拳王泰森说到大提琴天才杜普蕾和马友友的差别，从火葬场农民乐队音不准的问题说到肯德基的鸡究竟几天就长成。整个情形，仿佛徐大可跟这些老师已经是几十年的朋友。天快黑时，他们去了教古筝的程昭老师家，程老师跟他夫人对徐大可喜欢得不行，说教了那么多年学生，还没见过这么通透的，非要留他们吃晚饭喝酒。徐大可也不拒绝，问："什么酒？"程老师说："你说吧，什么酒，要什么酒我这里有什么酒！"徐大可说："我也不是要喝什么好酒名酒,要喝我只喝白的,而且要高度的,低度的我不喝。"

结果,那一晚上程老师跟徐大可称兄道弟,喝了两瓶53度的白酒。两瓶酒,周明只勉强喝了一小杯,其他的绝大部分被徐大可抢着喝了,周明知道这是他照顾程老师,因为程师母不断地提醒徐大可程老师的血压高。最后,徐大可被周明半拖半扛地弄出了程老师家,程老师则扶着门对着下了楼梯的徐大可喊:"再来啊再来啊,4幢,5单元,602室啊。很好记,4,5,6。"

回宿舍的路上,徐大可的一只拖鞋坏了,他干脆甩了拖鞋赤脚走。他对周明说:"你懂吗?唢呐怎么才能吹好?我告诉你诀窍啊,怀要敞着,脚要光着,头要昂着,鸡巴要挺着。"

见周明不说话,徐大可说:"喂,兄弟,你也说说你的诀窍啊,古琴怎么才能弹好?"

周明被他一问,一下子竟不能回答。他问徐大可:"你醉了还是没醉啊?"

"酒是有点多,但还没算醉,"徐大可说,"我醉了就会骂人,如果以后我喝过酒开始骂人了,你最好赶紧溜。"

"你好像很爱喝酒。"

"是啊,我们那里产酒,都爱喝,玩笑话说,我们那儿的麻雀都能喝二两。"徐大可说,"你还没回答我问题呢。"

周明想了想说:"这个问题古人说过的,许多琴谱在总论中都说过,左手吟猱绰注,右手轻重疾徐。更有一般难说,其人须是读书。"

听完周明解释了一番之后，徐大可说："古人说得明白，很到位了。只是这'读书'二字，在我看，还不是讲读书本之书。"

"那是什么书？"

"生活啊，生活这本大书啊。"

"这是你自己想的吧？"

"我自己想的？不是。也是古人的意思。"徐大可拉周明在一个台阶上坐下，对周明说，"'半亩方塘一鉴开，天光云影共徘徊。问渠那得清如许，为有源头活水来。'朱熹的，你应该熟悉吧？好，这首诗的题目是什么？《观书有感》，题目你都没注意，不应该。它说的并不是一个池塘，而是书，书方方的，像一面镜子，怎样才能一直清澈呢？要有源头活水。源头活水是什么？是天光云影大千世界，是生活。"

周明吃惊不小，他没想到这首诗应该如此解读，更没想到面前这个粗刺刺的吹唢呐的同学竟然有如此精到的理解力。

当然，这是周明当时对徐大可的印象，在随后与徐大可成为同学、朋友的时间里，他发现徐大可其实没读过多少书，至少比他读的书少得多，但徐大可依然持续地让周明吃惊的原因是他能真正读进去书，可以说是"过心不忘"。

两人坐在台阶上聊着天。这里是一个小山的半坡，背后是学校的图书馆，从这里能同时看到学生宿舍和教师宿舍。周明能看到陆近春老师家亮着灯的窗户。音乐学院到处都是音乐声，各种乐器的声音，钢琴、小提琴、二胡、长笛、巴松、圆号等等，还有人练美声的嗓音，在夜幕中萦回。

徐大可说:"人和人的命真是太不一样了,就这么吹吹唱唱,就可以体体面面地活着。在我家乡,会乐器的都是草根,结婚、死人的时候吹个唢呐敲个锣混点小钱,平常还是要干农活的。"

"你家在农村?"

"是啊,"徐大可说,"我们那里的人,连古琴、巴松长什么样都不知道。我能上大学,也算是老天开眼了。所以,要拼命努力才行啊。周明,你毕业后打算干什么?"

周明说:"这才上大学,没想过这样的问题。"

"都上大学了,这样的问题还不考虑?那你上大学的目的是什么?"

"什么目的?不就是把琴弹弹好吗?"

"此言差矣!"徐大可说,"埋头苦干怎么行?必须得抬头苦干。否则把车拉沟里去也未可知。"

"那你说说你上大学的目的是什么?"

"多挣点钱,过上好日子,娶个好老婆啊。这就是我的目的,也应该是所有人的目的。问题的关键在于怎样才能多挣钱。你想啊,这世界什么事最能挣钱?你不能不想,世界是大家的世界,每个人都有惦记的权利。我想过的,军火、毒品、古玩,还有土地,这是最挣钱的,再有就是当官了。军火我玩不了,毒品不敢玩,当官我没有后台,那么,只有古玩一条路了。古玩要么是有家传宝贝,要么有大本钱买了再卖,要么是捡漏。按我的情况,只有捡漏一条路。我先积攒一些钱,一百块买,然后一千块卖,一千块再买,一万块卖出,一万块买,十万块卖出,这样不就滚出钱来了?"

周明听了笑:"你挺爱天方夜谭的。"

徐大可说:"我信仰现实主义,决不胡思乱想。你知道吧,我们那儿的猪槽,石头凿的,喂猪的,在我们那儿遍地都是,不值钱,现在有城里人来收。我收了不少堆在屋子旁边,出手十只,一年的学费和生活费不就来了?放假回去我准备继续收,还有我们那儿的旧榆木家具、老榆木门板,也有人要。"

"这就是你上大学的目的?如果你要收旧货卖,完全可以不必上大学啊。"

"不一样,上不上大学不一样,至少我非常爱音乐。你不知道每回站在旷野里,大风一起,无边的高粱在风中起了波浪,火红的夕阳火红的云,还有寒冷的冬夜,苍穹上孤独的星星,辛苦沉默的父母,贫穷像一把刀子,每一个时刻都在剜你的心。每天我都是在田里练唢呐的,无论我有什么忧愁,只要唢呐一响,就什么忧愁都没了。唢呐就像狂风一般,可以吹散满天的乌云,会让悲伤奔流起来变成欢乐。我想到大学里多看看,到城里来多看看。我想在这里吹唢呐,我想跟摇滚乐队合作,想和交响乐队合作,想在最牛的歌手演唱时给他们吹唢呐。这个世界需要唢呐,需要狂风和旷野。"

周明听徐大可说这些,心里也像起了狂风和波浪似的。他想起了自己的古琴,想起自己弹过的琴曲,想起了钟鸿秋先生的录音。他突然意识到自己的琴音中是没有狂风和旷野的,而钟先生的琴音中分明有。

那次周明跟着徐大可拜访的老师中并没有徐大可的唢呐老师胡天佑,周明问徐大可这是为什么。徐大可说,胡老师脾气有些古怪，不愿意见人。来江城考专业时他提出去胡老师家，被不容分说地拒绝了。

徐大可说："听说胡老师是音乐学院最穷的老师。有钱的老师都买了房子搬出音乐学院了，只有穷教师还住在学校的集体宿舍。"

"我的古琴老师也住在学校。"周明说，他指了指前方，"就是篮球场边那个三层楼，我老师住在三楼最西边的那间。只有一间房间。也很穷。"

"我们俩都是穷苦出身。哈哈。"徐大可说，"不过古琴很贵。"

"你怎么知道？"

徐大可说："这谁不知道？"

"我老师家的那张琴，宋代的，据说值一千万。"

"你老师叫什么名字？陆近春？那你老师不算穷，什么时候过不下去了，把琴卖了，立马就是富豪。"

周明说："陆老师不可能卖他的宋琴的，琴是他的命。"

徐大可摇头道："唉，又是一个把不是命的东西当命的。"

"什么意思？"周明觉得徐大可话里有话。

徐大可没有回答周明的问题，他皱着眉头看一只在空中飞旋的苍蝇，说："能这么飞的东西，简直就是神。"

周明看着徐大可，说："你不大像农村来的。"

"此话怎讲？我当然是农村来的，地道的农村人。"

"你懂的东西很多，有些东西不像农村人熟悉的。"周明说，"你爸妈是农村人？"

徐大可说:"是啊。我上中学时在报纸上发表过一篇散文,写一头骡子的命运,不是农村来,哪里能写骡子?我有一个理想,写一部小说。"

"你准备写什么?是不是关于爱情的?"

徐大可说:"我还没爱过呢,怎么写得好爱情?我想写的是友情。写爱情的很多,写友情的太少。你想啊,不论是古代的四大名著,还是后来的小说,有写友情写得好的吗?像伯牙子期高山流水遇知音的那种事情,多令人向往啊。"

"那应该是古代题材了?"

"当然。"徐大可说,"写小说要有生活依据,现在哪还有伯牙子期那样的事?只有古代有。你看古代那些诗,写友情的赠别诗特别多。'故人西辞黄鹤楼,烟花三月下扬州。孤帆远影碧空尽,唯见长江天际流。'你想象一下啊,把孟浩然送到江边,孟浩然弃岸登舟,乘船而去。李白就一直站在码头上看着。古代的船又没有发动机,一下一下摇橹摇到孤帆远影碧空尽了还站在那儿,这是什么感情!"

"是啊,古代读书人,要么游学,要么游宦,往往到处走,会遇到有共同命运理想的人,就会有深刻的友情。朱光潜先生还专门写过一篇文章谈这事。你准备写李白、杜甫这样的人吗?"

"我还没开始写呢。你现在问我,我倒是有一种感觉,我想写两个从小一起长大的好朋友,他们的性格不同,命运不同,后来他们中的一个当了大官,一个一生在乡下种田。但是他们是一生的挚友,有托孤之谊。"

"太好了,"周明说,"有追求真好。除了弹琴,我就没有想过自己究竟要追求什么。"

徐大可说:"那不行,要有追求。你可以追求女孩啊。毕业的时候,左手一只鸡右手一只鸭,背上还背着一个胖娃娃。多好!"

3

周明第一天见到徐大可就对徐大可产生了深刻的印象,同样,周明也给了徐大可不同寻常的好感。他几乎一眼之下就对周明有了好感,城里人,学霸,书读了不少,经历根本谈不上,善良、纯粹、敏感、有点脆弱,但也说不定。或许又很有韧劲,特别是最后这一点,是徐大可特别看重的,至少周明身上的平静和从容是徐大可很少见到的。毫无疑问,这个瘦弱、白皙的同学成长于一个普通而幸福的家庭。这样的人特别靠得住。

徐大可说周明把青春都想老了,实际上,这是他对自己的一种理解,他从没见过任何人在他这个年龄有那么多思虑,只是他平时总是用一个又一个事情让自己被时间与事务推着走,他一旦停下来,脑子里就会乱得一塌糊涂,斑驳而火热的混乱,他觉得自己早晚一天会被这些思虑给逼疯。这些思虑之中的核心是他自己、他母亲,还有他父亲。他父亲的形象、神情总是会利用他所有的空隙钻入他的脑海,虽然他并不关切父亲的一切,甚至他是恨自己父亲的,但他父亲的存在极其强大,无法消除。而且,徐大可每每发现自己在许多事情的做法和想法上不由自主地与他所厌恶的父亲完全一样，自大、自私，从来只想着自己的那一点骄傲。徐道公，徐道公，这个名字，这个人，如影随形地跟着他，如同一颗恶性肿瘤长在了徐大可的身上。

徐大可的父亲徐道公毕业于音乐学院，他这样的乡村孩子能够考上音乐学院，绝对是一个奇迹。徐大可的祖父祖母都是地道的农民，目不识丁，而徐道公吹拉弹唱无一不会无一不精，甚至他还能为每一种乡里能见到的乐器写曲子。当然，徐道公也并非自学成才，而是村里一位音乐科班出身的下放知识青年教过他。徐大可小的时候，徐道公经常在酒后拉着徐大可高谈阔论，说他是莫扎特转世。跟村里所有的人一样，徐大可在佩服徐道公卓越才华的同时，心里对他的洋洋自得甚是不屑。事实上，徐道公也一直在为自己的洋洋自得、目空一切买单。读书期间，老师和同学都不喜欢他，毕业后别的同学大多进了乐团，而他居然只能回乡，在一个乡村小学当音乐老师。有才不得逞，徐道公当然仇怨满怀，但他的傲慢自大并未有丝毫收敛，他瞧不起任何同事和领导，上课时除了夸自己就是骂别人，连小学生都把他当成笑话。可是，只要他把手放在村小学唯一的手风琴键上，所有的人都会被他指下的音乐给迷住。徐大可从记事起就厌恶自己的父亲，他因为自己有这样的父亲而感到羞愧。他总是躲着父亲，不愿意听他对往日辉煌的吹嘘、对理想境界的描述、对别人的"艺术"的辱骂，但是，当徐道公在黄昏的田野里奏起手风琴或二胡时，徐大可总会被一根无形的绳索紧紧地拴在地上，他觉得父亲的音乐仿佛是旷野的风奏出来的，连落日的雄浑或苍凉，都是他父亲的音乐述说而成。有不少次，他听到父亲在高粱地里发出的哭声，很多年以后，他才知道那是西班牙弗拉门戈歌唱的方式，那是一种将肺腑和心都撕裂开来的歌唱。徐大可被父亲的音乐和歌声震撼过无数次，但他从来没心疼过父亲，因为走出田野、走进家门后的父亲会立即恢复那种与生俱来的浅薄劲儿。

在徐大可的故乡，一切都如同那片一望无际的平原一样，从来都是寻常的，所有的痛苦和欢乐都至多成为茶余饭后一时的闲谈而已，不会引起什么波澜，更谈不上能够引发生命的震动和启示。徐大可的家也许可以算得上一个例外。原因之一当然是"古怪"的"神经病"徐道公，另一个原因则是徐大可的母亲翠锁。翠锁曾经是四乡八里出了名的俊俏姑娘，不仅长得出众，而且是整个公社唱戏唱得最好的女子。翠锁这个孤儿在十八岁那年主动嫁给当时已三十八岁无人肯嫁的穷酸小学教师徐道公，是当时四乡八里的轰动新闻。嫁给徐道公以后的翠锁过了两年快乐的日子，她简直是走到哪里唱到哪里，村里人无人不爱这个美丽善良的姑娘。那两年，整个村子的空气似乎都是甜蜜的，甚至人们不大瞧得起的徐道公也突然间得到了一些尊重，人们发现这个浑身没甚本事的音乐教师脸上居然有了笑容，发现他其实没有什么见不得人的毛病，他所有的一切都暴露在外面。他瞧不起人，但也决不巴结献媚于任何人；他总是骄傲自大，但的确有些"屌本事"，他教的小学几乎拿到了县里所有音乐比赛的第一名，甚至还代表省里到北京参加过一个全国小学生的合唱节。更重要的是，他能让所有的人都视为乡村珍宝的翠锁每天像跳跃的鲜花一样快乐。

然而，这样的好景只持续了几年时间。原因很多，长大以后的徐大可想过，导致父母关系陷入僵局、母亲变疯的原因应该还在于父母原本就不是一路人。徐道公不可能改变他一向的自以为是，不可能改变他追求他的"梦"，母亲也不可能改变徐道公认为的"骨子里的庸俗"，尽管她已经满足了徐道公的包括放弃戏班演出在内的各种要求。而最大的一个原因还要说与徐大可的出生以及徐道公对徐大可的教育设计有关。徐大可仿佛天生是徐道公的敌人，在徐大可还被抱在手里的时候，他就拒绝徐道公亲近他，徐道公一抱他他就像遇到狼一样地发出惊恐万状的哭喊。有的时候，他会长时间地一言不发地盯着徐道公看，按徐道公的说法，徐大可的目光"好像看到了我灵魂里所有的虚浮和怯懦"。徐大可六岁的时候，徐道公花尽了家里所有的积蓄买来一架珠江牌钢琴，教徐大可弹钢琴。从此这个家除了徐道公对徐大可的漫骂责打，便是翠锁每天躲在厨房里的饮泣。徐大可恨徐道公，他觉得父亲发出的所有的声音都像沾了毒液的刀子刮搅着他的身心。如果说他渐渐地习惯了父亲对他的讥讽、漫骂和毒打，对于母亲同时受到父亲的恶语咒骂，徐大可每回都会一边哆嗦着身体一边想象自己如何将父亲弄死的情形。在徐大可的印象中，徐道公好像对任何事情都不满意，翠锁烧的饭他不是嫌软就是嫌硬，翠锁烧的菜他不是嫌咸就是嫌淡。为了饭菜的事，徐道公砸过不知多少次锅碗。因为不满意翠锁给他洗的衬衫，他会愤怒地将刚穿过一次的白衬衫撕得稀巴烂。每回徐大可被毒打以后，翠锁都会紧紧地抱着徐大可，她不大会说安慰儿子的话，只会以泪陪伴，不住地重复说"听爸爸的话听爸爸的话听爸爸的话"。而徐大可则在心里无数次重复"就不听就不听就不听"。徐大可知道，徐道公每回在毒打他过后，自己会跑到旷野里号啕一番。对此，徐大可越来越觉得做作和可笑。而在母亲变疯以后，徐道公在徐大可心里更是成了天下最无耻最可鄙视的人。他发誓这一生决不跟这个人说一句话，徐道公希望他做什么，他就偏不做什么。徐大可上初二那年，徐道公准备照例扇徐大可巴掌时，徐大可顺手操起一根棍子平静地盯着徐道公的眼睛，从此徐道公就不再管徐大可弹琴，并且也不再管徐大可的任何事情。父子俩从此以后便形同陌路了。

初二直至高二的徐大可经常旷课，他上的是镇上的一所高中，这个高中十年期间仅有一名学生考上大学，老师和学生都无心学习之事，因为知道徐大可的母亲时不时发病，他旷课也就无人去管。翠锁一发起病来就离家出走，东南西北去向不定，绝大多数情况是在路上不停地走。如果她停下脚步，往往只在两个地方，一是西边的田野，那是徐道公唱歌、号啕的地方，不同的是徐道公来这里都是黄昏，而翠锁往往是在半夜，她到这里来，也是唱，唱的是她以前在戏班子里唱的那些内容。翠锁出走到这里，徐大可一般都能找到她，母亲引吭歌唱的时候他站在远处看着听着，不去惊动她。他看到月下的母亲扭动着身躯，舒展着双臂，长及腰际的头发被风吹拂着，她的歌声，如同十几岁姑娘一般娇美润泽，如同从心里涌出的清泉。听上好一会儿，徐大可才会走到母亲身边，拉起她的手，带她回家。翠锁停下来的另一处地方是东边大田附近的砖窑场，那里有许多堆得高高的草堆,这是用来烧窑的草。草堆边是烧窑的大师傅刘柱子住的地方,两间小屋,一间住,一间做厨房。小屋前是一条大河,河边有一条小船。刘柱子每天傍晚都要坐在小船上喝酒。翠锁到这里来,或者待在窑前看刘柱子干活,或者看他在船上吃饭喝酒,都不说话。刘柱子本来就是个只知道干活的壮汉,他知道翠锁在看他,但他也不跟她说话。徐大可旷课时去得最多的地方就是窑场这里,他帮着刘柱子和其他人抱草烧火和泥脱坯,天黑下来,会帮刘柱子炒两个菜,然后坐上船,跟着刘柱子蹭一顿饭。他第一次喝烧酒就是在刘柱子的船上,酒的度数很高,一口下去,肚里像着了火一般,稍微喝多几口,就想说话想唱歌。徐大可很喜欢刘柱子,他喜欢他宽厚的身板,喜欢他沙哑的声音,喜欢他看火时皱着眉头眯着眼睛的样子,更喜欢他偶尔笑起来时一张黑得发亮的脸。如果刘柱子在酒后拿起唢呐吹上一段,那徐大可就痛快得不行了。

"柱子叔,您怎么不找个女人?一个人多孤单。"这个问题徐大可问了好几次。

"太苦。"

"什么太苦?是您太苦,还是女人嫁给您会太苦?"

刘柱子不再回答。他继续吹他的唢呐。徐大可后来不再问刘柱子这类问题,他想应该无言地听刘柱子的唢呐声,在狂风一般悲喜交加的唢呐声里,人的言语实在有些多余。徐大可后来听说刘柱子曾经娶过一个非常漂亮的姑娘而那姑娘后来跟别人跑了,打那以后,他更是绝口不问这类问题了。

徐道公带翠锁去看过医生,医生给开了药,翠锁不吃,徐道公怎么劝她也不吃，只有徐大可劝她她才吃。但是她总会趁人不备把药吐了，因此治疗效果并不明显。加上徐道公了解到这种病其实无法治愈，后来翠锁也就不再吃药了。徐大可渐渐发现了一些规律，只要徐道公在家，她就会变得安定许多。她盯着徐道公，脸上会露出孩子般的笑容，眼睛里熠熠有光。徐大可非常希望徐道公什么时候能够抱抱翠锁，他相信，只要徐道公每天能抱抱翠锁，跟她说说话，而不是成天弹他的肖邦、朗诵他的李白，母亲就不会发病。"她那么爱你那么爱你！"徐大可在心里咬牙切齿。

后来徐大可发现父亲常常在星期天离开家，坐上公交车或搭车出门。究竟去哪里，他当然不会过问。他只是直觉徐道公出门是为了比较要紧的事，否则他不会把自己收拾得那么利落。老实说，徐道公算是仪表堂堂，尤其他系上黑灰色的格子大围巾，的确有一种风流倜傥的意思。

有一回，雪天的一大早，徐大可路经桥头小卖部时，看到小卖部前的农村公交车站的站牌边站着徐道公。那时雪并不大，徐道公也并未带雨伞，他早就花白的头发上落了一些雪花。徐大可在一瞥之下就看到徐道公脸上的神情，等待，盼望，焦急，落寞？是一种难以形容的神情。公交车是通往县城的，徐大可想，徐道公应该是去县城的，或许是去见什么人吧，因为他手里拎着一只老母鸡。拎只老母鸡去县城，总是送给什么人的吧？徐大可当时骑着自行车，周日，为了高考，学校还是要上学的，但徐大可并不想去学校，见到父亲后，他决定骑车去县城走一趟。于是他冒着开始下大的雪，沿着乡村的道路往县城骑。骑了不远，公交车经过他，他想徐道公应该可以在车上看见骑车的他，但他没往车上看。他弓着背骑着车，风从身后扑来，他感觉到透心的寒意。他想，自己已经与父亲没有任何关系了，现在往县城骑有什么意思呢？但他还是继续往前骑着，他想着徐道公在家里对翠锁说得最多的话"我的生活毫无意义"，觉得毫无目的的前行恰如他毫无目的的生活。而徐道公竟然拎着一只鸡到别处去，或许，在别处他的生活会是有意义的。疯子母亲早已没有了眼泪，发作起来时她会浑身战栗会嚎叫会挥动菜刀，却没有眼泪。倒是徐道公动不动会哭，尤其是在夜里，徐大可时常能听到徐道公发出一种非人般的哭声。

那天的雪后来越下越大，徐大可没骑到县城就返回了，他去了窑场。还没到窑场，远远地他就听到了刘柱子的唢呐声。当他推开门进屋时，见自己的母亲站在屋里，刘柱子坐在床上吹着唢呐。母亲看刘柱子的眼神跟看徐道公全然一样，愣愣的，仿佛一个少女望向自己的情人似的。正是在那一瞬间，徐大可决定要学唢呐。他想，如果父亲不能拥抱母亲，至少他可以用唢呐声抱着可怜的母亲。

徐大可报考音乐学院，事先并没有告诉他父亲。徐道公也未过问。徐大可每天去窑场，站在草堆前，对着田野练唢呐，翠锁都会站在不远处听。徐大可很快意识到自己对唢呐有了不同一般的理解，这得益于身边的听众，也就是天地和母亲。因为在天地之间，他的唢呐雄厚而辽阔；因为母亲，他的唢呐又有温柔的哀伤。这就要比高举高打畅快淋漓的唢呐细腻得多。当然，他也很清楚这种理解直接受到刘柱子的影响。在他们村里，会唢呐的人很多，只有刘柱子的唢呐不是寻常的大碗喝酒大口吃肉的劲儿，刘柱子的唢呐既有扑面而来的泥土的质朴，又分明有一种内敛的温柔，百转千回，挥之不去。似乎有些伤感，听到最后，心里却又是敞亮的。徐大可尽量体会刘柱子的意思，他知道自己还达不到刘柱子的境界，虽然他的技术很快就超过了刘柱子。而在练习、体会的过程中，徐大可发现自己对许多事情都有了更为准确透辟的理解。比如，他意识到自己的父母其实有很多地方都非常相似，比如纯粹，比如脆弱。他们都无法适应与自己不同的东西，异样的存在会轻松地把他们打得人仰马翻。徐道公太爱表达太爱说大道理，说多了就会陷自己于被动尴尬，然后又会说更多的大道理进行弥补，结果是越来越乱越来越假；翠锁不擅言语表达，有了心思只会憋在心里，这些心思越积越多，又找不到出口，只能在心里奔突搅扰，变成一头躁狂的野兽。

练习唢呐以后的徐大可发现自己的这一变化给父母二人都带来了变化，不仅母亲会每天跟着听，这样的时刻她总算是比较安静的，尽管有时也会突然激动地嘶喊起来。而且他发现徐道公有时也会站在南边的田埂上，显然也在听他吹唢呐。徐大可去省城参加艺考的前一天晚上，徐道公买了两个熟菜，一家三口一起吃饭，徐道公拿了三只酒杯放在桌上，其中一只酒杯因为常用而干干净净，另外两只因为长期不用沾上了厚厚的难以洗净的厨房油烟。"今天我们都喝一点吧。"徐道公举起酒杯，他对翠锁说："大可明天去考试了。"徐大可很诧异父亲是怎么知道他考试的事的，他并没对父母说过。翠锁说："那好啊，相公，金榜题名衣锦归，勿忘寒窑有人望穿秋水啊。"徐大可举起酒杯，把杯中酒一饮而尽。他只喝了一杯，就决定不再喝，因为第二天要去省城考试，更重要的，是他不想在这样的时刻给父亲借酒胡扯的机会，他怕徐道公一旦喝开了就会海阔天空滔滔不绝。好在徐道公仿佛了解徐大可的心理似的，他自己也只喝了一杯，只说了几句话："考试时，记住，要目中无人。饱吸一口气，吐尽了，再饱吸一口气，然后，对天地吹奏，就可以了。"又说，"我听你的唢呐，很好，真的很好，不一般的好。而且我了解过了，今年招唢呐生的，只招一名。"徐大可说了句："好什么，就那样吧。"说了这话，他意识到自己是并未想过如何表达就说出的，又感到有些不自在。

那一晚，徐大可整夜都无法入睡，他想的事情很多，却又根本无法集中在任何一个点上。后半夜他又听到父亲奇怪的哭泣声，伴着乡村寂静而浩大的声音，让他不知该想些什么。他只是确定自己永远也不会哭泣的。

徐大可是在音乐学院提前进行的艺考那天就注意到周明的。参加艺考的学生很多，整个艺术学院到处是在准备考试的学生，大家都在上场前热身，各种乐器喧腾不休。徐大可发现有一个考生自己不练习，却东张西望地看别的考生，眼神完全是羡慕而不知所措的意思，这就是考古琴的周明。

徐大可心里说，哥们，你得练手啊，这么冷的天，手僵着，一上场别他妈弹错弦啊。考试在一间教室进行，徐大可正巧排在周明后面。他坐在教室门外等候，本来他以为会听不到古琴微弱的琴音，没想到古琴的声音很有穿透力，他能够清楚地听到周明的弹奏。周明弹的什么曲子他不知道,但他立刻被那种声音给吸引住了,似乎没什么情感,却又声声有情;有些孤单,却又非常欢喜。有点像一朵云飘出山谷的意思,有些像一个人走在秋天的河边的意思。而当徐大可进入考场对着五位考官吹唢呐时,他清楚地意识到他的唢呐竟然有了前所未有的轻淡的味道,这是受了适才周明古琴音乐的影响。后来他又发现,周明的琴音与刘柱子的唢呐有某种相似之处,他们都有一种自我修复的情形,音乐,美,不都应该是这样吗?不同的是,刘柱子的唢呐声中分明可以感受到伤痛,而周明则似乎天生浅淡。显然,这是个没经历过伤痛的学生。

4

大学期间，周明经常和徐大可去球场打排球，徐大可对不爱运动的周明说:"如果一个人把运动看得比吃饭还要重要的话，那他一定会去运动的，饭你总要吃的吧?"周明正是在这样的游说之下才喜欢上了运动。

他们打排球的地方在图书馆后面的一个小球场，那里平时没什么人去。图书馆在学校的那个小山丘上，坐在图书馆南面的草地上，可以看到不远处的一条小路，这条路联结了宿舍区和教学区，坐在坡上，透过一些杂树可以看到往来的人们，从宿舍到教学区或从教学区到宿舍的人们。先前他们经常坐在台阶上，后来发现草地是更好的观察点，从这里可以清楚地看到别人而别人不大会看到他们。按徐大可的说法，人最重要的是从什么点观察这个世界，点不同，收获和结论就会大不一样。"这是一个千载难逢的好地方!"

整个学校的宿舍区集中在一处，而教师宿舍则分在两片区域，一片与学生宿舍在一起，且是一样的建筑，另一片是名教授和领导住的区域，在音乐厅西面。从他们眼皮底下走过的人浓缩了整个学校。学生绝大多数住校,当然大都要走这条路,即便是一些名教授,也时常到宿舍区的食堂去吃饭,这里是必经之路。

刚开始,周明只是打球之后到这里休息一下,听徐大可吹吹牛。周明不大爱说话,却很愿意听别人说话,遇到徐大可这样肚里有货又爱说话的,他当然求之不得。后来他很快理解了徐大可喜欢坐在这里的感觉,并且为此而着迷了。因为徐大可一边看着人们走过一边给他讲的事情、故事以及观点,几乎超过了周明所有人生阅历的总和。有时他甚至觉得他最重要的大学生涯是在这儿度过的。

每当有教师或学生经过,徐大可就会向周明介绍他了解到的事情,周明不知道徐大可从哪儿得来的这些情况。

"你看,那个人,戴假发的,扛着肩膀的,是作曲系的教授,马风子,年少成名,不过也就一支曲子好,《咏梅》,其他曲子完全不成立。就靠这首曲子,他就是名作曲家名教授了。我蹭过他的课,觉得他还是很有水平的,分析西方音乐和中国音乐经典,非常到位,不像有的教授,肚里没真货色。马风子爱玩女人,据说阅女无数。结过两次婚,都离了,都是他的学生,目前跟一个比他小三十岁的女研究生同居,不过他手上同时还有另一个女生。有回马风子冲到他一个前妻家跟他的继任打架,被人家一脚踹下楼梯住进医院,这两个女生,还有他的前妻都轮流去医院服侍他,相安无事配合默契。这是不是一种境界?"

周明问徐大可是不是也想成为马风子这样的人:"我看你有

三妻四妾的心。"徐大可说:"谁不想?你不想?不过,你还真别这么看我。你也别以为你会一直这么单纯下去,十年,也许要不了十年你再来对照今天我们的这番对话,看看你我都各自变成了什么样。你知道吗周明,人世间,最好玩的事情之一是人的变化。不变的人几乎没有,假如有,那就是世间的奇迹。"周明说:"我看我爸我妈就没有什么变化,他们平平常常地生活着,没什么远大理想,也从不抱怨,这样不也挺好。"周明记得他说过这话以后徐大可看了他良久,那意思难以描述,好像周明所说是一个虚假的奇迹似的。

徐大可根据古琴曲《普庵咒》改编的唢呐与管弦乐队的同名曲基本上是被马风子剽窃的事情几乎人尽知之,周明多次表示过不忿,然而徐大可并未因此表现出任何激愤的情绪。他们坐在坡上看到马风子或是谈及马风子时,徐大可还是一如既往。他说马风子不仅是音乐学院有真才实学的教授,而且人也极有趣。马风子为人特别大方,尤其对女人,可以说是挥金如土地巴结。他挣到的房子、车子,往往还未住热还未开熟就转到某个女人手里了。有时他富得流油,天天喝茅台吃日料,有时又穷到天天到学生食堂吃包子面条混饱。跟过他的女人离开他以后没一个说过他坏话。"这是不是一种境界?马风子住院我去看过他,我亲眼看到几个女研究生围在病床前侍候他。老实说,在皮松肉糙的秃头老马面前,我觉得我这个年轻人反而灰头土脸没精打采的。"

他们还在这儿看到过极少见到的哈维,因为哈维不住校。

"那个,长头发的高个子,是钢琴系的高才生哈维,得奖专业户，傲得像地保似的。你知道吧，他从来不追女生，都是女生追他，排着队追他。他特别瞧不起我们民乐，他谁都瞧不起，只对马风子算是马马虎虎高看两眼。哈维的确有才，他的钢琴好，好在哪里你知道吗？技术高超？不单单是这点。他的琴有彼岸的味道，骨子里的甜蜜和痛苦，既清晰又茫然，他的琴是弹给自己听的，引颈眺望，拔腿奔走，展翅高飞，旁若无人。有点像你最爱的钟先生的古琴，不过哈维还没达到钟先生的境界，钟先生是化境，哈维有时还免不了炫耀。他还只有一个维度，而钟先生有另一个维度。你相信不相信，我敢说哈维没经历过女人。他身边是不缺女孩子的，但他没得过手，他有洁癖，或者说他的行动力不行。怎么知道的？这只是一种感觉，反正你要相信我说的没错。他只有一个维度。从他的眼神中你就可以明白这一点。"

"看，我们班的余韵。我最难看明白的就是她。我知道你对她有好感，但我负责任地提醒你，对余韵你得多了解了解，她不好懂，挺复杂。我试着从几个方面理解她，都不成功。一是她的理想和兴趣。你看啊，她的筝弹得不同寻常，但从来没听她兴致勃勃地说她的专业，从来没听她谈艺术理想。如果一个人在艺术上没有执着的追求，其纯粹性就要打一个大问号。二是她的人格和性格。她似乎没什么毛病，不像有的同学那样追求物质唯利是图，你看我们学校多少女生傍大款啊。她脸上总是带着淡淡的笑，待人和善，但同时却又是拒人于千里之外的冷漠，她跟所有的人都保持距离，跟谁都不交恶也跟谁都不亲近。我觉得她跟你有点像，你们大概有相似的家庭环境和成长经历。只是你一眼可以看到底，书呆子一个。她不是，我敢肯定她要比你甚至比我复杂得多。我无法预见余韵将来会有怎样的生活。"

在这里他们见到最多的人是胡天佑，徐大可的唢呐老师。徐大可告诉周明，在这个人才众多的高等音乐学府，胡天佑属于边缘人士。"在音乐学院，在音乐界，唢呐算什么？同样学音乐，具体学了什么，命运会大不一样。你看那些神气活现的领导、名家，有哪个是学唢呐、扬琴这种不上大雅之堂乐器的？胡老师原来是省乐团的，怎么到音乐学院的不知道。据说他结过婚，后来老婆跟别人跑了。有一个儿子，开出租车，我见过，有一回正在上课，他儿子到琴房来找他，说他要结婚了，问胡老师要钱。胡老师说没有。他儿子说送他三个字，'没出息'。那情形真是叫人尴尬。胡老师站在我边上，看着窗外，过一会儿眨眨他那双无神的大眼睛舔一舔嘴唇，过一会儿眨眨眼睛舔舔嘴唇。人活到这个份上，实在狼狈透了。其实胡老师的唢呐不是一般的好，怎么好？我以为他的唢呐声中有佛性，有一个安静悲悯的世界。如果不是经常听他的唢呐，我的《普庵咒》哪里写得出来？你别以为唢呐俗你们古琴雅，老实说，我跟着你听古琴，听到最后，真正入耳的还真只有钟先生一个而已。乐为心声，不是什么文化外衣能够掩盖得了的。"

每回见到低头走路的胡天佑，徐大可都免不了对周明进行教育。"别光顾着读书弹琴，真正重要的事情还是生活。生活的要旨，一是事业成功，一是家庭幸福。事业不成功，你看胡老师，整个一副失败的样子，没人理，也不理人，只能孤独郁闷地待在生活的边上。要么忧郁沉默终老,要么忧郁抱怨。胡老师算是保持了平衡,季风的老师,教二胡的孙越阡老师,被同行匡杰老师压得死死的,就是失去平衡的典型。你没听季风说吗,孙老师上课,一半时间在夸自己,一半时间用于骂匡老师。夸自己少年时就拿过全国少年二胡比赛的冠军,骂匡老师不过是朝中有人他的岳父是校长。事实情况呢,匡老师比他水平高多了,少年冠军算什么呀?不成功,就成了受气包,成了怨妇。匡老师私下教学生,一小时收费一千八,孙老师呢,只有四百。音乐学院有几位老师在家打老婆,孙老师是其中之一。所以啊,家庭幸福的根本,还是事业成功。事业不成功,就挣不到比别人多的钱,挣不到钱,谁愿意跟你成一家人?只能退而求其次弄个人搭伙吃饭说话上床。"

徐大可说,周明听,他基本上不说什么,只是听。刚开始时他很不愿意听徐大可说这些没滋没味的俗事,但很快他就发现一边看经过的各色人等一边听徐大可的现场解说是一件非常有意思的事情。徐大可总结过音乐学院各专业教师的生活,他说,教钢琴的最有钱,学生多,收费高;二胡、古筝、小提琴、歌唱次之;琵琶、大提琴又次之;唢呐、扬琴、阮属于冷门;最冷的是古琴,因为没有乐队需要古琴。"同样是花工夫练玩意儿,命运却大不相同。所以最初的选择非常关键。入错了行,后悔就晚了。"每天听徐大可谈这些,时间一长,周明发觉自己有了不小的变化,一是与别人相处爱琢磨人了,二是他发现自己的琴风有了改变,多了许多体会。连陆老师都说周明的琴渐渐有了"厚味"。但周明自己并不觉得这种厚味是一种好的改变,一边弹琴一边想着事业啊成功啊家庭啊什么的,除了弹《墨子悲丝》,弹其他曲子他都觉得自己的琴不如先前清爽了。"厚味,跟杂味不是一回事吧?"周明想。

周明常去图书馆,有时他通过读书抵抗徐大可带来的影响,可一到下午,他还是毫无例外地和徐大可打一会儿排球,然后坐到这个被他和徐大可称为"东坡"的草地上看人来人往,听徐大可发布人生感言。这片树枝后流动的风景,很长一段时间成了周明的"半亩池塘"。

5

没课的时候,除了在宿舍练琴,其他时间周明大多会去图书馆看书。填了索书单,拿到书,他就找个地方坐下来看书。他去图书馆的时间通常很早,所以总能坐到他喜欢的那个靠窗的座位上。那是一张旧木桌,总有几十年了,表面的漆色黯淡沉穆,且脱落了许多,露出木头的纤维纹路。手摸上去,感觉很舒服。周明想,也许这个桌面做琴的面材也不坏的。

周明看书总带着笔记本,牛皮纸封面,上面没有印任何字样和图样,周明喜欢这种朴素封面的笔记本,连书的装帧他也是喜欢朴素的,他觉得书其实不需要有什么复杂的设计,花花哨哨的设计,总不耐看。他想,古书的封面多好,一色的,墨笔题上书名就好了。

看了书,周明会抄一些他觉得有用的资料,时间长了,这些资料也就越来越多,也没有分类,看到什么想抄的就抄下来,笔记本用了将近七本了。每本笔记本的封二上,周明都要选一首诗或短文抄在上面,分别是嵇康那首有"目送归鸿,手挥五弦"的《送秀才入军》、陶渊明的《五柳先生传》、《世说新语》

中的"王子猷居山阴"和《古诗十九首》中的四首。周明最喜欢的还是古诗和陶渊明，唐诗他喜欢的是王维和杜甫，宋词他总不太喜欢，觉得它们不大"结实"，这是他在笔记本上写下来的感受，后来他发现古人评诗也有不少相似的意见，用的不是"结实"而是"质实"。周明想还是古人用词精准。"质"，太对了。他想到，钟先生的琴毫无虚饰渲染，也应该归入质实的。

刚开始读书的时候，周明会被古人的文句吸引，只是抄下一些精警的句子，后来意识到只有完全进入那些生活际遇和心绪才能理解古人的想法，于是便整篇整篇地抄写了。比如，原先他读嵇康，印象中几乎只有"目送归鸿，手挥五弦"这类漂亮的句子，待到细读全篇，才明白这么弹琴的漂亮风采原来是在大的生活境况和仰观俯察深思之中出现的。嵇康有好几个维度，他的内心有一个阔大的坐标。琴仿佛是一面小小的镜子，映照着战争、生死、历史等等内容，再去对照着读嵇康的《琴赋》，周明一方面觉得这篇字数远超"息徒兰圃"的美文显得小了、单薄了，另一方面又意识到这个"小"，恰恰体现了嵇康在广大世界中究竟珍爱什么，他到底活在哪里。

从开始时抄书留资料，到逐渐写下一些想法，周明觉得自己每天的阅读和思考都如同一次次旅行，越走越辽阔的旅行。正是在图书馆阅览室，周明开始并完成了他的本科毕业论文，这篇题为《作为雅趣的琴与哲学的琴》的毕业论文在周明毕业时获评全省优秀毕业论文，这也是整个音乐学院唯一获得此奖的论文。论文最后的小结中，周明以这样的文字结尾："愔愔琴德，不可测兮。中国古琴文化的大致走向，拙文不揣浅陋地进行了整理和概括，忆往追昔，心生感动，又不免心生眺望。古琴，这一曾经陪伴、震动、辉映了几乎整个中国古代文化史、中华民族心灵史的存在，如何滋养今天的人们呢？"多年之后，回头再读自己的"少作"，周明还是觉得"有善可陈"，甚至他觉得此后他写的众多的文章并未超过这篇学生时代的作品，但他常想，如果重写这篇论文，这个空洞、矫情的结尾他一定会改一改的。究竟怎么改，他又没有把握。

周明下午在图书馆看书，会在四点半准时离开，去体育器材室借排球，然后到小球场等徐大可来。两人打完球把球还了，便去"东坡"上坐一个小时左右，海阔天空地聊一会儿。

有一回，两人正谈到音乐学院教师特别高的离婚率时，周明突然看到他的父母在坡下的路上往宿舍方向走着。周明大喊一声"老爸老妈"，跳将起来，冲到坡下。

"你们来干什么？也不事先跟我说一下。这是我同学徐大可。"周明向父母介绍了跟过来的徐大可。

周明的父亲说："你妈说天气冷，给你织了一副手套，还让我烧了一锅狮子头带来给你。我说汤汤水水的带着不方便，而且学校怎么加热呢？她说不会到陆老师家热吗？顺便也给陆老师尝尝。你妈就爱成天瞎琢磨。我说儿子大了，学业重，忙得很，不会愿意见我们的。女人家就是婆婆妈妈的。你看你这位同学多壮多结实，以后成了家扛煤气包也有力气，不像你，吃起来跟蚂蚱似的。一个男人，首先要结结实实才有用。"

周明妈妈说："还说我婆婆妈妈，不是你说儿子弹琴的手要保护好吗？是我说不要来不要来，你硬去买了车票，我有什么

53

办法。儿子你晚饭吃了没？没吃带我们去吃饭啊，食堂还有吃的吗？肚子饿了。"

周明说："又没什么事，为了手套、狮子头跑这么远，你们真是闲得没事做。食堂当然有吃的，只是不怎么好吃。"

徐大可在一边说："我请我请，请叔叔阿姨到小炒部去吃，那里的菜好得多。周明你先去，我回宿舍一下，一会儿就过来，很快。"

周明知道徐大可是回宿舍取钱，他想拦着，可徐大可已经飞快地往宿舍跑去了。

"你这个同学家在哪里？父母是做什么的？"周明父亲问。

周明说："你问这些做什么？我都没问过你问做什么。"

"他好像比你大得多。"

"哈哈，没有没有，他长相老成，我们老师也这么说。他很有水平的。"

"那你好好跟人家交朋友，多跟人家学。"

"知道了知道了，走吧，我们去食堂。"

周明跟父母刚到食堂坐下，菜还没点，徐大可已经满头大汗来了，手里拎了一瓶二锅头，说："今天必须喝一点酒，头一次见叔叔阿姨，要敬一杯。"他把酒放在桌上，端起装狮子头的锅走到窗口，从口袋里拿了烟扔给里面的厨师，让厨师帮忙加一下热，又说："我爸我妈来了，菜烧好一点啊，我们四个人吃，四菜一汤，荤素搭配，您看着配就行，加狮子头，应该够了。花生米送我们一盘啊。辛苦辛苦，多谢了啊！"

周明的父母见状，都笑，说："你这个同学的确有水平。"

徐大可回到饭桌上,满头满脸的汗。周明很开心,他想有徐大可在,这顿饭不会冷场。没想到菜上了桌,徐大可除了敬周明父亲酒、自己兀自喝,几乎没再说什么。等到把周明父母安顿到学校附近的旅馆住下,周明和徐大可走回学校,徐大可也不说话。

"你今天是怎么了?怪怪的。平时你话不是很多吗?"周明问徐大可。

徐大可仰头看天上的月亮,说:"我喜欢听你们一家人说话,我觉得特别好。"

"我们没说什么啊,我爸我妈都是这种婆婆妈妈的。今天是你在,你要是不在,我妈肯定要跟我说谈对象的事情。那简直叫你受不了。"

"哈哈,太有意思了!"徐大可问周明,"你怎么会选择古琴专业?这个专业多难找工作啊,社会上知道古琴的人很少,一般人连古琴和古筝都分不清的。社会没有需要,你就不好活。是你爸你妈要你学的?"

"哪里啊?他们根本不懂琴。是我自己喜欢,头一次接触,就喜欢上了。那时候哪里会想后来会怎样,喜欢就学,没想那么多。你学唢呐不同样,现在哪里还要学唢呐的啊!"

"这你就有所不知了。起码我可以去殡仪馆参加殡葬乐队啊。那天我听两个老师在谈话,说的是他们去参加一个老师的葬礼,殡仪馆乐队的吹鼓手吹的那个,简直要把死人气活过来,调子从阿根廷跑到印度尼西亚去了。说以后他们要死了,其他都无所谓,就是这个乐队不能马虎,起码音要准。我们搞了一辈子音乐,就死这么一回,岂能在死的时候跑调?那不是晚节不保嘛!"

周明笑道:"我还没去过殡仪馆,不知道殡葬乐队跑调会是什么样的情形。不过,我想那样也不错啊,应该会有喜剧效果吧?比如我听你的唢呐,有的时候你吹得越悲痛越苍凉,我反而越会觉得有喜感,反而从你的情绪里跑出来了。相反,你吹得大红大绿喜气洋洋的,像《抬花轿》那种的,我倒常常会悲从中来。"

徐大可说:"哈哈,这说明你有两个维度了。你有没有发现,你其实是个特别有自己观点和想法的人,貌似平淡,实际上非常倔,非常执拗。我平时说起来一套一套的,其实时常在摇摆状态,一会儿倒向这边,一会儿又倒向另一边。"

他们闲聊着走回宿舍。同屋的季风还没回来。徐大可跟周明聊起了季风。

"我们都应该向季风学学。你看人家季风,每天忙得脚不沾地。你就算算他每天教小孩子学二胡挣多少钱吧。教授挣得也没他多!他会挣钱,也会花钱。二胡专业两个老大,孙老师和匡老师,谁也瞧不起谁,老死不相往来,他们的学生也是谁也瞧不起谁,谁也不理谁。但作为孙老师的弟子,季风竟然也和匡老师处得不坏,见面有说有笑,孙老师也不计较。怎么做到的?还不是拿钱出来孝敬侍候。季风追女生,那是明火执仗。到食堂打开水,他每天拎四瓶,一路小跑,并且一路唱着歌送到女生宿舍,在女生宿舍楼下高喊女生的名字,旁若无人。你知道吗,他一进校就看上了谈丽,送了一阵开水,没能追上。

他立马追拉小提琴的李欣然,给李欣然打开水,在女生宿舍楼下高喊李欣然的名字,又没追上。一般人应该不会再用这种方式追女生了,而季风全然不以为意。他接着追匡老师门下的范歌子。最后结果你应该也知道的,给他追到手了。"

周明说:"我们陆老师说,季风有本事,他完成了伟大的统一战线工作。那你为什么不向季风学学呢?你的行动力不也很强吗?"

"我的标准比较高,大概吧,大概比较高。到目前为止,我真还没对哪个女孩动过心。而且,我打心底有些怕女人。有什么好怕啊?这个就不大说得清了,总之我觉得这事好难好难啊。我可以看明白许多事,但这女人我就是看不懂。季风有句名言,每个女人都有可爱之处。在我却完全没这感觉,我觉得每个女人都有可怕之处。说不清,说不清。不过有一点我很明白,一个男人,必须先立业才行,要事业有成,要有钱,有了钱,一切都好办了。没钱,贫贱夫妻百事哀,啥也别谈。我们家乡有句俗话,富人过年张灯结彩和面搓团子,穷人过年吹灯上炕饿肚摸卵子。就说眼前吧,季风追一个女生,化妆品、包,还有翡翠,一堆一堆地送,我送得起吗?这就是钱的意义和作用。"

大学期间,徐大可果然没追过女生,这在音乐学院属于个别情况。虽然他与所有的人都能自如地交往,其中也有许多的女生,但他的确没谈过对象。对于这一点,周明最清楚。在徐大可做学校的学生会主席期间,有一个同在学生会的女生追过徐大可,但徐大可说他毫无感觉:"你知道吗周明,她跟我讲话时直接把胸脯挤到我膀子上。我柳下惠一般的人物,什么时候吃这一套啊？我跟她说，我们都是为革命工作的，要把全部身心和青春献给工作。的确，我说这话自己也恶心，但是有什么办法呢？总要让开去啊。"

说过这个，徐大可又说："如果是余韵扑我，我也就从了。你知道吗周明，我常常会想到余韵，她笑起来的样子特别好看，那下巴，那脖子，好像蓝天白云下的一匹白马。你不要否认，你也是喜欢余韵的。"

周明说："是，喜欢过，后来不喜欢了。"

"为什么啊？"

"不知道，不为什么。反正没感觉了。"

大三第二学期，徐大可组织了一场演出，在学校引起相当大的反响。这是徐大可请了五位民间唢呐高手的专场演出。来看演出的不仅有学校的领导、教师和学生，电视台也来了人摄制，电视新闻也播出了几个镜头做了介绍。本来徐大可还请了另一位民间唢呐手，是他故乡的刘柱子，但刘柱子不肯来。徐大可告诉周明，刘柱子是他见过唢呐吹得最有味道的。"你听他的唢呐，仿佛能看到生活中的故事，一个个生命的旅程，滚滚滔滔而又宁静深沉。"

这场演出请了这么多人来，各方面都要花费。徐大可告诉周明，他游说了"雪碧"公司，从"雪碧"公司要到了一笔赞助费。"多了不谈，刨去开支，我的学费和生活费都不用发愁了。"在学校办过这场音乐会之后，徐大可又拉着这五位民间艺人参加了一个号称这个城市最高档商场鸿海商场的开业庆典，又弄到一笔钱。这两场音乐会周明都去看了。比较起来，他更喜欢在商场外的广场上的那场。那个庆典除了唢呐，还有一个弦乐四重奏的演出。在朗照的太阳和四周的彩旗、气球之间，在市声瀑喧的环境之中，唢呐合奏的声音无与伦比，显得高雅的四重奏可怜巴巴的。徐大可告诉周明，商场的老板名叫严重，原来是个司机，居然在短短十年不到的时间内成了巨富。这个庆典让严老板非常满意，他请了所有的艺人吃饭喝酒，民间唢呐手个个能喝，饭后严老板又请他们在商场里将要开业的一个艺术馆吹了两曲，说要以这种豪迈无比的方式给艺术馆开光。周明亲眼看到严老板给五位唢呐手和徐大可发的厚厚的大红包。徐大可向严老板介绍了周明，说周明弹的古琴才真正是民族文化的珍宝。严老板很客气，给周明递了张名片，说："古琴啊，我知道我知道，诸葛亮和林黛玉弹的那个吧。声音很小啊。以后有机会我请你啊，商场里过后要开一个高级茶吧，还有一个高级SPA，都是预约制的。到时都是最有钱的一帮人来。你要有兴趣，到时可以请你来弹琴，很雅很雅的。"徐大可一直对严重钦佩不已，他说一个司机能把事业做这么大，做到排在全中国前几位，不是一般人。严重对周明说这样的话，周明以为他也就是客气地随嘴说说而已。待到有一天徐大可找周明说严重要请他去SPA弹琴一小时一千块时，周明这才在心里暗叹此人果然厉害，连这么小的一个承诺都没忘记。不过，那次他没有答应严重的邀请。SPA？跟古琴也太不搭调了吧？周明心想。他对徐大可说，可以介绍余韵去，女孩子，长得又漂亮，到这种地方多合适。徐大可用他新买的手机给严重打电话说了。严重说："古筝啊，古筝档次比古琴低吧，古筝也行，不过价钱只能给六百。"徐大可对周明说:"你看,我一直说江湖之上遍地是英雄吧,一个司机出身的老板,居然知道古琴比古筝档次高。你为什么不去挣这个钱呢?你不是说过一个什么古人的事情,不分高低贵贱,对谁他都弹琴吗?人不能太清高,你以为只有文人懂琴啊,说不定听你弹琴的老板之中就有懂琴爱琴的。"

周明最终没有去商场弹琴,倒是在读书期间跟着徐大可参加了不少场徐大可组织的商业演出,帮着徐大可张罗些琐杂的事情,过后徐大可会给周明一些钱,周明推不过,也就拿着。他跟徐大可参加这类活动,倒不是为了几个钱,而是觉得挺好玩,可以看到许多有意思的人和事。但是也就参加了几次,后来周明就失去了兴趣不再去了。他想他还是应该待在图书馆里,他觉得还是书里的天地更广大。

6

徐大可第一次带余韵去见严重,是在秋天的一个下午的三点钟。严重跟徐大可说好让他这个时间带余韵去的。徐大可和余韵约好下午两点半在鸿海商场西大门碰头,他是提前一刻钟到的,坐在商场咖啡馆靠窗的座位,边喝咖啡边不时往外看。从这里能够清楚地看到商场门外的小广场,从西门进商场的人都要经过的地方,也是商场开业庆典时那五个唢呐手演奏的地方。

空地上有一个不锈钢的雕塑,福山寿海的内容,汹涌的海浪,还有海浪中的仙山,基座是巨大的黑色花岗岩。徐大可看到一个穿西便服的男子站在雕塑旁边抽烟,抽完,在花岗岩上把烟头掐灭了,然后四处看了看,把烟头丢在花岗岩基座的台面上,转身进了商场。

一对应该是情侣的年轻人从商场走出来,一边走,那个女孩子一边冲着男孩子大声地说着什么,生气的样子,但是隔着这么远,无法听到她喊叫的是什么内容。他们走到刚才穿西便装男子抽烟的地方站下,两人相互大喊了一会儿,女孩子拂袖而去,她穿的是一条牛仔短裤,很短,她的腿很长很好看。男孩子站着,摇着头,脸上明显有笑意,他从口袋里拿出烟来抽,抽完了,直接把烟头扔在那个穿西便装男人扔的烟头旁边。徐大可能够看到男孩子扔的烟头冒着的烟。

这时,余韵走到雕塑那儿,她穿了一件渐变湖绿色的连衣裙,一头长发在中下部松松地拢着,手里拎着一只浅色牛仔布的拎包。徐大可心道,真漂亮,舒服。他起身往外走,推门的时候他见那个男孩子跟余韵说了句什么,余韵也说了句什么。待到徐大可走过去时,那个男孩子已经走了。

"哈哈,你往这儿一站,马上招来蜂蝶。"徐大可说,"他不是撩你吧?"

余韵笑道:"他问我,女孩子是不是都爱买包包,有了许多包包了还要买包包?"

"你怎么回答的?"

"我说那当然。"

徐大可说:"你今天很漂亮,特别漂亮。"

"要是包包好一些会更漂亮。"余韵笑道。

两人说着话,进了商场,坐电梯到了顶楼,去严重的办公室见他。

严重正跟另一个中年人在屋里一张大案子前看一幅画,见徐大可和余韵进屋,严重先是看了看余韵,然后对徐大可说,这是一幅明代人画的画,刚买下的。

徐大可凑过去看,说这上面那个跟在老头儿身后的小孩子抱着的是古琴。

严重说:"古画里只要出现乐器,基本上都是古琴,还没见过有古筝的。这是什么道理啊?"

徐大可说:"古琴是文人士大夫玩的,高人才玩古琴。"

"我就喜欢俗的,越俗越有生命力。"

徐大可说:"那你的商场怎么专门卖顶级奢侈品啊?"

严重说:"正是因为它们俗啊,你以为价钱高就雅啊,越贵越俗。你看,你这位女同学拎的这个布包,就特别雅,其实肯定不贵。"

徐大可说:"哈哈,刚刚余韵还说女孩子都喜欢包包呢。"

严重马上说:"那一会儿让余韵在商场里挑一只包包,喜欢什么挑什么,我买单。"

徐大可扭头看余韵,说:"女孩子长得漂亮,就什么也别烦了。严总还没听你弹琴,已经为漂亮买单了。严总你看余韵来弹筝的事怎么弄?"

严重说:"一会儿让台湾那个做茶的江老板过来一下,他来了以后价钱我来谈,你们不要管,你们什么话都先别说。"说着,就开始打电话,"江先生,劳驾过来一下子啊,我刚入手一张明代山水,要不要来看看啊?"

不一会儿,有人推门进来了。徐大可一看,是那个在广场雕塑旁抽烟的穿西便装男子。

严重也不向他介绍徐大可和余韵,只介绍了跟他一起看画的中年人,说这位是书画鉴定大家赵先生。

江先生看起来也是懂画的，而且很喜欢这张有人物的山水，他对严重说："你多少拿的？我加十万，你让给我怎样？"

严重说："十万？你真是太大方了！什么东西到我这里不至少翻两番啊？而且这画我不出手了。最近我突然对古琴有了兴趣，我想专项地收一批与古琴有关的东西，字画、瓷器，只要有古琴的内容都收。"

"好主意！"江老板说，"你读书多，眼光的确独到。佩服佩服！唉，我有一个建议，你干脆收古琴好了，古代的琴。"

"到哪去收古代的琴？古代的琴传到今天还能弹吗？"

"还说你读书多呢，还是没文化吧！你只知道LV、百达翡丽、法拉利，不行的啊，没有档次的啊。这是暴发户的品位。真要上档次，你就要进入古代文化。古琴当然能弹，越老的琴声音越好，如果是唐代的琴，那就无上之美丽了。要么不收藏，要收就是顶级，稀少的顶级，能够代表文化高度的顶级。"

严重说："你今天说的话很有意义，你对我来说也算是贵人了。这样啊，把你喊来，是为了你要的弹古筝的人。那位，叫余韵，中国最好的古筝演奏家，得过许多大赛的金奖。你不是要最顶级的吗？这就是最顶级的。"

余韵起身，过来跟江老板握了手。严重说："你看余韵怎么样？你快一点决定，否则我要了。"

江老板说："太好了！我当然要请！费用要多少呢？我想余韵还在上学，我也只需要余韵在下午四点到六点之间弹一会儿。"

严重说："一小时一千，两个小时就是两千。这是余韵看在我和她老朋友的面子上的价钱。你要知道她演出一场就是一万五打底的。"

江老板说："两千两小时啊？那我要亏本了。能不能客气一点，一千行不行？客人会给余韵小费的，有的客人出手很大方的，到我这里来喝茶的都是有钱的大佬。"

严重说："你看你，刚才还说什么顶级顶级的。你以为余韵是一般弹古筝的？你要是想请一般的，我另外给你找，这个城市里长得漂亮会弹筝的小女孩太多了。"

"这么漂亮的不太多吧，"江老板上下看看余韵，点点头说，"那好吧，两千就两千。"

"爽快！"严重拍了一下手，"你带余韵去看看你那儿。大可，晚上我们一起吃个饭，让江老板请，这次都是为他。对了，你能不能把你那个弹古琴的同学叫过来聚聚，对对，周明周明，我想起来他的名字了。关于古琴的事我还真想请教他。"

徐大可说："你想了解古琴，找周明就找对人了。你别看他只是一名在校大学生，他的修养和学问那才叫顶级，我们老师都佩服他。不过他没有手机，这会儿应该在图书馆看书，没办法联系上。"

"那有什么难的！"严重说，"让我司机开车送你去学校把周明接来不就完了。辛苦老弟你跑一趟！我一会儿带余韵去挑包包。你放心，我送的包包值江老板五十顿大餐。你和余韵不是恋人吧？"

徐大可还没说话，江老板已经抢过去说："一看就不是恋人啦。你只懂得赚钱，既不懂文化又不懂情感。"

严重笑，也不跟江老板争辩。他叫来了他的司机，让徐大可跟着司机去学校接周明。

徐大可坐着严重的奔驰越野车去了学校。他让司机在路边等他，他进学校去找周明。他先去了图书馆，在阅览室没见着周明，又去了宿舍和琴房，也没找到周明。他想周明会不会一个人到东坡去，便到东坡找周明。到了那儿，果然见周明一个人坐在那儿发呆。徐大可走过去，在周明旁边坐下来。

"不弹琴，不看书，啊，一个人坐在这儿看美女。"徐大可说。

周明说："这的确是个好地方，看人的好地方。能看到别人，别人却不注意你。"

"有什么新发现新见解吗？"

"我突然意识到，弹琴正是要在这种留意和不留意之间找感觉。太注意别人，就不能深入琴的世界，是一种'有我'；而完全不留意听者，其实又会陷入另一种对自我的过度询问，也是'有我'。"

"你看你，三句话离不开琴。"徐大可说，"有我有什么不对？完全无我之境，谁能真正做到。做到了，又有什么意义？艺术总要表达自我吧。"

"这没错。王国维认为诗词无我之境显然比有我之境高级，但无我之境的确难以达到，并且他所说的无我之境其实是小我融入大物的境界，其中还是有我的。所以我要琢磨这之间的微妙联系。这是个分寸问题，核心是如何放置'我'的问题。从这个角度看，顾传松先生琴中的'我'就有些太多太大了，性情当然是好的，只是除了性情，看不到'物'，看不到更阔大丰富的万物，看不到时光，这不能不说他的精神维度至少有些单一了，叠加感不够，穿透力也就会不够。钟先生就不一样了，你能听到他的性情，看到他的人，但在他的性情他的人四周，还有万物，还有万众，还有无限的清虚辽阔。就像司空图《诗品》的第一品'雄浑'里说的'大用外腓，真体内充。返虚入浑，积健为雄'。也就是说，他的品格、态度是与产生这一切的对象世界同时出现的。这就太厉害了！"

徐大可说："兄弟你真他妈太厉害了！我听你说这些，完全听不懂。我对你越来越崇拜得五体投地。你要是学佛学道讲佛讲道，那会有成千上万的信众。我以后就天天拜你。"

周明说："你又胡扯，我在跟你讲正经的。你来找我干什么？"

徐大可说："两件事，也是正经事。一件，是关乎你的终身大事，也就是你找女朋友的事。上次你爸你妈来，你妈拜托我关心你找女朋友的事的，我要兑现承诺。"

"你自己的女朋友还没找到呢，帮我找，这不是笑话吗？呵呵。"

"我是这方面心理有病的人，但并不妨碍我对你的判断力。你没病，要说你哪里有什么问题，我认为是胆小而已，往深处说，是不能面对真实的想法。你心里看上了谁，却没有行动。这么下去，只能眼睁睁看着本应属于你的鲜花到了别人的怀里。"

"我看上谁了？我没看上谁啊。"

"余韵。"徐大可说，"余韵你没想法？你别否认。我从你看余韵的眼神中就能看出你的心思。有好感，起码要积极交往起来，成不成的那是后话。不交往，怎么知道性情、趣味、人品甚至性生活方面合适不合适？"

周明说："好了好了，打住！我不是跟你说过我对余韵已经没有感觉了吗？这是一件事，不说了。第二件事呢？"

"第二件跟琴有关，"徐大可说，"马上国庆节放假了。你有次不是说过想去访一些老琴家后人吗？我陪你走一趟如何？你不擅长跟人打交道，这方面我比你强，我代你打开局面搞好气氛，你接着进入主题。"

"真的？你陪我，那太好了，再好不过了。我们还可以一路看看博物馆，有几个博物馆的藏琴不错的。"

徐大可站起身："好，就这么定了。我们九月三十号出发。这两天你抓紧把要去的地方和人家拟一个目录，我来弄行程，尽量多跑跑多访访。我觉得博物馆里的东西不急，也容易在出版物中看到。我们主要去访琴家后人，我相信会有不同一般的发现。我记得你说过，琴史除了琴谱流传，除了人物故事、流派历史，也应该包括琴器的历史。你看看那些老琴家传下来的琴，不也是可以做文章吗？路费、住宿费什么的你别操心，都是我来。我最近特富有。"

"好好好，"周明说，"不简单，你不简单。你说的琴器史真是值得做的课题。这个课题除了北京的邓老先生，真还没什么学者关注。民间藏琴，就我所知就有一些的。哪怕去弹弹老琴，那也是值得的。"

"你带上笔记本，我再买一台照相机、一个小录音机，就齐活了。"

"晚上我请你吃火锅，啤酒尽管喝！我要谢你。"

徐大可说："谢啥啊？今天不行，马上我要出去有点事，改天啊，改天我请你和余韵去吃烧烤。我发现还是烧烤最合我的口味。对了，我说的头件事才是真正的正经事，你考虑考虑啊。你妈说，如果我成功地帮你找到女朋友，她奖励我五千。哈哈。"

周明说："第一次我爸妈见到你的时候，你还穷得要命，他们哪知道你摇身一变已经是富翁了？"

"你爸你妈早就说过我是个人才。"徐大可说，"我先走了啊。晚上回来时我带点啤酒，你少吃点晚饭，留点肚子我们喝点小酒，聊聊天。"

跟周明道别后，徐大可出了校门，上了严重司机的车。司机说："你怎么找人找这么老半天啊，你不能打个电话给你朋友吗？"

徐大可说："他要有手机，我还用得着跑这一趟吗？"

"他人呢？没找着？"

"你这话说得,要找着他人了,我会一个人回来吗?真是不能跟你急了。走吧,咱回商场吧。"徐大可扔了根烟给司机。

"你自己不抽?"司机点上了烟,把车发动了。

徐大可说他不抽烟。

"你自己不抽烟倒备着烟,行啊,现在的学生可以啊。"司机说,"我看你将来是个厉害人物。"

"何以见得?"

"何以见得?我见过的人多了去了,只要一搭眼,我就能看出一个人有几斤几两。我觉得你跟我们严总有几分像。哪里像啊?都很精,精明,聪明,成天动脑子,会动脑子。我们这种人就不行,脑子动不动呢?也动,也他妈成天动,但是动的不对路子,瞎鸡巴琢磨,白费他妈功夫。有些事情看明白了,又他妈没胆量。"

正是下班的交通高峰时段,路上很堵。汽车,电动车,行人,好像所有的人此刻都在路上。徐大可想着周明,他没告诉周明实话,是自己留了个心眼,他不想周明跟严重相见。他想,回去该跟严重撒个谎才行了。

徐大可又想起了父母。上大学以后,除了每一个寒假过年,他只回过一次家,那是去请唢呐手的。每次回家,对于徐大可的内心来说都是一个极大的难题。母亲翠锁已经不大认识他了,村里人见到徐大可,都告诉他他母亲除了他父亲,其他人一概不认识。先前还会去窑上听刘柱子吹唢呐,窑被拆了以后,刘柱子改了活计,去扎库,也就是扎烧给死人的那些纸牛纸马纸屋子等等。翠锁现在是谁也不理，一句话也不说。白天一直待在家里，半夜会跑出去，拎一把刀，在河边砍芦苇，在田里砍葵花。如果有人到他家去，她就挥刀砍人。村里人还都说，徐道公现在变了一个人，脾气好了，每天做各种家务，跟乡亲们也有话说，很客气。酒也戒了，烟也不抽了。"唉，早这样，不就什么事也没了。"

父亲的变化，徐大可当然明显感觉得出来。但这两次回家见到父亲，他反而觉得与父亲的相处更难，不喝酒不骄傲的父亲似乎完全成了一个陌生人。父子俩无话可说，年三十，家里三个人一个人面对一扇窗户，看外面的黑暗，谁也不跟谁说话。家里装了电话，三十晚上电话突然响起来，徐道公去接，徐大可听着，大概是有什么人喊徐道公去喝酒，他拒绝了，说："大可回来了。是啊是啊，全家团聚全家团聚。"临近十二点时，四处的炮仗声越来越响，徐道公也拿了几个天地响去屋外放。有一个落下来掉在屋顶上，发出一声闷响。

徐大可拎了一瓶酒，走到桥东，坐在河边喝酒。这瓶酒是他带回去的，他本想跟父亲在年三十喝一喝外乡的酒，没想到父亲已经戒酒了。在这个产酒之乡，又喝了一辈子酒的徐道公，你这是想怎样呢？徐大可不明白：难道是为了照顾母亲吗？

那一晚，徐大可睡得很沉，他不知道父亲有没有像以前一样在深夜里饮泣。

车堵在省人民医院门口。徐大可犹豫了一会儿，用手机给家里打了电话。电话是父亲接的。

"喂。"

"是我。大可。"

"啊。好。我在烧菜。有事啊?"

"没事,"徐大可说,"问问妈怎样了。"

"还是那样吧。不肯吃药。"

徐大可想了想,说:"那你辛苦了。"

电话那边没声音。过了一会儿,徐道公说:"你吃过饭了?"

"一会儿吃。"

"啊。吃别省,尽量吧。十号我准时到邮局寄点生活费给你。"

"那个,我正要说这事。生活费别寄了。我有办法养活自己。你记一下我的手机号码,有急事打我手机。还有,我要是汇钱回家,汇到小学可以吧?"

"汇什么钱?"

徐大可没回答父亲的问题,他说:"那先这样吧。我手机号记下了吧?好,那先这样吧。"

徐大可挂了电话,严重的司机说:"你可以啊,上大学期间就往家里寄钱。我估计全中国也没几个你这样的大学生。"

"穷人的孩子早当家嘛。"徐大可又递给司机一根烟,"还没问你贵姓呢。"

"免贵,朱,朱元璋的朱,朱德的朱。"

"朱哥,方便问问吗?你给严总开车,一个月拿多少?"

"工资不高,比给严总看别墅的少。那小子,每天遛遛狗,捞捞游泳池里的树叶子，挣得都比我多。不过我们严总比较大气，平时这样那样给的不少。我结婚时他一把给了四十万。跟他将近十年了，我算是明白了一件事，要想自己发财，必须让别人一起发财才走得通走得远。那些只想往自己口袋里扒钱的人，最后都玩不长。"

"你跟着严总这么久，怎么不学着自己发展发展？"

"我？我不行。怎么不行啊？我见得多，但看不清。不像严总，什么好事他都早早地看到了。等到什么事情玩的人多了，他早赚足了。还有，我不会说话，不知道什么时候该说什么什么时候不该说什么。原来我是在办公室搞接待，就因为说话不对路了，五年前沦落到开车了。要不然，现在不早当经理了？我看你行，别看你年轻，很会说话，该说的说，不该说的不说。"

"听说严总以前也是司机？"

"是啊，不过司机和司机的差别大了去了。告诉你啊，我们严总有一个与众不同之处，跟绝大多数老板不太一样的地方。"

"什么？"

"他爱看书，每天再忙，都要抽空看书，都是历史、人物传记方面的书。我估计，你们大学生读的书不一定比他多。他自己统计过，去年一年，他读了一百二十本书。这个量还可以吧？"

"岂止是可以，是太可以了！比我读的书多多了。"徐大可说，"估计我的同学周明，也就是我们来接没接到的那个人，他读的书可以跟严总比一比。"

徐大可说这话的时候,想起了他刚见到周明时跟周明说的关于对朱熹《观书有感》的理解,他想自己是很少读书的,当时周明惊讶于他对这首诗的理解,完全是自己的小聪明起了作用。不过,他想严重读书跟周明读书一定是有所不同的。周明读书只是为了写文章;严重读书,是在印证判断,寻找生活事业的指导。

此时已是晚饭时间了。到了商场地下停车场以后,严重的司机直接带着徐大可去了餐厅。严重、江老板和余韵已经在餐厅里了,三个人在餐厅里一张小桌子上打扑克牌。见徐大可进来,严重安排了各人在餐桌上坐下,开始点菜。

"想喝什么?听说你很能喝。要不就喝点白的,茅台吧。"严重说,"显然周明没找到,对吧?"

徐大可说:"好好,白的就白的,我还没喝过茅台呢。找了几个地方,图书馆、宿舍,他都不在。晚上回宿舍能见到他的,我再告诉他你要见他,让他什么时候来一趟。"

严重坐在主位,江老板坐他右首,徐大可坐他左边,余韵坐在严重对面。

吃饭的过程中,主要是江老板说话,话题都是他挑出来,茶、茶器、紫砂壶、宋瓷和日本茶道具,大都与茶有关。酒也是他喝得最多。严重基本上是顺着江老板的话题说几句,其他时间则只顾吃东西,小口地喝酒。徐大可和余韵则基本上没说话,他们只是在严重跟他们碰杯时说"谢谢"而已。徐大可本来是很能喝的,但这个场面让他完全放不开,他想,还是在学校后门口的路边小摊子上喝啤酒吃烤羊肉串来劲。

一顿饭,时间不长,严重说,各位有没有吃饱,如果吃饱了,这次就这样,他要回去有点事情处理。没喝完的酒徐大可带回去喝。其实吃日料还是喝日本威士忌或清酒更合适。

众人起身离开餐厅,走到电梯口,徐大可手里拿着那瓶没喝完的茅台,感觉有些古怪。电梯到了,门打开,徐大可和余韵走进电梯,严重和江老板对他们挥手。门关上以后,电梯开动,里面只有徐大可和余韵两个人。徐大可见余韵手里多了一件装在包装袋里的东西,他想这肯定是严重送给她的。

徐大可说:"这个老板挺有意思的。"

"哪个?有两个老板呢。"余韵说。

"严老板,我说的是严老板。那个台湾老板我没有兴趣。"

"严老板有什么特别吗?"

"可能是我少见多怪吧,没见过说话这么少的老板。"

"我没觉得他有什么特别的。我觉得人和人其实都一样。"

"我觉得你就很特别。人和人差别太大了,怎会都一样?你不觉得你有些与众不同吗?"

余韵笑笑:"我不琢磨这些,既不琢磨别人,也不琢磨自己。"

电梯到了一楼,门开了,两人走出去,穿过商场,走出商场的大门,走到那个不锈钢雕塑那儿。徐大可正准备问余韵要不要跟他一块儿打个车回学校,余韵包里的手机响了,是短信,她拿出手机看。对徐大可说:"你先走吧,我要回商场一下。"

徐大可想:这个短信应该不是江老板就是严重发给余韵的。他看着转身走进商场的余韵,她一头油光水滑的长发搭在背上,中间有一只不锈钢色的发卡,好像跟商场空地上那个雕塑是一样的形状。

徐大可在心里说,也对,其实没什么特别,没什么是特别的。可是,他又对余韵的不特别中的难以琢磨感到迷惑,余韵身上有一种他无法深知的东西让他放不下来。他想要靠近她,想要穿透她的心思,却莫名地发现这竟是一件非常困难的事情。

7

大三的国庆期间,周明按计划去了几个城市走访琴人和家里有藏琴的人家。出门之前他把这事跟陆近春老师说了,陆老师很赞同他的想法,说周明的研究可以两条腿走路,一方面写写古琴美学的文章;一方面走访走访,了解目前国内民间弹琴的情况,以及藏琴的现状。这个工作二十世纪五六十年代老先生们做过,功德无量。如果没有那次的普查,传统古琴是怎样的面目便无从认识。时过境迁,虽然可以肯定目前民间弹琴的水准已远不如五六十年代时的老先生们,但事实非常重要,做些实录很有意义。再就是琴器的收藏情况也值得了解,器物史的研究应该纳入视野,这一工作全国做的人甚至比弹琴的人还要少得多。至少,多上手弹弹老琴也是极有价值的。

陆老师还提供了几个线索,都是与陆老师有交往或相识的师友,并且写了信给周明带着,算是介绍信的作用。陆老师对周明说:"我知道你特别想了解钟先生,所以齐丹青老师那里我也给你写了一封信带着,电话、地址也写了。不过她不太愿意见琴界的人。你去试试看吧。"

本来徐大可跟周明说好两人一块儿去的,但是临行前两天,徐大可突然说他要回老家一趟处理一些家事,周明便只好一个人去了。

周明最终确定了五个目标地,这五个城市都在长江两岸,其中一个在江北,四个在江南。

他是先从江北的扬城开始走访的。这里是陆先生的老师顾传松先生的故乡。周明很想听顾先生的家人说说顾先生生前的故事,顺便也看看顾先生留下来的两张明琴。陆先生说顾先生的两张明琴"松泉"和"鹤鸣"应该还在他儿子手里:"那两张琴声音都极好,我像你这么大的时候经常弹,'松泉'更好一些,散、按、泛很均匀,很灵敏,韵极长,而且又能收得住,非常干净。'鹤鸣'声音偏硬,有一点抗指,不太听话,但弹多了就会体会到它的个性,好像一个倔强而真挚的人。顾先生自己最喜欢的反而是这张不太好弹又有杂音的'鹤鸣'。他的录音,《平沙》《龙翔》,都是用'鹤鸣'弹的。当时我还问过顾先生,为什么录音多用它而不是'松泉',顾先生说,它就像我一样,有杂音,毛病多。"周明经常听陆老师讲顾先生等老一辈琴家的往事,他特别喜欢听陆老师讲这些琐事。听陆老师讲这些事,要远比陆老师给他上琴课更让他动心。

因为有顾先生家的地址,到了扬城,出了长途汽车站,周明很快找到了顾先生家。接待周明的是顾先生的大儿子顾焕群。他是位中学化学老师,即将退休了,个子很高,跟照片上矮小的顾传松先生长相几乎完全一样,瘦硬的脸,阔方嘴。他说他母亲是个高个子,他的长相随父亲,个头却随了母亲。

周明拿出陆老师写给顾焕群的信，顾焕群说："陆老师打过电话来的，又写信，真是客气周到。陆老师说你琴弹得很好啊。这样吧，国庆节，我弟弟焕明也有空，我把他也叫来，我们聚聚。我们兄弟俩跟我父亲学过一点琴的，只一点点而已。你先坐，喝喝茶，我弟弟一会儿就过来，他住得离这儿不远。"

顾焕群住的地方是一个老宅子，平房，带一个院子，院子里有一棵老梧桐树，墙角有一丛芭蕉，有一辆旧旧的自行车靠墙倚着，窗前是一株垂丝海棠。屋里的墙上挂着四张琴，一张旧琴，仲尼式，另三张一看就是新琴，崭新的黑漆，连珠式。

周明在顾先生和陆老师的一张合影中见过那张旧琴，知道是"鹤鸣"，一问，顾焕群果然说正是"鹤鸣"。他告诉周明，他请扬城一位名叫刘进一的斫琴师按"鹤鸣"和"松泉"的样子分别仿制了一张琴。结果特别有意思，仿"鹤鸣"的那张琴声音反而像"松泉"，仿"松泉"的那张倒有点像"鹤鸣"。顾焕群说，这都是因为不知道这两张老琴的琴腹究竟是怎样的，影响一张琴的因素太多，实在难以控制。

正说着，顾焕明抱着一张装在琴囊里的琴进了屋，放下琴，跟周明握手。他是个小个子，而且背还有些驼，好像身体不大好，气很弱。说话之前先要呼一口气。顾焕群说他弟弟在一家工厂做质量检验员，不太爱说话。"他的个子和话都被我抢了。"顾焕群说，"我们听周明弹弹琴吧。我父亲正宗的再传弟子。"

顾焕群说着，把墙上那张"鹤鸣"取下来放在琴桌上，顾焕明也从囊中取出琴来放在桌上。周明知道这是"松泉"。他坐下来，先把两张琴的散音都弹了弹。周明自己用的是一张新琴，也弹过别人的新琴,而旧琴他只弹过一张,陆老师的"梅间雪",这张宋琴是当年顾传松先生收藏的名闻琴界的四张旧琴之一。除了"梅间雪""鹤鸣"和"松泉",还有一张宋琴"松润",许多年前被顾先生赠给了一位姓蒋的名中医。蒋医生去世后,这张琴被他家人卖给了一个香港商人。这个香港商人后来将此琴连同他购藏的数十张旧琴悉数交给音乐研究所保管。按陆老师所说,顾先生的藏琴中,最好的是"松润","梅间雪"次之。"梅间雪"是顾先生赠给陆老师的。陆老师说,顾先生把最好的都赠出去了。

周明弹了两张琴的散音,又各弹了几处按音。他决定先用"松泉"弹一曲《良宵引》。周明弹琴向来喜欢先轻一些,边弹边感觉所弹之琴的脾性,探究琴所能接受力度的边界,然后再找到合适的右手方案。他用这张"松泉"弹《良宵引》是有想法的,因为顾先生录音中的《良宵引》用的正是这张琴。泛音弹完,第一个按音下去,周明就发现这张琴的振动性特别强,指下仿佛有风鼓动、有水推拥似的,不必多想,乐句自己便律动起来往前走。这个感觉他并不陌生,因为这与他常弹的"梅间雪"的感觉非常相似。不同之处在于"松泉"有甜润欢畅之意,而"梅间雪"则有一种冷逸孤峭之气。

"我弹得不好,两位老师多批评。"周明弹完《良宵引》,起身说。

顾焕群说:"这还不好?好得很啊。陆老师说过几次的,你的琴很厉害。果然不错的。干净,规整。焕明你说是吧?"

顾焕明哈着背,点点头说:"是啊是啊。"

周明请顾焕群兄弟俩弹。顾焕群说:"那好吧,我弹一个。"

顾焕群弹了《泣颜回》,用的也是"松泉"。周明边听边心里叫好。尽管是小曲,但是他一下子就发现了顾焕群弹琴与当下所有琴家不同的地方。顾焕群的乐句更像是说话,一句一句的,没有太多的轻重起伏的变化,初听显得有些干巴,但非常耐听。这与顾传松先生的琴风并不相同,反而颇有钟鸿秋先生的意思。

顾焕群弹完此曲,周明把自己的感觉说了。顾焕群笑道:"呵呵,我和我弟弟都迷钟先生。"

周明说:"我也最迷钟先生,钟先生只有录音没有录像,想学也学不成。今天看您弹琴,很有收获。"

顾焕群说:"我小的时候,钟先生常来我们家弹琴,可惜我那时不懂事,也不喜欢琴,基本上没留意钟先生弹琴。我弟弟比我更像钟先生,他弹的钟先生的曲子比我多多了。来吧来吧,焕明你弹吧。"

顾焕明对周明说:"你再用'鹤鸣'弹个大点的曲子吧,我觉得你可能更适合弹'鹤鸣'。"

此时周明心里也正痒痒地想弹琴,便又坐在琴桌前,把"鹤鸣"的弦调准,开始弹《离骚》。

刚开始用泛音调弦时,周明就发觉这张琴有脾气,右手下指须比他平时更发力它的意思才能焕发出来。待到弹第一个按音时,他发觉此琴果然如陆老师所说左手相当抗指,右手也需要用更大的力量,仿佛要抡起大斧头伐木似的。周明能感觉到自己的气血开始汹涌翻腾,身上很快地热起来,他觉得自己越弹越有劲，同时，他欣喜地发现用这张琴弹《离骚》对此曲以及自己都有了一种陌生感，或者说对钟先生打谱的《离骚》有了更加接近的感觉。当然，又有不少地方是他难以驾驭的，尤其是琴曲和这张琴内在的力量，让周明发觉远远不是他能够把握和表达的。他越用力弹，反而越觉出自己的疲弱。

周明想，很多事情都是这样，当你比较深透地理解了某种境界的时候，也往往是发现自己离它们最远的时候。他是那么挚爱钟先生的琴艺，却意识到自己离钟先生太远太远了。

一曲弹毕，周明满额是汗。他站起身来，看着顾焕群兄弟俩，见他俩都不说话。半响，顾焕群才搓着手说："太好了太好了，周明你的琴弹得太好了。很像钟先生啊。"

顾焕明没说什么，他坐下来，开始弹琴。他弹的是《长清》，也是钟先生打谱的曲子。周明没想到顾焕明的手会那么松，他弹的也是"鹤鸣"，而刚刚他觉得相当抗指、难以驾驭的"鹤鸣"在顾焕明手下却是毫不费力云淡风轻，出音又是清刚峻拔的。

顾焕明刚一弹完，周明就忍不住叫好了。他在心里说，这位业余弹琴的顾先生，比陆老师的琴更接近传统古意，而且技术上也完全不输给任何专业大家。

"你们弹得这么好，为什么不录音出版呢？"周明说。

顾焕群说："我有这个想法，我弟弟一直在犹豫，他说他弹得不好。"

"这还不好啊！真的是太好了，除了钟先生，这个《长清》是我听过最好的《长清》了。"

顾焕明说:"其实,只要听钟先生的就可以了,有钟先生,还要我们这种水平做什么?平常弹着玩玩,已经很开心了。"

"您见过钟先生吗?"周明问顾焕明,"您的手法应该像钟先生的,这与我以前揣摩钟先生的手法不一样,我以为钟先生一定是很刚健的,没想到您这么松弛。"

顾焕群说:"我们都见过钟先生,那时我们都小,也不太把琴当回事,只是跟我父亲随便学了一点。钟先生以前来我们家,来了就弹琴,他不爱说话,笑眯眯的很温和,但是一弹起琴来就满屋雷声,力量大得惊人。不过手的确很松,看不到他发力,声音却如雷贯耳。"

周明问:"钟先生弹这张'鹤鸣'吗?"

"不,他总是弹他自己那张琴'长清'。他弹'鹤鸣'会拍面,一般的琴钟先生弹都会拍面,他的指力太大。"

"你们弹过'长清'吗?"

"弹过,根本弹不动,比'鹤鸣'抗指多了。那张琴只有钟先生自己弹得动。"

"听说钟先生爱喝酒?"

"哈哈,是啊,嗜酒如命。他每次来,我父亲都要跟他喝酒,我父亲的酒量已经算大了,但跟钟先生简直不能比。他们每喝必醉,我父亲醉了会不停地说话,钟先生醉了跟没醉差不多,还是笑眯眯的。他醉了以后就喜欢到院子里看我们家的鸡啊猫啊,或者看院子里的树。我们很喜欢钟先生来,秋天的时候他会跟我们一起在院子里捉蛐蛐儿。我们吃饭吧,光顾着弹琴说话,饭还是要吃的。"

周明在顾焕群家吃了午饭,席间,大家还是说琴的事。周明问顾焕群兄弟俩有没有教学生。

顾焕群说:"学生我有几个,学着玩,三天打鱼两天晒网的。我弟弟没有教学生。"

周明说:"现在古琴这么寂寞,全国能弹琴的人很少,像二位弹这么好的更是凤毛麟角,二位应该出来为古琴做点事情。比如找一些好苗子把他们培养出来,毕竟音乐学院还是有这个专业的,我相信以后古琴会热起来的。"

顾焕群笑道:"周明,你尽管年纪不大,但说起来话来有点像领导,有点统领江山的气派。我们弹琴只是个兴趣爱好,没想太多。"

周明说:"我这个人是不是特别无趣?动不动就把事情往不着边际的宏大之处考虑。"

一直不怎么说话的顾焕明说:"不要紧,真心就好。"

周明对顾焕明的印象特别好,他觉得顾焕明的心性与自己非常相像。他说:"今天弹琴弹得特别开心,二位老师批评批评我的琴啊。"

顾焕群说:"周明你客气了。你的技艺比我们高许多呢。弹琴说到底要靠技术支撑。你每个音弹得都非常到位,每一个音都站得住,而且一音不错。"

周明看着顾焕明,想听他说说,他有一种感觉,顾焕明对他的琴有不同的意见。

果然,顾焕明丢下筷子,一脸认真地说道:"你的琴,弹得真的已经非常好了,一点技术上的毛病都没有,清清爽爽,听起来非常舒服,心里安静得很。而且也很像钟先生。不过总体上不够挺拔,有点松沓。如果把钟先生比喻为一棵长在山崖上的高大挺拔的松树,你的琴就有点像一棵盆景。力道上差一些。我说的主要是骨子里的力道,指力倒在其次。不过指力也是一个方面,如果你用这样的指力弹钟先生的那张琴'长清',马上会懂我说的这个意思。我这么说你,其实也是在说我自己,我们的琴跟钟先生比起来,都软趴趴的。我父亲生前经常感叹,他的琴跟钟先生比起来总是显得软,实际上我父亲的指力不比钟先生差的。究竟是什么原因导致的这种差别,我也说不清。要说我们学钟先生,节奏、速度应该是一模一样了,但就是不像。很奇怪。"

周明说:"您这么说,我真是太高兴了。难得难得!您说的这些与我平时想得最多的是一件事情。其实这个道理可以从几个方面来分析。一是钟先生的生活阅历,1949年以前他靠给人修家具、裱字画、画幻灯片为生,活得很苦,所以他的琴有一种凄苦的味道;二是他所弹的曲子几乎全都是自己打谱,这需要极深厚的功力和天赋,并且需要极艰苦的探究,这包括古琴语言、历史风格、个人精神等等方面的思索研究,需要极丰厚的修养。这是一个非同寻常的旅程,可以说他的旅程是独一无二的。另外,都知道他所弹的琴也跟其他琴家不大一样,'长清'的品格与钟先生正好相配,人琴相得,这也成就了钟先生的艺术。还有,师承非常重要,钟先生跟过几位老师,其中一位只是'据说',据说钟先生在四处访琴的过程中遇到过一位和尚。那位和尚的琴艺对钟先生后来的琴风形成有着决定性的影响。节奏、速度、力量、吟猱绰注、走手方式等等这些，完全可以模仿，而人格、性情却无法复制。"

顾焕群笑道："周明你真是个有意思的小伙子，说起话来出口成章，一套一套的。你说得完全对，就是这些道理。简单地说，钟先生琴艺高，是因为他的人格高，修养高，技术高。"

周明也笑："您看，我说了这么多，您用三'高'就概括了。我们一直在说钟先生，我很想听你们两位老师说说你们的父亲，顾老先生是我的师爷，琴风也独树一帜，那种风格，我总结为洒脱，但是似乎这么总结有些太过简单了。"

顾焕群说："就这么总结其实就可以了。我父亲一直有一个观点，他说琴跟书法一样，无意于佳乃佳。他不太把琴当什么了不得的事情，想弹就弹，不想弹就不弹。虽然是广陵琴派正脉，却广交琴友，不管老少，见到好的就学。甚至会跟学生学。他生前常说起当年教你老师陆近春时跟陆近春学《流水》的事情。对对，就是大家都知道的那件趣事。他说陆近春的《流水》有春天般的热情，说艺术境界有多种，他认为最重要的就是热情。热情这东西很难很难，把握不好就是矫情。不过陆老师最近出版的一张CD中的《流水》好像变化很大，有了一丝禅意，不像他年轻时的《流水》，充满了甜蜜的忧虑，像张若虚《春江花月夜》诗中的味道。"

周明说："我真是可怜，既没见过钟先生也没见过顾先生，如果能亲眼见他们弹一次该多好啊。先前您还说您和弟弟只学了一点点，就这么一点点，现在弹琴的人有几个弹到这种水平啊？在顾先生身边天天接受熏陶，性情、知识、生活态度，这些不是在学院里能学到的。"

"你说的肯定有道理的，"顾焕群说，"我弟弟的琴弹得比我好很多，原因主要也在生活和性格上。他过得不容易，老婆没工作，他的收入也低，一家三口靠他一个人的工资。儿子也操心，生下来就有傻毛病，十五岁了，生活还不大能自理。"

周明本来想说那可以带点学生收点学费，既传扬古琴文化又能贴补生活之类的话，想想还是没说。出门前他做了个计划，把准备调查的事项列了个表格。此时他拿出笔记本，问顾氏兄弟能不能在扬城再访问几个老琴家的后人，到他们家里看看老琴。

顾焕群说："没问题，下午我陪你去走走。扬城还是有一些藏琴的，只是最近来了不少香港人，到处收旧琴，他们有钱。就在前几天，唐宗汉先生家的两张琴，一张宋，一张明，都被香港一个做生意的人买去了。他家还有两张琴，在他孙子手上，都是宋琴，很不错。"

吃完饭，顾焕明说他家里有事，先告辞了。顾焕群领着周明，去了唐宗汉家。

唐宗汉是与钟鸿秋、顾传松先生一辈的琴人，民国以前在扬城拥有许多房产，雄于资财，好琴，擅弹《岳阳三醉》。这些事情，弹琴的人一般都知道。周明读过唐宗汉的一本琴学随笔，其中有一些与琴有关的故事，也有一些关于琴史的议论，拉拉杂杂，水平不算高，但毕竟记录了一些事实。不过周明对这位老先生有一种说不清的不佳印象，缘由是随笔中提到钟先生时的所用措辞让周明不舒服。那段札记大致是说，某日钟鸿秋上门,欲出售其所藏宋琴"慨古",其琴断纹古雅,而出音乏善可陈,按音或深或浅,如跋山涉水。已不能保,欲售出以济生计,理当择善而奉,岂可以此外强中干之物交易善心。然仍予以钱粮以济其贫耳。后来周明再听唐宗汉的《岳阳三醉》就多少有些听不下去。他心里很清楚,这是感情因素作祟,其实唐先生的《岳阳三醉》弹得还是颇有古意的。

两人在扬城的小巷子里走着,顾焕群忽然指着迎面过来的一个人说:"看,那个缩头扛肩的人。"

周明看过去,果然看到一个三十来岁的人缩着头扛着肩在路上走。

"刘进一!"听到顾焕群叫他的名字,那个叫刘进一的人像受了惊吓的小动物似的聚拢了眼神看过来。

到了近前,顾焕群跟刘进一介绍了周明,又对周明介绍刘进一,说这也是位琴痴,不过是做琴的琴痴:"成天只晓得做琴,饭都快吃不上了。"

周明说:"呵呵。刚刚在顾老师家弹过您仿的'鹤鸣'和'松泉'。很厉害啊。"

刘进一两眼放出光来,他说话声音很小,且有些结巴:"不敢当不敢当,多批评多批评。你们是不是准备到我家看琴?我去巷子头上买馒头,马上就回来,你们等我一下子,我们一起到我那里弹琴,我有好茶。"说着,就往巷子那头跑去。

顾焕群笑:"你看这个琴呆子,是不是很有意思?也没弄清楚我们要去哪里就自说自话一通。他那里都是他做的新琴,有什么看头?"

周明说:"他这么有趣,我倒很想去看看他那里的琴,也好玩的。"

顾焕群说:"那好吧。只是你要小心,他说起琴来就会没完没了,到时候我示意你走你就要坚决走,不然他能拉着你说到天亮。"

这时,刘进一拎着一塑料袋馒头跑回来了,他拉开塑料袋:"吃吧?焦底馒头,刚出锅的。香得不得命!"

顾焕群说:"你还是留着自己吃吧,我们刚吃过中饭。走吧,去你那里坐一会儿。"

刘进一领着顾焕群、周明二人,走了一段路,拐到一栋三层楼前,进了一楼的一间房间。楼是裸露的红砖,很老旧了,楼道里十分灰暗,而且因为放着自行车等许多杂物,显得非常拥挤。

进了屋,满屋子木头和大漆的味道。刘进一开了灯,周明见屋里堆满了东西,地上、桌上到处是木材和工具,墙上挂着几张做好的琴和半成品琴。

刘进一也不请周明他们坐,也没倒茶,把桌子大概地清理出一个地方,从墙上取下一张仲尼琴放在桌上,说:"这张,你先弹弹,我觉得有很大的进步。"

周明坐下来,散、按、泛各弹了弹,说:"好得很啊,新琴做到这样不得了了。"

刘进一说:"你懂琴,一看你就懂琴。一般人试泛音都习惯弹七、五徽,你上来就弹十二徽,这就是懂琴的人。十二徽不容易出好的泛音,因为离岳山远了。材料不好,做法不对,十二徽的泛音就不会好。你说我说得对不对？"

周明说："对对，您说得对。我想把您另外几张琴都弹一弹，然后说说我对您的琴的认识好不好，说得不合适的您不要介意。"

"请，请，请。"刘进一说。

周明把挂在墙上的另几张琴都试弹了，说道："总的感觉，您的琴偏清亮，干净，很灵敏，有光华，声音是活的，或者说您的琴是健康的。但是中下准更好一些，过了七徽，上准部分，尤其是过了四徽以上，声音就有点紧。我不懂做琴，乱说啊，这个原因会不会是您的琴腹里处理得有问题？还有，这几张琴的样子不怎么美观，为什么不直接按那些传世名琴的式样做呢？顾老师家那两张您仿的样子就很好看啊。"

顾焕群笑道："他做琴是按他自己的长相来的，缩头扛肩的。"

周明说："琴的匀和很重要，中下准好，上准不好，只能说是半张好琴。假如我要上台演奏，就不会用这样的琴。难道把琴的声音做得上下匀称很难吗？"

刘进一说："我觉得琴像人生一样，包含了少年、中年和老年，上准就是少年，中准就是中年，下准就是老年，该苍老浑厚的就要苍老浑厚，该沉稳干练的就沉稳干练，该活泼清朗的就活泼清朗。"

"你看，你就爱自说自话，做琴的人都这副德行，掩耳盗铃，讳疾忌医。"顾焕群打断他，"你的琴的毛病不止一个人这么说吧，大家的意见是一样的，就说明你的琴真有这样的问题。

这种上准能叫活泼清朗吗？周明说你的琴上准紧，那是客气，准确地说那叫尖薄你懂吗？这声音都像在玻璃上弹出来的了。你不虚心改，就不会有进步。说老实话，你做的琴最好的就是仿'鹤鸣'和'松泉'的那两张，尺寸依照旧琴，就不会有大问题。要说经你手修的旧琴很多了，为什么不依照旧制呢？传统千百年的经验，现在人胡思乱想，真是奇怪。茶呢？你不是说请我们喝好茶的吗？"

刘进一连忙找来茶杯，放了茶叶，倒了两杯茶给周明他们。刘进一说："上准我这么做，是想做出'鹤鸣'的味道来。'鹤鸣'的上准不也有点尖薄，好像噪音一样。我不喜欢琴的声音太圆润太漂亮，我喜欢有点噪音的声音，有噪音才深刻。"

周明发觉刘进一的话有道理，又有些似是而非。他喝了两口茶，又把刘进一的琴逐一弹了弹，问刘进一他的琴多少钱一张。刘进一想了想，说："你自己弹？还是介绍给别人？如果你自己弹，我太开心了，这里的琴你随便挑一张，两千八一张给你。如果是介绍别人买，那就要贵多了。"

周明问价，是因为他很喜欢这个做琴的人，有点想买下一张琴，帮他解决一些生活问题。他对刘进一说："您的琴有个性，做得真的已经很好了。要不这样好不好，麻烦您按'松泉'的式样再做一张琴，那张琴的声音像'鹤鸣'。我可以先付一些订金给您。"

刘进一说："没问题没问题，不过你要等两年时间，一张琴的制作周期很长。"

周明和顾焕群一边喝茶，一边听刘进一讲做琴的道理。刘进一原先是个木匠,因为给唐宗汉的孙子家打家具接触到了琴,从此迷上了斫琴。周明发现刘进一虽然文化修养不高,但是想事情极细致,他说的许多关于修琴、斫琴的知识都是自己不具备的。他想到钟先生也是修琴高手,一生经他之手修理过的名琴有很多。陆老师说过,学琴其实有三个老师,一是传授技艺的业师,一是古谱,一是琴器。"好琴也是老师,它会告诉弹琴者琴应该怎样弹。"这个道理,陆老师说过多次,周明每次在陆老师家弹"梅间雪"时也都能清晰地感受到这一点。"梅间雪"如同一位自在的高人,会引领着他的手的轻重缓急深浅浓淡。

坐了半晌,顾焕群说还要带周明去唐遇川家,唐遇川就是唐宗汉的孙子。刘进一说他也想去。三个人就一同去找唐遇川。路上,刘进一说,这时候唐遇川应该在"一泉浴室"里洗澡,他每天都要在那里洗澡。这时候到他家他大概不在。

唐遇川家跟顾焕群家一样,是平房旧院,大门上有一黑漆匾额,上面刻着三个泥金的隶书大字"川上居"。刘进一敲了几下门,没人应门,他把脸凑在门上从门缝往里看,说里面好像有人。又用力敲门,大声喊唐遇川的名字。里面有人应声道:"谁啊?来了!"声音很响。

出来开门的是唐遇川。唐遇川是个年龄大概四十岁左右的壮大汉子,圆圆的光头,戴一副金丝边圆眼镜,穿一身宽松的中式布衣,颈上挂着一串青金石念珠,脚蹬一双圆口黑布鞋。

顾焕群还未来得及介绍周明,唐遇川手一挥:"来得好!请!"

院子里有三株高大的梧桐树,还有一株梅花。唐遇川指点着这几株树，说："这几棵树熟悉吧？我爷爷有几张弹琴的照片就是在这些树下拍的，它们都有三百年历史了。因为我爷爷，它们也是载入史册了。树以人荣，而人已不在。现在哪里还有弹琴人啊！都他妈是浅薄粗鄙之辈。你们来得正好，香港孙道远刚进门几分钟。老朋友了，孙道远，你们应该知道吧，大学者，大收藏家。"又用手挡着嘴压低声音说："他的琴弹得不行，软趴趴的，跟女人似的。呵呵。"

进了西边一间大屋，坐在沙发上的一个满头白发的高个子中年人站起来，唐遇川介绍了，这是香港的大学者大收藏家大琴家孙道远，又介绍了顾焕群和刘进一。然后问周明怎么称呼。周明刚说了自己的名字，唐遇川一拍手，说："周明！陆近春的弟子，早就有所耳闻。你的文章我都看过，青年才俊，青年才俊。现在市面上弹古琴的，要么装神弄鬼尽他妈谈玄的，手上一点功夫也没有，要么只会弹那么几曲，滚瓜烂熟，毫无古意。听一次还能听，听两遍就腻了。说到底，都是没文化。跟我爷爷那辈的琴家比起来，差得不是一丁半点。就说你老师陆近春吧，也算当世一流高手了，拿一篇古文给他他能读顺下来吗？我爷爷他们，哪个不是一笔好书法一手好诗文？不过这也不是你老师的错，时代，时代不同了，获取知识、技艺的方式不同了，思想意识无法跟传统一样。古琴，关键就是一个'古'字，现在的琴，用的是七弦古琴，味道却是流行音乐。还不如干脆去唱流行歌，唱好了还能发财。不过，我相信好东西就是好东西，古琴文化几千年历史，那么多巨匠神人打造出来的东西，博大精深，总有出头之日。昆曲不是被列入联合国世界文化遗产了吗,我让他们把古琴也申报,这么伟大的历史,你们等着看,肯定会被列入世界遗产的。一旦上了世界文化遗产,你们等着看,古琴立马就会迎来大好形势。刘进一,你给我好好做琴,现在你到处求爹爹告奶奶让人买你的琴,等古琴上了世界文化遗产,你分分钟就会成为富翁。我可以告诉你,我五千块买了你两张琴,这位香港的孙先生说你的琴不错,愿意出一万拿这两张琴,我不卖。我认为你的琴一张就值五万。不相信,那你等着好了。我老唐别的本事没得,社会朝哪个方向发展,我比谁都看得清。你只管好好做琴,再提高一步,做出来放着,我以后就靠代理你的琴过日子了。"

刘进一说:"我今年的琴出来了六张,能不能请孙先生去看看?要的话可以选两张,我穷得睡不着。"

唐遇川哈哈大笑:"你真是穷到家了,急什么?这事需要运作,卖棺材还要讲品牌呢,你的琴无名无款,光屁股啷当,能卖出什么价钱来。等我找名人给你的琴题上琴名,再写一段诗文作跋,到时候再卖才能卖出大价钱来。你再穷几天,我保证你不久的将来成为有钱人!我老唐什么人物,我想让哪个发财哪个就能发财。北京有两家拍卖行的老总前些天亲自找到我这里来,他们都不约而同计划拍古琴,想拿我们家的琴开场。宋琴'轻雷'出的底价就是八百万。我没答应,卖我爷爷的琴,我岂不是成了败家子?不过这绝对是一个信号,旧琴的好价钱马上要来了。五年前道远兄来我们扬城,花了几万块钱,卷走了至少十张好的老琴吧?一转手,道远兄你说你赚了多少?不仁义啊哥们,欺负我们穷,欺负我们没文化。现在这事你玩不成了。大家知道老琴值钱，你们就没机会了。对了，焕群兄，你们家的两张老琴准备不准备出手？北京拍卖行我熟，我帮你介绍，顾老的琴，传承有序，名家所弹，我想五百万起拍没问题。你跟焕明日子也清苦，焕明带着个傻儿子，又不出来教琴，过的那叫什么日子？卖了琴，家里请个保姆，他出来教教琴，学生我来给他找，小日子不要太美啊！我这个人很俗，但我活得他妈真实，不装。文化人就爱装，装啊，装清高啊，把日子装穷了，老婆跑了，天天啃馒头吃咸菜。人活一世，草木一秋，如此寒酸过一辈子，有什么意思？你们等着看，各位清高的琴人不久就都会变成追名逐利之徒。这是好事，我不鄙视。我就喜欢看人们追名逐利，热热闹闹的。"

唐遇川口若悬河滔滔不绝，他架着二郎腿，晃着，一边神侃，一边用手指在空中敲着，好像那里有一只愚顽不化的木鱼似的。周明学琴以来，见过各式各样的弹琴人，有机会在一起弹琴交流的，除了陆老师，再就是其他几个音乐学院跟他一样的古琴专业的学生。大家见面弹琴聊天，都比较"文化"，像唐遇川这样"生活"的完全没有。周明觉得挺有意思。

又聊了一会儿，唐遇川提议弹琴："我先来吧，让你们弹你们肯定谦来让去。"说着，开始弹琴。他弹的是一张老琴，伏羲式，大蛇腹断纹，发音有若洪钟大鼓，音量惊人。曲子是《秋风词》，弹了没几句就弹不下去了。虽然气定神闲派头不小，但技术实在太差。

"一代不如一代，我爸的琴比我爷爷差一大截，我比我爸又差一大截，有辱门风有辱门风。道远兄你来弹吧。"

孙道远在琴上东弹西弹了一会儿,弹了一曲《阳关三叠》。他的指法非常花哨,出音细弱得几乎听不到。

唐遇川说:"我们道远兄弹琴,轻微淡远,这张'轻雷'到他手里,立马从关西大汉变成了林黛玉。我爷爷最恨人这么弹琴,弹弦如摸,毫无骨力。"

听唐遇川这么批评,孙道远也不恼,起身站在一边抽烟。很显然,这两人的关系不同一般。

周明问:"这张琴是不是就是唐老先生经常弹的那张'轻雷'?声音太好了!样子也美。黑白照片上看不出有这么红,真是漂亮!"

唐遇川说:"你先上手弹弹再说。"

周明坐下,试了几个音。他平时经常能弹到"梅间雪",上午又刚弹过"鹤鸣"和"松泉",这都是一流的旧琴。而"轻雷"给他不一样的感受。这张琴简直有点小叩而发大鸣的意思,轻轻一碰声音就出来了,而且既宽宏又深沉,如同在大壑中滚动的闷雷。

周明略想了想,用这张琴弹了《关山月》。这是一支小曲,三分钟就弹完了。

"再弹个大点的曲子吧。周明你有点客气了。"唐遇川说。

弹《关山月》的时候,周明发现"轻雷"出音松透至极,而又底蕴沉雄,比"梅间雪""鹤鸣"和"松泉"的深度都明显要好。但是他又觉得此琴的音色比较甜润,韵也太长了一些。弹《关山月》时的苍凉悲壮之意总是被这份甜润纾解稀释。于是,他把弦重新调了,开始弹《龙朔操》这首表现昭君思乡的曲子。

周明弹罢，唐遇川鼓起掌来："弹得好弹得好！你不仅把《龙朔操》的曲意弹到位了，更把这张琴的味道弹出来了。我这还是头一回听人用这张琴弹《龙朔操》。弹得好弹得好。你们知道吧，市面上弹这个曲子的有几位，都是一味的苦味，把王昭君弹成白毛女了。王昭君嫁到匈奴，又不是去当女奴的，单于娶她，不会天天家暴她吧？我们理解传统文化，动不动就搞运动的一套，这是中国传统文化吗？这都是受了苏联的影响。道远兄，你不是经常说中国传统文化在港台吗？你看我们年轻琴家的琴，要功夫有功夫，要味道有味道。功夫你们是不能比了，就是这其中的苦涩与辛酸，这其中的人生的滋味，就不是你们那几个雅士能弹得出来的。周明兄，我读过你的古琴文章，不错，你的知识修养文章修养不错。但恕我直言啊，你的文章不如你的琴，你的琴有骨头，而你的文章却很像道远兄的琴，哈哈哈，软趴趴的。要我写，直接把观点亮出来，想骂谁骂谁。文章是要完成改变社会的目标的。你想啊，《论人民民主专政》《反对自由主义》《共产党宣言》，哪个不是改变了这个社会？我知道你有自己的立场和观点，但写得太温和太含蓄，对于不良现象的批评还不如挠痒痒。有机会我跟你细谈，我来教教你怎么写文章。虽然我没读过什么书，但我可以教你怎么读书怎么写书。你们别笑，我说的绝对是道理。"

周明听他胡侃，很是开心。对于周明来说，这是一种很稀罕的感觉，因为在他遇到的所有人当中，只有他上中学时的音乐老师和体育老师才会用这种方式说话，其他人则与自己一样，与他人交往时总是收缩着性子，或者，天性就缺乏这种开张的状态。徐大可与唐遇川有某些地方很像，也有点挥斥方遒指点江山的气派，但还不到这么"潇洒"的地步。在周明看来，所有的老琴家，无论什么风格，琴声中都有共通之处，那就是他们内在的热情，一种毫无保留的诚挚。只不过有些是烂漫洒脱的，有些则将内心之情化入山河大地而已。

能做到这一点的，当今的琴家一个都没有。许多人在谈论所谓古琴学院派和民间派的差别，周明心里认为，当下无论哪个派，共同缺失的，主要还不是修养，而是性情的真挚。唐遇川应该算是"真"了，但这与"真挚"又显然是两回事。

周明说："我不喜欢骂人，老先生们尽管各有性情，却没见他们骂过别人。"

唐遇川说："这是你单纯善良的想法而已，你怎么知道老先生们不骂人？他们互相瞧不起互相拆台的事情多了去了。你老师不是成天讲传统是一条河流吗？没错，但是传统是一条鱼龙混杂泥沙俱下的河流，没那么清爽干净。"

周明说："所以高洁的人格和艺术就更显得有意义了。"

"你是不是又要说钟先生了？哈哈。我知道你是钟先生的粉丝。"唐遇川笑道，"不错不错，你要是拿钟先生做例子我就没话可说了。不过钟先生这样的艺术家在琴史上有几个呢？他为自己的追求付出了什么，我们也都不知道，只能想象他的艰难。走吧，我们去享受一下扬城的泡澡文化，我是俗人，生活就是我的信仰。"

周明问："唐老先生的札记中提到过他买过钟先生的一张宋

琴'慨古',这张琴还在你家吗?"

唐遇川说:"在啊,我家的老琴都在。'慨古'在我另一处住所,那张琴上面有钟先生和我爷爷的题跋,声音是我所见最好的琴。你想啊,钟先生用过的琴能不好吗?"

周明心里想,唐宗汉先生札记里说这张琴声音不佳的,现在唐遇川又说这张琴的声音非常好。也不知究竟是什么情况。但这个疑问他觉得不合适开口问,也就不再说什么。

唐遇川领着众人,去了"一泉浴室"。洗了澡,大家在休息大厅吃茶叶蛋、香干,喝茶。唐遇川说他要上楼快活快活,让大家也去。顾焕群说他不去,就在大厅休息一会儿。唐遇川笑话他胆小,"人民教师,注意点形象也好。走走,其他人上楼!让我们荡起双桨!今天我请客,你们尽管潇洒!哈哈。"

周明不太清楚唐遇川所说楼上快活是什么内容,他隐隐地意识到这大概有色情的意思。还在犹豫中,唐遇川已经一把拉起他,换了衣裤,把他拖上了楼。

二楼也有一个大厅,比一楼明显豪华得多,灯光很暗,周明适应了一下,才能看到一些穿着暴露的姑娘。他随着唐遇川的指点在一张躺椅上刚刚坐下,就有一位姑娘走过来,一屁股坐在他身边,手一伸,便搭在了周明裸露的腿上:"来了小哥哥,你看我行吗?还是有固定的妹妹?"周明从来没经历过这个阵势,生理上立即尴尬地起了反应。他架起腿,试图遮掩,说:"什么意思?我来洗澡的。"

唐遇川哈哈大笑:"周明你原来没玩过啊,笑死我了!这里的姑娘你仔细看看,如果喜欢哪个,就跟她去包间,她会把你像琴一样地弹一通。如果你想要什么样的深度服务,她都能满足你。"

周明再不经世,这时也算是明白了。他说:"对不起对不起,我是来洗澡的,就是来洗个澡的。"

那个姑娘在周明腿上拍了两下,笑笑说:"没事没事,那你可以在这儿看看电视休息休息。"然后,带着凑过来的孙道远离开了大厅。

唐遇川说他今天要陪周明聊天,问刘进一要不要一起。刘进一犹豫了一下,对站在他身边的一个姑娘说:"我就按个背啊,我的脖子、腰有点问题。"

唐遇川说:"你每回都只捶背按摩,你这是帮我省钱啊?要按摩,你应该到盲人按摩所去来正规的啊。这里哪里是按摩治病的地方?唉,我最看不起你这种心里想又不敢做的人。何必呢?这不是你情我愿平等往来的事情吗?"

刘进一还是没跟小姐走。唐遇川、周明、刘进一在躺椅上躺下来,唐遇川居中,周明、刘进一分别在他两边。

大厅里只有他们三个人,周明躺着,听唐遇川海阔天空地聊天,他谈的都是关于当前琴界的一些人物。谁谁谁特殊年代打过恩师,谁谁谁性欲特别强,谁谁谁跟一个道姑好后藏琴被道姑卷走了,谁谁谁用一张明琴加上一幅溥儒的花鸟画换了一辆进口摩托车。他对周明说,顾家两兄弟都是厚道人,他们家原来有不少好东西,字画古董之类的不少,但都被顾传松先生送给朋友、学生了。家里只剩下两张老琴。"你老师那张'梅间雪'也是顾老送的。那张琴多好啊,就这么送了。顾焕群他们也没意见。这就是琴界的古风。钟先生的'长清',唐琴,你当然知道的,不也被钟先生送给他的关门弟子齐丹青了吗?放在今天,这种事情是绝对不会再有了。送老琴,等于送几百万!像'长清'这样的唐琴,可以买一栋楼!"

"齐先生也没用'长清'录音啊。这张琴不知现在怎样了?"

"齐先生,那是出名的怪人。跟钟先生一样怪。除了琴曲录音,钟先生一生没留下任何文字。齐先生跟她老师学,也不留文字,而且更过分,连琴曲也不录。"

"你见过齐先生吗?"周明问。

"见过一次,"唐遇川说,"那是两年前,专门去梁溪登门拜访。见是见到了,还请我吃了一顿饭。但是整个过程都是她谈钟先生如何如何不受重视,既不弹琴,也不让我看'长清'。还教训我,说我不学无术,愧对我爷爷。她眼里只有钟先生,其他人她心里都瞧不上。她那个脾气,跟她没道理说。"

周明告诉唐遇川,他此行的目的之一是去梁溪拜访齐先生。唐遇川说:"我劝你别去碰这个钉子,我扛着我爷爷的旗号去见她她都没给面子。老孙这家伙怎么还不出来?"

正说着,孙道远回到了大厅,说:"遇川兄,今天没吃饭就洗澡,饿死人了。走吧,我请客,今晚吃火锅如何?"

唐遇川说:"是该你请客了,上回帮你弄的那幅郑板桥的书法大立轴,说好事成后你给我十万的,也没兑现。今晚你该掏掏钱。走,我们喝酒去。"

几个人离开浴室时,唐遇川打了个电话给顾焕明,让顾焕明把儿子也带来,又打了两个电话,叫他的朋友也到"双喜酒店"喝酒。

唐遇川他们先到了酒店,在一间大包间里坐下不久,顾焕明带着一个十来岁的男孩来了。唐遇川对他说:"蓬蓬,又学了什么新歌啊?"

那个叫蓬蓬的男孩胖胖的,头戴一顶红色的帽子,突着肚子,表情幼稚,一看就有点智力问题。见唐遇川问他,也没回答唐遇川的问题,说:"爸爸喝酒,讨厌。"

周明说:"顾老师爱喝酒啊?看不出来。"

顾焕群说:"我弟弟就这点不好,太爱喝酒。"

唐遇川说:"他那哪叫喝酒,那叫酗酒。要喝也弄点好酒喝喝,成天喝那种劣质酒,早晚得病。"

唐遇川叫的两个朋友到了以后,上了菜,大家开始吃饭喝酒。顾焕明的儿子蓬蓬只管闷头吃肉。其他人在唐遇川的号召下喝起酒来。

周明表示他不会喝。唐遇川说:"只有不敢喝的,哪有不会喝的。不喝酒,如何能把琴弹好?你看我爷爷、顾传松先生、钟先生,哪个不喝酒?"

周明无奈,只好跟着一杯杯地喝起来。他心想,早知今天,平时就跟着徐大可多练练酒量了。

酒桌上唐遇川好像在跟孙道远和另外两个扬城朋友谈买卖古董字画的事,周明不明就里,也就没怎么听。顾焕明一言不发只顾喝酒,好像酒量不小。几杯下肚以后,周明感觉有点恍惚,见到有人向他举杯他就一仰脖把酒喝尽。很快就什么也不知道了。

等周明醒来时，听到有琴声传来。他发现自己躺在一张床上，屋里是黑的，有灯光从门缝里透进来，琴声是从隔壁亮灯的屋里发出的。他头疼欲裂，口极渴，便支身起床，拉开门。见顾焕明正坐着弹琴，蓬蓬坐在他身边的板凳上，用小刀在一块木头上刻着什么。

见了周明，顾焕明说："你醒了？你床头有一大缸白开水。"

周明说："哎呀，我是不是喝醉了？这是你家吗？不好意思啊。"

顾焕明走到周明刚才睡觉的房间拿来水杯递给周明："多喝水。"

"几点了现在？"

"两点半。"

"你们还没睡？"

"我们习惯了。你没事，我们马上也睡了。"

周明见蓬蓬刻的是一个佛像，凑过去看。蓬蓬看周明，说："爸爸喝酒，讨厌。"

顾焕明让蓬蓬睡觉。周明环顾四周，发现这是一室一厅的房子，顾焕明让蓬蓬睡的是客厅里的一个简易小床。

"你睡哪儿？"周明问顾焕明。

顾焕明说："你去睡吧，我没事。"

周明说："那我陪你弹琴。"

顾焕明说："不早了，都睡吧，那还是我和蓬蓬睡房间，你在客厅马虎睡吧。"

他叫起已经躺下的蓬蓬，父子俩进了里屋。

周明坐在琴桌前,看着琴,发了一会儿呆。墙上挂着一张照片,黑白的。上面两个人周明认得,一个是顾传松先生,一个是钟鸿秋先生。顾传松一只手搭在钟鸿秋先生的肩上,哈哈大笑,钟先生则闭着嘴,也是一脸笑意。

周明先是学着顾先生张大了嘴巴的样子,又学着钟先生闭着嘴巴微笑的样子,他想不起自己有什么照片是笑的。他感觉有点累,便关了灯,在小床上躺下,很快睡着了。

8

徐大可说好和周明一道去访琴而未去,真实原因并不是他要回故乡处理家事,而是因为余韵有事求他帮忙。

余韵发给徐大可的短信上说:"三十号能陪我办一件事吗?多谢!"

徐大可想都没想便回复道:"没问题!时间、地点?"

"早上七点半。'海峡'医院大门口。"

"OK。"回了短信,徐大可几乎在第一时间就想:别是怀孕了吧?

三十号是周一。徐大可一大早就起了床出了校门。他在校门口的早餐摊上吃了一碗豆腐脑、两根油条、一只五香茶叶蛋,然后坐公交车去了海峡医院。海峡医院在开发区,是一家台湾人办的民营医院。江城的人都知道这家医院服务好、收费高,一般人看病不会选择去这家医院。

到了医院,徐大可发现才六点四十。医院有一个院子,门口有两盆高大的铁树,徐大可还没见过这么高大的铁树,它们的枝干像两条威武的龙。一个上了年纪的工人在院子里扫地。

徐大可走进院子，坐在玻璃大门前的台阶上。那个工人师傅看了他一眼，冲他喊："可以进去的，一推就进去了。你看急诊啊？"

徐大可答道："噢噢，谢谢啊！"

他站起来，推开玻璃门，走进门诊大厅，在一排空椅子中的一张上坐下来。不一会儿，陆续有人进了大厅，一些人相互打招呼道早安，进入电梯，应该都是些医护人员。

墙上挂着各科室专家的照片和介绍，徐大可走过去看。在"心理医学科"部分，有两名专家的介绍，一名毕业于美国，一名毕业于日本，都是博士学位。他们一个神情傲慢，一个神情呆板，看上去还很年轻。徐大可想，不知他们水平如何？人不可貌相，也许妈妈的病在这里能治好。翠锁在老家的医院看过病的，医生都说这个病无法根治，只能用药控制，而且是终身用药。

当徐大可准备再次坐到椅子那里时，他看到余韵走进了大厅。余韵戴了只口罩，穿了条很肥大的浅咖啡色的亚麻布裤子，上身是灰色的对襟衫。

余韵看了看徐大可，并不说话，直接走到电梯口，徐大可紧赶两步跟上她。电梯门口已经有不少人在等着。余韵垂着头，看自己的鞋子，她的头发扎成马尾巴式，用皮筋扎着。电梯开了，人们纷纷进入。徐大可跟着余韵进了电梯，有一个高大的汉子跟着徐大可挤进来，把徐大可挤得贴到了余韵背上。

"为什么医院的电梯都不够用？人民医院、总院，哪家不堵得要命？设计医院电梯的人大概都没得过病看过病。"那个高大的汉子嘟囔着。

徐大可的脸几乎碰到余韵的头发了，他闻到了一种好闻的香味。

"好香水！有钱！"那个汉子说。

电梯到了六楼，余韵走出电梯，徐大可跟着出了电梯。

拐到侧面，徐大可看到门框上方三个红色的大字："妇产科"。

余韵在门口站下，摘下肩上挎着的包，打开来，从里面拿出一张纸和一袋东西，然后把包递给徐大可，转身进了妇产科，再一转身，背影就消失了。

徐大可无处可去，只好走到门厅的窗户那儿往外看。从这个窗户，他看到了远处最高的那个楼，这是严重的那个鸿海商场。楼的尖顶有些像教堂，金色的，如果到了下午，太阳转到西边，这个金色的尖顶应该是辉煌闪亮的。

徐大可等的时间并不长，就有一个护士在走廊里高喊："余韵家属！余韵家属！过来接人！"

徐大可愣了一下，马上反应过来跑了过去，见余韵在一名护士的搀扶下弯着腰拖着步子慢慢地往外走，先前的口罩不见了，可以看到余韵苍白的脸色。

"交给你了。"那个护士说。

徐大可先是伸手拉住余韵的袖子，但立即意识到这样做不得劲，便用手攥住了余韵的胳膊。

"口罩。"余韵腾出一只手指指口袋。

徐大可从余韵的口袋里抽出口罩给她戴上,又攥着她的胳膊,走到电梯口,按了按键。电梯到了,徐大可伸出另一手扶着余韵的另一只胳膊,将她搀进电梯。电梯里没有其他人。余韵的身体背对着徐大可,面朝板壁站着,弯着腰低着头,看自己的脚。电梯里此时除了香水的味道,还多了药水的味道。

他们慢慢地走出医院,走到大路边等出租车。徐大可在见到一辆出租车后招手叫住车,拉开车门,先把余韵扶上后车座,然后坐到副驾位置上。

"去哪儿?"司机问。

余韵说:"江滨希尔顿酒店。"

她的声音很轻,不过徐大可听见了。他对司机又说了一遍"江滨希尔顿酒店"。

车到了酒店,停在酒店大门口。酒店的服务生过来拉车门之前,徐大可付了钱给出租车司机。

两人下了车,徐大可扶着余韵走进酒店大堂。余韵并未到前台,而是直接走向了电梯。

徐大可跟着余韵进了八楼812房间,余韵有门卡。进了房间之后,余韵径自走进卫生间,关上了门。徐大可站到窗前往外看。这个房间朝南,看不到长江,却能看到鸿海商场。那座楼的顶部尖尖的,真有点像教堂。

窗下的桌上放着两袋水果,边上有一只小行李箱。显然余韵先前已经在这儿住了。

徐大可等了好一会儿，还不见余韵从卫生间出来。他走到卫生间门口，敲了两下门，叫了余韵的名字。余韵没应声。徐大可又叫了两声她的名字。才听到里面水龙头放水的声音。又过了一会儿，余韵开门走了出来，走到床边，坐下，头发披散下来，遮住了她大部分的脸。徐大可先是站在她身前，后来蹲下身，仰头看她的脸。余韵紧抿着嘴唇，闭上了眼睛。

徐大可蹲了好一会儿也没想出应该说什么。他看到余韵的眼睛里流出了眼泪，很想抱抱她。但他没这么做。他笑一下说："我最见不得别人流眼泪，你流泪，我也绷不住。你躺着吧。我去给你弄点吃的。"见余韵不说话，徐大可伸手在她头上拍了两下，说，"余韵，谢谢你信任我。"他走出了房间，拉上门，看了一下房门号，然后下楼，走出酒店，走到大街上。阳光灿烂，徐大可眯着眼睛，他想他一定要紧紧地抱抱余韵。

第二天是国庆节，从这一天起一直到十月六日，整整六天，徐大可反复出入这家酒店。每天他都要给余韵送吃的，余韵爱吃馄饨，徐大可每天都要买馄饨送来，另外，每天都要去一家小饭馆订鸡汤鱼汤。对于徐大可来说，这六天既漫长又短暂，说漫长是因为整整六天余韵几乎没说话，把徐大可闷得够呛；说短暂，是因为当他和余韵离开酒店，余韵坐上出租车示意徐大可不要跟她一道走，他看着余韵的车驶远直至不得而见时，他觉得这几天仿佛从来没在他的生活中出现过一样。他记忆最深的，只有他攥着余韵胳膊的感觉，还有那个高楼上的尖顶。

徐大可不知该去哪里，他趿拉着腿脚，慢慢地走回学校，先在篮球场看人家打球,然后去了"东坡",坐在"东坡"上往下看来往的行人。秋意渐浓,风吹过来让人感到阵阵凉意。每阵风吹过时,会有树叶纷纷飘落。树叶都是一样的,而眼前走过的人一个跟一个不一样,没有一个相同。徐大可觉得他可以仅凭一眼就能洞察每一个人的生活遭遇和内心情形。他觉得每一个人其实都自以为清楚他们需要什么、想要走去哪里,而实际上他们都并不清楚这些。他不断地想到了周明:"这家伙,一张琴就是他全部的世界了,活得真简单,令人羡慕。"

正在他想周明的时候,突然间他看到周明。周明背着背囊,远远地往这边走过来,他也看到了徐大可,高高扬起手,喊徐大可的名字,好像见到久别重逢的亲人似的。

"我还在想你会不会在这里,没想到你真在呢。"周明走到坡上,跟徐大可握手。

"哈哈,出门一趟,更有教养了。"徐大可说,"你赶紧坐下来,我有要紧事请教你。"

"你请教我?除了古琴方面的事,其他事情不都是你谆谆教诲我吗?"

"我说的是正事。"

"什么事?"

"你能不能对我这个人做一个全面的分析?"

"你还年轻,经历尚浅,有必要说得这么严重吗?"

"不开玩笑,我说的是正事。要客观、准确、全面,你要把我当一篇论文来做,当一块臭肉来剐。我能够看透所有的人,但我看不透我自己。能看透我的也只有你周老师了。你要意识到,这是决定我未来至少三十年的一次历史性的谈话。也就是说,到我五十岁时是一名无人不知的超级富豪还是沿街乞讨的流浪汉,是艺术大师还是在殡仪馆吹唢呐,就靠你今天的一番分析总结了。"

周明觉得有些滑稽,见徐大可不像开玩笑,就说:"就在这儿谈?这么重大的请求,不请我喝好了,哪来的兴致?"

"你喝酒?我肚脐眼给你闻闻你都会醉。不喝,就在这儿谈,谈到我满意,我请你喝茅台!"徐大可说,"你出门这一趟,是不是学会喝酒了?好了,你请坐,从我心灵的窗户看进来,说吧!"

徐大可坐在周明对面,神情认真。周明从来没这么凝视过徐大可,他觉得好笑,但还是开口说起来:"分析评论一个对象,需要充实、丰富的资料,所以,当我问你问题时,你必须如实地回答,交代问题,暴露思想。否则结论便没有意义。首先,我可以先把三十年后你的状况提前告诉你,这是命,如果你需要进一步地了解这三十年期间自己的力量、弱点是什么,该如何趋长避短,可以在我喝几口酒后再谈。告诉你啊大可,我突然发现酒是个好东西啊。你总不能让我饿着肚子无精打采地谈你的前生往世吧?好好好,我不偏离主题了。五十岁以后,应该不用到五十岁,也许四十岁,你就成了你向往的超级富豪。大艺术家?不,你不会成为大艺术家,那太难了!人类文明史上,可以称得上大艺术家的凤毛麟角,你就别想了。"

"就这些？这不叫分析，这是他妈的画了一个大饼哄我玩呢！"

"你非要我剖析你？好好，那我不客气了啊。"周明闭上眼睛，叹了一口大气，说道："首先，你的欲望，发财致富出人头地的欲望非常强，你每天想的都是如何挣钱，并且，在行动上毫不耽误。其次，你对社会的关注，你对人、对事的判断，比我认识的所有人都厉害，比较冷静和客观。再次，你善于和人打交道，老的少的贫的富的雅的俗的，什么类型的人你都能立即交流起来。不像我，交流对象面比较窄。你别急啊，你的弱点接下来就要说到了。第一，你从农村出来，没有背景没有靠山；第二，你的情绪有时不大稳定，骨子里并不像你多数时候表现出来的那么宽松。你经常失眠，心事太重，有时会莫名其妙地陷入一种我也说不清的忧愁烦躁，比如上回季风在宿舍你的金鱼缸里投进了几块肉你就大发雷霆，就完全是失态的表现。是啊，是啊，我知道你是借题发挥，知道你对季风换女朋友不当回事有看法，但即使是他换女朋友换个不停，那也一定有各方面的原因。我看过一篇文章，说成功男人的老师就是恋爱，而且是换不同对象的恋爱。从一而终其实是有问题的，经历不多，怎么知道谁才是合适的？你没谈过恋爱，也不代表你将来只会谈一次恋爱。成功是什么你知道吗？就是你常向我灌输的，真正的大河都是泥沙俱下的。"

说到这儿，周明突然问："你是不是恋爱了？奇奇怪怪的。你说回故乡办事的，是不是回去找媳妇去了？"

徐大可说:"我是真心想从你嘴巴里得到一些帮助的,不行不行,你说的这些太一般,太一般了,只能换得一瓶啤酒,不值得请你喝茅台。走吧,咱们去吃饭。你这趟出门,收获不小吧?我看你人都明显有了变化。"

几天来陪余韵,徐大可内心积郁了许多东西,听周明随口一通乱说,他心里舒服了许多。

两人去了学校后门的一家小餐馆,点了菜和啤酒,正准备开吃,突然见余韵和谈丽走了进来。见到徐大可和周明,谈丽兴奋道:"今天运气真好,有人买单了。"余韵愣了一下,但马上走到桌边,用轻松愉悦的口吻说:"我看看他们都点了什么菜。妈呀,红烧肉、香肠,全是肉。"

徐大可邀余韵和谈丽一块儿吃,她们也不客气,坐下来,谈丽要来菜单,又点了几个菜。徐大可问服务员有没有好一点的汤,服务员说了几种,徐大可说那就再加一个鸽子汤,放点黄芪和枸杞。

谈丽说:"这可是大补,滋阴壮阳的。"

徐大可说:"必须的,必须补一补。难道只能那些谈恋爱的人需要补,我们这些男光棍女光棍就不需要补?我们要时刻准备着,到战斗打响的时候我们才有足够的子弹向敌人扫射。"

"对对对,"谈丽说,"身体是革命的本钱。你们知道吗,季风,你们的同屋,早泄。"

余韵试图阻止谈丽:"你别瞎说。"

"谁瞎说了?是范歌子亲口告诉我的。还不是一般的不行,还没入港就泄了。歌子跟我说,她实在不想跟季风再处下去了。但是拿了季风好些东西,拿人的嘴软,开不了口。要我,把东西还给他,一刀两断,有什么好犹豫的?"

余韵再次阻止谈丽:"你别瞎说了,多不合适啊。"

徐大可给每人的杯里倒上了酒,说:"合适合适,听这些多下酒啊!来来来,我们先干一杯,祝我们亲爱的同学季风早日振作起鸡巴雄风来!"

众人大笑,除了余韵没喝,其他三个人都把酒干了。徐大可拿过余韵的酒杯,说:"你不想喝就别喝了,我来吧。不过不喝酒的今天买单啊。"他把酒喝了,问服务员要了鲜榨果汁。

谈丽盯着徐大可说:"有点意思啊徐大可,服务周到啊。我们余韵最近身体不佳,浑身无力,今天在床上躺了一整天了,你这是明察秋毫怜香惜玉啊。"

徐大可说:"我学过中医,擅长医治阳痿早泄不孕不育,你将来有什么需要帮助的尽管告诉我。"

谈丽笑着用筷子敲徐大可的手:"你就是嘴上功夫,学生中间,男生,就你和周明没女朋友吧?"

徐大可说:"我最近一直在思考一个事情,为什么我一腔深情苦苦等待,到现在连一个女生都不追我。周明是书呆子,他只有古琴一个情人,估计今后要打一辈子光棍。我不呆啊。"

"谁敢说你呆啊!你比鬼都精!"谈丽说,"现在哪还有呆子啊?除了周明。周明那叫还没开窍,有朝一日开了窍,说不定比谁都厉害。我们女生都知道你徐大可心里在想什么,你两只眼睛成天盯着女生,你到处打听女生的家庭背景,你心里早做好了标准。你骨子里是封建加资本。"

"此话怎讲,什么叫封建加资本?愿闻其详。"

"你自己心里清楚。你跟人说过,找女朋友必须要是处女,要贤惠,不要有什么个性,要会做饭。有没有这事?你不要否认,我的消息绝对可靠。你要找家庭条件好的,父母都得是大学毕业,公务员、医生、大学老师优先考虑,有钱人也行,必须是富豪级的。你不要抵赖,别拿你喝醉酒了说醉话来当借口。人还是真实点好,我觉得你的标准很正常,我要是个男的一定也会这么设置标准。不过请允许我打击你一下,就你的第一条标准你就无法实现。现在的女生,特别是音乐学院的女生,哪里还有处女啊?除非这个女生有见不得人的毛病。告诉你徐大可,你的意识很肮脏,你这是自我找病的节奏。什么病啊?精神病!自己不干净却总想别人干净,这就是典型精神病的表现。"

谈丽和二胡老师匡杰好过、匡杰的老婆到学校来骂谈丽的事在大二时曾经闹腾过好一阵子,要不是因为匡杰的岳父是校长,这事可能会难以收拾。而谈丽的父母也都在学校工作,学校对她也不作任何处分。这些事,徐大可当然早就知道。他也知道余韵和谈丽是闺蜜。只是关于余韵的家世,因为余韵对她的家庭只字不提,徐大可一无所知。

对于谈丽口无遮拦的一番话,徐大可始终控制住情绪,并未多作反驳,只是在她说到精神病的时候,突然间差点儿失去控制。他已经在心里想好了骂谈丽的话"你以为你是谁？你不把处女不把贞操当回事是你的事，你怎么可以指责我把这事当回事？"但他最终还是忍住了没把这话说出口。因为余韵就坐在旁边，她的眼睛一直在看着她眼前的碗，一种苦涩的带有央求的神情不断从她眼睛里流泻出来，仿佛在央求那只碗给她一个拥抱。

"好，好，有意思，难得，难得。我们俩干一个。"徐大可举起杯子，和谈丽碰了杯，然后把杯中酒一饮而尽，"你比周明更了解我，我和周明朝夕相处，他对我的了解远不如你。"

周明说："我们能不能谈点别的？你们想不想听听我国庆期间的见闻？我这一趟出访，收获真是胜读十年书。"

徐大可说："好好，接下来的时间都给你。你从来都是不鸣则已，一鸣惊人。我要听我要听。"

周明交替着挥动双手，开始说他这一路访琴的见闻，描述他遇到、弹过的一张张旧琴和新琴，每张旧琴的形制、声音、断纹、题跋等等，他说得津津有味，而听的人完全没感觉。

谈丽说："周明，我发现你的书呆子气越来越浓了。琴是你的专业，我们不要听，我们想听你路上遇到了什么好玩的事情和好玩的人，有没有艳遇什么的。还有，你要这么呆下去，毕业以后靠什么活就成了问题。古琴太冷门了，乐团不要，又没有考级，小孩子也不学。"

徐大可说："不一定。周明学问好，人品好，说不定将来是音乐学院的领导。"

"他？当领导？怎么可能！"谈丽说。

徐大可说："你有所不知，古琴以前冷门，现在有点开始热了。这么深厚的中华文化，总有出头之日。如今不是在喊弘扬优秀民族文化吗？"

谈丽说："古琴能弘扬起来吗？连我都听不出《平沙落雁》和《渔樵问答》有什么区别，就别指望普罗大众喜欢上了。假如普罗大众都喜欢上了，古琴也就烂大街了，不稀奇了，没什么高雅了。"

"你怎么事事爱抬杠？"徐大可说，"你还别说，你这几句话倒有点思想，看来你不仅是个吃货。"

"存在决定意识，时势造英雄，这个道理你懂不懂？古琴高雅，还不是因为古琴冷门孤独？陆老师清高吧？连学生都招不到，四年只招了周明这么一个独苗，他当然清高。假如天天有学生家长为了小孩考大学往他那儿送礼，假如他日进斗金地教学生，你看他还清高不清高，高雅不高雅？"

这时，余韵离席去卫生间，徐大可问谈丽，余韵怎么闷闷的不说话。谈丽说："这也是表象。你说我爱抬杠，余韵那才真叫爱抬杠。只是她的抬杠方式不是说话搬道理。她骨子里很轴，独往独来，什么事都要按她的意愿。她是典型的闷骚型的。这也是存在决定的，是她的家庭决定的。"

"她爸妈是干什么的？"徐大可问。

"具体干什么的她从来不说，只是说过她爸妈的关系很特别。她说她妈什么都要别人听她的，她爸基本就是她妈的一条狗，对她妈言听计从。她说在她的记忆中她爸妈就从来没抱过她。陆老师不是说过吗，余韵的筝，有彼岸的味道。什么是彼岸？冷呗。家人待她冷，她能对别人热吗？余韵挺怪的，又不穷，却对物质非常在意。"

"你俩性格完全不同，怎么能成好朋友的？"

"这有什么好奇怪的。你和周明性格完全不同，不也是好朋友吗？老实说，我跟她在一起挺累的，总是要猜她心里在想什么。大多数时候她会一动不动地坐着发呆，也不知道她在想些什么。但她又不是书呆子，她想的绝不是周明想的那种书上的事情。一个人和另一个人成为好朋友，都是命，哪有什么道理。也许是上辈子我欠她的。奇怪的是她不找我我也会找她，跟她说什么我都愿意。"

"她成了你的垃圾桶了。哈哈。你们女生平时在一起都谈些什么呢？"

"你是不是在追女生啊，怎么打听这些八卦问题？我们在一起谈的都是人，都是生活。我们把你们男人研究得透透的，你们男人基本上都像没头苍蝇，不问香臭，见到腥就扑。好像很有志向，其实对什么事都只有三分钟的热情。你们说女人水性杨花，实际你们才是浅薄浮夸的动物品种。女人爱财，那是想要得到安全感，你们爱财，是想胡作非为欺男霸女。你在不在听啊？我讲话的时候你怎么看手机啊？"

"你继续说，我洗耳恭听呢。"徐大可在用手机给余韵发短信，他在短信里写道："你没事吧？"

余韵给他回复道:"没事,谢谢。"

这样的信息交流前几天徐大可和余韵之间进行过多次,徐大可每天到酒店给余韵送吃的,离开时他发的所有的信息都是这个内容,而余韵回复他的也都是同样的内容。徐大可回到宿舍躺在床上会反复地看这几条相同的信息。余韵坐出租车和他分别时,他写好了另一条信息"其实很想拥抱你",但是他想了很久还是没发出去。

余韵回到了饭桌上,谈丽说:"我来帮诸位算个命如何?是余韵教我的,她说是一个台湾人教她的。结果我比她算得更准,以后我准备靠这个挣外快。今天我免费帮你们算。不需要生辰八字,完全用面相算。就从徐大可开始吧。"

她又喝了一杯酒,看着徐大可说道:"这套理论的基础是性格分析,根据是人的五官长相。人的长相是按他长期的内心状态形成的。具体方法先不告诉你们,免得你们学了去。原理其实就是性格决定命运,我深以为然。徐大可,你是个骄傲而忧愁的人,你的智商、情商、胆商比一般人高强许多,你既有直率的一面,又有伪装的一面,但这两个方面在你身上又并不矛盾。你很容易获得别人的信任,却不愿意信任任何人。你的心很大,有野心,一般的小利不在你眼里。你很执着,甚至很疯狂,想要什么就会不惜一切代价去争取。你的性格适合做外交官、冒险家和艺术家。你很会讨女人的喜欢,因为你身上散发着强烈的男性荷尔蒙的味道,而且你很松弛,很大方。但你的另一面不知什么时候就会爆发,一旦谁得罪了你,你就会报复,会置人于死地。你当然会恋爱,但是你爱的人不一定爱你。会的会的,你会很有钱,会有贵人帮你,这个贵人一定是女的。男人们不会帮你,你对他们的威胁太大,但你的克星也是女人。你会有想得到一个女人而得不到她的痛苦。你不会太幸福,因为你没有定下心来的时候。你的一生会在大风大浪中度过。你可能会富可敌国,但到头来却是两手空空一无所有。你的晚年会很凄惨。"

徐大可哈哈大笑:"一直把你当吃货的,今晚算是开眼了。天外有天,天外有天。你说,继续说。我敬你一杯。"

谈丽长得很丰满,上身穿的是一件松紧口的半截衫,上半个胸脯露在外面,过一会她就会用手把松紧口往上拉一拉。

"来说说周明,"谈丽端详了一会儿周明,说道,"周明其实没什么算头,天下人命运的平均值就是他的命。他的理性水准自律能力几乎超过了一个七十岁的老者。我们女生在背后都称他'周老'。他完全没有冒险精神,好像一条结实的船漂在没有波浪的小河上,迎面吹来凉爽的风。他也会爱女人,但不会主动追求女人,他十分爱惜自己的羽毛,他有精神洁癖,或者说是胆商很差。将来会有一个温柔贤惠的女人嫁给他,给他生两个孩子。他不会有钱,成不了有钱人。属于吃不饱饿不死长不大的一族。不是他不爱钱,是他不具备挣大钱的胆商,这就跟他对女人的态度一样。周明年轻时没有桃花运,结婚也起码要到三十岁,也就是他读到博士后的年龄。博士后的头衔找老婆总找得到。大学期间不会有女生爱上他。"

周明攫了一块鸡吃，说："我的人生就是鸡肋。好好好，我吃一块鸡肋肉。"

徐大可对谈丽说："你这就是想当然胡说八道了。周明不是你们这些成天关注八卦的女生能理解的。我要是有个儿子，我如果遇到不测，一定把我的儿子托付给他。周明是可以托付终身的人。"

"这有什么劲？"谈丽对此表示不屑，她又用手往上拉了拉松紧口，这个动作对于遮掩她高高隆起的胸脯其实属于欲盖弥彰，"古人不是说过吗？涸泽之鱼，相濡以沫，不如相忘于江湖。反正周明没有女人缘，他平庸的幸福不受我们美少女待见。我们女生都怕跟周明说话，他一开口就都是书上的东西。书上的东西再厉害，那也是人家说的，古人说的，你倒是弄几句自己的发现来说说啊。"

周明这时用手指了指谈丽的胸，结结巴巴地说："你不要老是往上拉，弄得像捉迷藏似的。你别怕，我这条小船经、经、经得住大、大、大波、波浪。"

他这话说得太过突然，徐大可是知道周明其实时不时会有冷幽默，而谈丽和余韵完全没反应过来，等她们反应过来，两个人都笑得不行，余韵直接把嘴里的汤喷到了桌上，笑得捂着肚子直抹眼泪。

徐大可见过余韵的笑，那种控制得很精确的笑，她这样的大笑他是第一次见到。余韵的一头长发披在了脸上，徐大可能看到她翘翘的鼻子和线条圆润而挺括的嘴唇。他站起身来，拍

121

拍周明的肩膀，走到卫生间，用手机编了一条信息，发给了余韵，上面写的是："我很想抱抱你。"他等了一会儿，余韵并未回复。他再次发送了这条信息。这次余韵回了："很开心有今天，有你，有你们。谢谢。"

这次周明喝多了，他的酒量本来就很小，两瓶啤酒下肚，他已经有点失控。徐大可把他拖回宿舍，周明躺在季风的床上，随手拿了季风的杂志，看上面妖娆的美女。季风自从和范歌子好上以后，就在学校外面租了房，方便恋爱活动。

"你有进步啊，酒量见长啊。"徐大可说，"以前要是喝两瓶啤酒，你早呼呼大睡了。"

"不是你说的吗，醉一次，酒量就长一点。我这趟出游，天天喝酒。我自己都感觉到了进步。"

"访琴、访琴家有收获吧？"

"有有，"周明坐起来，"吃饭时不就说过了吗，见了十几张老琴，宋元明的都有。大饱眼福。我告诉你啊，新琴和老琴完全不是一个意思，且不论声音高下，意思就不是一个意思。老琴像一个个有个性的人，有突出的存在感。新琴做得再好，都没有个性，没有存在感。实在想不通是什么道理。"

"你一直想去梁溪见齐丹青老师的，这次有没有见到啊？"

周明说："见到了见到了。学琴以来的最大收获。齐先生的琴弹得太好了！"

"那，那张唐琴看到了吗？"

"'长清'啊，倒没有缘分见到。不过，见到了弹过'长清'

的几个人。扬城的顾焕明兄弟，润城的高卓，还有余以怀老师。他们以前都弹过'长清'，评价极高，都认为是存世声音最好的琴。我问他们究竟这张琴是怎么个好法，他们说难以形容，反正会弹琴的一上手就会知道。余以怀老师说，一弹这张琴，别的琴就不存在了，即使是那些弹琴人都知道的宋琴也不存在了。"

"无法想象。令人神往啊。"

"是啊，这样的琴，哪怕弹上一曲，也不枉学琴了。"周明说，"我毕业以后争取到博物馆去工作，陆老师说省博有二十多张老琴，长期不弹，琴会不行的。好乐器跟好家具一样，要用，越用越好。"

徐大可递给周明一瓶矿泉水，说："周老，有件事我想听听你的看法，我有点拿不定主意。"

周明说："什么事？恋爱的事吧？"

"算是吧。"徐大可说，"我发现我喜欢上余韵了。"

周明说："嗨，原来是这事啊。如果是这事，我可以明确地告诉你，不合适。为什么啊？余韵谈过男朋友，对对，就是哈维。你既然知道，为什么还要有想法？我以前的确喜欢过她，但是知道她跟哈维有关系，我立马放弃了。没错，我狭隘，我承认我这方面狭隘得很。我要找就找一个一心爱我的人。"

徐大可说："你不懂爱情，你真不懂爱情。现在都什么时代了，你还如此封建。人，不是琴，'长清'可能会让别的琴黯然失色，但每一个女孩都是一个存在，每一个女孩都有可爱之处。

即使是琴,我觉得你的观点也有问题,真正要有境界,什么琴不能弹?非要顶级的琴才弹,说明你的内心不够强大。不要说余韵跟哈维谈过,就是她谈过好几个,那又怎样?"

周明见徐大可有点激动,就说:"行行,你追余韵吧,我没意见了。反正恋爱又不是婚姻,了解了解,经历经历,总不要紧。不过,我有点怕余韵。说不上来怕什么,总之有点怕。我觉得她像个谜,她心里在想什么,她追求什么,在意什么,很难吃透。她的天分很高,老师们都说她是改革开放以来音乐学院最有天分的学生之一,但你有没有发觉,她对艺术并没有什么远大的追求。你说过,如果能把余韵的热情燃烧起来,她会特别厉害。我却觉得她对任何事情都不会具有热情。我问过她,最喜欢的书是什么,她说是加缪的《局外人》,这本书你看过吧?写得当然太好了,但是很灰暗、很绝望。我不喜欢这种灰暗绝望的心理,人还是热情一点、单纯一点才好。听音乐也是这样,马勒、理查·施特劳斯好不好?好。但我还是愿意听贝多芬,愿意听舒伯特。我喜欢明亮的东西。"

徐大可拿过一瓶"二锅头",倒在茶杯里,自己喝了一大口:"周明,你有没有发现,我还没年轻过就已经老了。谈丽说女生背后叫你'周老',其实你活得很简单,令人羡慕的简单。你好像没有怕的东西,我不行,我害怕的东西很多,怕傲慢,怕自私,怕贫穷,怕孤独,怕失败,怕忧愁,最怕的,是内心的无依无靠。我还没有追求余韵,心里也是拿不定主意,所以很想听你说说。这些天以来,我总是想去抱抱她,我觉得她特别孤单特别忧愁。别人听她的筝，都夸她弹得淡雅质朴，她从来不像那些人在舞台上搔首弄姿从头到尾假高潮地弹筝，而我每次听她弹筝，都觉得她弹的是古琴，是唢呐，是一棵大树被狂风吹折了枝干，是河水断流的苍凉，是一个人在荒漠边孤独地行走边仰望冷月。我总是想去抱抱她，她需要一个人去抱抱她。"

周明的酒一下子涌上了头，他从来没见过徐大可用这样的方式跟他说过话，他看着徐大可，半晌说不出话来，他只觉得胸膛中有火烫的东西在翻腾，眼里有东西往外流。他拿过徐大可的杯子，一口喝干了里面的酒。

"我敬你，大可，真的，我再敬你一杯。"周明说着，又倒满了一杯酒，一大口全干了。

周明醉了，在盥洗间吐得一塌糊涂。徐大可拍着他的背，周明声音极响地喊着："我不配弹琴，我不配弹琴！我他妈就是一条小破船，经不住大波、波浪！"

徐大可说："经得住的经得住的，哈哈，你经得住的。"

9

写作本科毕业论文的同时,周明其实还琢磨了另一篇论文,《钟鸿秋先生打谱研究》。他是在大二下学期决定写这篇论文的。当时他做这个题目,出于这样的考虑:一是钟先生是近代以来打谱成就最高的一位琴家;二是钟先生对自己的打谱没有做出任何解说。成就的卓著本来便值得总结,而钟先生自己未做说明,又给打谱带来一种分析总结上的难度。周明向来认为,人一定要找有难度的事情去做。

但是,一旦开始这项工作,周明立刻发现它的难度超乎他的预想。钟先生打谱所依谱本极广,而且每一曲都并非只依据一个谱本,是合参多个谱本而成。只有极少数曲子,钟先生基本按照谱字逐一弹出。而即便是这样,周明也很难理清钟先生打谱的逻辑规律。钟先生的打谱,看似规整,实则变化无端,既符合原曲情况,又契合个人的心性气质,一听,就知道是他的曲子。

刚开始时,周明还试着在总体风格上对钟先生的打谱进行归纳,准备对钟先生所有的打谱都涉及一番,但后来他不得不因为这项工作过于浩繁而放弃最初的动机,转而集中于《神奇秘谱》这一部明人整理的琴谱集,再转而研究《离骚》这一支琴曲。因为除了极个别地方,钟先生的弹奏结果对此曲的谱子几乎没有改变。可是,面对自己根据钟先生的《离骚》录音整理出来的五线谱,周明发现他又回到了关于打谱的最根本问题,即节奏的处理上去了。

古人作曲制谱的用意是明显的,他们创作的新曲或以自己的方式弹奏了旧曲,用减字谱记下。音高、取音位置、左右手弹奏方法等都有规定,却对每个音究竟弹多长时值不做要求。从理论上说,这样的谱子在演绎时便可能有千差万别,是人弹人殊的。就周明所知,这种曲谱策略,是世界范围内所仅有的。它给后人造成了理解和演绎的难度,却也提供了无限的可能。谱子的基本内容,如同给其他琴人一座山、一个大致的情况,其他琴人走入山中、进入某种情况,最终看到、体验到、表达出什么,那是他们自己的权利,结果如何,要看他们自己的经历、胸襟和学养了。很大程度上,一曲的成功与否,取决于打谱,取决于打谱的人。

为了更好地体会打谱的意味,周明试着选了几支前人未打过的琴曲进行打谱,但即便是寥寥数行的小曲,周明也觉得如同置身于苍茫云水山林之间,无法找寻让自己信服的路径前行。这样的结果,让他沮丧至极。

周明将论文题目一改再改,一直到大四快要答辩了,他仍然未能写出一个字来,他只是不断地搜寻与钟先生有关的一些资料，想从中得到些感受和认识。但这样的工作也收获极少，因为钟先生的事迹在文献上也几乎是阙如，只有他的朋友和几个学生写过几篇短小的回忆类的文字，对钟先生的人格进行赞誉。至于钟先生习琴生涯的具体、细致的内容却没有，只知道钟先生曾于竹林寺得到过一位名叫"悟远"的和尚的指点，并且在此之后"琴风大变""名震遐迩"。而这位悟远和尚究竟是怎样的一位琴人，竹林寺在何处，却是语焉不详，如同一段虚拟的故事。此外，钟先生还从这位和尚那学得了修琴、绘像的本领，1949年以前靠给人修琴、绘像为生，"清贫困顿"。

钟鸿秋先生的在世弟子如今仅有一人，是年已古稀的女琴家齐丹青。据陆近春先生说，齐先生一生为钟先生整理遗著，她自己未录过一曲。而且，现今的琴家没有一人正式听过她弹琴。周明提出要去齐丹青所在的南方小城拜访她，陆老师说："你去，只怕要吃闭门羹呢。"但他还是写了齐先生的地址给周明。

大三那年国庆期间，周明游学访琴，扬城之后，他去了齐丹青所在的南方小镇梁溪。梁溪背山面江，在山水之间，显得十分玲珑纤秀。人们说的方言也是玲珑纤秀的，只是很难懂。周明是坐了六个多小时汽车才到达的。到达梁溪时，已经是晚上八点多。周明在一间家庭旅馆住下后，便想出门吃点东西，却发现这时间镇上的店铺几乎都关了门，他只好在一家小店买了两盒方便面回旅馆泡了吃。夜里，周明很难入睡，房间纸糊的天花上不停地有老鼠奔跑的声音，让他担心它们会把天花板弄破掉在他身上。周明带了些曲谱资料，琴也背来了。他坐在床上，翻看资料，在纸上写下一些问题，准备第二天见到齐先生后向她请教。

早晨六点多，周明走到街上，在一家小面馆吃了一碗面。面条极好吃，周明从来还没吃过这么好吃的面条，吃完了一碗，周明又叫了一碗。回到旅馆后，周明盘腿坐在床上，弹了两遍《离骚》，然后携了琴，按陆近春老师写给他的地址去找齐丹青先生的住处。

齐先生住的地方叫作夫子巷，听起来是个老地名，其实早已经过了改建，路相当宽，两边的房屋也都是新楼房。周明找到齐先生的住处，敲门。开门的是一位满头银丝的老奶奶，周明认出这正是齐丹青先生，他在钟先生和他弟子的一张合影上见过她，当时她还是个青年。

周明还未开口，齐先生倒说话了："哟，还背着琴。背琴来干什么呀？我又不听。进来吧周明。"

周明很是纳闷，他不知道齐先生是如何知道他的名字的。见齐先生说话时脸上是带着笑的，他心里早先的紧张倒是一下子云散而去，跟着齐先生走进书房。

书房朝南，满屋的阳光。窗台上有一盆长得很好的常春藤，由铁丝牵着，沿着天花板，一直长到了屋子的中央。东墙是一排书橱，紧挨着书橱的是一摞塑料文件盒，一直堆到与书橱顶齐平。琴案靠书橱放着，一块印花布将琴盖住了，看不到琴的样子。西墙上挂了几张照片，其中一张周明很熟悉，是钟先生弹琴的照片,《钟鸿秋古琴曲集》CD封面上的那张。琴桌上的梅瓶里插着一枝枯了的蜡梅,旁边是一盆龟背竹。另外几张照片,都是齐先生和钟先生的合影。

周明站在屋里,齐先生端了杯茶来,放在茶几上,说:"陆老师来了封信,说有个名叫周明的学生要来看我。我给回了信,说不必来看我了。昨天刚把信寄出,你却已经到了。既然来了,我也不能赶你走是不是?你坐啊,站这儿干吗?你站着,我坐着,矮你一截,岂不是要我仰望你。"

周明忙坐下,琴还在手里,感觉不自在,不知该放在哪里。他想,到现在为止他还未张口说出一个字来,话都被齐先生说了。于是勉强说道:"齐老师,我有几个问题想请教您,不知可不可以?"

齐先生很直接地挥了一下手:"不请教。"

周明早就听说了齐先生的"古怪",对此有所准备。又说:"我想听齐老师弹弹琴,不知可以不可以?"

"不弹。"齐先生的神情有点快乐,像个淘气的孩子在拒绝别人的请求似的。

"我想弹钟先生的几支曲子,能不能请齐老师听听?"周明硬着头皮说。

"不听。"齐先生这句话正在周明预期之中,所以他并不特别地感到尴尬。但他对齐先生做出这种回答以后他该如何继续对话没有准备,便僵在那儿,愣愣地看齐先生。

齐先生说:"你喝茶啊,待会儿凉了不好喝。我这可是好茶。"

周明端起茶杯喝了一口,他没喝过这种茶,入口很苦,苦得他皱了一下脸。齐先生笑了:"你倒是很听话。我说不请教你就不问,我说不听你就不弹,我让你喝茶你就喝茶。嘿嘿,我要让你现在就走,你走不走呢?行了,你这小孩,老远地来,不容易。你老师信上说你喜欢钟先生的琴,你说说,为什么喜欢?"

"钟先生弹得美。"

"嘿,这话等于没说。"齐先生说,"谁不知道钟先生弹得美。"

周明平时经常想着钟先生的琴艺,有不少想法,可是此时却不知该如何说,好像那些想法这会儿都变得不那么准确了。见齐先生看着他,周明说:"那您说,钟先生的琴怎么美呢?"

"嘿,你倒反过来将我的军了。"齐先生笑道,"我也一样,我也说不清,也只是喜欢。谁能说得清呢?钟先生的琴,我听了一辈子了,也说不清呢。说不清是对的,说不清就不说,更是对的。"

周明问:"您有教学生吗?钟先生的琴传给您,可大家都说您不愿意教学生。"

齐先生说:"我自己都不想弹琴了,哪有心思教别人,而且我比钟先生的琴,可是差了十万八千里。钟先生的曲子我都会弹,可以和钟先生一字一音地对弹,又有什么用?琴这东西,可不只是技巧声音的事情。我把钟先生的曲子都弹下来以后,才明白了一个道理：我根本就不能弹琴。不单是我，我看许多弹琴的其实都不能弹琴。成天想着钱钱钱名名名，弹什么琴？糟蹋琴！"

周明待齐先生的火气消下去一些，说："钟先生能弹的曲子远不止《钟鸿秋古琴曲集》中的十几首吧？"

"那是！"齐先生搬了张凳子走到书橱边，站上去，去取最上面一层的塑料文件盒。

周明连忙去扶齐先生："齐先生您别爬高，要拿什么，我帮您。"

齐先生说："没事，我还没老到那份上呢。"她把拿下来的塑料盒递给周明，让周明打开来看。

周明打开文件盒，见里面全都是五线谱和减字谱对照的琴曲谱，粗看之下，以为是印刷品，细一看，才发现是手抄的。乐谱手抄成这样，在周明看来，简直是不可思议。他大致地翻了翻，见这些谱子都注明了"钟鸿秋打谱弹奏齐丹青记谱"。他指着墙边那一摞塑料盒说："这些都是钟先生的资料吗？"

齐先生说："是啊，都是。还不止这些呢，另一间屋里还有这么多。这些还都是抄好的，钟先生能弹的曲子而没来得及记下的，还有很多。我就是活三辈子，也整理不完。"

周明有点激动，他说："我可以帮您整理，我可以像您一样，用一生的时间来整理钟先生的资料。"

齐先生看周明，把塑料盒盖上："你倒是有热情，只是我已经疲倦了，不想再做什么了。喝茶喝茶，我跟你说得也不少了。"齐先生在卡式录音机里放进一盘盒带,钟先生弹的《白雪》响起。周明发觉这与《钟鸿秋古琴曲集》中的那首《白雪》略有不同,想问齐先生点什么,见齐先生闭着眼睛听着,也就不吱声,听着。这样一曲一曲地听完了一盘带子,齐先生才说话:"这才叫琴。"这盘盒带中的曲子,周明大都听过,但都与他以前听过的不尽相同,显然不是同一次录音,而且,其中有三曲周明从未听过,也不知是什么曲子。钟先生的琴弹得真是好,清刚峻拔,磊落坦荡,听了心中不禁欢喜。齐先生却叹气道:"钟先生苦啊,这老头,一生可是太苦了!"

周明不知该说什么,他想他大老远地跑来见齐先生,有许多愿望,却似乎连该说什么都不明确,这让他着急。他看了一眼桌上的钟,快十一点了,齐先生似乎也是不想再说什么的样子,就准备告辞。可不知怎么搞的,周明在张口说话时却急急地说道:"齐老师,我想弹几首钟先生的曲子,请您批评,只一会儿工夫,我弹了就走。"

齐先生看看满面通红的周明,笑道:"你这孩子,真是太老实,行吧,想弹就弹吧。"

周明也不知道自己是怎么坐到琴桌前的。齐先生揭开琴上的蓝印花布,周明一看,是张旧琴,漆色为红色间黑色,灿若云霞;琴面断纹是大流水断间小流水断,隐隐波动的感觉。周明用泛音粗粗地调了弦,声音松阔坚实,他觉得很熟悉,却又想不起来在哪儿听过。反正他没有弹过相似的琴,如果弹过的话,指上会有记忆的。调弦的时候,周明发觉自己的气息很乱,心跳得厉害，出音躁急颠簸，怎么控制也控制不住。

周明先弹了《离骚》，这是钟先生打谱的一支大曲，周明平时弹得透熟。他想，给齐先生弹琴请教，无论如何也应该弹点上规模的大曲。可是，他第一段泛音还没弹完就弹错了音，从头再弹，弹到出错的地方又卡住了。齐先生笑眯眯地站在靠窗的常春藤边看着他，不说话。这种无语给周明的压力更大。于是他放弃了弹《离骚》，心神慌乱地开始弹《良宵引》这支小曲子。曲子倒是一遍弹到底没出差错，但周明自己知道，他双手在琴上忙活半天，简直是语无伦次不知所云。他觉得自己这遍《良宵引》比一个刚学琴三个月的人都不如。周明懊恼极了：早知弹成这样，还不如不弹呢。

弹完了琴，周明站起身来看齐先生，说："弹得不好。"

齐先生一边在琴桌前坐下，一边说："是弹得不好，不过不怪你，应该怪我。我没有给你信任感，对牛弹琴或许还能弹成好曲，对虎弹，那可是万万弹不好的，对不对？"齐先生又调了几下琴，然后对周明说，"怎么样，再弹一遍我听听？这可是钟先生弹《风雷引》的'大自在'，什么时代的？你说说，我看看你能不能说对。不错，就是明琴。"

周明又一次弹了《良宵引》，这一次弹，从第一声开始，周明就感觉到了一种前所未有的力量宽阔地在他胸怀间往来，星斗满天，风穿过平畴和松竹，泉水在山脚下哗哗地响。他忘掉了自己的手，觉得钟先生仿佛站立在夜色中，一袭布衣，清癯瘦弱，双眸闪动清澈温和的光亮。

周明扭头看齐先生,见齐先生正捧着一本谱子在看,她说:"能听,你这孩子的琴能听。你回去再仔细地看看谱,听听钟先生的录音,有几处钟先生都不用绰而是直接按本音的。即便有绰注,钟先生也是有虚有实的,那样更干净质朴。这是钟先生的一个重要特点。还有。你的手太硬,左手、右手都硬,这一点最不像钟先生。不过,你的意思倒有几分像钟先生呢,手要改改。我弹一遍你看看。"

齐先生弹了一遍《良宵引》,她的手法的松活出乎周明的预想,而她的出音则与钟先生极像。周明没想到钟先生那种刚健之音是以这样的方式弹出的,不禁暗暗称妙。在扬城时他见过顾焕明弹琴的手法,与齐先生有些相似,而齐先生出手的松活圆润而又干净利落,以及出音的透辟坚劲,则又是顾焕明不能相比的了。

齐先生弹完曲子,又信手弹了几首琴曲的片段,弹一段,说几句话,然后随手把印花布盖在琴上,说:"几点了?"

周明看了下钟:"哎呀,怎么都十二点多了。打扰您了。我要走了。"

"往哪里走?不吃饭哪里就能走?走,我们找地方吃饭去。"齐先生说话的态度是不容商量的意思。

周明不敢违拗,只得跟着齐先生出门,走到街上。

太阳高高地照耀着小镇,不远处的山显现着深浅斑驳的色彩。周明和齐先生在一家小饭馆吃了饭。等着上菜的时候,齐先生对周明说:"你干坐在这儿干什么?动动手啊,把我刚才跟你说的再琢磨琢磨啊。"

周明说:"在这儿,饭桌上?"

"那可不在饭桌上,这儿又没琴。动动左手,我给看看。"

周明把左手放在饭桌上做绰注吟猱的动作。齐先生说:"记住了,弹琴用重量,胳膊的重量就够了,不要加力量,要加,也是气力,是心力。你的左手紧,是因为身形没有松下来,你的右手问题更大,出音对比太大了,七上八下的,好像很抒情很漂亮,但古琴不是这个意思,或者说钟先生的琴不是这么个意思。不要太漂亮太抒情,把每个音弹清实了,心里想着这曲子想说什么,自然而然意思就对了。陆老师说你的文章写得好,文学修养好,那你应该读过《古诗十九首》吧?钟先生的琴,就像《古诗十九首》,不那么漂亮,不那么表演,没有多余的修饰,实实在在,都是人的遭遇。"

周明听了,心里非常快活。这些道理,他平时想得也很多,并且在自己的文章里还表达过类似的观点,但亲耳听齐先生讲,感受却完全是新鲜的。

吃完饭,周明想抢着付钱,齐先生眼一瞪:"坐着别动。"那是不容分说的意思,周明于是不敢动,看着齐先生付钱给小老板。

两人走出小饭馆,周明说:"齐老师,我要走了。谢谢您。"

齐先生说:"有什么好谢。你走吧。路上当心点,别叫小偷把钱包掏去了回不了家。"

说着,转身往自己家走去。

周明站在街边，看着齐先生走远，转过一个街口，不见了。他跟着走到那个街口，目送齐先生的背影消失在她家那栋楼的门洞。然后，周明慢慢地往回走。他到长途公共汽车站买了回江城的车票，坐在候车室等着检票。

这趟远行访学，周明并没有解决自己的论文问题，关于钟先生的许多具体的疑问，他都没能在齐先生这儿得到答案。比如关于钟先生习琴的师承，关于那位悟远和尚，关于钟先生的生涯，关于钟先生打谱的心得，等等。但在他走进车站买票的时候，他又觉得此行所获极多，仿佛他已经接近了钟先生。钟先生的曲子一直在他的脑子里回旋，这些他熟悉得不能再熟悉的琴曲，此时以一种崭新的意思在他心里呈现。他再三地想起齐先生信手弹琴时，曾弹了一段《渔歌》。周明问这是谁的《渔歌》，齐先生说，还能有谁的，当然是钟先生的。周明说，好听极了，我还不知道钟先生也弹过《渔歌》，这里的剌伏很特别。齐先生说，钟先生说过，这里的剌伏不可以太凌厉。此曲是归隐之士的精神自况。醉渔江湖，心中有所诉说，却又觉得不说也罢，于是轻扣船舷，欲说还休。这里的手法，应该是轻扣船舷欲语还休的情况。

坐大巴去江城的路上，周明回想和齐先生在一起的情形。他记得在饭桌上齐先生说了一句："人活的时间长了，就会什么都知道一点了。可是等他什么都知道一点了，可能早已不知道站在什么地方了。"齐先生这句话与他们一直在谈的琴的事情毫无关系，齐先生的神情语气也似乎相当复杂。这是在说齐先生自己,还是在说钟先生呢?周明感到很费解。

出去一趟,再回到学校,前后不过几天,周明却明显感觉到自己的心里有点乱。琴虽然还在弹,书也在读,脑子里想的事情却不再单纯。好像有一种很大的力量推着他和时间急匆匆地往前赶,逼着他考虑明天的事情。

音乐学院学民乐的学生,毕业后工作很不好找,特别是对口的工作很难找。最好的去处,一是留在音乐学院任教,另一则是去专业的乐团。但是留在高校任教的门槛很高,通常得是博士生,硕士生都很少有机会。专业乐团编制是固定的,每个乐器就那么几个人,甚至只有一个编制,你的演奏水平再高,也无法把人家挤走。

身边已经有人开始谈未来出路的事,大家都很茫然和沮丧。相比于女生,男生的沮丧更严重。每到傍晚,音乐学院的女生们都会表现出某种生机来,她们打扮得光鲜而性感,挎一只小包,走到学校后门,站在路边,等人来接她们。来的人都有车,大都是宝马、奔驰这类好车。她们说是出去教小孩子学乐器挣外快,但私下里同学们议论的却是她们谁谁谁被什么人包了。

起先周明对同学们的这类议论毫无兴趣,有一回,他在校后门对面的面馆吃面,得以清清楚楚地看到后门口的景象。那正是黄昏时分,路边的名车排着长队,女孩子们从学校走出来,夕照将她们描述得玲珑剔透,她们欢快地和同样出门的同学打着招呼,钻进一辆辆车。这景象很是打动周明,他决定以后每天傍晚都到这里来吃面,观赏令他动心的景象。周明发现余韵几乎每天这个时候都会走出校门,钻进一辆白色的玛莎拉蒂。这是后门口所有车中档次最高的车。余韵穿得跟其他女孩子不一样,不起眼,但非常好看。她的样子是气定神闲的,好像等待的是家人开来接她的车。这事周明跟徐大可说过,徐大可轻描淡写地说,余韵是出去教学生的。

周明也一直在考虑毕业后工作的事情,但他什么路子也没有,只是空想想罢了。毕业之前,找工作的努力在学校里成了最热烈的景象,琴房常常空着,周明得以长时间地用琴房练琴。毕业汇报演出,是各专业联合开一场音乐会,成绩突出的学生可以开一场独奏音乐会。这样的音乐会通常无人来捧场。陆近春先生要求周明开一场古琴独奏音乐会,周明有点犹豫,不是怕没人来听,而是觉得自己的琴弹得越来越没心得。但老师要求,周明无法拒绝。

周明的古琴音乐会是在周六晚上七点进行的。下午五点不到,周明和徐大可把琴桌扛到小音乐厅。他在音乐厅舞台背景墙上看到一张巨大的宣传海报,这是一个月前陆近春老师要求他做的海报,陆老师还请人给他拍了照片。本来周明只想简单点做个海报,反正不会有什么人来听,海报要做得像钢琴、小提琴专业那些学生一样考究得花不少钱。但向来不大过问这些琐事的陆老师这回坚决要求周明好好弄这海报:"这些事你得听我的,必须听我的。"周明也就只好听陆老师的。音乐会前两天,周明就照陆老师的吩咐在学生食堂、布告栏等地方贴了海报,并到几个兄弟院校也贴了。

音乐学院师生之间的关系相当复杂，老师们既习惯于培植自己的门徒壮大自己的势力，又很怕学生取代自己的地位。学生们则既仰仗老师的名望上位，又私下里谋图自己的利益范围。这种关系在学生毕业分配之际会有更复杂的表现。周明很感激自己的父母和陆老师，他父母逢年过节也会给陆老师送些东西，请陆老师多指教周明，但从来不开口麻烦陆老师帮周明找工作，陆老师也从来没允诺过周明要帮他解决工作的问题。周明理解陆老师，陆老师自己清贫孤傲了一生，他从未指望陆老师帮他解决实际生活的问题，能跟从陆老师学那么多东西，周明已经非常满足和感念了。

周明的毕业音乐会给了他根本无法想象的结果。小演奏厅里坐满了人，那么热的天，陆老师穿了他极少穿的西装，亲自陪同三位院领导前来，还有市乐团的几位领导、编曲和指挥也被陆老师请来了，周明知道，乐团团长大学时和陆老师是同班同学。看到乐团团长等人坐在台下时，周明突然明白了陆老师先前让他好好做一份简历、刻了录音光盘给他的用意，他想陆老师一定把他的简历递给市乐团了。

演奏会相当成功，陆老师请领导们去"沁园春"吃饭时，所有的人都对周明的演奏会称道不已。乐团刘团长在饭桌上对周明说，国家越来越重视古琴，乐团很需要周明这样的人才，如果周明愿意的话，乐团欢迎他。

虽然后来周明被调到音研所，但毕业后被乐团录用，显然是他人生中极重要的一步。为此，他心里对陆老师无比感激。

按徐大可的说法，乐团进一名古琴，真是难于上青天的事情，也不知陆老师下了什么功夫。

也就是在周明毕业音乐会后不久，陆老师问周明有没有空，想让他教一个学生弹琴，刘团长的女儿，目前上高二，学习成绩不太好，正常考上大学的希望不大，而且很有个性，谁的话都不听。家里人准备让她考艺术，她也同意。但她自小没专门学过艺术，弹过几天钢琴，怕吃苦，不学了。现在要考艺术专业，想来想去，觉得只有学古琴比较有希望。"这孩子我从小看着长大的，很有艺术天分，就是怕吃苦，从小给她父母惯坏了。如果你肯教，估计考古琴专业问题不大。就考我的，保险大一点。顶多我明年再招一名吧。"听陆老师这么说，周明当然毫不迟疑地便应允下来。他想他没有不答应刘团长、更没有不答应陆老师的理由。

周明跟徐大可说了这事，徐大可说："你跟陆老师，真是你天大的福气。让陆老师做这样的事，真是太难为他了。你教刘团长女儿，她有琴吗？哎呀，赶紧问，用我的手机打电话问陆老师，如果没有，那我来买一张琴，你送给她。这些事你听我的。"

果然，陆老师说刘团长的女儿还没有琴。周明说他要送一张琴给刘团长女儿，扬城有一位认识的朋友琴做得很好，他这两天就去选一张琴。陆老师有一会儿没说话，后来说："琴不便宜，让你父母破费了。"

周明对徐大可说："谢谢你大可！以后我一定报答你啊。"

徐大可说："你说这话！不要你今后报答我，你现在就可以报答我。"

"说！"

徐大可跟周明说了他这段时间跟严重的关系，说严重一直想就古琴的事请教周明，如果周明有空，不妨接触接触。

徐大可说："古琴原先一直被冷落，最近一下子爆发式地热起来了。你知道吗，就在贡院附近，一夜之间就出现了五十家教琴的小琴馆。阿猫阿狗，五音不全的，不知从哪里冒出来的人都出来设馆授琴了。那天我去贡院，见旁边一间小屋里一个披头散发穿汉服的人坐在一张琴前，一边吃瓜子一边对对面一个女的讲中国传统文化。我进去问他是不是教琴，他说教，但是要教有缘人。我说我也想学，请他弹一曲给我听一下，结果他东摸西摸了半天，也没弄出个曲调来。这也就算了，哪里知道贡院里面还有一间更大的琴馆，公家的地方，请了一个中年妇女来教琴，她手里夹了根烟，粗声大嗓，跟菜场卖肉的差不多。屋里满满当当坐了十几个学生。我问她怎么收费，她说，你不识字啊，墙上贴着呢。我过去看招生简章，差点没笑尿，上面错字连篇，'仙翁操'写成了'仙操翁'。哈哈，哪个仙女会操老翁啊？真他妈活丑到家了。琴这样热闹，还不如让它寂寞着倒好。"

周明说他最近比较空闲，可以去见见严重。徐大可给严重打了电话，当天下午就带着周明去见严重了。

见到周明，严重十分客气，说他文化不高，没上过大学，特别尊敬有学问的人。最近他对古琴有兴趣，一直想找机会请教周明。

周明问严重是不是想学琴。

严重说:"想倒是想,只是我实在太忙,恐怕没时间。不过我一直在听,车上、家里,都放古琴音乐。很好听,听得人心里安宁,睡觉都好。我想请教你的,是古琴这件乐器。对对,我说的是旧琴,老琴。我不是一直在收藏嘛,字画古董收了不少。去年开始,有点想集中收点古琴,还有跟古琴有关的字画、古董,这样能成为一个系列,全都与古琴有关。我想以后建一个古琴博物馆,觉得挺有意思。有了这个想法以后,我已经陆续地收了一些与古琴有关的字画啊、瓷器啊、雕刻啊、屏风啊、漆器啊之类的。这些东西上一旦有琴,就会很雅。我特别喜欢。但是老琴我还没敢出手,倒不是价钱的事,而是我完全不懂,怕上当,怕买错。所以想请教你。大可说他最佩服你。他已经很厉害了,你一定更了不得。"

严重说话不急不忙,眼里有笑意,态度显得很诚恳,但是周明觉得这人有什么地方让他觉得不舒服,是他的过于沉稳过于自信,还是屋里过于阔绰的情形,或者是他的诚恳中有那么点不易察觉的不真实。

周明说:"我只是弹弹琴,写写文章,老实说旧琴我还真不太懂。这需要见得多。我见过、弹过的旧琴不超过二十张,博物馆的那些没上过手,没弹过,等于无知。"

"旧琴真的比新琴声音好吗?像斯特拉迪瓦里小提琴一样,一定比新的制琴大师的小提琴好?琴的特质应该还在声音吧?"

"应该是的。"周明说,"至少我弹过的旧琴都比新琴好。这个好,主要是指味道对。手感、声音的意思,旧琴与新琴有明显的不同。这有时光岁月的作用影响,也跟琴的制作理念、方法窍门有关。我想现在的琴与旧琴在制作上已经有了想法、做法方面的断层。这个道理不仅在琴,在其他方面也一样。比如书法、绘画,现在的书画家也有画得好的,但一看就出自现代人之手。味道不同了。"

严重扭头看看徐大可,说:"你这位同学果然特别,修养真好。年纪轻轻的,说话稳当得像老先生。"

他拿了本拍卖图录过来,翻给周明看,说这是北京一家大拍卖行准备上拍的东西,其中有两张老琴。问周明能不能看出东西对不对。

周明看照片和文字介绍。说:"这张'中和'应该没问题,应该是旧琴,因为它流传有序,北京的老琴家钱静庐先生的,不少照片上都出现过,也录过音。具体如何,要弹了才知道,我想应该很不错。这张'南风'看上去非常美,断纹、形制都漂亮,我感觉比'中和'更古。上面标南宋,或许是对的。如果是宋琴,那这上面的起拍价格比'中和'低就弄反了。'中和'是明琴,宋琴怎么会比明琴便宜呢?"

严重说:"周明老弟,听你说话,专业,真是一种享受。是这样,我打电话给拍卖公司问过,他们说'中和'是知名琴家家藏的,钱先生去世好几年了,这张琴他家人拿出来卖,流传有序,有不少资料证明的。他们说这张琴保护得也好,很完整,什么毛病也没有。所以价钱定得高。而'南风'只是标了'南宋款',并没有肯定这就是张宋琴。更主要的是这张琴是一个不相干的收藏者送拍的,来路不明,而且保管得很不好,有些地方都开裂了。公司考虑,先这么定个底价,三百万起拍,说不定到时就举上去了。拍卖的事情常常会出人预料的。"

"没上手,我这只是瞎说说啊,您是准备买这两张琴吗?"周明问。

"是的。"严重说,"有这个考虑。一张底价四百五,一张三百,都不算贵,比那些名家字画便宜多了。琴是中国文人雅士玩的,可以说是中国传统文化的代表,存世量又少,可以肯定今后一定会大涨。你弹琴,有没有认识的老琴家的后人?我也可以私下买,这样买卖双方都不用交手续费了,能省不少钱。请你看一张琴,我付你一万块掌眼费,如果成交了,我再给你成交价百分之五的感谢。头一回见面,我想必须把这个意思表达清楚。我们可能会是一辈子的朋友,以后相互照应的事情、合作的事情会很多。"

周明正准备说话,徐大可拦在他开口前说:"严总,你快人快语,这一点我已经很了解,也很佩服。周明考虑事情比较细致,你先别急着让他表态。尤其钱的事情,你说得太直接,他这个书呆子万一心里不舒服一口拒绝了就不好办了。回头我会跟他好好说的,你放心。周老,你长于弹琴,看旧琴跟看古董一样,是另外的功夫,你也别急着多说,咱们还是做有把握的事情,别闹出笑话来,也免得严总受损失。"

徐大可这么一说，周明便不再说，严重说："大可还是沉得住气，厉害。这样吧，下个月周明抽个空，我请你去北京看一下琴，你别有负担，我还会请别的行家掌眼的。你有银行卡吗？回头我先打两万块钱给你，算是一点心意，你别拒绝。一码归一码，我们才能长期相处。"

说着，严重递给周明一个盒子，是苹果手机，严重说："这是给你的见面礼，也可以说是我的拜师礼，以后我有了琴方面的问题，就可以随时请教你了。"

周明犹豫着，徐大可说："拿着吧，严总不是一般的老板。"

周明迟疑了一下，道了谢，收下了手机。

严重说要请周明和徐大可吃晚饭，徐大可说晚上学校有一个活动，饭就不吃了。

在回学校的路上，周明问徐大可："晚上学校哪有活动啊？"

徐大可说："我是想早点把你拉出来给你上上课。"

"上什么课？"

"琴的事，你多听，少说。"徐大可说，"知识是值钱的你懂不懂？我没想到他会跟你问这些。我有一个想法，其实早先我就有这个想法了。琴，我们在琴上可以做文章发大财。肥水岂能外流到他人田！"

10

毕业前夕，徐大可的老师胡天佑生了重病，前列腺癌晚期。医生说发现得太晚，实际是胡天佑早就知道自己身体出了毛病却不肯去医院，也不愿意告诉他儿子胡云朗。等到实在扛不住了，才住进医院接受治疗。

胡云朗和他父亲的关系不好，徐大可早就知道，但他没想到胡云朗根本不管他父亲，看病、检查、住院化疗，等等一切，都成了徐大可的事情。

每个星期一早上，徐大可叫好了出租车，在胡老师住的楼下等着，他上楼把胡老师搀下楼搀上车，然后去医院看泌尿外科的专家门诊。看病的人排长队，等到胡老师进诊室看病，往往都要到下午两点左右。其实专家给胡老师看病，统共不到五分钟时间，"说，什么情况？好了好了，我知道了。药继续吃，去做个检查，肯定要做造影。周五住院。继续化疗。"徐大可私下问过专家化疗有没有用，用和不用有什么区别，能不能治好。专家说，指数这么高，不化疗，马上爆发，很快就不行了。化疗能不能治好，因人而异，我就不好说了。

徐大可问胡老师自己是怎么想的,胡老师说:"听医生的吧。"徐大可打电话给胡云朗,胡云朗说:"他说怎样就怎样,与我无关。"徐大可心想天下怎么有这种畜生东西,但他没办法,只好带老师住院。每三周住一次院,挂药水,每次住院徐大可都有整整两夜没法睡觉,要看着,喊护士换药水。

胡老师的饭是在医院订,徐大可照应老师吃过饭以后,自己到医院附近随便吃点。

每次住的病房不一样,同室的病友也不一样。其他病人和病人家属都以为徐大可是胡老师的儿子,等弄清楚了都说,现在还有这样的学生,实在是太难得了。"你老师没有老婆孩子吗?"病友问。徐大可说:"有,他们忙吧大概。"听他这么说,人家也就不问了。

化疗了两次以后,胡老师的头发开始大把大把地脱落,枕头上、地上都是胡老师脱落的灰白色的头发。本来化疗后就没食欲,人很快消瘦下去,头发再一掉,胡老师整个人就不像样子了。

有一天,看专家门诊排队需要等待的时间很长,徐大可就把胡老师搀到医院对面的一个小公园里,坐在树荫下,看公园里的一泓湖水。湖边稀稀拉拉有一丛芦苇,在风中摇晃着。

胡老师说:"没想到在城里还能看到芦苇。"

徐大可说:"对啊,还没注意这里有芦苇。"

"我的家乡,这时候可以看到一望无际的芦苇。不过这是小时候的印象了,现在不一定了。"

"等老师的病好了,咱们回您故乡看芦苇。"

"病是好不了了，这个病，也就是拖拖而已。"胡老师说，"死我不怕，我就怕疼。都说这个病最后会非常疼。总院一个专家，就是治这个病的专家，自己得了这个病，疼得受不了，从楼上跳下去了。"

"您别这么想，要有信心，心情很重要，心情好，病就会好。"

"有件事拜托你啊。"胡老师说。

"您说。"

"我买了一份保险，名字是我儿子胡云朗的，在我床头柜一个皮包里，咖啡色的皮包。还有两张银行卡，一张就是我每次看病用的这张，另一张也在床头柜那个皮包里。到时候麻烦你都交给胡云朗。"

徐大可说："您现在就应该让他来，不是交代这些事，而是让他来照顾您。像什么话，父亲生病，当儿子的不来照顾，说不过去。"

胡老师说："算了，他不来就算了，来了也没话说，说了话会更闹心，何必呢？他妈走了，重新嫁了人，日子过得不如意，基本跟他没什么关系。他的收入也不大行。他怨恨我，我能理解。我这一生，很失败，很失败。"

徐大可看着胡老师，他发现胡老师先前浓密的胡须此时变得很稀疏，显得脸颊和嘴巴非常的孱弱和仓陋，像被砍光了行道树的街市。他想到了自己的父亲，他父亲的胡须跟胡老师以前的一样浓密，即使剃光了，也是一脸的粗犷剽悍。

胡老师的化疗做到第七次时，徐大可已经毕业半年，那已经是冬天了。这段时间,他住在胡老师家照顾胡老师。周明进了乐团,在乐团有一个宿舍。起先他并不知道徐大可照顾胡老师的事,年底他打电话给徐大可,告诉徐大可严重让他去北京看琴,问徐大可去不去。徐大可说他去不了,把胡老师生病的事说了。他约周明在东坡见个面。见面后,周明怪徐大可,他认为照顾老师当然是应该的,但是胡老师有儿子,理应以他儿子照顾为主,徐大可为辅。胡老师的儿子完全不来非常不对。

"治疗都要家属签字的吧?胡老师家人不到场不签字,你签,过后出了什么麻烦怎么收拾?你能负得了责任吗?"周明说,"我把这事问过我爸妈了,他们说的这个道理,叫你不要做得太多。"

徐大可说:"我没想这么多。他儿子活得不容易,胡老师跟胡师母离婚,他心里也有怨恨,跟胡老师没什么感情。算了,不谈这些。胡老师挺可怜的。再说我这段时间也没什么事。你怎么样?什么时候去北京?"

"我来找你,就是想为这事听听你的意见。我了解过了,那两张琴非常有价值,尤其是那张'南风',是标准的官斫,最高水准的制作。虽然保护得不好,但其实只要稍微修一下就没任何问题了。我要有钱,这两张琴都拿下来。"

"那你要听我什么意见?"

"你不是不让我对严重多讲琴的道道吗?我自己也不太想帮他忙,我不喜欢这个人。他有钱是他有钱,他以为我会为钱巴结他,他搞错了!"

徐大可说:"你还是帮帮他吧,人都需要帮助,你帮人,人才帮你。你没有钱买琴，但有资本帮他，只好先帮他。琴的事情，等我忙完胡老师的事再跟你一步步地做。你刚进乐团，忙吧？不忙，那太好了，正好做自己的事。现在我指示你，抓紧做几件事。一是多写古琴方面的文章，著书立说，掌握话语权。你的特长在学术思想方面。我希望你将来把持中国琴坛。第二件事，赶紧打听哪儿有老琴，现在知道琴有价值的人还不算太多。等大家都知道琴值钱了我们就没机会了。"

周明说："你我哪来钱买旧琴？你连工作都没有，我看你吃饭都成问题。严重给我的两万块我没用，回头我去银行取出来，给你先用着。你跟我就别客气了，今后我还指望在你的指示下成为富翁呢。有钱好啊，有钱了，漂亮女孩就不烦了。告诉你一件事，你听了别难过。余韵也没找工作，她在鸿海商场一间台湾人开的茶吧里弹筝。谈丽说，余韵跟严重好像是有什么情况的，但被严重的老婆发现了，严重的老婆很厉害，不知用了什么手段，严重就跟余韵不来往了。女生比我们现实，余韵也不例外。你要知己知彼，你喜欢余韵，我看你没戏，就别惦记了。我认为余韵其实也不值得你惦记。你不是经常教育我吗，看得透又看得开、拿得起又放得下才有出息。"

徐大可不说话，过了一会儿，说："现在我特别想听你弹弹《流水》，听你说说伯牙子期高山流水遇知音的故事。人要是一直活在琴里、活在那么美好的历史故事里该多好。"

周明说："我不就是你的知音吗？你的心思我懂，你无处逃心，你想什么我都能理解，你做什么我都支持。"

徐大可说："你算了吧！碰到你不屑的事情，碰到不符合你清高标准的事情,你马上就翻脸不认人了。我还不了解你!"

"没有没有,"周明说,"我现在理解生活的味道了,其实也看清自己真实的内心了。我不也爱钱爱女人?我们要团结一心,你掌舵,我划船,为了我们共同的理想奋斗到生命的最后一刻!"

徐大可说他马上要回胡老师家,带胡老师去医院接受化疗,周明说他去银行取钱,医院是哪家,他取了钱以后就送到医院去。

胡老师在这天夜里开始出现病危之状,医院给上了呼吸机和监测仪。因为剧痛,胡老师先是嘶喊,快天亮时已经连嘶喊的力气都没了。

徐大可闻到臭味,揭开被子,见胡老师把屎拉在床上了,就打来温水,脱了胡老师的裤子,给他擦洗。胡老师瘦得已经只剩下一把骨头,两条大腿骨头支棱着,皮肉像两条空口袋似的挂在骨头上。

给老师擦洗的时候,徐大可听到胡老师说了句什么,"您说什么?"他把耳朵凑到胡老师嘴边,这回听明白了,胡老师说的是:"儿子。皮包里。"徐大可说:"放心老师,我知道的。放心。"胡老师又说:"谢谢。"

徐大可见老师不行了,就用手机打电话给胡云朗:"你爸快不行了,你赶紧过来一下吧!"

这次胡老师住的是一间二人间的病房,同病房的是一个年纪四十多岁的病人,他是下午住进病房的,一帮人前呼后拥地陪他进病房,好像是个人物。其中有一个漂亮女子,感觉是他的老婆或者女朋友。因为胡老师的嘶喊，那个病人一直抱怨病房太吵，抱怨医院的单人病房太少，有钱也住不进单人病房。胡老师病危时，听见徐大可打电话给胡云朗，他对徐大可说："你不是他儿子啊？"

徐大可说不是，是学生。

那个病人说："你给我老婆留个联系方式行吧，没什么别的意思。多一个朋友多一条路不是吗？"

徐大可也没多想，说："也对啊，那大家互相留一个吧。"就跟这个名叫曾军的病人的老婆互留了电话。

这时，胡老师急速地喘气，两眼发直，目光散漫，监测仪上的血压指示开始不断往下掉。徐大可叫来值班医生护士，护士给胡老师吸痰，说人不行了，可以准备了。

这时，胡云朗进了病房。他穿着一件黑色的旧羽绒服，带来一身的寒气和烟味。他长了一副与胡老师一式一样的脸，笔挺的鼻梁，有些鼓突的眼睛，宽下巴。不同的是他的胡须跟以前的胡老师一样非常浓密。

徐大可对胡老师说："胡老师，您儿子来看您了。"

胡天佑的眼睛已经耷拉着，嘴巴张着，发出一声深长的仿佛哭声的叹息，眼中流出两滴泪水来。然后，护士指着监测仪说，走了。

因为没准备寿衣，胡云朗脱下自己穿的羽绒服给他父亲穿上，他的嘴巴不停地抖动，一边抹着眼泪。

徐大可没能控制住自己的情绪，跪在地上"咚咚咚"地给老师磕了三个头，走到卫生间，关上门，在里面哭着。他知道从卫生间窗户看出去就可看到鸿海商场的尖顶,但他没去看。他一边在水龙头下洗着脸,一边看到了父母,还有余韵。

胡天佑老师的追悼仪式极其简陋,校方来了一个民乐系的副书记,参加的家属是胡云朗和他的老婆,再就是徐大可。火葬场不时传来殡葬乐队奏出的音乐声,有小号、圆号和长号,没有唢呐,声音错杂淡漠。

徐大可是坐胡云朗开的出租车回城的,他把胡老师家的大门钥匙和老师的一张银行卡交给胡云朗。告诉他他父亲给他留下的重要的东西在床头柜的皮包里。并说他的一些东西在老师家,最好今天就能过去取走。胡云朗说现在就可以去取。

胡云朗把车开到学校,进了胡天佑的房间,打开床头柜,拿到了那只皮包,看里面的东西。他对徐大可说:"兄弟,难为你了。"

徐大可正要表示不客气,他的手机响了。徐大可接电话,对方说是他家乡镇政府的,让他赶紧回去一趟,他家出事了。

"什么事?你直说。"

那人说:"你妈出了点事,你爸去世了。"

徐大可脑子里一下子血涌上来,他拿着手机,什么话也说不出来。

屋子很小,电话里那人说的内容胡云朗和他老婆在旁边都听见了。胡云朗看他老婆,他老婆说:"那你开车送他回去呗,怎么办呢,遇到这种倒霉事情。"

徐大可拿了自己的东西,一只大拎包,还是他上学时带来的,再就是一只纸箱子,里面是一些书籍和乐谱之类的。胡云朗开车开了五个小时，把徐大可送到他老家的镇政府门口，说他还要回去做生意，也没吃饭就返回江城了。

傍晚时分，徐大可走进镇政府，屋子里有不少人。徐大可都认得，有镇里、学校的干部，也有不少村民。

镇长也姓徐，他递给徐大可一根烟，让徐大可稳住神，让他先把事情说一下。

屋里的村民在徐镇长的要求下都离开后，徐镇长给徐大可点了烟，自己也点上，边抽烟，边对徐大可说情况。大体是这样的：徐大可的母亲翠锁这一年来身体有了一些好转，基本不发作了。这跟徐大可父亲的表现有关，翠锁不再把自己关在屋里，时不时出去走走，也能自己回家。但是不知怎么搞的，翠锁怀了孕。徐大可的父亲说他早已跟她没有那回事，怎么可能怀孕的。要求政府查明情况。一问翠锁，她竟然说出了三个男的。一个是卖烧腊的王三葵，一个是粮站的徐贵东，一个是开玻璃店的徐老计。她说得有鼻子有眼，镇里就把这三个人弄来审，全都招了。事实是有这么回事。于是这三个人都被抓了起来。徐道公大概是受不了，喝了不少酒，在路上狂奔，在桥口被一辆车撞了。送到县医院，没能救过来。现在人在市火葬场冷冻柜里冻着。

"我妈呢？"徐大可抽烟，他感觉到屋里透不过气来。

"你妈在我家，我老婆陪着。"

"她不知道我爸不在了？"

"没让她知道，让她知道有什么用？废人一个。"镇长说，"你回来就好。我们的意见，该咋办咋办。该抓的人抓了，该办的后事办好。你妈过几天去医院做个手术。你不是毕业了吗？毕业就是大人了。遇到事情，要学会正确对待。你爸虽然瞧人不起没什么朋友，但人不坏，有才，学校会把丧事弄妥的。他喜欢音乐，到时叫刘柱子他们吹吹打打，好好送送他。你不要太悲痛，更不要有什么想不开像你爸那样做蠢事。"

徐大可听罢，说："徐叔，家里出这么大事，我不在家，给你们添麻烦了。你放心，我不会做蠢事的。该咋办咋办。你们还没吃饭吧，我请你们吃饭。不要客气，千万别拒绝。有些事饭桌上还要请教你们。"

镇长看徐大可非常镇定，也就没拒绝邀请，跟着徐大可，一个乡村民警，还有学校的校长、副校长，到镇上的"光荣大酒店"去，徐大可大鱼大肉，贵的菜点了一大桌，又叫了八瓶当地的"杏花天"酒。饭后那几个人吃得肚圆喝得烂醉摇摇晃晃离开酒店，镇长问徐大可要不要住在他家，徐大可说他还是明天再过去，他想一个人先回家看看。说罢，便独自往家走去。

一弯冷月挂在夜空，满天的星星，月亮显得非常遥远。徐大可在桥头站了一会儿。这里的地势比较高，可以看到荒凉的田野。冬天了，田里只有低矮的白菜，一望无际，可以清楚地看到田里的坟地，一个个坟包。夏天的夜晚，那里会蹿出磷火，此时那里是一片沉寂。饭桌上徐大可坚持没喝酒，此时他的脑子里是清晰的茫然，他好像听到了唢呐的声音像风一样从田野里吹过来，好像远处有另一条河流动的声响。其实，除了零星的狗吠声，此刻万籁俱寂。他想起在一个大雪天见到父亲拎着一只母鸡等候乡村公交车的情形。当时他不知道父亲要去哪里，去见什么人。现在他更是知道这注定将成为一个永远也解不开的谜了。他想，不重要了，这些事情都不重要了。父亲走向他想要去的地方去见他想见的人，有人喝了他的鸡汤，也许有人会对着他父亲欢笑和哭泣，这些都跟他没什么关系了。不知怎么的，他想起了周明弹的一首几乎是最小最简单的琴曲《仙翁操》，周明每次练琴前都要先弹此曲，他说这首曲子虽然极简单，却包含了古琴最基本也最丰富的东西。徐大可觉得人的一生就跟这首小曲一样，丰富得不能再丰富，又简单得不能再简单。

这时，寂静的夜里突然响起了唢呐声，一支唢呐。仿佛包含了普天之下所有人的忧伤和悲愤，仿佛山崩地裂的动静。徐大可四处看，发现声音是从以前的窑场方向发出的。

徐大可此时想起了给他们上《艺术概论》的老师讲过的话，那位老师在发表关于美的概念时最爱拿女人的乳房做例子，他说女人的乳房有五种类型，芒果型、窝窝头型、锣型等等之类。他的课东拉西扯毫无深度，但有时却又能突然说出一二妙语来。他在讲悲剧的时候曾说过，当悲伤奔流起来的时候就跟欢乐是一个样子了。其实这句话是徐大可跟他说过的。

徐大可知道这是刘柱子在吹唢呐，他呆立于夜幕中听着，觉得眼前的田野满是高粱和葵花，它们在狂风中汹涌奔流，发出浩瀚的声响，仿佛在呼喊一种从未出现过的东西出现。

徐道公的葬礼办得很体面，甚至有点轰轰烈烈的意思。徐大可花光了几乎所有的钱，包括周明给他的两万元。他让人在学校的操场上搭了棚子，支起五口大铁锅，好几个厨师和帮厨连轴烧菜，鸡鸭牛羊、老酒香烟，请全村人的吃喝了整整三天。又搭了一个戏台，请了唱地方戏的班子，才子佳人帝王将相，唱了三天地方戏。

翠锁并不明白丈夫徐道公已经不在人世，戏班子唱戏的时候，她不断地往台上跑，手舞足蹈，嘴巴里跟着唱戏。只是台上的女子在念"公子"的时候，她柔声呼唤着的是"道公，道公"。众人见她身段曼妙嗓音亮丽，知道她有病，也不去干扰她，由着她在台上一展风流。

快要过年了。徐大可带着母亲去了县医院，让医生给母亲做了人流手术。

第二天是除夕，徐大可做了几个菜，和母亲吃了年夜饭。翠锁不停地把菜夹到徐大可的碗里，说着："道公，你吃，多吃点。"

徐大可给母亲服了抑制精神的药，母亲睡着了以后，徐大可听着远远近近传来的炮仗声，心里空荡荡的。他打开手机，这些天他都把手机关了。手机里有几个信息，都是周明的。前几个信息内容差不多，问他怎么不回复？关机了？开机后回个电话。最后一个是："新年快乐啊兄弟！我们的未来靠你把舵呢！"

徐大可拟了好几个信息，觉得都不是意思，最后只发了"新年快乐"四个字。刚发出信息，周明的电话就来了。

"喂，大可，跑哪去了？没事吧？"周明说。

徐大可说："回老家了，家里出了点事情。"

"什么事？你的声音不大对。"

徐大可犹豫了一下，说："我爸去世了，一个月前，后事都办完了。"

周明说："你这就不对了，这么大事，你怎么不告诉我？"

"很突然，年底，估计你回家过年了，正准备告诉你的。你在哪儿？家里都好吧？"

"唉，你应该告诉我的。"周明说，"那你妈够呛了，她肯定是最痛苦的。你好好安慰她啊。要不带你妈到我家来过年吧，我们家地方不大，但接待你们娘俩过年不会有问题。来吧！"

徐大可说："以前没告诉过你，我妈精神不好，什么都不清楚，她不知道我爸走了，告诉她也没意义，她什么都不清楚。这样也好不是吗？糊里糊涂，没痛苦。"

电话那头的周明没说话，过了一会，说："你家地址告诉我，我明天一早过去。地址？你不说？那我们就从此谁也不认识谁了！"

徐大可没法再拒绝，只得把地址告诉了周明。

大年初一下午，周明到了。他坐的是严重的奔驰越野车，开车的那个司机徐大可认得。

徐大可家的状况完全出乎周明想象，从走进徐大可的家一直到坐在徐大可家的饭桌上吃完馒头喝完葱花酱油汤，他都没说出一句话。

严重的司机把周明送到以后，徐大可没有阻拦司机进他家。这个司机站在小院子里连抽了三根烟，就说马上赶回江城，老板等着用车呢。周明到大路边送他的时候，他对周明说："你这个同学，能说会道，特别牛逼的样子，我还以为出身非富即贵

159

呢。哪知道是农村的,家里穷得跟他妈贫民窟似的。简直啰!"

周明吃饭的时候,翠锁的眼睛直勾勾地盯着周明看,看得周明心里发怵。徐大可说:"你吃你的。她现在已经不攻击人了,以前更糟糕。"

翠锁在一边重复徐大可的话:"攻击人,更糟糕。"

徐大可说:"妈,你去休息好吗?"

翠锁说:"休息好吗?"

徐大可把他母亲搀起来,扶到里屋,让她躺下,帮她脱了衣服,换了块尿不湿,盖好被子,把换下的满是血迹的尿不湿卷成一团,走出门,扔到垃圾桶里。

回到屋里,徐大可坐下,对周明说:"谢谢你啊周明,大过年的让你跑一趟。谁知道你第一次到我家来是这种状况。也好,让你了解一下也好。我的家就是这个样子。"

周明心里堵得厉害,他给自己和徐大可都倒满了酒,深叹了一口气说:"唉,过年了,咱们喝吧。"

徐大可说:"我已经不少时候不喝酒了。家里这种情况,不能醉,不敢醉。我看你也别喝了,你那酒量。"

周明自己把杯中酒一口干了,说:"是啊,你不是说过吗,你肚脐眼给我闻闻我都会醉。你瞧不起我啊大可,你瞧不起我,你没把我当兄弟。"

徐大可知道周明怪他没有把家里的事情及时告诉他,说:"那行,我喝,我们喝。"他举起杯,也一口干了。

周明的酒量本来就小,喝得猛,又不说话,很快就不大行了。大概又因为吃的东西不适应,他觉得要拉肚子。徐大可要带他去大路边的公共厕所,周明说他来不及了要拉在裤子上了。徐大可就让他在院子的角落里拉,那儿有一片泥巴地,种着大白菜,还有大蒜。周明不管三七二十一,拉下裤子蹲在地上解决急事。乡村的冬夜十分寒冷,冷风吹着周明的光屁股,他一边听着越来越密集的鞭炮声一边拉稀,他想着此时应该接近零点了。

徐大可在屋里,他在震耳欲聋的鞭炮声中听到周明大声地喊叫:"大可,纸!纸!"

11

周明去北京帮严重看了那两张琴，"中和"的声音恰如其名，是中和正大的意思，散、按、泛非常平均，而且极好弹。只是明显修过多次，旧修。也正因为保管和修理得好，整体都没有飒音。拍卖图录上还注明了此琴被几位琴家借用过录制唱片的信息。"中和"底板上除了篆书写刻的琴名，还有两处题跋，其中一处是董其昌的一首四言诗："中和为体，万象为宾。今夕何夕，静听无音。"周明告诉严重，这四句诗包含了宋代张孝祥的《过洞庭》中的词意和陶渊明弹无弦琴的意思。严重问周明这个字是不是董其昌写的。周明说，风格是对的，但究竟是不是董其昌本人写的，不敢瞎说。另一处题跋是近代章太炎写的一段话，其中提到了这张琴曾经的收藏者、也是琴家钱静庐的名字。

陪严重去看琴的还有一位他从北京请来的鉴定家，他对严重说："题跋至关重要，我看董其昌和章太炎的题跋都是真的。琴的事情我不懂，不过我很相信这位小兄弟，就他对这四句诗的解读，目前国内琴界那些草寇就不懂。而且他琴弹得也好，这气场，完全是大家的感觉。后生可畏，后生可畏。"

接着看"南风"。周明在第一眼看到这张琴的时候就眼前一亮，还没上手，他已经被它的气息吸引住了。在"南风"旁边，那张已经非常漂亮的"中和"几乎失去了风采。"中和"的美是精巧秀雅，"南风"则是朴茂大气，虽然护轸和雁足都是后配的，面、底也开裂了，弦也不统一，其中两根是老丝弦，其他都明显是刚装上去的钢丝弦，但其雍容华贵之气扑面而来。周明没有调弦就试着弹了弹"南风"，声音之好令他暗暗称奇，既松秀又沉厚，既巍峨又洒迈，感觉它会自己说话似的。

周明还未开口，北京那位鉴定家在一旁说："这样的破琴，一看就不上路子，你说是吧周明？南宋是什么概念？那得有多精美！只有一方章，久什么不厌，对对，御，久御不厌。意思也俗。三百万起拍，不伦不类，肯定会流拍的。"

严重看周明，周明小声说："我觉得还行。"

晚上，拍卖公司的四位领导请买家吃饭，严重喊上了那位北京的鉴定家和周明一起去。饭局结束后，那位鉴定家回家，周明见严重递给他一个红包，那人再三叮嘱严重不要下手买"南风"。严重答应了。

在坐着严重的车去酒店的路上，严重问周明那张"中和"是不是值得买。周明说："当然。很好的琴！不过拍卖公司的人不是说到时这张琴的几个潜在的买家可能会争，价钱无法预估。过一千万的可能都有。"

"噢噢，我知道了。"严重说，"另外那张呢？"

周明说："如果是我，我有钱，就买'南风'。"

严重问为什么。

周明一一说了他的理解，说他认为从品质、价值上分析，如果"中和"能拍到一千万，那这张"南风"至少应该是三千万以上的价钱。

严重拍了拍周明的腿，说："好，我明白了。这话到此为止，我心里有数了。"

正式拍卖那天，周明坐在严重身边看严重举牌。严重先是拍下了几件物品，包括一件宣德炉、一件乾隆的剔红大捧盒和一件明代的竹雕笔筒。周明头一回在现场参加拍卖，严重每一次举牌都让他心跳过速。而他身边的严重完全是闲庭信步的状态。他一边举牌，一边还对周明说，你看，站在拍卖师右边中间的那个女孩，真漂亮，有点像余韵，身材比余韵还要好，气质稍微差一点点。

"中和"终于开拍了。果不其然，有五位买家竞拍，没过几分钟，价格就从三百万到了九百六十万。这时与严重争的只有坐在后排的一位买家了，周明回头想看看是什么人在举牌，严重让他不要回头看，然后举了一下手中的号牌，说了一句："一千八百万！"

全场一片寂静之中，拍卖师在又问了几声"还有哪位要"之后，敲下了榔头。"中和"被严重拍下了。

紧接着是拍"南风"。拍卖师叫了几次"三百万，南宋款的古琴，哪位有兴趣"都无人应声，正在他准备宣布流拍时，严重举起了手中的号牌。他的眼睛盯着那位有点像余韵的姑娘，脸上有笑意，偏着头对周明说，越看越像余韵。

拍卖师又问了几次，没有别的买家举牌。

"谢谢您！三百万成交！39号，'南风'归您了！"

拍卖结束后，严重急不可耐地带着周明回到宾馆，让周明再仔细地看一下、比一下这两张琴。周明这回把"南风"的弦调准了，一边弹一边赞不绝口。

"是不是很好？"严重问。

周明说："不是很好，是太好了！好到头了！不能再好了！你要相信我，这算是捡了一个大漏！"

"我相信你，周明，我从第一次见到你就相信你。"

周明说："有件事我一直想问问你，一直没好开口。"

"说，你尽管说。"

周明说的是徐大可，他问严重为什么好像对徐大可有些冷淡。他说徐大可是他最好的朋友，现在处境很不好。"以前你不是很欣赏他吗？"

严重指了指柜子上的酒瓶，说这里的酒可以喝，要不要喝点。周明说好。

严重过去拿了两瓶进口啤酒，打开一瓶递给周明，又给自己开了一瓶，笑道："你好像喜欢起酒来了。来来来，喝。"接着又说，"酒是好东西，粮食精华，适当地喝一点，有益身体健康。但是贪杯滥喝就不好了。我认识的人，喝酒误事的，开车撞死人的，自己喝死的，太多了。弹无弦琴的陶渊明，大诗人李白，自己的境界都高，但是他们的孩子都不行，呆的呆傻的傻。什么道理？喝酒喝得太多了！徐大可是个聪明人，比我强，真话，他是个人物。不过他太爱喝酒，喝起酒来什么都不顾。

我跟他喝过几回,他没有一次不喝大的。这就不是分寸了。对对,你说得对,他是仗义,是重友情。而我看重的是实在和本分,是不论遇到什么情况都能够自我控制。这一点,他多少就让我对他不放心。而你让人放心,把任何事情托付给你,我都会放心。这次你帮我掌眼买琴,我明天就把说好的钱打给你。比我们事先说好的多了一点,算是我额外的表示,你别客气。周明老弟,学问是个好东西,我尊重有学问的人。而且学问有价钱,这一点你自己要清楚,不要太过清高,该用学问换钱就毫不含糊地去换。有了钱,才有安全,才有面子和里子,日子才好过。否则,学问就是异化的、反动的东西了。我没上过学,一直很自卑,所以不管多忙,我都坚持每天看书。不过底子实在差,比如你讲的张孝祥的词和陶渊明与无弦琴的故事,我都在书上看过,张孝祥那首词我还背过,但碰到具体的情况,根本联想不起来。这就是专业和业余的差距。"

  严重语速平稳地说着,但周明在严重侃侃而谈的过程之中却意识到严重已经严重偏离了他的问题,严重似乎回答了周明关于徐大可的提问,却又轻巧地转移了话题。更重要的是,周明感觉到了严重的不真诚,他对徐大可的评价并不是他心里最重要的想法。但是,这一切都被即将归他的天文数字给冲淡了。他在心里算了一下,按先前严重说的成交价的百分之五给他,他将要得到一百万出头。一百万,这是什么概念啊!此时的周明早已坐立不安了,他感觉自己好像失去了重量和理智。这种感觉,在他的生命历程中好像只有在扬城被按摩女话语激荡时的失态情形有些相似。

周明知道自己此时说什么都会说不好，便什么也没再说。当严重请他用两张琴分别好好弹一曲时，手足无措的他求之不得，连忙扑到琴边上弹琴了。

这真是一次古怪的弹奏。周明用两张琴弹的是同一首小曲《酒狂》，他的本意是想让严重通过同样的曲子来感受一下两张琴的不同。实际弹奏过程中，周明自己都觉得还不如把这首琴曲改名为"心慌"。他完全不能控制自己的注意力，甚至他觉得这两张琴的声音他几乎听不清楚，他觉得这两张琴在跟他闹别扭。就在他用"南风"弹到接近尾声的长锁时，"南风"四弦的丝弦"啪"的一声，断了。

严重哈哈大笑："好听好听，在跟前听琴，与在音响里听人不一样。我记得看过一本书上写过，如果把琴弦弹断了，说明听琴者之中有知音。我这个乐盲难道是你的知音？哈哈。"

琴弦的崩断，让周明的心突然安定了下来。他拿起酒瓶，又放下来，对严重说："严总，我想把知音的故事说给你听听。伯牙子期高山流水遇知音的故事你知道吧？知道了，那我另外讲一个给你听。这是一个真实的故事，是我老师陆近春先生以前说给我听的。有一个琴师，很小的时候就失去了双亲。他自幼跟一位云游和尚习琴，后来自己也当了和尚。他的琴艺非常高超，跟他学琴的人陆续有不少。学生中有一位富商的女儿学得最好，师父的生活得到她许多的照顾。这师徒二人在长期的相处过程中其实对对方都有感情，只是凡俗有别，未能表达。日本人侵略中国时，这位女子的富商父亲被日本人枪杀，家产全部被日本人掠去。后来这位女子沦落风尘，以文才琴艺成了名动一时的名妓。师父知道情况后,卖掉了他的老师赠给他的唐琴,找到女弟子,想要帮她。等他找到女弟子时,已经是她在人间的最后一天,她已经在弥留之际了。女弟子的葬礼非常冷清,只有这位师父和寥寥数人参加。这位师父在女弟子的灵柩前弹了整整一夜琴,当时的报纸对这件事有过报道,题目是《琴僧一夜弦如泣,艺妓坟头秋月悲》。"

严重听着,等周明停止了叙述,严重说:"好故事,好故事。真是动人的故事。所以说,古琴不简单,古琴真不简单。"

周明本来是想在讲过这个故事以后再跟严重说说徐大可的事情的,见严重把头靠在沙发上打起了哈欠,也就打消了这个念头。他站起身对严重说:"时候不早了,累了一天,我回去睡觉了啊。"

周明回到自己的房间,躺在床上,正胡乱想着各种事情,手机响了。是唐遇川打来的。

"这么晚了,有事吗?"周明问他。

唐遇川说:"你在北京吧?刚听说你们江城鸿海的老板买下了'中和'和'南风'。我打电话给拍卖公司的哥们问是谁给掌眼的,他说是你。"

"你的消息真快。"

"快什么啊?"唐遇川说,"我他妈今天才知道'南风'原来是南宋宫廷御用琴,明代查抄一个贪官的财产记录上记录过的,顶级的琴,除了唐琴,就算它牛逼了。它命不好,从宫中流到民间,不知多少年无人知道了。这次卖它的是一个古玩城的小老板,拍卖行稀里糊涂地收了又稀里糊涂地卖了,给鸿海的老板捡了一个大漏。不是我说你哥们，你不上路子啊。怎么不上路子？头一回帮人，你也帮帮真正懂琴爱琴的人啊！鸿海的老板懂个屁琴，有几个屌钱就来强取豪夺，目的是要赚更多的钱。你等着瞧，不出三年，他一准会把这张琴送去拍卖。琴到了这种人手里，就成了翻跟头的抢手商品了，弹琴的人今后还怎么有机会得到老琴？这种事情你告诉我一声，哪怕咱们砸锅卖铁拆房子卖地也要争一争啊，弹两年，过足了瘾，再出手卖掉，咱们不也成富翁了？钱会烫你咬你啊？唉，你真是做学问做到屁眼里去了。巴结有钱人，捧大卵子，真是没话说你了。鲁迅有过一篇文章，《丧家的资本家的乏走狗》，说的就是你这样的人！"

周明本来心里就有说不出来的不舒服，被唐遇川这一顿说，更是如同吃了苍蝇一般。他挂了电话，然后给徐大可打电话，把帮严重掌眼买古琴的事情大致说了说，问徐大可这事他做得是不是有问题。

徐大可说："有什么问题，我看很好啊。'南风'再便宜，你也买不下来，只好眼睁睁地看着有力者拿去。不就是一张琴吗？别看得太重。再说了，琴终归是要弹的，谁弹？严重弹吗？对啊，还不是弹琴弹得好的人弹。你以后用'南风'录张碟不就完了。"

听徐大可这么一说，周明心里松快了许多。他问徐大可在哪里，是不是还在老家。

徐大可说是的，还在老家陪他母亲。不过这几天很想回江城，因为在老家没有事情做，坐吃山空实在不是个事。准备到江城想想办法找点事情做做,毕竟是省城,事情不难找。

"住呢?你住哪里?"周明问他。

"主要就是住的问题。大概的想法是先租个便宜点的房子,你要是回江城,先帮我看看,有没有合适的,价钱一定要便宜。我妈啊?当然也要带去,不然她怎么办?我没有着急,我想总要过下去,也总会有活路。"

周明说:"三天,你给我三天,地方我来找,租金你不用发愁,我来出。等我一找到好房子就电话你,你就和你妈过来。你怎么变得婆婆妈妈的,我一直认为你是最有豪气的,我帮你付个租金你也谦来谦去的,至于吗?那这样好吧?我这算是先帮你垫着,等你有钱了再还我总行了吧?就这么说定了,明天我就回江城,你等我电话!"

这一夜,周明整夜未合眼,脑子里像除夕夜的炮仗一样乱七八糟。一件件往事、一个个人像焰火似的蹿出来,又瞬间熄灭,被另一个焰火取代。他想到了陆老师,暗自庆幸陆老师以前带他去看过那么多博物馆的旧琴。陆老师说过,他的长项其实更在于对琴器的认识,因为顾传松先生的老师以前是北京斫琴、修琴的第一高手,钟先生的"长清"就是他修的。陆老师家里收了不少旧木料,主要是旧建筑上拆下来的梁柱,云杉居多,也有少量桐木,再就是做底板的旧梓木。陆老师亲手做了三张琴,周明现在用着的是其中一张。陆老师让周明自己给这张琴起个名字,周明取的是"近春",字是请他姑父写的,他姑父能写一手漂亮的篆书。题跋的文字也是周明自己拟的:"恩师亲斫,馈我春风。念念不忘,善始善终。"但他觉得这四句诗写得不好，便没刻上去，只是写在纸上贴在底板龙池的左侧。平时在陆老师那里，陆老师很少弹琴，倒是喜欢跟周明说琴器。陆老师常说"好琴其实也是好老师，它们会教一个人如何弹琴"，对这句话，周明深以为然。每次他在陆老师那里弹那张"梅间雪"的时候，他都会分明地体会到自己又学到了什么。用"近春"和其他新琴弹不出来的意思，用"梅间雪"一弹便会立刻得到表达，而且是超乎预期的表达。这真是奇妙的感受。陆老师告诉周明，在他弹过的所有老琴中，最好的是"长清"，怎么个好法，无法用言语表达。

"'长清'好到极点了，这么古老的琴，距今一千多年了，木质都朽败了，声音却光华灿烂，好像所有的美都集中于它一身，好像一碰就会碎的脆弱，却又有无限的能量。"

周明问过陆老师一个问题："那这张琴好到极点了，再往后呢？会不会走下坡？"

陆老师说："道理上应该会的，但是它的下坡路是慢慢地走还是断崖似的走就不知道了。"

"会不会有朝一日它完全没有声音了？"周明问。

陆老师说他还真见过一张唐琴出现过这样的情况，那是一种不可思议的情形，琴的外表还是完整的好好的，极美的样子，但弹上去却几乎听不到声音了。这是因为它的纤维已寸寸断裂，无法传导震动了。

周明记得自己当时跟着说了这样的一句话："肝肠寸断。人到了肝肠寸断的时候，也是无语的。"

陆老师说的是："在最美的时候死去，多好。"

听老师说这话,周明就不敢再说什么了。他知道陆师母去世时年仅三十一岁,陆老师在陆师母去世后就一直孤身一人未再结婚。

周明想得更多的是他拿到钱以后准备做的事:给陆老师换一个抽水马桶,他家的马桶总是出问题;给父母家和陆老师家装空调,每个房间都装;给徐大可租个房子;把所有想买的书都买来,开始着手写《琴史》,安心地弹琴,选几首未经打谱的琴曲打谱;可以找女朋友了。他想着他要把钱全部从银行里拿出来,堆在床上,堆在那里好好看几天再说。

天亮以后,周明跟严重在餐厅吃过早饭,把酒店房间的门卡交给严重,严重说他还要在北京有点事,把晚上回江城的火车票给了周明。吃过早饭,周明去故宫玩了一圈,又去了文物出版社门店买了一些书。然后去火车站,坐车回江城。

火车到江城,出站的时候,周明接到了严重的电话,严重让周明去银行查一下,钱应该到账了。周明急呼呼地去了银行,在自动取款机上,一查,见上面的数字是十六万三千。周明记得自己卡上有一万三,也就是严重给他打来的是十五万。他以为自己看错了,又个十百千万地数了一下,没错,是十六万三千。

周明走出银行,站在路边的梧桐树下给严重打电话。

"我到银行查了,钱到了。"

"好好,到了就好,我就放心了。"

"你打来的是十五万。"

"对对,没错,是十五万。"严重的声音听上去很愉快,"多了一点点，算我略表谢意的。"

周明开始愤怒了："先前说好给我成交价的百分之五的吧？你跟我开玩笑？"

严重说："百分之五？我说的？噢噢，没错，我是说过的。但那是说如果你在民间找到合适的老琴在民间交易而不是在拍卖行买琴。我说话从来算话，如果那话是我说的，别说百分之五的一百多万，就是一个亿我也会兑现承诺的。我立足社会发展事业，靠的就是诚信二字。老琴我继续请你关注，我对琴越来越有兴趣，决定当一个专项收藏，也准备让我老婆学，说不定哪天就到你那儿去拜师了。我的终极目标是收一张唐琴，宋元明清继续收，但没有唐琴总不过瘾。周明，我听你声音有点不高兴，这不怪我啊，是你自己没弄清楚。你可别为这事跟我有意见啊，生活在一个城市，咱们今后互相帮忙的事情多了。跟你在一起，听你说书、说琴，很享受。"

"你说书呢。"周明说完，把电话挂了。

街上人来车往，人们各奔东西，没人注意站在街边上的周明。周明浑身发冷，觉得有冷风吹着自己的屁股，满世界都是屎臭味。他感到懊丧，后悔自己帮严重掌眼，他觉得自己跟严重说那个琴史上的故事时动容的样子在严重眼里肯定可笑至极。他在心里不住地骂着傻逼傻逼傻逼，恨不得严重此刻就在他面前，他要把十五万扔到严重脸上。

周明在街心花园的水泥凳上坐了很久，他身后不远处有一家房产中介，周明走进去，业务员问他是需要买房还是要租房，周明说想租一个小点的，最好离医院近一点，能生火做饭，一

173

室半一厅的。业务员说一室半一厅的有几个，靠近医院的有一家，在省人民医院和脑科医院中间，房子比较旧，比另几家贵了不少，一个月租金四千。周明说就要这个，能不能先去看一下。业务员说当然可以看，带周明去看房子。周明看了，对房子很满意，跟业务员回中介办手续。中介发现周明并非自己租，就让周明刷卡交了半年的钱，把房门钥匙给了周明，让周明过一天叫真实住户带身份证件来签合同。

走出房产中介，周明打电话给徐大可，告诉他房子办妥了，可以过来了。

随后周明又去装饰城，选中了一款抽水马桶，买好了，让商家送到陆老师家。

陆老师跟周明拆开包装看马桶，这是一款进口的抽水马桶，陆老师说："人家的东西做得真是好，细节多精到，咱们连琴这样雅致的器物都做不好，边、角、弧度，总是不到位，古人的琴那做得多讲究。"

周明和陆老师坐下来喝茶聊天。陆老师问周明在乐团工作忙不忙，刘团长的女儿开始学琴了没有，对象有没有找。周明一一答了。

陆老师告诉周明，最近突然有不少人来要学琴，还要有人上门兜售旧琴，大年三十那天就有一个人背了两张琴来，说是家里留下来的，以前就没人弹，也不懂好坏。朋友介绍音乐学院有个玩古琴的陆老师，就摸来了。

"什么琴？旧的？"周明急问。

陆老师说："是啊，两张都是旧的，都是明琴，一张有款，名字挺有意思，叫'何如'，腹款刻的好像是洪武二年；另一张无款。两张琴的弦都坏了，我装了弦，弹了弹，声音不错，毕竟是老琴，虽然多年不振动有些沉寂，但都是好琴，味道不同，漆面也完好，都是大蛇腹断纹，很漂亮。"

"您买下来没？"

"没有，那人一看就不是弹琴读书人，琴怎么来的不清楚，说是家里留下来的，也许是'文革'期间混到他家的，谁知道呢？"

"价钱他说没？"

"说了，"陆老师说，"'何如'五千，无款的两千。我说我没钱买，没买。"

周明大叫："哎呀，老师您这是糊涂啊！七千块钱两张明琴，到哪儿碰到这等好事啊！人呢？那个人呢？走了？联系方式有没有啊？您不买，我买！"

陆老师在他的笔记本里找到那人的电话号码，周明立马打电话过去，告诉他自己是陆老师的学生，问他在哪里，他马上过去买琴。

"七千两张，要就一起拿，不还价！"那人说。

周明说："七千啊？太贵了，新琴最好的也只要两千一张。我老师说两张琴都有损伤，你总要让一点价吧。而且买不买我还要再仔细看一下，旧琴毛病多，别有暗伤。"

那人说："没有暗伤，能弹，好听得很。你诚心要，一张琴让你五百，六千！再还价我就不卖了，留着等我孙女大了自己弹着玩。"

175

周明说:"地址?好,不远,晚饭前我就到。你孙女多大了,一年级,好,我送她一个好书包。晚上我赶不回来,你们镇上有旅馆吗?我要在那里住一晚。谢谢,就不打扰住你家了,还是住旅馆自在。晚饭在你家吃。有酒最好。哈哈。我酒量不行,酒胆很大。"

挂了电话,周明对陆老师说他马上去买琴,还要到银行取钱,先告辞了。

陆老师把周明送到校门口,对周明说:"周明,毕业没几天,你好像变化很大。"

周明说:"什么变化?变好了还是变坏了?我没觉得啊。"

陆老师说:"变结实了。琴再仔细看看,你等我一下,我回家拿个手电筒你带着,腹腔里还可以再看仔细一些。"

周明着急要走,没让老师回去拿手电筒。他去银行取了一万块钱,在超市买了一个粉红色的书包和一大盒彩色画笔,跟出租车司机谈好了五百块钱的车费,急急地赶到了那人所在的小镇。

周明在那个人家吃饱喝足,带着两张琴进到镇上的旅馆房间。那两张琴没有琴囊,用两块床单布包裹着,床单很旧,有些破洞,上面是大红大绿的牡丹。周明解开包裹着琴的床单,把两张琴放在床上。屋里的日光灯不稳定,一闪一闪的,周明在闪烁的灯光下看这两张琴,有恍然如梦的感觉。在那人家里,周明仔细地看了琴,那张无款琴的底板上其实是有字的,只是被后来不知什么人用漆覆盖住了,隐约是可以看到上面的字的,是铁线篆刻的"卧游"二字。而且龙池凤沼间还有两行题跋,小行书，但除了"风""之""古"等几个字，其余的很难辨识。此时周明把眼睛凑近了再看，发现题跋的最后几个字分明是可辨认的，是"沈周又记"四字。

房间里有一个挂壁式空调，周明没有开，他想好好地体验这份寒冷和静谧。琴搁在床上，他凝视良久，然后坐在床上，把琴放在腿上，一一地弹了一曲最简单的开指曲《仙翁操》。两张琴风格区别明显，"何如"声音清冽而峻拔，有寒江独钓的意味；"卧游"则潇洒散淡，一派渔樵问答扣舷独笑的风神。

周明感到一阵困乏，他反锁了房门，脱了衣服，钻进被窝，不一会儿就睡着了。

12

徐大可带着母亲住进了江城和合桥周明给他们租的房子，这个地名与他的故乡和桥只有一字之差，奇怪的是和合桥并没有桥，只是处于省人民医院和脑科医院之间的一个坡，而和桥是有好几个桥的，桥下却经常没有水，干涸着。不过，徐大可站在阳台上可以看到坡下的街道，那里车行如流水，仿佛站在桥上观望河水流淌的感觉。

从阳台上也能看到鸿海大厦，因为离得不远，从这里可以看到鸿海的半个楼。时隔不久，对这座他曾经去过的高楼徐大可已经有点隔世之感了。在很短的时间内遭遇了那么多事，余韵、胡老师、自己的父母，每件都是大事，反而让徐大可内心产生一种混茫乃至于虚无的感觉，好像这些事都发生在另一个遥远的时间和地方似的，好像在看一部剧情过于造作的电影。所有的过程中都有他，所有的人都需要他，但他对他们又完全无能为力，他无法改变任何人，也无法决定自己。他想，所谓虚无，往往只是一种无力而已。

徐大可陪母亲住了几天，带着她去街对面的小湖边坐坐，这是他曾经带胡老师来过的闹中取静的地方。早晚有些老年妇女在这里跳广场舞，翠锁在边上看，神情是喜悦的。有一回徐大可也站在人群后面跟着跳，他跳得很滑稽，一边跳一边回头看母亲，他见母亲咧开嘴巴笑出了声。徐大可想，也许会有奇迹发生在母亲身上呢。

晚上，翠锁睡了以后，徐大可会拿出唢呐来，在手里比画着，想着一些曲调。他很想吹一吹唢呐，但在这里吹显然不合适，声音太响。于是他只好把心里想到的旋律乐句写在纸上。他也不知道自己写的是什么，将会是什么曲名，只是想通过这样的方式跟自己说说话，或者往远处走一走。他想他还是非常喜欢创作的，也只有创作曲子的时候他才能感觉到一种清晰的存在，尽管这种清晰最后也往往变成更大的茫然，而这样的茫然让他感到舒服，如同周明以前跟他说过的一首宋词中说的，不知今夕何夕。

但徐大可知道自己与周明不同，对于自己有时会陷入的恍惚，他是警醒的。他知道这类既舒服又不舒服的沉思其实是一种退缩，最终会令他沮丧让他失去行动力。

徐大可决定还是要出去找事情做。

当周明跟谈丽一块来看他时，徐大可终于有事可做了。

谈丽毕业后，先去了演艺集团办公室上了几天班，时间不长，就辞了职，跟一个自己开公司的朋友干了。这个朋友做的事情跟演艺集团差不多，都是组织演出。不同的是演艺集团的工作对象多半是体制内的单位，而她这位朋友则是东拉西扯地把当红明星张罗到江城来演出，歌星影星歌剧舞蹈摇滚爵士室内乐交响乐马戏杂技服装模特，有国内的也有国外的，有大型的在体育场大剧院演的，也有小型的在婚礼宴席上演的。有什么做什么。联系演员的经纪人、演出场馆、票务公司、宣传媒体，安排吃住行，七七八八，事情非常繁杂，但生意相当不错。

谈丽对徐大可说："听周明说你现在比较背运，你看，现在不是有贵人来帮你了，而且是美女贵人。你要是跟我干，我现在就可以说了算。你要是嫌我的盘子小，我也可以介绍你去见见我的朋友，他是大老板。如果他认为你可以做跟我一样的事情，你就可以跟你的贵人一个级别了。"

"我跟你干，我不嫌你的盘子小。"徐大可说。

谈丽用拳头捶打徐大可的胸脯："好啊，你占我便宜！你这个狗东西，就是败走麦城都不尿。你真有种，是条好汉！你要是有周明一半老实，我真的敢追你。"

徐大可说："真话，我正急着找事情做，你说的这个事我应该能做，无非是跟人打交道，这是我的长项。"

"太好了！明天你就来上班，我们公司在万有大厦十六楼租了套房子，平时我们主要的几个人去得都晚，基本是属于自由班，有事忙事，也不在公司待着。平时多半只有一个接电话的在那儿。明天上午十一点我到公司，到时你来看一下，先把情况大概了解一下，认认人。中午你请我吃火锅，下午我去机场接几个歌手，你去安排酒店住宿、晚餐，晚上九点带他们去体育馆走台。OK？"

"薪水？"

"你先拿月薪,我给你一个月一万,干得好,以后视工作能力和品质抽总利润的头。够意思吧?要知道并不是每天都有演出,也并不是每次演出都包赚。就是赔了,也是我赔,你稳拿一万月薪。够意思吧?"

徐大可说:"到处跑,交通费是我自己掏腰包还是找公司或是找你报销?公司没有食堂吧?吃饭的事情怎么解决?"

谈丽看了看周明:"唉,周老,你看看,徐大可怎么变得这么小里小气一点气派都没有了,关注的全都是鸡毛蒜皮的小事。你要是把帕奎奥和李连杰弄到江城来比一场,或者把吉他三巨头弄来表演一场,把世界小姐选美比赛的总决赛弄到我们这里来,那才是我认识的徐大可。我还以为我邀请你跟我干你会断然拒绝呢。'哼哼,我徐大可岂是燕雀般的人物?'这话你上学时不是经常讲吗?你怎么突然就屁了?"

徐大可说:"我真的是想跟你,不,跟着你干,而且特别感激,发自内心地感激。你和周明都是我的贵人,有你们真好。好了,小事我就先不问了,你放在心上就行。我要回去了,我妈你应该听周明说了。是的。要回去陪她。好是好多了,但有时还是会突然地不太好,着急,惧怕,浑身发抖,这时候只要我抱抱她她马上就会安定下来。你们再聊会儿,我先走。明天十一点,我会准时到公司的。"

谈丽说:"大可,你要记得你是谁,你在我谈丽眼里一直都是最棒的,我一直觉得你不是一般人。以后我们可能都要仰仗你呢。"

"我对自己越来越没有信心,你说说,我到底是什么好?"

"你啊,你的好,是你总希望别人快乐。这是我和余韵议论后得到的结论。你不觉得这是一种非常难得的品质吗?"

"言重了言重了,"徐大可出门时说,"我会还你们的情的,你们放心。这点信心我至少还有。"

出了餐馆,徐大可在往租住房走的时候,他有点为自己离开餐馆时说的那句话后悔,他意识到"还情"之言是不妥当的,说不定会伤了好友的一番真心。但他又知道此话的确说出了他心里的意思。他想,别的什么话都是废话,人活在世上,有恩情不报答,那才不是他。

第二天,徐大可提前十分钟到了公司,谈丽介绍他见了她的老板朋友方继安。方继安是个三十出头的小伙子,比徐大可他们大不了几岁,婚结得早,已经有了一儿一女。得知徐大可不会开车,方继安让徐大可抓紧学车,拿个B照,以后有用,公司有五辆车,他自己就既当老板又当司机。"开车特有意思,尤其开我们这种车,能接触到很多一般人接触不到的人物。考B照啊,C照不行。你会开车了,以后我的小孩子需要接送就方便多了。我老婆什么都不会,车不会开,饭不会烧,小孩不会带,寄生虫一个。还成天教育她的闺蜜,教育人家千万不要结婚,结婚了也千万不要生小孩。否则累死。她累啥了啊?寄生虫一个,什么都不做还他妈成天喊累。对了谈丽,你有没有幼儿园的关系,我儿子啊,今年就要上幼儿园。谁知道这么个情况啊,幼儿园都进不去。我说的是好幼儿园,不相干的幼儿园当然能进,说的是好幼儿园。他奶奶的,这怎么弄啊?才他妈三岁就开始烦上学的事了。"

方继安说起来好像没完没了，谈丽打断了老板的话头："唉唉唉，跑偏了，跑题了，我问你啊，徐大可跟我干，他的薪水我给。你要让他开车送你小孩，交通费、伙食补助之类你给他多少？一个月三千啊？不行，太少，他上班、回家打车都不够用。爽快点，五千！就这么定了！我们要去吃饭了。可以带你一起，我买单可以，你大气，我也大气。"

徐大可对方继安的印象不错，尤其对他喋喋不休说家里的琐事感觉良好。他也能感觉到方继安对他也有好感。

下午徐大可去歌手们将要入住的滨江希尔顿酒店办手续，本来不必亲自开车的方继安非要亲自开车，说跟徐大可聊天挺开心。

几个歌手的晚餐也是在滨江希尔顿酒店吃的。歌星们在大包间用餐，徐大可去超市买了两个面包一瓶矿泉水，回到酒店，坐在大堂的沙发上吃面包。上午出门时他给母亲准备了中午和晚上吃的面包，关照她不要到厨房去点煤气灶用火。翠锁当时是答应了，但此时徐大可心里非常不踏实。他怕母亲自己出门、开煤气，怕她突然浑身发抖。他想，如果有什么事情可以不必出门就在家做就好了。

晚上到体育馆彩排，一共六位歌手，一个台湾一个香港，其他四个是大陆的。其中大陆的柏凡算是正当红，名气最响。另三位大陆的女歌手应该还算不上明星，小有名气刚出道而已。

徐大可发现，名气越大的歌手气派就越大，乐队的水平也越高，键盘手、吉他手、贝斯手、鼓手都牛逼哄哄。

歌手们按照演出顺序次第走台，第四个走台的是名叫曾米诺的女孩子。她唱的第一首歌徐大可和谈丽都没听过,歌名叫《拥抱》。徐大可和谈丽坐在观众席上听,都说这歌好听。但他们觉得曾米诺的乐队水平不行,特别是配器,基本是没动脑子的结果。舞台总监对她的走台很不满意,前面几个歌手只唱了半首歌试了话筒和音响就过了,而总监执意让曾米诺把歌唱完。她唱完后,总监看了看手里的节目单,问她:"这歌是你自己写的?"曾米诺说是啊。总监说:"不错,词曲都不错,但这个配器实在够呛。太简陋,副歌到高潮时,整个音乐都是扁的。'如果有一天我忘了一切,如果我到了弥留之际,我决不会忘记你的拥抱。'这时候电吉他的味道不对,太躁了!狂可以,疯狂更可以,但是不能躁。躁是还没有破碎还没有绝望,疯狂才是。键盘也不对,没心没肺弄几个和声,这不是瞎对付吗?"

徐大可对谈丽说:"这个词可以改一下,改成'如果有一天我把一切都忘记,如果我到了弥留之际,我依然不会忘记曾经在你怀里哭泣。''切''抱'在句尾,不紧,拖不长,不好听,气不聚。"

谈丽说:"有道理啊。你可以跟总监说一下啊。"她走下观众席,直接过去跟总监说了。总监回头看了看徐大可,然后让曾米诺试一下。曾米诺试了一下,总监说好像是好一些了,但总还是不够力。徐大可走到曾米诺身边,在记事本上写了几句简谱,这是他加出来的几句,把"依然不会忘记"的词重复了两遍,旋律则跃起了两次,而把曾米诺原先唱了两遍的"在你怀里哭泣"改为只唱一遍。曾米诺当即就一拍巴掌说"好",跟乐队一合,吉他手又即兴加了一段华彩。这首歌便立即涌动激荡起来，如同有轨电车变成了过山车。

曾米诺又从头完整地唱了一遍《拥抱》，她刚一唱完，在场的人，包括乐手都喝起彩来。

总监问徐大可："你是学作曲的？一定写过歌！"

徐大可说："没有，真没有。只是爱听。"

谈丽告诉总监，徐大可正经是音乐学院的毕业生，作过曲的，只是连她也不知道他会写歌。

柏凡是压轴的，此时也在等候走台，他烟不离手，声音是沙哑的烟酒嗓。他走到徐大可面前对徐大可说："哥们，你厉害。一会儿帮我听听我的三首歌。你应该知道的，《最后一班地铁》《关系总和》《风中的野马》。不会让你白提意见的。"

见徐大可准备拒绝的意思，柏凡说："这三首歌我都唱了无数遍了，虽然很火，但我心里并不满意。我觉得套路还是太老了，起承转合，像电脑模式写出来的。想过改改，但已经唱牢实了，唱死了。不知道怎么动了。"

徐大可说："那我瞎说你别介意啊。你的歌我熟，都是一个人唱，其实可以变一变。《关系总和》，可以三个人唱，你，加上两个女声，女声现成就有，如果不涉及复杂的条规，马上可以试一下。主歌变两段为三段，三人各唱一段，副歌让三个人交织起来，往音乐剧方向靠一靠，把这首歌原来就有的述说感突出出来。《风中的野马》我特别喜欢，特别是歌词，过耳不忘。但是曲子的确如你自己所说，词曲的匹配程度不够，有些平庸了。不像野马，倒有点老马的意思。呵呵。嗓音的沧桑味儿也不到位，是做出来的。你是南方人，我想你可能没真正到过北方。如果你去过北方，这个意思你很容易明白。《最后一班地铁》最好放在终场前，因为大家都熟都会唱，观众最后一定会齐唱，当全场两万多人跟着你齐唱最后一句'每个人都是这世间的奇迹'，那会是山呼海啸的效果！你想啊，当观众们咀嚼回味着'每个人都是这世间的奇迹'坐着最后一班地铁回家时，那种感觉多有意义！流行歌是什么？流行音乐的意义是什么？是弄出一些偶像明星来让人们有茶余饭后的谈资吗？不，流行歌就是让要每个人都明白每个人都是奇迹，渺小而神圣的奇迹！"

徐大可说完，在场的人都沉默了。柏凡长时间地看着徐大可，直到手里的烟燃尽了烫着了他。

柏凡说："你知道吗兄弟，你这番话值一个亿！人真不可貌相，今天我算是服了，你说得太好了！"

徐大可说："我表达水平有限，如果是我的铁哥们周明来评论，他能说得让你把吉他砸了。"

柏凡叫来他的经纪人，让她马上打一万块钱给徐大可。徐大可拒绝了。当柏凡邀请他走台结束后找地方喝两杯，徐大可说家里有急事，要尽量早回去，也婉拒了。

彩排结束，谈丽让徐大可先回家，她一个人开车送歌手们回酒店就行了。

徐大可着急慌忙地赶回住处，打开房门，见屋里所有的灯都亮着，翠锁和周明坐在饭桌上玩纸牌。母亲能坐下来玩纸牌？这是徐大可无论如何也不敢相信的场面。

"我不是让你不要开门吗？任何人敲门都不要开。你怎么把他放进来了？太危险了！"徐大可教育他母亲。

周明说："不是你妈给我开的门，是我给她开的。我是下午五点左右在医院对面的街边看到你妈的，问她到哪里去，她说要去跳舞。其实她是去看跳舞的。等跳舞的人散了，我就把她送回来了。钥匙她倒记得拴在腰带上。我跟你妈玩纸牌玩得很开心，她总赢我。"

徐大可让母亲去睡觉，回到客厅，小声对周明说："真是奇迹！我妈居然跟你玩纸牌。"

"我也心里没底，还好，万事大吉。"

"你怎么会走到这附近的？你不是住档案馆那儿吗？"

"你这儿有酒吗？弄一口喝喝。"周明说，"我没事，下午去了趟乐团，把工作调动的事情办得差不多了，就过来一趟。你在，就跟你吃顿饭，你不在，我就自己找个地方混一顿。没想到撞见你妈了。"

"工作调动？什么意思？"

"乐团我实在不喜欢，古琴在乐团能有什么前途？我去音乐研究所了，下周就去上班。好处如下：一、音乐研究所不需要坐班，自由。我不是可以成天弹琴写文章了？二、乐团就是个饭碗，除了演出还是演出，毫无学术氛围。这样混下去，人很快不就废了？三、音乐研究所有一批旧琴，我去了不是天天可以亲近了？我想了很久，还是要在古琴上有大作为，我计划写一部《琴史》，再打一批古谱出来，最终写一首自己的琴曲，流芳百世的琴曲。要完成这些目标，你说还有更合适的单位吗？"

徐大可说："太好了！到时你的琴曲里一定要加一段胡笳啊，

我觉得胡笳跟你的古琴特别配,不是箫,也不是唢呐。箫太阴柔,唢呐又太大大咧咧,胡笳合适。"

周明说:"好好好,你知道吗大可,你的核心竞争力在创作,你写的曲子不同一般。这不是因为我们关系铁我才这么说的。你跟人打交道的能力很强,我敢肯定你将来会是个人物,是富豪还是高官我不知道,但是我还是希望能听到你的曲子。"

"是啊,如果能写出好曲子来,总是最过瘾开心的事,但目前还是先解决生活问题吧。"

徐大可跟周明说了晚上彩排的事,周明大叫一声:"有了!"

"有什么了?一惊一乍的。"

"写歌啊!"周明说,"你刚才说的这些,真值一个亿你信不信?你别不当回事,那些写歌的牛人当真就厉害得不行吗?你写!写歌最挣钱。等到张学友王菲都来求你写歌了,你还愁啥?跟你说好了啊,写歌,到时发了,记得送我一张唐琴。"

"唐琴?唐代的琴?这么古老的琴还能弹吗?"

"这你不懂,明琴比清琴好,元琴比明琴好,宋琴比元琴好,唐琴,最好。"

"好,就这么说定了!唐琴一张要多少钱啊?"

"不贵,也就五千万左右吧。"

徐大可说:"我看你还是出去找个地方喝酒吧!五千万?今生今世你就别指望我了,我还是来世再想办法送你吧。诸葛亮、嵇康弹的琴还在吗?要在,来世我干脆把他们弹过的琴给你买下来得了。"

周明走了以后,徐大可到母亲的房间看了看,他打开手机的照明功能，借着光看母亲。母亲睡得很好，枕头边放着一副纸牌。

时间已经很晚了，徐大可躺在小房间里睡不着。夜晚的宁静中，他不断地听到救护车的声音。随着它们的节奏，有几句旋律在他脑子里出现，并很快成了曲调，随后歌词也有了。徐大可翻身起床，在记事本上把谱子和歌词都写了下来。歌名是《救心丸》。写好了，他自己在心里哼唱了几遍，很不满意。他想，写歌有写歌的道道，什么事都不是那么容易的。

徐大可在自己记事本的封面上写下"大可日志"四个字，把记事本放回包里。

再次躺下来，徐大可还是睡不着，他不断地想着余韵。他已经有不少时间没有余韵的消息了，他想余韵大概是不会想到他的，她那么沉默那么自我，她的世界别人想要进入很困难。但为什么她又那么容易接受男人呢？而且还是接受那些尚未熟知的男人？如果是像有些女孩子因为生活困难去做交换，那倒也可以理解，但余韵的生活并不像有什么困难的样子啊。徐大可知道周明以前对余韵是有意思的，而周明放弃了，毫不留恋，周明说过，他要找，就一定要找个无瑕的女孩子。对周明的这种观念，徐大可虽然不以为然，却也能理解。周明是一张白纸，他对这个复杂世界的宽容度有限，好在他敏感却并不脆弱，他没有执念，倒是拿得起放得下的。相反，倒是自己有些看得透又想不开了。余韵有什么好呢？她身上到底有什么吸引他呢？徐大可想不明白。每回想到余韵，想着这些想不通的事情最后，徐大可都集中于想余韵的样子，他想起入学后第一次在班上见到余韵的样子,那是班主任让每个同学做自我介绍,所有同学中说话最少的是余韵:"我叫余韵,来自润城,请多关照。"她站起来的时候腿撞上了椅子的扶手,疼得她的脸通红。他记得他们去欧洲演出的一路上,都是他帮余韵拿古筝,这一路,他得以无数次直视余韵的眼睛听她的嘴巴说出"谢谢"二字。整个行程中,无论是飞机上还是大巴上,都是带队的老师和余韵坐在一起,徐大可往往坐在他们身后,听他们说话,准确地说,都是老师在说话,而余韵只是听着。徐大可则忍不住一次次地去偷看余韵披在肩上的油黑的长发和修长圆润的脖子。她笑起来的时候会仰起头,让徐大可不住地在心里描画她下巴和脖子的线条。那时的徐大可觉得余韵像一棵清新秀美的小树。他甚至在演出时都会想起余韵的样子,觉得他的唢呐变得温柔细婉仿佛是在描画余韵的线条,完全失去了往日的粗犷与炽烈。

第二天晚上的演出如期进行,刚刚开演,天就开始下起了雨,虽然雨不大,但还是有一些观众退场避雨去了,等到柏凡出场时,变成了瓢泼大雨。因为柏凡名气大,许多观众是冲着他来的,所以还是有少量铁杆粉丝站在台前听柏凡唱歌。柏凡和他的乐队很给力,他们在大雨中发出移山倒海的动静。柏凡忘乎所以,在台上抱着吉他仰天长啸,仿佛是在对苍天倾诉。徐大可也站在大雨里,跟着柏凡一块儿唱。徐大可旁边的一个人先前还打着雨伞,后来把雨伞扔在一旁,挥舞着双手跟着呐喊。

等柏凡唱完,吉他最后的一个和弦像闪电一样地消逝,徐大可回过神来,眼前的一切都消失了,只有余韵的模样嵌在雨幕中。

徐大可打车去了余韵租住的汇金小区。当余韵打开门,徐大可在第一时间一把抱住了余韵,像鳄鱼咬住猎物一样地咬住了余韵的嘴巴。

13

周明被调到艺术研究院音乐研究所,成了一名专业的学者。这个结果,当然是周明希望得到的。他想起他最景仰的钟鸿秋先生生前也曾在这个研究所工作过,心里更是有一份说不出来的快慰。音研所原先是一个独立的单位,后来被合并进了音乐学院。虽说是归属了音乐学院,但实际上与音乐学院并无多少关系,基本上被以招生教学为主的音乐学院边缘化了。

音研所有一个藏书、资料丰富的资料室,仅线装书就有十多万册。平时这些旧书很少有问津者。很多时候,几乎每天都到这里来看书的周明会觉得这里从来就只有他一个人,而且他已经在这里待了一生,有时他甚至会以为他的前生也是在这里度过的。刚调到音研所时,周明来这里看书,资料员小韩还会让周明在一个硬封面的大本子上填写借阅记录,后来与周明熟了,便对周明说,你不必填这些了,直接进书库好了。周明没有这么做,他还是翻开借阅记录册,认真地填写借阅时间、借阅书名和自己的姓名。这本借阅册相当有年头了,每一页的记录大多是二十世纪五十年代留下的。在明显有些黄脆的纸页上,周明看到早已作古的那些学者功底深厚的字迹，心里总会生出一种感动。在这些借阅者中，便有钟鸿秋先生。钟先生的字很有特点，底子似是欧阳询，却更瘦而硬，一笔是一笔，没有一笔是连的。从记录来看，钟先生借阅过的书相当可观，几乎所有的琴书他都看过。但是让周明始终不能理解的是，钟先生一生没有写过一篇琴学论文，甚至没有写过一篇成段的文字。以周明看来，打谱天下第一的钟先生，至少应该对自己的打谱记录下一些心得，但周明查遍民国以来与琴有关的所有书刊，都一无所获。

每天，周明坐在靠窗的一张大画案上读琴书，他把柔软的旧琴书翻开在画案上，有时长时间地看不下去。有一阵子他照着钟先生弹奏的《离骚》弹此曲，在书库里，他会把钟先生打此谱的据本《神奇秘谱》翻开于案上，一个谱字一个谱字地看，在心里响动每一个声音。他想，几十年前钟先生也是坐在这个位子上的，那时钟先生或许是携着琴来打谱的。谱打成了，钟先生录了音，一言不发，又去打另一个谱了。现在翻开于周明眼前的《神奇秘谱》，依然洁净如新，白棉纸细致的条纹历历分明，没有留下钟先生的任何字迹。这一函三册明代的线装琴书，书刻俱佳，不亚于宋刻版，其中不少曲子都经钟先生打出，名动四海。要知道，将一首哪怕是小曲的琴谱打成功，是多么困难的事。古代的制谱者以减字谱的方式告诉人们每个谱字的取音位置和弹、按方式，却唯独不把时值标明。旁人要弹此谱，只有花费相当的时光和心思将它"打"出，正如打猎、打水、打谜语之"打"的意义一样，需要将已有却未完全得到的东西得到一般。古人于此是深有用意的，在周明看来，这仿佛是制谱者大略地告诉了别的琴人，谱子只是一座山，至于你登临此山看到什么感受到什么，或万壑松风，或僻谷幽兰，或悲悯众生，或逸情暗滋，取决于山，也取决于你。因此，同一首琴曲同一个版本，打谱的结果是人弹人殊的。钟先生的打谱成果，基本上都出自二十世纪五十年代初。据周明不完全统计，在十年左右的时间里，钟先生打成了三十多首琴曲，其中包括《广陵散》《秋鸿》《离骚》《白雪》《胡笳十八拍》等多首大曲。

老话对打谱有这样的一个说法，"小曲三月，大曲三年"，钟先生在这么短的时间里打成这么多曲，而且至今无出其右者，显然就是一件匪夷所思的事情了。

周明平时弹琴，也会找一个少有人弹的谱子，试着打谱，可即便是小得不能再小的谱，弹琴弹了多年、能弹不少大曲的周明也会觉得如入五里云雾之地，茫然失路。

看来，要走进古人的心里，或者说，以琴走进自己的心里，并非易事。

周明住在远离音研所的东郊，但他上班却还方便。地铁站东郊有一个站点，距周明住的地方步行只需要十分钟。音研所在西郊，附近也有一个地铁站点，走走也不到一刻钟。每天，周明都是在城市交通的高峰时段坐地铁。他挤在喧哗而又寂静的都市人群中，在黑暗而又明亮的地下穿越这座城市，穿越一天又一天。有一阵子，周明乘坐地铁时喜欢戴着耳机用CD随身听听钟先生的历史录音或西班牙大提琴家卡萨尔斯拉的巴赫，以使枯槁的旅程变成一种享受。但时间久了，周明日益喜欢上了这种挤在人群中的无语地穿行。他不再听任何音乐，而是恍恍然坐在或站在地铁车厢内，享受地铁给他带来的饱满而又模糊的感受，回想或想象点什么。

周明刚住到东郊这幢公寓楼时，这里还相当荒僻。楼坐东向西，西窗外是一条公路，东窗外是一大片长着高大杂草的荒地。周明以前从来没见过这么高大凶猛的草，它们简直就是树了。草地的尽头，是这座城市唯一的山，山虽不很高，却耐看，特别是雨后，水汽盘旋而起，形成雾岚，把山色染得淡淡的好看。可两年前这块荒地被开发成一个高档住宅小区，整个小区的建筑西高东低，最靠近周明所住公寓楼的是一幢18层高的楼，挡住了周明看山的大部分视线。以前周明看山时常感叹：什么也比不了山。可现在他知道，这么一幢18层的楼，就可以轻易地让山在他的视野里消失。于是每到星期天周明就去爬山。在山里蜿蜒而上时还好，野花滋蔓，杂树丛生，若有若无地看，心情总是好的，可爬到山顶四下看去，整个城市像刚刚被投入了许多的炸弹，烟尘笼罩，丑陋极了。加之后来爬山的人越来越多，即便是清晨和黄昏，山路上也挤满了爬山者，人们头臀相接，语声如瀑。原本细小却清澈的一道道山泉里扔满了爬山者丢弃的五颜六色的食品包装纸矿泉水瓶等杂物。周明对爬山一下子没了兴致，难得一去了。有一天傍晚，周明走出公寓楼，走到山里去，迎着下山的人群上山，等他爬到山顶，天几乎完全暗了，城市里亮了不少灯，一弯冷月和一颗大星悬于紫色的天空，在城市纷乱的身影映衬下显得可怜巴巴的。周明坐在山顶一块大石头上，坐了很久。他觉得山其实也是在移动着的，如同明亮地穿越黑暗的地铁。一切都在白昼和黑夜之间穿行,数度反复之后,便都会成为尘埃,被后来者的步履扬起,飞舞于城市的上空。天黑下以后,蚊虫立刻多起来,周明一边不住地拍打着叮咬他的蚊子,一边慢慢地往山下走。他听到路边树丛里有人在说话,男的说,爽吗?女的说,嗯。男的说,喜欢吗?女的说,喜欢。男的说,再说,连着说你喜欢,我喜欢听你喊喜欢。女的断断续续呻吟的声音大起来,喜欢,喜欢,哦哦,喜,欢。然后男的就像驴一样"嗷嗷"地叫起来。周明本想尽量小点声走过这块区域的,转念一想,他们这么大声,也没个顾忌,我这么小心也就不必了。下山的一路,周明都在回想这两个未能见着面的男女,想象他们之间发生的动人情景。在走进公寓楼破旧拥挤的走道时周明想,他们是对的。如果哪天他有了恋人,也要这样,在山里做自己喜欢做的事情,他也要像驴一样在草丛里、在月下叫起来。

　　音研所的同事间几乎没什么来往,周明又是半路出家,并未师从过这里的任何一位先生,所以,就更没有熟悉的谈得来的人。周明想到,他所有重要的对话,几乎都是在他和徐大可之间进行的。

　　所里有一个乐器室,收藏有一些古旧的民族乐器,其中倒是以琴为最多。这些旧琴中,有唐琴一张,宋琴三张,明琴最多,有十张,还有一些清琴。所里尽管只有周明一人研究琴学,也只有他一人会弹琴,但领导对他说,这些旧琴都年代久远,木质大都衰朽,尽量不要去弹它们。周明告诉领导,琴这东西,正是要人常弹才不会衰朽。长时间地摆在玻璃柜子里,不仅容易塌腰，声音之美也会衰退。领导说，这都是文物级的东西，看可以，能不弹就不弹，大家都没话说。周明听这一说，也就不吭声了。加之旧琴上的弦都松了，张力消解，想来也不会对琴有太大的损害。他只是每天来借书，趁小韩进书库给他取书时，站在玻璃柜前看这些琴，看琴漆面的断纹，偶尔才上手。琴久弹之后，表面髹的大漆就会断裂，形状或如蛇腹或如流水或冰裂，纹既美，更有助于声音的松透古雅。那张名为"松涧"的宋琴为已故名琴家顾传松先生的旧物，琴的底板上有黄庭坚的题铭："幽幽深涧　杳杳琴音　钟期不在　弹与谁听。"此琴为仲尼式，型制清朗，髹黑漆，因年代久远，光泽内蕴。琴面断纹为小流水断，如缓风行于秋波之上，细密妥帖；琴底断纹为大流水断，如长江宽流，洋洋洒洒。周明每回看此琴，都有一种站在河流边观流水汤汤而逝的感觉，好像这张琴可以不抚而鸣的。

资料室那张大画案相当有年头了，因为上了大漆，看不清材质。周明弯身查看过面板的底部，发现面板的背面也上了漆，想来当时制作这件画案的人是很拿它当好东西的。

有一阵子，周明去资料室，到得比小韩还要早。他坐在门外的草坪上，等小韩来开门。后来发觉自己这么做似乎有些过分，就延迟了到资料室的时间。他知道小韩每天在到资料室以后的第一件事，是吃早点，然后才拖地擦桌。周明总是估猜着小韩已经吃完早点开始打扫卫生时才进资料室。这样，他可以帮小韩拖拖地。小韩说："周老师，你简直就像是这资料室的工作人员一样，天天来。你这样天长日久地，可是要做成大学问了。"周明说:"也就是无聊而已,待在家里,什么事也没有。学问不学问的也没去想,做了大学问,又能怎样?"

　　后来周明还是进库房读书了,那里更安静,更适合他发呆。打扫完卫生,周明就进库房,坐在画案前看书。他带着卡片和笔记本,看到有用的东西,就记下。他自己很清楚,如果这样做下去,将来会有洋洋大观的积累。但很多时候,周明无法集中精神看书,有时他甚至在画案前坐了一整天,却连一页书也没翻过去,而是看着窗外变化着的光线,看雨或雪在巨大的窗子外落下。窗外有一棵白皮松,既苍古,又飘逸,久看不厌。这是周明喜欢的树。看树的时候,周明常要想起朱自清先生的一篇不算太出名的文章《松堂游记》,那篇文章里写到了白皮松。周明觉得这篇文章要比朱先生的许多名篇写得都要好。究竟为什么会有这样的感觉,周明说不清,只是感觉而已。看树看得高兴了,周明就不太愿意看琴书,而是在库房里挑一些古代诗文别集来读。周明常看的是王维和陶渊明。在周明原来的印象中,陶渊明是比王维更加闲淡醇和的,但读得多了,这种印象竟荡然无存。他发现陶渊明其实是个内心极为复杂的人,他诗文中的深意,是不太容易领会的。而一旦稍有领悟,就会触摸到陶渊明内在的祈望和忧虑。陶渊明是个孤独的守望者,更是一个炽热的盼望者。有了这样的理解,再想想钟先生的琴,周明以为自己更多地理解了一些钟先生,理解了钟先生的一言不发,恰如陶渊明的有琴不弹或偶尔在醉后抚弄无弦琴。周明读过一些写陶渊明与无弦琴关系的文章,包括古代的记述,这些文章多以为陶渊明不解音律而喜弹无弦琴。这样的论述,让周明觉得，陶渊明真是孤独到家了，他内心的那些东西，千百年来一直被人们误读着。而当周明产生要写些文章对此进行新的解说时，又意识到，这样的解说似乎并无必要。相对于千百年的误读，他的声音一定是孱弱无助的，正如一粒尘埃，无论你在空中如何抖动，对于这无限浩大的虚空，都是没什么力量的。

库房里没有供暖设备，冬天的时候，冷得出奇。周明穿得不少，还是冻得缩成一团。小韩对周明说："周老师，你可以把书拿到办公室里来读，这里暖和。"周明谢过，他还是不肯离开那张大案子。

一月底，下了场大雪，大雪将白皮松裹得严严实实。周明觉得雪太厚，担心松枝被雪压折，就问小韩要了根竹竿，出门去打松枝上的雪。待到他回到库房里，发现被他打过雪的白皮松变得十分仓陋，又有些后悔。

这时小韩领了个人进了库房。这人来过多次，是个收废旧书报的。以前他来的时候，小韩都让他走，说这里没有废旧书报。这次小韩把他带进书库，指着墙角一大堆捆着的旧纸说："这些东西没什么用，你要，就带走。"那个身穿旧军大衣的汉子弯了腰去拿那些东西时，周明说："别急，我能不能先看看都是些什么。"小韩说："一些旧报纸，从来没人看过。"周明说："没事，我先看着玩，或许有我想看的东西呢。如果真的没用，回头我捎出去给废品收购站好了。"小韩说："那好。"

周明小心地打开一捆旧纸，可是厚厚的灰尘还是扬起来，让周明连连地打喷嚏。墙角很暗，周明蹲在地上，翻看那些旧纸。都是些过去的报纸，时间比周明出生的年代还早。周明一页页地翻，觉得那些事情竟与古代线装书上记载的没什么两样，都同样遥远，让周明看得津津有味。

等把上面的报纸翻完，周明发现报纸下面是一沓手稿，有将近二十本，材质并不相同，有竹纸，也有白棉纸。因为明显被水浸泡过，许多纸面都粘连在一起，有的已经被蠹鱼吃出了几道弯弯曲曲的坑。每一本最上面一页用毛笔写着四个字"明子日誌"。字体相似，都是清隽的欧体，而功力明显不一。有一本的封面上蠹鱼的咬痕恰恰通过了"誌"的"心"。

因为蹲得久了，周明的腿有些发麻，但他没有站起来。他数了数，发现这个用棉线装订的日志共有十九本之多，每本封面都是这"明子日誌"四字，只是后来的字不如第一册上这四个字老到，第一册以后的日志字体开始时非常稚拙，其后则渐渐合规中矩。

周明翻开第一册第一页，见上面有一幅图画，一个光头的瘦高僧人站在一棵松树下，松枝上悬着一口钟，僧人的对面有一个小孩子，弯腰在地上写字。图画的旁边有一行歪歪扭扭的字：

甲子年春三月十八日，明子和大钟学琴。

并有几个散字：

日 月 田 娘 叶子 朋 大 庄

周明急切而又小心地翻阅着日志,他来不及细看,那些文字,那些陌生的人名,那些一目之下便可感到雅洁的诗歌,还有一些琴谱,如同漫天雪花一样在冬夜黑暗的苍穹下飘飘洒洒,又如翠绿山峦中弥漫的春花,鲜活无比。他知道自己打开了一扇瑰丽的窗户,投入了一段往日的时光之流。

周明携了两大捆旧纸,回到城东自己的住处,开始读"明子日誌"。从第一册后半部分开始,"明子日誌"里的字便都是蝇头小楷。这些日志并非都是文句,其间杂有图画和散字,还有一些古人的诗作。各样的内容杂处一纸,情状有趣。周明读得很快乐,他舍不得很快地读完它们。更要紧的是日志中以习琴内容居多,读这些文字的时候,总让周明想起自己学琴的过程。周明自学琴以后,也是有一本日记的。每回弹琴以后,他都要把心得记下来,更多的,是听其他琴家录音的体会。其中最多的,当然是听钟先生录音的感想。

《明子日志》里另有一些琴谱,没有曲名,有开头第一段,却没有结尾。只在第一次出现时注明了"泉鸣调",这是一个极少见的定弦。周明试着用打谱的方式弹了两段,可以肯定它们不是他听过的任何传统琴曲。但是,他的打谱完全不得要领。周明只好把它们放在一边。他想,这或许是日志的主人明子自己创作的琴曲吧。

读到后半夜,周明关了灯,坐在黑暗之中,谛听城市的夜声。摩托车的马达声、渣土车沉重的碾压声间或地在屋外移动,远处则偶尔传来火车的汽笛声。夜晚的公交车在经过一处转弯时,传声器会发出"请注意安全请注意安全"的提醒。

周明感觉到了肚子饿，他意识到他还没吃晚饭。此刻已经是夜里三点钟，家里没有任何东西可吃，他只好下楼，想到外面找地方吃饭。

街上空荡荡的，沿街的所有店铺都关着门，灯光来自商业银行精致的灯箱，还有就是不少洗头房粗劣的粉红色灯箱。一辆小警车闪动着顶灯，像一只甲虫似的在街当心慢慢地挪动。所有这一切，都让周明觉得有一种荒诞感。当一辆出租车经过他身边并询问式地放慢车速时，周明招手上了出租车。

"到什么地方？"车内烟味很大，司机扔了烟，问周明。

周明说："哪儿有吃饭的地方，我想找地方吃饭。"

司机转脸看周明，说："吃饭的地方多了去了，到底到哪儿，你要说明白，不然我没法走。你要愿意，我带你到机场。"说着这话，司机笑出声来。

周明也笑："那倒不错，花一百五十块钱兜风四十公里路，再花六十块钱吃一碗难吃得不能再难吃的面条。我有病啊？"

"说，哪儿？"

周明想了想说："哪儿近就到哪儿吧。福建路一带好像有几家快餐店开得挺晚。"

"行，你说怎么着就怎么着。那儿的确有的吃，我也常去吃夜宵。我抽烟你不介意吧？"司机打了个哈欠，又摸出一根烟点着了抽。然后掉转车头，往福建路方向开。

"没事，你抽。夜里开车肯定犯困。"

"是啊，就这会儿最困。没生意。有生意时，上了人，还能说说话。夜里的生意，集中在十二点到一点，再就是五点到六点。十二点到一点,是酒鬼和色鬼回家的时候,潇洒到这时候,回家安息。五点到六点,是赌鬼散场回家的时候。这时候出租生意最差,难熬。你怎么这时候找饭吃?"

周明说:"看书,忘了吃晚饭。"

司机笑说:"我还以为你是从洗头房里出来的呢。什么好书,看了忘了吃饭。"

"琴书,旧琴书。"

司机笑得厉害:"情书?哥们有意思嘛!看情书看得饭都不要吃。"

周明知道他理解错了,想要解释,又想没有解释的必要,就跟着他一道笑。

周明选择了一家咖啡店,要了一份蒜香烤面包和一杯热奶茶。这是间装潢考究的西式咖啡店,里面坐了不少人,其中,倒以外国人居多,他们有的坐在长条的吧台上喝酒,也有的独自坐在沙发上,就着桌上的小台灯读书。周明在一个读书的外国人对面的位子上坐下。

等服务员把周明点的食物端过来,周明看到那杯奶茶是粉红色的,极为后悔,他想应该叫一杯红茶才对。他想起自己的古琴老师陆近春是只喝红茶的。

14

徐大可很快就意识到自己并没有得到,准确地说是并没有完全得到余韵。他们会找时间相会,每次的见面,几乎只有做爱这一项内容。徐大可想和余韵说说话,而余韵既不喜欢说话,也不喜欢听徐大可说话。她说她不喜欢听到声音,说有些声音会让她崩溃,比如她母亲说话的声音,她母亲发出的所有的声音都是指责与规定,她憎恶指责与规定,也厌恶声音。做爱的时候,她一定要关上灯,这与徐大可希望开着灯也相反。好在每次的做爱过程都能让徐大可舒畅,他知道余韵是喜欢和他做爱的。但徐大可也发现,余韵很喜欢听故事,如果他所说话语是关于故乡的一切,她是很愿意听的。她厌恶的只是评论性的话语。

"我发现了,你喜欢听别人叙述。"徐大可说。

"这我还没发现,好像是的啊。"

"但是我又发现你自己从不叙述,你的语言都是评论式的。"

"你真讨厌!为什么爱琢磨别人,没事待在自己心里不好吗?"

"不好，我想待在你心里。"

余韵把徐大可的头从胸前推开，说："这是没有教养的表现，知道吗？"

"赤条条的时候谈什么教养？等我穿上衣服再谈教养吧。"徐大可把余韵抱得紧紧的。

"我问你一个问题。"

"问！免费咨询。"

"你为什么要和我好？"

徐大可说："嘿，来琢磨我了。不行，不能回答。你这是没有教养的表现。"

余韵纠缠徐大可的样子让徐大可特别开心："你就回答嘛，给你一百块钱！"

徐大可说："你穿衣服的时候我觉得你漂亮无比，现在又知道了你性感绝伦。回答了吧？该你回答我的问题了。"

"讨厌！回答你什么问题？"

"同样的问题啊。我给你两百块钱。"

"拒绝回答愚蠢提问。"

"三百！"

"哈哈，三千也不行！"

徐大可压着余韵，使劲地吻她："不行拉倒，再做一次，要钱有啥用！"

和余韵分别的时候，徐大可问过余韵要不要他送她上班，有空的话他是可以送她的。余韵说："我希望你不要管我，我也不会管你。你是你，我是我。抱抱我，拜拜。"

徐大可没办法，只好继续以这样的情形与余韵一次次地相会，再一次次地分别。他感觉他与余韵之间依然是井水不犯河水的意思，只有和余韵分别时的拥抱让他感到她的主动，这个拥抱给他带来的满足和快乐甚至超过了他和她炽烈的性爱。有了这样的拥抱，徐大可已经相当满足了。

徐大可在演艺公司的事情做得挺顺，只要是他策划的演出，没有一个不成功，没有一个不挣钱。这个名叫"图图"的小公司本来生意就好，徐大可来了以后，除了生意更好以外，方继安这个"图图"演艺公司的品牌开始名声大振，他们组织的每一次演出都会吸引大量的媒体，电视台现场直播了多次演出，而且收视率越来越高。当然，广告也随之而来。所有的人都喜欢徐大可，他们为能和这个酒量极大会在酒席上把唢呐吹得人热血沸腾的会讲故事特别重情义的小伙子交上朋友感到快乐无比。柏凡说，每次跟徐大可在一起，他都会获得很多的能量和灵感。

徐大可想给周明做一次个人古琴独奏音乐会。周明不愿意，他说从来琴都不进歌舞场的，再说，即便他肯上台弹，哪有人愿意听呢？没人来听，你不是要亏本了？

徐大可说："我也没指望你的演出能够大火，我只是想让你早点崭露头角，成为古琴、至少成为江城古琴的'名片'。哪怕到时候只有十个人来听，你的海报、宣传已经做出去了，有了记录，有了痕迹，目的也就达到了。最近古琴界的人都借着古琴被列入联合国非遗的势头，疯了似的抛头露脸。以前没人弹没人听的玩意儿，一夜之间成了高雅文化的最高代表。你应该知道的，扬城一个叫唐什么的人，号称是古琴大师的后人，对对对，就是你说的这个名字。弄了几个'乌合之众'在我们江城连着开了三次古琴演奏会，一次在江城大学礼堂，一次在新开张的省博物院，一次在文化艺术中心。这都不是草台班子能去的地方啊，可见唐遇川的能耐有多大。这事透露出的更有价值的信息是古琴，古琴要火了。你不出来弹，天下就是'乌合之众'的了。以后社会上只要一提到古琴，就会联想到他们。唉，我让你写古琴文章你写没写？话语权啊，赶紧把话语权拿到手啊！"

周明说："他们要折腾就让他们去折腾，我心里定得很，我以为我目前的状态好得不能再好。我正在着手收集资料，准备写一部大书——《琴史》，琴史从来就没有人好好写过像样的大著作来，比起其他门类的学术著作来，实在惭愧。这是一个大空白。我不写，谁写？"

他告诉徐大可，他在一批旧日志里发现了一个没有题目的琴谱，不全，但已经有十九段了。十九段的琴曲，那可是大曲子。而且，他已经开始打这首无题琴曲，感觉非同一般，与那些情感、意象明确的传统琴曲完全不同，似乎完全是内心的行走，很抽象，很复杂，很恢宏又很深细。好像什么都看不清晰，而所有的意思却又分明就在那儿。周明说："我觉得这首曲子应该是一个人全部的生命史和心灵史，只是他没有写完就去世了。"

"你怎么知道他去世了？也许是无法写完呢？"徐大可说，"艺术史、音乐史上未完成之作多得很。"

"肯定是因为去世才没写完,因为最后一段琴谱与日志主人明子最后一天的日志是同一天写的。日志写的是:'慈母不在,叶子亦殁。今大庄又焚书碎琴,怆然赴死。余四顾茫然,生无可恋。琴遗赠秋儿,冀其孑然之身聊得依偎。'此后日志都是空白的,再无其他内容了。"

周明拿出《明子日志》,把最后一册的最后一页翻给徐大可看,徐大可说:"哎呀,你哪弄来的这套东西?只看这几句,就有故事啊。叶子、秋儿应该都是女孩子的名字。大庄应该是男人的名字,而且不是明子的好朋友就是明子的儿子。否则他的语气不会这么伤痛。奇怪啊,这里面不是说了碎琴吗?怎么又琴遗赠给秋儿了?是把摔碎了的琴给秋儿?还是给了她另一张琴?有故事,有故事。"

周明说:"这批日志一共是十九册,大多是诗,这个叫明子的主人明显爱做诗,叙述日常事件的散体文不多。加上日志被水浸泡过,有不少纸粘在一起没法揭开来看,所以不容易把他的行止串起来。除了诗,就是琴谱,从各种来源抄下来的琴谱。我大概看了看,有的是现在很容易看到的琴谱,像《神奇秘谱》《西麓堂琴统》这些。有的注明是从某人家藏的手抄稿本中抄录来的。还有一个,则是他自己创作的作品,也就是刚才我说的未完成的那十九段琴谱。"

徐大可翻看着《明子日志》,他说:"前些天我还在我的记事本封面上写了'大可日志',比起这位明子写的日志,我那些流水账狗肉账真是太可笑了,改成'大可不必日志'得了。哈哈。周老,我算理解你了。你好好做你的学问、打你的谱。个人独奏音乐会的事情我全权张罗，你什么神都不用烦，只需要你把曲目介绍、演奏时长告诉我，到时你直接上台把曲子弹一通就行了，连演出服都是我来安排。这总不麻烦吧？对了，另一件事就由不得你怕麻烦了。你妈让我帮你介绍女朋友，这事我一直揣在心里，已经相中了几个，人家听了你的情况也都有意思相互了解。最近我安排好，布好局，到时让你出席你必须出席啊。"

"帮我介绍？你自己的女朋友还不知道在哪个丈母娘腿肚子里转筋呢。"

"我有了。谁啊？你认识的。对，就是余韵。"

"得手了？是不是像你以前在学校时分析预料的，一旦把她的激情点燃，她会像伏尔塔瓦河一样奔腾不休？"

徐大可叹了口气："得手是得手了，不过怎么说呢？才开篇，慢慢写下去吧，还不知道高潮在哪里，结局是喜剧还是悲剧。谈丽不是说过吗，余韵的性格很强，什么事都是她自己决定。这一点，我算是有点体会了。"

周明说："你的感受很重要，你还是想怎么着就怎么着吧。恋爱毕竟不是结婚，处一段时间，不行就分手。"

"你现在倒比我想得开了。以前我纸上谈兵给你上了几年课，事到临头，我却是像进入迷雾之中似的，看不透，还看不开。恋爱，当然是想着永远在一起。不论有什么矛盾和差异，总会因为在一起、长期在一起而解决的。我很爱余韵，不管将来怎样，现在能这样爱一个人，我很快乐。"

周明说："你好自为之吧。你想和余韵结婚？在哪里结？你妈又怎么办？余韵会接受你妈吗？她的父母你见过吗？她父母会同意你们的婚事吗？这些事，很现实，我看每一个障碍都会粉碎你的愿望，不容乐观，不容乐观。"

徐大可跟周明的这次对话，没有任何成效，但周明把他心里的事情说出来，倒让他轻快了许多。

余韵毕业后，没有到任何单位工作，这徐大可是知道的，他知道余韵还在台湾江老板那个茶吧弹筝，收入应该还行。因为她一个人在城中的汇金小区租了一个两室一厅的套房，这是一个高档小区，房价和租金都不菲。能在汇金租两室一厅，足以证明她的收入还行。徐大可后来每次和余韵相会，都在她租住的房子里。房间里的东西越来越多，余韵喜欢买东西，拆开来的袋子、盒子在客厅里、卧室里到处都是，余韵也不扔。唯一简洁的地方是她的大床。和余韵相会过以后，徐大可都不在这里住，他必须回家。余韵通过谈丽大致知道徐大可母亲的情况，所以他走，她也不留。

余韵有许多书，都是小说，一直放在床头的是两本，一本是加缪的《局外人》，一本是杜拉斯的《情人》。这两部小说徐大可以前没看过，他只是听周明说过。和余韵好上以后，他买来看。有一回他对余韵说他看过了这两本小说，他说他看不出这两本小说有什么好。余韵问，那你喜欢什么样的书什么样的小说。徐大可想了想，说他还是喜欢《水浒传》《三国演义》和《西游记》，每个人物都写得鲜明。而这两本小说里的人物写得不清不楚，都像病人似的。他说他喜欢健康的、有趣的东西。余韵说，我就喜欢病态的东西，我觉得每个人都是病人。我就不健康，也无趣，你怎么愿意跟我在一起呢？徐大可说，你喜欢病态的东西，怎么又喜欢跟我这样的猛男在一起呢？余韵说，那是因为我喜欢驴，驴不算人。徐大可说，我们家乡穷，人们一个个都面色沧桑，但驴一个个都皮毛油亮精壮壮的。余韵说，你会学驴叫吗？徐大可说，当然，但我不会学给你听，我是人，不是驴。

徐大可想，余韵似乎是照着那两本小说的叙述风格长成的，它们的叙述，如同游走的迷雾一般，他很想拿一把斧子把它们像劈柴禾一样地劈开，在烈日下暴晒。

有一回，准备演出的曾米诺让徐大可去给她买一种进口面膜，徐大可去"鸿海"买，在大楼里，他看到余韵正站在下行的电梯上，她身后跟着一个他不认识的人，此人年纪大约三十出头，一头鬈发，高个儿，一只手里拎了好几只装商品的购物袋，另一只手挽着余韵的手臂。那份亲近，完全是情侣的情形。

徐大可看着余韵，感觉血往头上冲。而余韵只是有一点点吃惊和尴尬，随即便很镇定，脸上露出她向来的浅笑。当余韵走到和徐大可面对面的时候，徐大可忍住火气问余韵："这是怎么回事？"

"什么怎么回事？"

"你和他，怎么回事？"徐大可盯着余韵。

"跟你有什么关系？"余韵扬了一下眉毛，她的右眉尖上有一颗小小的褐色的痣。徐大可每回抚摸余韵的脸时，这颗痣都会成为他的一个突出的感受点。有一回他对余韵说，他闭着眼

211

睛摸脸，就可以凭着这颗痣把她找到。

徐大可抡起胳膊，扇了余韵一巴掌。

这一下出乎所有人的意料，商场里的人都把目光投向他们。

徐大可的手很重，这一巴掌把余韵的嘴角打出了血。余韵捂住了左脸，眼睛里流露的不是惧怕，更不是羞愤，而是不屑与讥嘲。

卷毛头愣在那里，他的脸上变幻着各种表情。

徐大可没有看卷毛头，他盯着愤恨地看着他的余韵，转身出了商场。

商场前的那个福山寿海雕塑下有一个盲人在拉二胡，来来往往的人们没人站下来听他拉琴。他们走过他，谈笑自若，就像这个世界不存在他、不存在他的声音和意愿似的。徐大可站在路边等出租车，二胡声在他背后响着。他听得出，这位盲人拉的是刘天华的《光明行》。徐大可想，他拉得不错，比有些音乐学院的专业人士拉得有味道多了，但他选择了一个不可能得到施舍的乐曲，如果他拉《渴望》主题曲或是《青藏高原》，或许就会有人走过去扔钱给他。想要钱吗？想活下去吗？你就得满足别人的意愿，这个道理，这个盲人大概是不懂的。一个没见过光明的人，拉什么《光明行》啊！

回到酒店，徐大可敲开了曾米诺的房门。她戴了一副雪白的假发，装着蓝色的美瞳，像从漫画里走出来的。徐大可按响门铃，她打开门，门开得很大，她只穿了一件肉色的小背心，黑色的丁字内裤，没戴胸罩，手里夹着一根烟。

"买来了？拿来吧。"她扬着眉毛说。

徐大可说:"没有买到。"

"没买到你来干什么啊?你会不会办事啊?我不是告诉你,鸿海大厦一定有的。"

"的确,那里是有,不过我在那里碰到了一个我玩过的鸡。她也在那里买面膜。你想,我怎么可能给你买鸡用的同款面膜呢?"徐大可闻到了一种香气,女孩子身上特有的香气,也闻到了自己身上的汗味,类似发情的公驴身上的那种味道。

曾米诺哈哈大笑:"鸡怎么了?谁不是鸡?你是圣人吗?你有权利鄙视鸡吗?"

徐大可愣了一下,说:"也对啊。你还别说,你这两句话有些水平。"

曾米诺说:"我最恨伪君子,就像莎士比亚说过的,伪君子成天给别人指引崎岖的道路,自己他妈的流连在花街柳巷。"

徐大可说:"哈哈,你还知道莎士比亚!这话是莎士比亚哪部剧中哪个人物说的?"

"具体我也不知道,"曾米诺说,"是我爸说的。也许他也是随口编出来的。他经常编一些话来说道理。"

"你爸是干什么的?大学教授?他是不是也成天指引别人走崎岖的道路而他自己流连于花街柳巷?"

"他啊,他自己走崎岖的道路,指引别人也走崎岖的道路。可惜我就不爱听他的,我不听任何人说人生道理。我的生活我安排。"

"现在的女孩子怎么都这德行啊?不听父母的话,你们想干吗?"

213

"你的思想好像有点封建，看不出来。"曾米诺坐在沙发上，抽烟，问徐大可要不要抽烟。她架着腿，下身看上去如同什么也没穿。

徐大可说："我不抽烟，我有点好奇你的家庭出身。我看不出你父母是干什么的。有时候你像没文化没读过书的女孩，有时候又挺有思想挺有文化。"

"我特烦跟别人打听家庭背景，我交过好几个男朋友，都因为打听这些事被我蹬了。我告诉他们，我老子是黑道老大，左膀子刺一条龙，右胳膊刺一只虎，脖子上戴的金项链粗得跟擀面杖似的。哎，咱们之间怎么也这么俗了。你不是答应给我写歌的吗？写歌多有劲啊。咱们要歌唱崎岖的道路然后流连于花街柳巷。哈哈。"

"写歌的事是一定的，有了好歌，我一定好价钱卖给你。"徐大可说，"我再问你最后一个问题，你可以回答，也可以不回答。"

"你说。"

"一个人可不可以同时爱上两个以上的人？"

曾米诺说："你是不是在恋爱啊？是不是同时爱上了两个女孩？还是爱你的女孩同时爱上了另一个人？你要我说，我的答案很明确，当然是可以的。因为这很自然。我曾经同时爱上过三个人。这有什么？后来这三个人我都不爱了。不爱了，就干干脆脆拜拜。这有什么？哎，我说徐老师，你能不能保持你给我的好印象？我本以为你是个艺术家，怎么跟个小市民似的谈这些俗事？行了，你走吧，我要做瑜伽了。"

徐大可跟曾米诺说说话，先前的愤怒消散了许多。其实，他很清楚曾米诺说的道理跟他的理解并无不同，他只是想找个人说说话。但同时他也意识到，余韵成了他的一个需要解决的心理问题。说起来他是挥斥方遒的，真正遇到事情，倒反而不如周明那么干脆利落简单明了了。

晚上正式的演出是在老城区一个旧体育馆进行的。曾米诺唱的是《斯卡布罗集市》。彩排的时候徐大可听她唱过，当时感觉没有任何特别，此时再听，发现她原来有不同寻常之处。她的嗓音有些哑哑的，唱得又似乎不卖力，如同说话一般。徐大可想起上学时他还在宿舍里与周明、季风一块儿听过西蒙和加芬克尔唱的这首歌。他们还试着用唢呐、二胡和古琴演奏这首歌的曲调，结果发现这样的经典很难移植，尤其是周明用古琴弹的这首歌的调子，可以说要多难听有多难听。此时听曾米诺唱，徐大可竟听出了与以前听惯的西蒙和加芬克尔的那个版本不同的感觉。他不知道鼠尾香、迷迭香、百里香是什么味道，却分明闻到了香芹和汗水的味道，孤独而甜蜜的、相思的味道。

爱，实在是一个谜。徐大可想。

徐大可离开了体育场，他在体育场对面的地下超市里买了曾米诺要的那种面膜，并且多买了一包，这一包他准备带回去让他母亲用。他想，母亲以前曾经美丽过的，像一棵嫩绿的芹菜那么美丽过。

这天晚上，徐大可的日志中写的内容是：晴。在鸿海碰到余韵。真看不透人了。老体育场，曾米诺唱《斯卡布罗集市》。

215

每一个人，连每一棵芹菜都是这世间的奇迹。记得好好给曾米诺写首歌，以后给她，算作纪念。调子有了，如下。词还没有。歌词比曲调难多了。周明深更半夜送了两张琴来寄放，他又出门访琴家去了。

15

周明这次出门，有公事，也有私事。公事是所里代周明接受了几个城市文化局的邀请，让周明做古琴文化的讲座。私事则主要是会会琴界的朋友和访老琴。

出门之前，他不放心那两张明琴，便连夜送到徐大可那儿。徐大可刚弄完演出后续的杂事回到家，想请周明喝一杯。周明说："不喝了，也不坐了。别把你妈吵醒。我就走了。琴你给我放放好，是两张旧琴，我建议你放在厨房那个吊柜的顶上，上面再盖点塑料布什么的。你没看过，给你看你也不会有感觉。反正你帮我放好一点，就这样放在琴囊里就行。有故事有故事，回来再跟你说。"

徐大可告诉周明："你知道吗周明，季风现在也收学生了？"

"季风收学生，那不是老早的事情了？他上学时不就带学生挣钱了吗？他留校任教，不也在教二胡吗？"

"不是，我说的是他教古琴了。"

"什么，季风教古琴？"周明不相信，"他哪里会弹古琴啊？你有没有搞错啊？"

"你看你,两耳不闻窗外事,早晚一天会被历史的车轮碾死。季风是去年,也就是古琴被列入非遗之后开始学的。他找过陆老师,陆老师没收,他便拜了老琴家杜存之先生的儿子杜国强。是啊是啊,杜国强水平是不行。所以季风后来又转拜冯子铭为师。冯子铭是不是比陆老师更有名气?季风来找过我,说他学琴不过一年半,已经弹到《潇湘水云》了。他说没想到古琴神神道道的,其实非常简单,难怪古代文人都会弹。如果难,就不会人人能弹。"

"他找你做什么?"

"开音乐会啊,他想开一系列的个人古琴独奏会,要求的地点是博物馆、文化艺术中心、江城大学和大剧院。"

"你答应了?"

"没有,我怎么可能答应他?学了这么短时间就开独奏音乐会,听都不用听就知道水平如何了。他说所用的费用都是他来出,连票也都是他全数买下。我们公司只要负责宣传、场地联系、音响,再帮他送出去一半的票就行。我没答应他,他怪我不讲同学情义。说他找我操办其实是为了照顾我的生意,只要有钱,找谁找不到?季风这人很可怕,太可怕了。明明和谈丽不对付,明明知道我们是铁哥们,你又是专业古琴,却厚着脸皮来找我和谈丽。"

这个消息让周明震动不小。他无法想象季风的琴究竟弹到了什么水准。从道理上看,季风的琴肯定还很业余,但周明也清楚,以季风的音乐素质,把曲子弹到音准、完成度没问题是有可能的。至于季风学古琴的原因也不难推想。最近古琴开始火了，社会上玩"高雅"的人多起来。提到谁弹古琴了，大家都会心生莫名的崇敬。这与二胡在社会上的影响不在一个层面。

"唉，让他去弹吧。琴如其人，他那样的人能把琴弹出来，琴就不是琴了。"周明摇着头说。

徐大可说："不是我说你，你还是陷在一个狭隘的脆弱的思维里。你弹琴，是为了艺术，为了学问，为了求道，为了维护和延续古琴传统中最精彩的魂魄，但你无法要求别人也如此追求。琴，说了不起也了不起，说就是一件乐器也就是一件乐器而已。你是人，能学，人家是人，人家也就能学。季风现在肯定不行，但备不住他一直学下去，学个十年二十年，他不也成家了？你先出门，下个月就办个人独奏音乐会。"

周明心里不痛快，说："大可，你能不能不这么功利啊？我们俩这么多年了，你怎么还不了解我？你让我一条道走到黑，让这个世界留一点干净东西，行吗？啊？行不行！把什么好东西都糟蹋光了，有意思吗？"

周明的反应似乎早在徐大可的预料之中，他说："不行。我不能看着你一条道走到黑。什么是干净的？这个世界有纯粹干净的东西吗？古琴就是干净的？是从清水里长出来的洁白无瑕的？那些创作琴曲的、斫琴的，那些弹琴的古人，一定就干净？你把自己弄得不食人间烟火了就懂古琴的深意了？钟先生的琴当然好，不用说，一流。但是他的生活是什么样子的你知道吗？你现在工作在音研所，钟先生也曾在音研所工作，但是你们的生活遭遇一样吗？他有没有深爱的女人？他有没有一生相得的知音？他的每顿饭都有保障吗？你不是说过钟先生时常连饭都

219

吃不上吗？没错，你喜欢简单，艺术的最高境界之一也是单纯。但这是因为你只是你，你的家庭，你的师承，你所遭遇的一切都支持了你的标准。你所坚守的东西其实得来很容易，你的坚守甚至称不上坚守。你轻轻松松地站在高位上，你可以轻轻松松地说漂亮话，这难道不有点可怜可笑吗？你知道吗周明，你骨子里有一种优越感，这种优越感从哪里来的，你自己不妨想一想。我看，这跟你弹古琴玩高雅艺术有关，跟你崇拜钟先生有关。所以，你会瞧不上其他的存在。我不知道古人跟琴的关系是怎样的？如果他们也因为会弹个琴就有优越感，那古琴不会动人心怀，不会有什么境界。如果他们有，那这种优越感就他妈是可悲的。"

周明上学期间就经常被徐大可批判，对此他早已习惯了。周明笑道："你看你，总喜欢占上风，你从来都是强词夺理。鬼话是你说，人话也是你说。你不是经常让我写文章批判那些琴界的二货吗？你不是让我可劲地往泥巴里踩他们吗？现在怎么又把自己打扮成圣人了？你宽容大度悲悯众生，好，你尽管宽容大度，那请你也宽容宽容我吧。我就这么一堆了，改不了了。"

徐大可说："说是这么说，你哪里是别人能改变的？随你去吧。我还等着看你的《琴史》呢。对了，你的那个日志我觉得很有意思，赶紧想办法理出来，说不定能理出一个精彩的故事来，到时我们也写个关于古琴的电影剧本，弄点钱拍部古琴电影，让你出演男主角。岂不好玩？"

周明告诉徐大可，他这趟出门带着《明子日志》，他打听过了，扬城有一家裱画店的师傅擅长揭裱字画。已经问过他了，说把这部日志粘连的纸张揭开来应该没有什么问题。

离开徐大可那里，周明回住处。刚刚过去的夏天的暑气还未完全消退，夜晚的风已经是秋天的感觉了。走在路上，风迎面吹来，吹着周明的衣衫如同翅膀一样地扇动。夜已经深了，天上大朵大朵的云却看得分明，它们在天上缓缓地移动。这里是老城区的中心地带，夜半时分街上还是不停地有车驶过。有两个喝醉的男人相互扯着对方的衣服在大声地说话，一个说他认识省长助理，以后有任何事尽管开口；另一个说他跟上市公司的老总是发小，现在他打电话给他让他打一千万给他他马上会打钱给他。然后这两人分别扶着一棵粗大的梧桐树呕吐起来。在夜晚的市声中，周明能听到蛐蛐儿的叫声。他想，这些蛐蛐儿在街边能有什么吃的呢？吃这些醉鬼的呕吐物吗？

回到东郭住处，已经是后半夜了。周明不想睡觉，他翻开《明子日志》中没有题目的那个琴谱，在琴上摸索着弹。弹着弹着，他突然意识到这个谱子极少标绰和注，也就是说明子很清楚地表明这些音都是不需要滑音而直接按到音位上的。这种做法，跟钟先生弹琴可以说有极相似的情形。周明想，这个明子不会是钟先生吧？

周明又用了大量直按的方式试弹了这段曲谱，少了滑音，乐句的线条骨骼有点出来了。而连成句之后的味道显得干涩枯硬，有点磕磕巴巴的。周明心里说，或许这是一首不成功的琴曲，就前面这几句，用了不同的节奏，怎么打都像是砸石头的味道，完全听不出美感来。但是，当周明丢下这段谱子去弹其他曲子时，却又分明地感觉到那些流畅优美的乐句显得是那么肤浅甚至油滑，只有弹到《离骚》《长清》和《广陵散》时，这种令他像得了软骨病的不适感才消失。而这些曲子，都是钟先生打谱的。

周明想，钟先生一定与这本日志有什么关联。想到这，周明很兴奋。或许，这位明子曾经教过钟先生呢。

周明这次出门的第一站还是扬城。他先联系了顾焕明，顾焕明带着他去"得一裱画店"找那位裱画的孙师傅，路上顾焕明告诉周明，他儿子蓬蓬现在在孙师傅店里做点事。

到了店里，周明见到了蓬蓬和孙师傅。蓬蓬在一个大案子上裁纸。孙师傅是个年纪大约六十的大高个子，白面长脸，一双大手。他对顾焕明说蓬蓬只做裁纸一件事，他好像对刀有特殊的兴趣，成天刀不离手。那天中午不注意他，他就在他的香案上刻了一个观音。

"明代的香案啊，我就这么一张好家具，被你儿子刻着玩了。"

周明事先已跟孙师傅联系过揭日志的事，他把《明子日志》交给孙师傅。孙师傅仔细看了看，说："好弄，丢在这儿吧，急不急？需要点耐心和时间。要不要重新托裱一下？如果不用重新托裱，一个星期后就可以来拿。你放心，不会丢的，别说这本破破烂烂的东西，郑板桥的大立轴、虚谷的册页我都揭裱过。这里面好像有古琴谱嘛。我不会弹琴，古琴谱还是知道的。唐遇川拿过不少他家的琴谱来让我重装。对对，就是你说的这个唐遇川。我们扬城的混角儿，现在成名人了，古琴名人，都是仰仗先人的成就。据说前不久成了国家级的什么传承人了。我爷爷的爷爷还是皇帝御前承应画师呢，怎么不给我个国家级呢？传承就是这么个传法子啊？说书呢。顾焕群、顾焕明不也是名家之后，怎么不给他们国家级呢？说是两个兄弟只能上一个，名额只有一个，给哪个都不好，便给了唐遇川。"

顾焕明在一边说："老孙，老孙，不得罪人，不得罪人。"

孙师傅说："不怕别人得罪，只怕得罪别人，这就是你们这些没用的好人的思想方法。以前老先生们什么事都相互谦让，在一起玩得那叫有情分有境界，现在都不对了。表面热闹，到处是大师。荒腔走板鼻涕拉乌的都是大师，吃相要多难看有多难看。以前就是有抢食的，至少还晓得把嘴抹抹干净再外去见人。现在好，一嘴菜叶子饭渣子就外去了。君子固穷，小人穷斯滥矣啊！"

因为这次周明来扬城唐遇川是知道的，并且也邀请了周明去他那里玩，说有不少古琴资料给周明看。孙师傅这么说唐遇川，周明觉得再听下去不合适，便告辞了。

"他讲的是真的？"离开裱画店，周明跟着顾焕明在街上走，他问顾焕明。

"是啊，真有其事。琴界这么大的事，你不知道？"

周明说："我只是听陆老师提过一句传承人的事情，他说他没有填表。虽说有人在乎有人不在乎这些虚名，但是唐遇川上了你们兄弟俩不上，就不大说得过去了。"

顾焕明说："遇川人其实挺不错的，很肯帮人，见得多，路子广,能耐大。我们都是闲散人,什么事也做不了。"

他告诉周明,他家老房子拆迁,一个搭出来的屋子拆迁办原本不肯算面积的,说是违建。后来唐遇川找了熟人,这个问题就解决了,一下子多出了九个平方。请拆迁办的人吃饭,也是唐遇川抢着把钱付了。他老婆下岗后没工作,也是唐遇川介绍到扬城大学做了宿舍管理员。他爱喝酒,每年逢年过节,唐遇川都会送酒给他。"人不坏,真心话,唐遇川人不坏。"

到了唐遇川家,香港的那位孙道远也在。见到周明,唐遇川没提上回周明给严重掌眼买琴的事。他让周明看两张琴,是孙道远从香港带来的,也是以前孙道远从他家人手里买去的琴,一张宋,一张明。"两张琴当时总共不到一万块拿去了,整个是欺负我们没文化。现在我们晓得琴值钱了,他又过来要出手。什么叫欺人太甚,这就叫欺人太甚。怎么办呢?谁叫我们没钱又没文化呢?"

周明看了琴,又弹了弹。宋琴名"松云",仲尼式,黑漆间朱砂红色,小蛇腹断间牛毛断纹。大草写的琴名,有两段行书题跋。明琴名"隐秀",落霞式,漆红色,没有断纹,隶书题写的琴名,没有题跋,另有一方收藏印。声音都极好。

周明看过唐宗汉先生的札记,他说,这两张琴在唐老先生的札记里都有过记述,而且唐先生说这张"隐秀"声音"清润而逸",虽然经他大修过之后断纹全部被遮覆,但其品格"不在唐宋名琴之下"。

"周明兄,你真是博闻强识!"唐遇川赞道,"道远兄虽然有欺人行径,但这两张琴他还是回卖给了我。我也不会亏待他,用了一对明代的黄花梨梳背椅跟他换。道远兄你说我老唐是不是够意思？周明兄，我知道你懂琴，你老师陆近春的本事其实也主要在看琴修琴方面。你如果愿意，什么时候我带你到香港、台湾走一趟，把他们以前从我们这里骗过去的老琴都买回来。前天台湾摄影大师宋檀的儿子还打电话给我，问我要不要看一看他老子收藏的琴。他是个纨绔子弟，大概是缺钱了，要把老子玩的东西卖出去。他电话里跟我说琴肯定是老的。我说老琴不一定就是好琴，而且老琴也有仿的。古人就都是好人啊？明代的古人不想造假唐琴假宋琴发大财啊？真正的好老琴，还是在我们这些世家手里。你想啊，我爷爷他们那时候旧琴遍地都是，为什么他们只收了几张、十几张？还不是他们懂，而且他们有挑选的条件。一般的老琴，他们根本不要。钟鸿秋先生一生只弹过两张琴，不是穷的原因，是他的琴太顶级，其他琴他看不上眼。"

中午，又是唐遇川请客。饭桌上，只听到唐遇川一个人侃侃而谈纵论天下琴事。他知道周明调到了音研所，问周明最近在做什么。周明告诉他，他在准备资料写一本《琴史》，还想找一个合适的曲子打一个谱试试。

"方向绝对正确！"唐遇川表示赞同，"这是千秋大业，一般人没有这样的立意。他们只晓得争那些蜗角虚名蝇头微利，真正需要下功夫的事情他们不会去做，也他妈没本事做成功。不过，我有我的看法供你参考。一是《琴史》部头太大，没有十年二十年玩不下来，你可以从近代开始写，先完成断代琴史，把名头立起来；二是打谱要惠而不费地玩，学学那些人，把老先生已经打成功的曲子稍微改动一点节奏就他妈说成是自己新打的。"

这个话题一直延续到饭后周明和唐遇川躺在"一泉浴室"二楼大厅的躺椅上。这次顾焕明既没有参加午宴也没有去"一泉",周明也仍然没去包间按摩。唐遇川是跟孙道远进包间又出来后继续跟周明聊的。周明问他刘进一最近琴做得怎么样了,听说他的琴现在卖得很贵。唐遇川说:"他现在的琴越做越好,他有绝招,做出来的新琴,闭着眼睛听声音,简直跟老琴一个样,一点火气没有。回头我带你去他那儿,他年头上刚找了老婆,比他小十五岁,大学生,也学过古琴,在我们扬城开班教古琴。夫妻俩一个做琴一个卖琴,也是琴坛佳话。对了,年底我准备搞一个古琴大赛,'汉唐古琴大赛',把我爷爷的名字用在里面。到时我给你发个邀请,你过来做评委。你不要过谦,别太认真,古琴没什么。说句老实话,这个世界没有古琴一点儿屁事没有。就这么说定了啊,到时你过来。再喊几个大佬和朋友过来,大家热闹热闹。陆老师我也请一下,他来不来都无所谓。听说他拒绝填国家级传承人的表格?这是何必呢?跟谁较劲啊?人一定要圆融大气,别有什么分别心。你说我说得对不对?"

离开浴室,周明和唐遇川、孙道远去了刘进一的新作坊。

见到周明,刘进一很高兴,他给周明介绍了他老婆华盈盈。华盈盈穿一身唐装,个子不高,但身材袅娜。一见周明,就凑过来要照一个合影。说她专门到江城听过周明的毕业音乐会,十分崇拜。

寒暄几句过后，刘进一就提议弹琴，想让周明听听华盈盈的琴，提提意见。

华盈盈弹的是《忆故人》，周明听完，先是问她弹的是什么琴，听上去像是老琴。唐遇川大笑，说："连你周明都上当了，这是刘进一新斫的琴。"

周明凑近去看，见此琴一身旧气，漆面断纹自然，与他见过的一些仿古断纹琴完全不是一个意思。他记得他和陆老师时常议论琴器，都认为琴造假的水平再高，在断纹上都能一眼看出破绽。而眼前的这张琴怎么看断纹都与真正的老琴没有任何不同。

"太可怕了！"周明在上手弹了一会儿这张琴以后感叹不已，"除了漆面的手感有一些新味道，不如老琴那么干爽，其他简直无法看出来是一张新琴。再就是声音细听也可以分辨出与老琴那种动静有根本的不同。但这是在你们告诉我这是一张新琴的前提下细看细品才分辨出的，如果你们事先不说，我多半会把它当成老琴的。"

唐遇川告诉周明，这个作坊是他跟市里弄来的，华盈盈也是他给刘进一介绍的。刘进一是个奇才，将来必将在琴史上留下一笔。"以后我就指望刘进一过日子了。周明兄，我们跑题了跑题了。你说说盈盈的琴吧，她弹得还可以吧？"

周明本来不太想评论华盈盈的琴，他觉得要说真话评价这种水平是一件会惹人不快的事情。但不说大概又不行，于是只好边弹边讲，关于曲情曲意、吟猱绰注、走手、轻重等等，说了说他对这首琴曲该如何弹好的看法。

227

唐遇川说:"盈盈,我跟你说过吧,功夫在琴外,你看周明说琴,都有文化历史的,有诗文的修养内涵。他说得多有意思,琴只是一座桥、一条船,弹琴,是要到彼岸去看风景,到心里去找源头,否则就不会有耐人咀嚼的滋味。他说得比较婉转,实际是在批评你的琴不知所云空洞无物。赶紧读书赶紧读书!"

周明说:"我说得不一定对,只是供你参考。唐兄说得对,读书,多读读历史、诗文肯定有用。还有,我建议你不妨先别做吟猱,不要乱动,先感觉乐句的基本骨架。要做吟猱,也要想一想为什么动,要获得什么样的效果。古人不是说过吗,'左手吟猱绰注,右手轻重疾徐。更有一般难说,其人须是读书'。这里所说的左手吟猱绰注,意思很丰富,怎么做,做不做,都是其中的含义。至于读书,主要不在知识,而是体会古人读书时的眼界和想法。他们写诗文,眼中是世界,是生活,我们读书如果只是纸上的字句,那就学不到真正的东西了。弹琴也跟读书一样,主要意义也是要体会制曲者的情怀,看到他们看到的东西。我大学时的好朋友徐大可是吹唢呐的,我特别爱听他吹唢呐,他的唢呐初听起来干巴巴的,一点也不华丽漂亮,但听进去了,就会看到各种生长着凋零着的事物,各种悲欢着的人。他的唢呐非常直接,简直能闻到青草的味道,泥土的味道,河流的味道,泪水的味道。对不起,我是不是说多了?就说这些吧,供你参考啊。再说最后一句啊,我觉得好的古琴也是这样的,像钟先生的琴,也是真正有生命的味道的。"

周明说话的时候,唐遇川不住地用手指拨弄自己的下嘴唇。周明说完后,他对华盈盈说:"你应该跟周明学琴,你要是想随便混混那就无所谓，如果你想在琴上有作为，应该跟他学。琴这东西，说没什么是没什么，但是的确有讲究，很牛逼。"

刘进一拿过一张琴来，让周明再弹。周明一看就明白了，这是他上次来跟刘进一预订的琴。一上手，周明就发觉这张琴不同寻常。一是右手需要比平常发力大不少这张琴的振动才到位，如果按平常的习惯弹，这张琴便有点像沉睡的大汉，特别是上准更是如此。二是它的韵味非常特别，既不松透，也不圆润，但是越弹越有劲，越弹人越有精神。

周明用这张琴弹了他特别喜欢弹的《离骚》，弹完之后，他对刘进一说："你真是太懂我的心思了。我宁愿琴干硬，也不喜欢浮华油腻。这张琴把'鹤鸣'的优点发扬了而把它的缺点改良了。唯一的缺点是手感，这张琴弹起来太费劲，手指吃不消。"

刘进一说："也只有你一个人说这张琴好，其他人弹它，都不喜欢。不仅是手感，声音他们也不喜欢。这张琴我送给你，不收钱。以后你多指导指导我老婆弹琴就好了。"

"那不行，"周明很不自在，"上回说好的，不能白拿。"

唐遇川说："哎呀，客气什么？刘进一的琴现在每张最低都十二万了。你给他两千多，也等于是他送你。"

"十二万？"周明不相信自己的耳朵。

"是啊，这还是平纹漆的，断纹的现在不卖。"唐遇川说，"断纹的我全收，他出一张我收一张。这种水平质量的琴，十来万根本不叫贵，北京张泓的琴，已经到六十万了，还他妈要排队预订。东西再好，不玩噱头不行。"

周明说:"张泓的琴我和陆老师见过几张,没觉得好。陆老师以为他的琴实在不值这个价。"

说过这话,周明立即意识到不该把陆老师的意见在这个场合说。于是,便打住了这个话题。他问刘进一,如果要按他自己的意愿,他是更愿意做断纹琴还是仿"鹤鸣"的这个路子的琴?

刘进一说:"这两种其实都不是我想做的琴。我想做的是钟先生录音用得最多的那张'长清'。我已经试着做了好几张了,一点感觉都找不到。'长清'好像处在一个奇怪的临界点,稍微过一点或者差一点都不行。你见过的旧琴多,我想听听你对'长清'的看法。焕群和焕明弹过,问他们,他们也说不清,只是说声音好得不能再好。"

周明说:"我也没弹过'长清',也只是从录音中听过。我相信只要不断地试,总能做到接近那种声音的感觉吧。"

华盈盈说:"不要再试了不要再试了。刘进一为了琢磨出'长清'的味道来,已经废了好多好材料了。再做下去,成天求道求道的,只怕他要发痴变呆。凡事见好就收才好,什么道不道的,把日子过好才是王道。我也不求他的琴一张卖六十万八十万的,十二万就已经很知足了。钱太多了不是什么好事,男人有了钱,不变坏才怪!我们老刘以前呆了吧唧的,现在有了点钱,也学会跟女孩子开玩笑了。也不是什么好鸟!"

刘进一笑,说:"我不变坏,哪敢撩你?不撩你,怎么成就我们的好姻缘?"

唐遇川说:"篱笆扎得紧,野狗钻不进。男人的心是管不住的，你只能管住他的钱，你把他的钱全管住了，他就不去撩别的母狗了。你看我们道远兄，以前多有钱，从我这儿弄点古董回去，一转手就发一笔。他的前一个老婆贤惠，不管他，结果呢，他的钱都送到旁的女人的裤裆里去了。还是我潇洒，打死不结婚，一人吃饱全家不饿。如今的社会，婚姻不是什么必需品了。"

他问了周明，得知周明还没有谈恋爱，就说："我帮你介绍！你想要什么样的我手里就有什么样的。看你的情况，大概不经人介绍是不行的。你是书呆子型，宅在书斋里，社会接触面太窄。你懂琴，未必懂情。情要比琴复杂得多。这个恋爱的事情，一定要多接触，多实践，沙里淘金。"

周明说："你刚才不是说人要潇洒吗，你自己不结婚，怎么倒劝起我来了？"

唐遇川说："我们虽然都是两足行走的高级动物，但其实不是一个品种。我是朝三暮四见异思迁的混角儿，吃杂食的猪，你是做学问的本分人，只能'咩咩'吃青草。不过，琴这东西，酸甜苦辣悲欢离合什么都有，并不是人们理解的那么简单纯粹。上次你来扬城，说过学琴有三个老师，一是授业之师，一是琴谱，一是琴器。你说得很对，还有一个老师我认为更重要，那就是生活。一个男人，只有在家庭生活中才能真正成长，不找老婆，谈不上有真正的生活。没有生活的琴声，那只能是皮毛的技巧而已。读书是重要，书里的东西哪来的？生活！生活才是更重要的书，是一切人文的、艺术的来源。"

周明说："你说的这些，我都同意。我的同学徐大可跟我说这个道理说了四年多，但是恋爱婚姻这事哪里是急得来的？不急，我不急。"

周明对唐遇川说，他这次出门还有一个目的，准备把江浙一带的民间藏琴尽可能多地访查一下。他在所里已经申请了一个课题，"中国博物馆藏琴研究"，拿到了一些经费，可以顺便把民间藏琴也访查访查。"你这方面的资源多，请多指点啊。"

唐遇川说："你客气了，我也是孤陋寡闻。道远兄他们有前后眼，十年前他们就来大陆搜括旧琴，有的现在就在你们音研所，更多的在香港、台湾。你要研究，只能到香港、台湾去了。"

周明听他这么说，也就不再说什么。他想，那么多旧琴被唐遇川介绍卖出，现在唐遇川也一定是后悔不迭的。好在他还没至于把自己家的藏琴卖出去，"轻雷""慨古"都是重器，估计他家还有别的旧琴。再加上新到手的"松云"和"隐秀"，唐遇川的旧琴收藏已经相当了得了。

周明跟唐遇川说，这次来，希望能好好看看唐遇川的藏琴，拍点照片，做点记录。

唐遇川说："好说好说。我帮你，你也帮我。其实也是互相帮的事情。我来联系香港的唱片公司，找最好的录音师给你录一批曲子。先出双张CD，就用'轻雷'和'慨古'。其他的琴都要小修，以后再说。"

周明说："这事能不能再商量？我比较追求完美，目前我的琴录音出碟是不是还不到火候？"

唐遇川说："你不要太完美好不好？要按你的目标，恐怕到你八十岁了更会觉得自己的琴不够完美。要叫我来给你设计，一年至少出一张碟，把你成长变化的情况都记录下来。这是非常有价值的事情。"

"好吧，我试试。"周明说。

16

每天,徐大可都要看着母亲吃药,医生说过,他母亲必须要终身服药,一天都不能断。这个病不是心理问题和精神问题,而是脑部病变。吃了药以后的翠锁明显安稳了许多,但是脸明显变得有些浮肿,反应也变得迟钝了。不过,安全总是第一位的。徐大可一天中有相当长的时间不在家,母亲一个人在家,如何不出问题,当然是头等大事。

徐大可最怕的是母亲用火,他怕她开了火以后忘了关火。为此,徐大可每天离开家时都要把饭菜烧好,把热水瓶里的开水灌满。然后把煤气灶下面柜子里的煤气总阀关上。出门时,徐大可会把大门反锁上,把钥匙带走。走之前,徐大可会抱一抱母亲,他给母亲准备了很多十字绣的材料,让她好好地在家做十字绣。翠锁的手艺不错,似乎天生有这方面的才能,她已经绣成了好几幅作品,其中一幅横的,绣满了被大风吹向一边的芦苇。另一幅纵的,绣了一朵云,云上站着一个吹唢呐的人。

有一回徐大可对母亲说:"真没想到咱妈是个艺术家,您这十字绣,拿出去可以卖钱的。"

徐大可只是随便这么一说，在他印象中母亲似乎从来没对钱有过兴趣。没想到翠锁很兴奋："真的？能卖钱？"

"那还有假？这么好的艺术品，能卖不少钱呢！"

这么说了，徐大可只好把母亲的两幅十字绣带出门，他想他可以自己出钱，假装买下母亲的作品，这一定会让母亲有个寄托的。

徐大可先带走了那幅芦苇图的十字绣，放在车子的后备厢里。学车拿到驾照以后，方继安让徐大可开一辆别克商务车，有客人时接送客人，平时就让徐大可当座驾。

有一回他去曾米诺住的小区门口接她，这是徐大可头一回到她家接她，以前都是曾米诺自己去演出场馆。

徐大可对曾米诺说："原来你住这样的豪宅大院啊，'帝景天都'，这可是江城最豪的别墅区。照说你应该自己有车啊？"

曾米诺说："这是我老爸家，他有房有车，那是他的。我要是开着他的法拉利，你会高看我两眼吗？我宁愿打出租，也不愿意开他的豪车装逼。"

徐大可帮曾米诺把行李往后备厢里放的时候，先把母亲的十字绣拿出来，等放好曾米诺的行李之后再把十字绣放在她的行李上。

曾米诺问徐大可这是什么作品："很漂亮很大气，跟一般的十字绣不是一个意思。"

徐大可告诉她这是他母亲绣的，他买下来的。

"哈哈，你母亲绣的你买？"

徐大可当然没告诉她他母亲的情况，只是说"哄她开心罢了"。

曾米诺说:"现在还有哄父母开心的子女啊,呵呵,我就成天想惹我爸妈生气。他们想让我干什么我偏不干什么,他们不想让我干什么我偏干什么。我想当歌手,可把我爸气坏了。他说他一看到现在的小白脸娘们儿歌手就想抽他们。他公司里有一个很大的健身房,要求他的职员必须每天健身一小时。"

"你爸挺有意思的,而且,感觉你和你爸的感情也不错啊,为什么要气他呢?"

"他总想控制我,尤其是控制我交男朋友。我的初恋就被他棒打而散,那时我上初二。高中我又交过两个男同学,也被他搅黄了。我宁愿他像我几个同学的老爸那样,只顾挣钱,对儿女不闻不问。其实他自己年轻时也不按套路出牌,留长发,骑摩托,迷摇滚啊爵士啊,把披头士和崔健当神,成天泡妞。连个大学都没上过。我好歹还读了两天流行音乐学院吧!他有钱了,就变成正人君子了。成天说那些引导别人走崎岖道路的鬼话。他说的一些狗屁道理简直不能听!比如,他说过,绝大多数人都在三十五岁左右死去,不是肉体的死亡,而是精神终止了代谢,仅仅靠一点点社会伎俩活着。所以,要保持身心的健康,一是要野蛮其体魄,一是要终身学习新知识。我说我唱歌,不正是在进行旺盛的精神代谢吗?他说流行歌不是庄严的文明,学音乐,就要学巴赫贝多芬,学交响乐室内乐,或者学中国的古琴。这样的崇高的音乐才是庄严的文明,可以拯救这个世界的东西。我说你不是说精神需要代谢吗,怎么又要人往回走?巴赫贝多芬古琴,这不都是过去的东西了吗?什么是代谢?代谢就是创造。还是你说得对，流行音乐的本质就是让每一个生命都觉得自己是世间的奇迹。我当然记得你说过的这句话。当时柏凡不是说你这句话值一个亿吗？哈哈。一个亿太遥远，还是先让我买下你老妈的这幅十字绣吧，让你实实在在做个孝子。不是施舍，你别搞错了，是真心喜欢。说吧，多少钱？我老爸快要过生日了，这幅十字绣送给他做生日礼物。"

徐大可说："多谢多谢照顾生意。钱不收，我不知道如何定价，就算我送给你的。不过，我的歌如果你看上，那是要算钱的。你马上不是要参加'我的歌'全国大赛吗？我正在写一首歌，歌名和歌词先有了，曲调也差不多了，还在琢磨。主要难点，也是新意所在的是配器。我一会儿觉得配器要尽可能丰富尽可能恢宏，管弦乐队，童声合唱，电子合成器，把歌撑得满满的，一会儿又觉得干脆什么配器也不要，只用一把口琴。"

曾米诺说："什么歌什么歌？我有点急不可耐了！歌名是什么？能不能先哼几句？"

徐大可经不住曾米诺磨，说："歌名是《这一切都属于你》，我大概地唱一下啊。"说着，小声地唱走来：

河水是你

流云是你

苇花飞起是你

苍老的石桥是你

这一切都属于你

时光是你

道路是你

向隅而泣是你

颤抖的怀抱是你

这一切都属于你

最早的记忆是你背着我走过石桥

最怕你眼望我却叫着别人的名字

如今我一无所有

我只能告诉你

一无所有的我的一切

都属于你

唱完以后,见曾米诺不说话,徐大可说:"是不是歌词有点太个人化了?流行歌大概还是应该有公众性才能获得共鸣。"

曾米诺说:"旋律太美了,上口,简单,容易记得住。我在想你说的配器,我觉得主歌可以只用一支口琴,而副歌则用管弦乐队、童声合唱。"

徐大可说:"对啊,你这么想,岂不是解决我的困惑了!好,很好!"

曾米诺说:"只有一句,我觉得是不是可以改一下,就是背我过石桥那句。这一句出来得有点突然,跟前后的意思不顺。本来好像是与恋爱有关的,背我过石桥,好像是童年记忆了。可不可以改成'最深的记忆是石桥上你的初吻'?这样就很统一,就是一首情歌了。"

徐大可说:"好好,就这样!情歌就情歌。虽然石桥上的初吻是什么感觉我自己都不知道。哈哈。不过初吻如果在石桥上,倒也是很矫情的情形。词不太重要,流行歌,最重要的是旋律曲调。你觉得我的曲子怎么样?"

"好听!"曾米诺说,"简单,上口,说来来,说走走,不啰唆。我不喜欢扭来绕去的歌。"

"那你大概是受了你爸的影响,你爸不是喜欢披头士的歌吗?披头士的歌就是这样,说来来,说走走。不过要按披头士的标准,我的歌词就显得矫情了,还是不够峻刻。艺术这东西很残酷,有好的在前面,后来的人要想达到他们的标准,总是很狼狈。我的同学周明,弹古琴的,他说他有时会想着放弃弹琴,因为有一个琴家太伟大,无法超越。"

"你好几次提到这个周明,他的古琴弹得好啊?下回介绍我认识认识,说不定哪天我也学学。"

"你不会吧?你这样子,裙子短得半个屁股都露出来,抱把电吉他唱唱初吻什么的还行,古琴不对你的路子。"

曾米诺说:"估计也是。我爸在家经常听古琴,用音响听,难听死了,我都分不清一个曲子跟另一个曲子有什么不同,好像都一样,平平淡淡的,连高潮都没有。没有高潮,哪叫什么音乐啊。"

"这你就不懂了。巴赫的音乐不也没高潮,高级的东西,往往是平的,平静,平淡,平衡,越听越耐听,越听越有味。"

"那你为什么不学古琴学唢呐呢?唢呐好像从头到尾都是

高潮。"

"不一定。下回给你听听我用唢呐吹的《普庵咒》，古琴曲改编的。"徐大可说，"对了，我想起来一件事。你有没有男朋友啊？没有的话我给你介绍一位。绝对好人，绝对有才！"

曾米诺笑道："我还需要人介绍男朋友啊？这都什么年代了，老掉牙的套路。你不会给我介绍你那个没有高潮的古琴同学吧？我裙子短得半个屁股都露出来的浪女，还不要把他吓尿？"

徐大可说："你不要妄自菲薄，我看你骨子里其实是个正经女孩。要不是我已经有了女朋友，我都有可能追你。又漂亮性感，又家财万贯。找你做老婆，等于少奋斗三十年。"

"怎么好好的我们又进入了世俗的话题？婚姻，这世上还有比婚姻更无聊更庸俗的事吗？我发现你其实特俗，估计再过几年你的一点点才气就会荡然无存，就会是个围着锅灶转的居家好男人。我发现男人实际上要比女人庸俗得多。柏凡你知道的，原来我以为他是个天才，他刚出道时唱的歌多好，《蓝色的鱼》《梦里听到雨滴声》，还有《手握一把沙》，多好。接触了几次，发现他其实也就是个商人。唱的是抵抗世俗超越世俗的歌，心里惦记的都是钱钱钱。"

徐大可说："人和人不一样，你不缺钱，没受过穷，自然不会惦记这种俗事。而绝大多数人平常饱受困窘的折磨，当然会考虑自己的生存安全和发展。不说这些了，说这些我自己都觉得没劲。周明也最烦我说这些仕途经济。所以，我看你们到一起会有共同语言。你们都有精神洁癖。"

徐大可把曾米诺送到机场，帮她把行李搬下来，然后开车回城。一路上，他想到周明和曾米诺，他想他们都是幸福的人，幸福的人不论生活条件如何，想法、追求都比较简单，活得也就简单。但简单并不意味着幸福，人的幸福，说到底还是与什么人在一起，或者，必须有足够的经济支撑。他想，余韵显然是复杂的，虽然她复杂的原因他并不清楚。他想与她的成长有关的人肯定未能让她选择过简单的幸福生活。谈丽说过余韵不缺钱，她的家庭应该给她提供了不错的经济支持，但这显然没有给她幸福感。

打过余韵一巴掌以后，也有不短时间了，徐大可一直没再联系过余韵，余韵也没有给他打过电话或发过信息。徐大可很清楚余韵绝不会主动联系他，他也找不到打破僵局的借口。但事实上他每时每刻都会想到余韵，他再三地想到他对余韵说过她睡着的时候他会一直看着熟睡的她舍不得睡去的话，他能看到自己轻轻下床穿好衣服轻轻打开门带上门离开她那儿的样子，他不断地想起余韵从妇产科病房弯着腰移步出来的样子。

徐大可把车开到汇金小区，在路边停好车，进了小区。在余韵所在的门楼按了可视对讲。门轻响了一下，徐大可拉开门走进去，坐电梯上楼。他想见到余韵后他会什么都不说，直接抱抱余韵。到了门口，见门已经虚开了，徐大可推开门，见余韵坐在古筝前，随手有一下没一下地拨着弦。她的右手上是缠着替指的，显然她的确是在弹琴的。因为余韵坐着，让徐大可抱抱她的动作意愿无法完成。于是他把手放在她的头上，轻轻地拍了两下。他听到余韵一边重复地弹一根弦一边问他：

"徐大可，你到底要怎样？"

"相爱。我要和你相爱。"

"打人也是爱吗?"余韵说。

徐大可看着她的后脑勺,她的头发披在肩上,上面没有扎任何东西。他扳过余韵的脸来,看着她,说:"打人不好,我还从来没打过任何人,我要是再打人,我就是驴,但那人是谁?我不希望我和你之间还有另外一个男的。"

"已经跟我没关系了。难道我什么都要告诉你吗?"

"相爱的人之间应该没有什么可隐藏的。"

"你也没说过你爱我啊。"

"我们都这样了,还不叫爱吗?你到底是什么样的人?你到底会不会爱别人?会不会爱我?"

余韵低下头哭泣,她说:"每个人都需要爱,但我不知道什么是爱,没人爱过我,我也不知道该爱谁。"

"你看着我,余韵,我爱你,从我第一眼见到你就爱上了你。我懂爱是什么,爱就是舍不得,舍不得你孤单,舍不得你哭泣,舍不得你受伤害。爱就是想让所爱的人快乐起来。"

徐大可把余韵拉起来,他抱着余韵,把头埋在余韵胸前,他听到余韵的心跳声,好像有人在河流上击鼓的声音。

17

周明在各地做的讲座题目是《古琴与中国文化》，这是面向文博系统的工作人员做的系列讲座。说是系列，只是一系列的城市，而周明的讲座内容是一样的，只不过在每个城市讲课时适当地联系这个城市的历史文化而已。比如，在扬城做这个讲座时，周明侧重地讲了一些扬城盐商、画家与古琴的关系，在苏城，则说了一些中医与苏城古琴的事情，在南徐市则主要讲了讲六朝时期古琴在这里的发展。

在苏城的讲座结束后，吃过午饭，周明回酒店休息，准备下午去逛几个园林。刚在床上躺下，总台打电话来，说有一个朋友找他。周明接电话，对方说他是上午听讲座的一个听众，问周明有没有兴趣看琴。"当然是旧琴，给你看，如何可以是新琴？"

周明到酒店大堂，见到了这个人。此人大约四十岁左右，脸面光洁娇嫩胜过女子，握过来的手绵软柔腻，话语轻缓温和，神情却十分骄傲。周明略感不舒服。他问了对方的姓名，对这位似乎是空手而来的人说："琴呢？"

"在手机里,别急。"这位名叫许闻韶的人说,"你先看看图片,有兴趣我们再进入下一步。"

他拿着手机让周明看了三张琴的照片。周明一眼之下,就知道这三张琴是开门对路的旧琴。他刚想问琴在哪里,能不能看看实物,许闻韶说:"这里说话不方便,我们能不能到你房间里说话?"

周明把他带到房间,许闻韶说:"我看过你写的文章,不错,今天的年轻人有这样的修养,可以说相当不易了。尤其是趣味,我看如果把周先生放在古代,不,古代应该还放不进去,放进民国应该不难。只是民国不是小格局,大哲巨擘不在少数。周先生再努把力,可以进入民国的二流文字。"

周明给他倒了一杯茶,他说他不喝酒店里的茶:"这样的茶如何能喝?全是农药,猪喝了也要咳嗽的呀。弹琴人一定要好茶,琴要弹好的旧琴,茶也要好,最好有半亩园林,数间雅室,钟鼎彝器,焚香净手,才不枉对七弦大雅。"

周明打断他的话头:"许先生,三张琴的照片我看了,想看看实物。另外,您让我看琴,是个什么想法?是让我鉴定?还是有出手的意愿?这些您最好实话实说。我喜欢有话直说。"

许闻韶一拍手,说:"好,干脆!鉴定不必了,我自己能看。我给你看的只是一小部分,先给你看三张。你是圈内人,认识的琴人多。这三张琴我的意向是出手,不过一定要给有缘人懂琴爱琴之人。我怕它们被俗物得了去,那样我就愧对先人了。三张琴都是明琴,不会有任何疑问。一张刻有琴名,'荷樵',仲尼式,全品相,断纹极美,声音雄沉厚重;一张有腹款,字不大清楚，列子式，底板裂了，声音却好得很，松透极了；一张无款的小仲尼，声音古拙，特别有味道，手感也非常好，下指若无物。"

"听您这么说，感觉您也是会弹琴的。"周明说。

"愧对祖宗愧对祖宗，"许闻韶说，"也就会两下而已，什么都会两下，什么都不精。书画、篆刻、诗词、京昆、鉴赏，都是三脚猫。"

"您应该是世家。"

"是啊，从小接受熏陶，不会也会了。只可惜老太爷在世的时候我还不懂事，现在懂了，为时已晚。老太爷留下一大堆东西，一大家子人，各门分一堆，家具、盆景、瓷器文玩、碑帖字画，各自找关系出手，然后分钱。时移世易，物各有主。奈何奈何！"

"您会琴，为何不自己留着弹？"

"我留着，那就得把钱拿出来大家分啊。我哪来那么多钱买琴？说这些无谓了。还是简单点，卖了钱大家分了过日子吧。"

周明想问他为什么不送拍卖行拍卖，但他没开口问这个问题，他问的是"这三张琴分别什么价钱？"

许闻韶说："你要？还是帮别人买？"

"您先说价钱我听听。"周明喝了一口茶，咳嗽了两声，"您还别说，酒店的茶被您刚才那么一说，我还真喝出点农药味来。"

"周明，别看你比我小那么多，沉稳过人，沉稳过人。我读你的文章时，认为你是位老先生呢。呵呵。"许闻韶说，"你买也好,帮别人买也好。如果看中了,我只跟你交易。'荷樵'六十万,小仲尼二十五万,列子三十五万。不还价。"

周明说:"好。我要看实物。这必须的。"

许闻韶说:"你待在这儿等我,两小时左右时间,我带琴过来。"

周明答应了。许闻韶离开以后,他打了个电话给原本要带他去逛园林的文化局的朋友,说有一个朋友约了有事,取消去园林的计划。又问朋友知道不知道苏城有个会弹琴的叫许闻韶的人。那个朋友说:"有啊。上午还来听你的讲座的。是中医大家许省堂的后人。你上课时不还提到过许省堂几个与琴有关的往事吗?老先生过世快二十年了。一代宗师,泽被乡里。不过他的这个孙子不大有出息。爱出风头,真本事没有。你问他干什么?"

"他刚刚来跟我谈文化,挺健谈的。"

"呵呵,败家子大多能吹。真本事没有,见识却一定是多的。"

一个多小时以后,许闻韶回来了,肩背臂夹着三张琴。周明从琴囊里一一取出查看、试弹,三张琴的品质果然如许闻韶自己的评价一样,但周明还是挑了一些毛病来,意思当然是想压一些价。实际上,周明内心早已按捺不住激动。三张琴都非常好。眼前的这位许先生正如他自己所说,只是会几下子,如果他的琴弹到一定功夫,他就会透过目前的状态感觉到这三张琴真正的品质。周明非常清楚,如果这三张琴稍加修缮,再换粗一些的弦或者换上丝弦,它们本来的光华便会完全彰显出来。

许先生说:"旧物经历时光岁月,辗转于众手,没有毛病是不可能的。人活老了还要生病呢。价钱是不能再商量了。你应该不是不知道,现在有的新琴都快过百万了。这可是明琴。"

周明心里明白这三张琴的价值,他说:"这么明说吧,琴我自己没钱买,只会是找喜欢琴又有钱的朋友买。如果我找到买家,我能得到什么?"

许先生看着周明,哈哈大笑,表情很夸张,扮戏一般:"小伙子,你不是一般人!老实告诉你,我们家的东西准备出手的事情不胫而走,已经有人知道我们要卖老太爷的东西了。扬城有个叫唐遇川的,几年前就来过家里。那时我们还没想出手东西。他软磨硬泡地买走了几件家具,紫檀、黄花梨,还有一提盒印章。他是唐宗汉的后人,很懂东西。但我没给他看琴。他嘴上尽是漂亮话,骨子里是个商人。你这样多好,直接问你能得到什么。这就对了!如果你帮忙交易成功,每张琴我给你三万。至于你转给别人是多少,与我无关。这是我做人的气派。"

周明说:"好。琴您先拿回去。三天,不,一星期之内我给您消息。"

两人互留了联系方式,许闻韶带着琴走了。

周明躺在床上,想了半天也没想出来从哪里弄这笔钱买下这三张琴。翻看手机通讯录时,他多次想到了严重。他想上次和严重之间的事肯定让严重明白了他对他的不满,如果现在要跟严重借钱,一定会是件令人尴尬的事情。周明想到了放弃,但是他很清楚这个机会几乎是千载难逢的。如果三张琴出手的话,他可以轻轻松松地赚到一大笔钱。他很需要这笔钱,徐大可也需要这笔钱。他注意到,最近的徐大可情绪上与以往大不一样。虽然表面上还是一如既往地沉稳,但是连续遭遇重大的打击,让徐大可透露出某种消极的意思。周明意识到四年的同窗之谊已经让快乐粗豪的徐大可成了他的精神支柱之一。如果能通过这三张琴还有先前弄到的那两张旧琴挣到钱,不是如果,是肯定能挣到大钱,他周明就可以没有后顾之忧地做他的学问弹他的琴,徐大可就可以写他的曲子,两人都轻松宽舒地走艺术创作的道路。这是多么美好的前程!

想了许久,周明还是给徐大可打了电话。他告诉徐大可放在他那里的两张琴的事情,又说了许闻韶这三张琴的情况。周明说:"大可,现在需要你开启你超人的智慧了。"

徐大可说:"你给我稳住。这三张琴一定拿下!钱我来想办法。严重那头咱们绝对不要走漏风声,这是位吃肉不吐骨头的主儿。一天之内听我消息!你就待在苏城别动,你的银行卡号我有,我争取一天之内把钱打到你卡上。"

周明刚挂了电话,徐大可又打过来,说道:"我一直怕你太过清高,现在我放心了。你没有辜负我多年的教导。你不是说过钟先生那张'长清'琴是天下第一吗?这几张琴出手你别舍不得,咱们要以琴养琴,最后给你把'长清'买下来!"

周明说:"大可,你一定要振作起来。我知道你最近情绪不高。"

徐大可说:"多谢了兄弟!的确,我最近有点虚无,不少事情想不通。也许我的基因就有问题,我爸,我妈,都不健康。但是有你这个朋友,我会好起来的。我已经在开始写歌,感觉还不错。回头你听听提提意见。好了，先说这些吧。我赶紧想弄钱的事情了。你二十四小时开着机等我消息啊！"

周明挂了电话，出了酒店，在街上乱走。离酒店不远是一条老街，街上有几家古玩铺。周明走进一家，发现这里的旧货中以古董家具为主，有整器，也有残件，品质都不错。苏城过去是以木工精湛著称的，看来果然是名不虚传。玻璃柜里有一些文房小件，砚台、水滴、水盂、笔架山等等，还有十来方老印章。周明让店主把印章取出来看。店主说："看来你是个行家。"周明说："这何以见得呢？我还真不懂印章。只是想看看有没有合适的闲章，将来或许能用一用。"店主说："不懂印章，怎么可能只要印章看？到我这店里来的，几乎没人看印章，都是看画案啊、圈椅啊、大架子床的，看印章，起码要识篆字对吧？至于篆刻的艺术格调，一百个人里未必有一个懂的。"

周明看那些印章，上面的字他基本都认得。资料室里那些线装古籍上多有印章，多半是收藏印，也有一些闲章。资料室里还有一些印谱，周明平时看书看累了，有时也跟小韩借出来看着玩。

这十来方印章材质各异，寿山石居多，内容有姓名章，也有闲章。其中有几方章的边款的上款都是"省堂仁弟""省堂仁兄"或"省堂方家"，刻者姓名不一，显然是不同的人刻了送给许省堂的，其中一方的印文是"妙手回春"。周明看得高兴，他问店主这上面的人都是什么人。店主说："我也不知道，总归是老东西，起码几十年是有了。你看这皮壳包浆，看这刀功，还有上面的文词，都不是现在的意思。这个省堂，应该是个什么人物,我查过书画篆刻名家辞典,没查到,但是刻印的有几个查到了,都有名头的。"

周明看中两方,一方的印面文词是"聊适吾素",另一方是"半亩园林数尺堂",都是他喜欢的意思。周明还记得许闻韶说过的"半亩园林数间雅室",心想怎么就在这个地方看到了这样的印章。

谈了会价钱,周明买下了这两方印章,然后走进一家面馆吃了一碗焖肉面。坐在面馆里,抬头能看到不远处高出水平线的老石桥,桥上人来人往,也有人扶着栏杆被同伴拍照。周明想,这些人应该都是旅游者。不过,本地人也好,游客也好,聊适吾素不忘初心也好,半亩园林飞黄腾达也好,大家都是过客。不过,周明此刻也畅想了一下自己的未来,如果真有一天,自己能够像那方印章上说的那样拥有半亩园林数尺堂,弹弹琴,灌灌园,应该也不枉这一生的光阴了。

正吃着面条,周明的手机响了,是唐遇川打来的。唐遇川说他没事,刚吃饱饭,正在去澡堂洗澡的路上,问周明在干什么,苏城的讲座怎么样,苏城的历史文化底蕴很深厚,以前会琴的不仅限于文人,一些富商、官员,还有名医之流的也爱琴。

周明接着唐遇川的话说了句:"没错。今天就遇到了一位名中医的后人。"

唐遇川说:"名中医?是不是许省堂?那可是一方名流,收藏极富的。跟我爷爷也有交往。不过他的后人没有一个传承他的医术和文化品位。富不过三代,艺也不过三代。像我唐遇川,不也是这个鸟样子吗?你遇到的是不是许老的孙子,那个叫什么,对对,许闻韶。那也是个小混混。他挺爱吹牛逼的,自以为是,目空一切。好了,你吃你的面吧,不聊了,我到澡堂了。"

吃过面,回到酒店,周明看了会电视,取出笔记本记笔记。他想用刚买的那两方印盖在笔记本的封面上,因为没有印泥,尽管周明用了很大的力气,封面上只留下很浅淡的印子。不过,"聊适吾素"和"半亩园林数尺堂"的字样还是能够辨识的。

周明在笔记上写下了他会弹的所有琴曲的曲名,除去《仙翁操》《湘江怨》这样的小曲,共计三十九首。他想,如果录两张碟片的话,只需要选择其中的十二曲就差不多了。他很清楚,唐遇川让他用"轻雷"和"慨古"录音,碟片上面一定要注明是这两张琴弹的,甚至还要鸣谢他这位赞助人。"轻雷"他已经弹过,声音非常好,没话说。"慨古"他还没弹过,想来应该也是很好的,不然唐遇川不会让他用来录音。只是周明觉得录音的事情还是让他有点犹豫。一是他觉得以自己目前的水准还不太适合录音,一旦录了音,白纸黑字了,将来要后悔就不行了。二是他非常希望能用接近"长清"风格的琴来录制自己的第一张碟片,虽然他也弹过许多好琴,但是它们的意思与"长清"不一样。周明只在图片上见过"长清","长清"的声音只能从钟先生用"长清"录音的CD中听到,但是仅仅是通过CD,周明也可以分明地听出它不同群侪的性情。而且,"长清"的品格风貌与周明理解的钟先生的性情极为吻合。虽然齐先生和顾焕明他们都说钟先生性情温和出语轻缓,而一个人内心真正的动静在琴声中是无法藏匿的。钟先生和"长清"究竟是怎样的风格呢？周明又很难用语言进行概括。他们是清刚峻拔的，却又略无躁急粗粝之气；他们是一往情深的，仿佛孤身奔赴彼岸和苍穹，却又对人间有无限的眷恋；他们历经了磨难沧桑，却依然清新澄澈充满了欢欣。每回在听到、看到别的打动自己的艺术时，周明都不免会将他们与钟先生作对比，最终还是觉得钟先生是最了不起的，他常常觉得钟先生是嵇康和陶渊明的合体。

如果将来能用"长清"录一张CD那该多好啊，周明想，哪怕只录一支单曲，《广陵散》，或者《秋鸿》，封面上印上"致敬钟鸿秋先生"。可是周明又想，这两支曲子已经被钟先生弹到无法超越的境界了，自己再录，岂不是贻笑大方吗？自己的琴艺，将来顶多也就是"半亩园林数尺堂"的意思吧，与钟先生万壑松风大河宽流的境象实在差得太远太远。

或者，把《无题》打出来，用"长清"录制《无题》，这应该算是独一份的吧？

这么想着，周明快活起来，心里满满的是憧憬。

这天夜里，周明做了一个梦，他梦见他和徐大可在学校的那个山坡上推倒了一棵高大粗壮的树，那棵树碧绿碧绿的，但是一推就倒了。徐大可问周明为什么要把这棵树推倒，一棵树长这么大，需要几百年的。周明说要用这棵树做一张琴，一张天下最好的琴。徐大可说："你看这树，跟黄瓜似的，一掐就是一个印子，怎么能做成琴？"周明说："不行的话，把它做成一张琴的样子也好啊。"徐大可拿着一只刨子刨这棵树，像刨一根黄瓜似的，刨着刨着，把它刨成了一条船，一条碧绿的船，然后徐大可和余韵坐在船上在江上漂着。那个江的样子，正是以前周明在龙吟寺山上碰到余韵和哈维那次看到的大江的样子,远远的一片大水,被树枝阻隔着,水面波纹看过去好像旧琴上的断纹。周明喊徐大可:"钱呢?"徐大可也喊:"什么钱?"周明喊:"你不是说给我百分之五的回扣的吗?"徐大可说:"我说的是你私下找到卖家我才给你百分之五的回扣,并不是拍卖的琴,这事你自己一直没搞清楚,不能怪我。"周明发现,说这话的徐大可此时变成了严重,而那条碧绿的黄瓜船此时变成了一条游艇。严重光着上身,余韵穿着的是比基尼泳衣。周明用力地喊叫起来,他听到自己发出的声音像驴叫一般。

周明醒了,浑身大汗。他听到隔壁传来一个男人的声音,像驴叫一般的声音,虽然隔着一间屋,声音还是能很清楚地听见。

周明想,这个酒店怎么不隔音啊。

他看了下手表,时间是夜里一点半。周明起身冲了个澡,他想接着再睡,却怎么也睡不着。床上放着一个牌子,上面是一个趴着的姑娘,一双手按在她光着的背上。牌子上写着"24hour SPA"以及电话号码。他想,隔壁大概正在进行"SPA"呢。

第二天一大早,周明就起了床。洗漱以后,他先是出了酒店,沿着苏城的运河走了一段,然后回酒店餐厅吃了早饭。吃过早饭,苏城文化局的人打电话给他,问他何时离开,要不要车送到火车站。周明说不用送,一会儿他自己把房卡交给总台,自己打个车去火车站。

因为不知道徐大可什么时候能把钱打过来,周明不能确定自己在苏城要待多久。苏城文化局请他讲课，应该只提供一天的住宿。所以周明还是把房卡交给了总台办理了退房手续。他想如果今天徐大可不能弄到钱，他就自己再办理酒店入住，再住上一天。下一站湖城的讲座正好也是在两天以后。

离开酒店以后，周明去了苏城最著名的园林。苏城的园林还是有不少可看之处，庭院、池塘、花木、湖石，移步而景换，咫尺之际四季井然。有一间屋子里有张明式的琴桌，线条简洁挺括，材质是紫檀，很漂亮。上面还放着一张新琴，只是错放了，把琴轸搁在了桌面上。墙上有副隶书对子，内容是"陈琴见月朗　醉酒听钟鸣"。还有一块木匾，上面刻着两个字："爰乍"。周明想，这两个字有意思，是从琴谱上来的，"缓作"的简字。如果不弹琴的人，对"爰乍"二字是何意大概是不能够明白的。想来这园子的旧主人一定擅琴。现在的有钱人，估计想不出这样的雅词。

周明在园子里这儿转转那儿坐坐，消耗着时间。快到中午时，他口袋里的手机响了。周明拿出手机，见显示的是唐遇川。

"你不会又在去洗澡的路上吧？"周明笑道。

唐遇川说："周明兄，你还在苏城吗？"

"在啊，还没离开。准备去湖城了。"

"你猜我在哪儿？我在苏城！昨天晚上赶到的。"

"昨晚你给我打电话时不是已经是晚饭后了吗？你是半夜过来的？"周明很诧异。

"是啊，丢下你的电话我就赶过来了。其实也不远，也就三个小时的车程。知道我来干什么吗？我来看许省堂家的琴的。

以前我就来过，问过他家的琴，当时他们不肯出手。昨天你打电话提到他孙子，我又想起这事。给他打电话，他说正准备出手家里的东西，他们家的好东西很多。他妈的，过去的名医，交游来往的多风雅名士。许老爷子过八十大寿，竟有六个篆刻名家给他同刻一方印。这种事情，也只有老一辈能玩了。"

"他给你看琴了？"周明心里一紧。

"看了看了，他家东西太多，只有人民银行买得起。我这次只是奔着琴来。他说他家有十一张琴，昨天只给我看了三张。三张都是明琴，虽然不是一流品质，但是可以转手卖钱啊。我们家老爷子的琴我要留着，否则要被人骂死。"

"琴你买了没？"

"买了买了。跟他还价，一分钱不让，三张一起出，一百八十万。我刚把钱划给他了。一百八十万，三张明琴，这不是挑我发财吗？老弟你在哪儿？中午许闻韶要请我吃饭喝酒，你有空过来吗？可以看看琴，有一张我觉得相当不错。"

接电话时，周明坐在池塘边的一张石凳子上，他觉得石头的冰凉透过他的肉直抵骨头。池塘上有一座很精致的小桥，桥上站着一个身穿汉服的女孩，手里撑着一柄花纸伞，转动着身体摆出各种造型让摄影师拍照。

周明呆了足足有一分钟，才说道："我还是去湖城吧，你们喝吧，你又不是不知道我的酒量，很差很差。"

上次为严重掌眼买琴的事给周明的打击不小，就好像胸口被人用重拳猛击了一下，整个人的气都给憋住了似的，让周明很久都缓不过来。很长一段时间里，周明不想看书，不想跟人说话,他觉得自己跟山上溪流中那些被人丢弃的食品包装袋一样,花花哨哨,却丑陋不堪。他甚至不想弹琴,觉得弹琴成了一种自我的嘲弄,他的一切都成了对自己存在的一种嘲弄。或许是徐大可的遭遇救了他一把,面对徐大可和他的母亲,周明才意识到自己的反应和表现是可怜可悲的,他的可怜与可悲主要不在他遭到了严重的猛击,而是他的内心失去了从容淡定。周明不住地听着钟先生的录音,对钟先生的琴又有了新的体会。周明想,许多道理,艺术的,人生的,他在平时乃至在文章中都说得挺透辟的,可是那都只是纸上谈兵而已,没有生命的真正的印证,没有创伤和血泪,如同他弹《离骚》《广陵散》,速度、节奏甚至轻重状态都与钟先生一般无二,但怎么听都与钟先生有云泥之别。他想起自己常说的弹琴有四个老师:业师、琴谱、琴器和大千世界,现在他想,还有一个更重要的老师,那就是自己,只有自己认识自己才有可能上进一步。

想到这里,周明长舒了一口气,然后给徐大可打了电话,告诉徐大可钱不必找人借了,三张琴已经被扬城的唐遇川给截走了。

"啊?我已经跟人借到六十万了。"徐大可说,"没了就没了,你别太难过,没什么是要紧的,咱们慢慢来,有日子过。"

周明说:"我你还不放心?被你教育了那么多年,还是能够经得住风浪的。别小看我啊。"

徐大可说:"哈哈,知道知道,你能经得住大波浪的。倒是我发现我最近不大行,意气消沉,有些事想不明白。好在有你这个兄弟,凡是我想不通的事情,我就想,周明碰到这种事会怎么想怎么做。你比我经的事少，但你天生平和淡定。这是逢凶化吉长命百岁的性情。"

周明说："我那叫什么平和淡定，不过是反应比人家慢几拍而已。"

徐大可说："反应慢好，反应慢的人不会早泄，将来你的性生活一定很美满。"

周明听了笑，说："不说了，你忙吧，我去火车站买票去湖城了。"

在去湖城的火车上，周明在心里琢磨起《无题》曲谱，有两句他始终找不到感觉的谱子此时突然有了感觉，这是第六段中的开头两句，先前他一直觉得接着长泛音段的这一段应该进入高潮了，速度应该快起来，情绪应该激昂起来，否则曲子就显得有些疲沓。此时他意识到这一段依然要保持开头时的沉着，甚至可以更松阔一些。周明打开笔记本，上面是抄着《无题》前六段谱子的，不仅抄着原谱，周明还把自己打出来的结果用简谱抄在下面。

他打了个电话给扬城裱画铺的孙师傅，请他看一看《明子日志》第十六册最后几页，那儿有注明"六段"的琴谱，开头是什么字。

过了一会儿，孙师傅告诉周明："有两个小字，一个是'缓慢'的'缓'的右边，一个是'工作'的'作'的右边。"

周明道了谢，看了看自己抄的《无题》谱，心想，怎么当时竟漏抄了这"爰乍"二字。

257

18

徐大可和余韵在民政局领了结婚证。领证之前,徐大可跟余韵说了他母亲的事,让余韵再考虑一下,因为他不可能丢下他母亲不管。

余韵说:"需要考虑的不是你母亲的事,而是我们之间的事。我觉得不必领结婚证。你坚持,我也不好反对。这事我也只是跟我父母发了个信息说了一下。他们的态度我早就料到,他们一辈子只管自己,谁的事情也不过问。生我这个女儿,只是他们的意外事故。至于你母亲,我实话实说,不希望和你母亲住在一起。至少暂时我还没这个精神准备。"

徐大可去找周明,把他要和余韵结婚以及余韵不愿意和他母亲一起生活的事说了。

周明说:"且不说照顾你母亲是必须的,就说你和余韵之间,我就觉得有问题。她到底为什么要跟你结婚。她爱你吗?她爱过别人吗?她会跟你过寻常的日子吗?你妈不跟你们住,还租出租房?一个人住?那你每天岂不是要跑来跑去?这都是很现实的事情,想想都够呛。"

"那你说，我妈这样子，谁愿意嫁给我又带着我妈呢？跑来跑去就跑来跑去吧，先这么着，走一步是一步。"

"我真是搞不懂，你为什么非要跟余韵结婚？你也不好好想想，这要是写论文，开题都通不过。"

徐大可说："生活不是做论文。生活的事情哪里说得明白。余韵肯嫁给我，说明她还是爱我的。不然说不通。再有，更重要的，是我很爱余韵。我觉得她跟我最像，孤独、脆弱，心里有热切的愿望，想要和人在一起，想要进入生活，变得温暖起来。我想过，她愿意跟我，是因为我身上的热情和行动力。她的思虑多，而我行动力强。这是一种同质间的互补。再说明白一点，是我们之间的相互吸引本来就说不明白。可能是性，也可能是科学家说过的两个人之间有共同的细菌，两性相吸，臭味相投。你看多少别人看上去不般配的夫妻其实都很和谐。关键是投入，柴米油盐，朝夕相处，时间久了，就会骨肉相连了。实在不行，还可以离嘛。"

周明说："随你吧。反正我的观点很明确，结婚就是一辈子的事。结了婚再离，伤筋动骨。特别是万一有了小孩，更是要给孩子带来一生的痛苦。那岂不是造孽！你看我们音乐学院那些老师，凡是离了婚的，他们的孩子都有问题吧？哈维你记得吧？他老子哈洪基，大音乐家，风流倜傥，婚就结了三次，外面的女人更是不用数了。哈维那么有才，结果呢，成酒鬼了，自己把自己的一根手指剁了。他有个姐姐，也是不停地换老公，换来换去都是老外。到处跟人说找男人绝对不要找中国男人，中国男人都焦虑，都小家子气。外国男人好，简单、潇洒。现在呢，还不是被老外家暴，离了，带着两个孩子，到处跟朋友借钱。"

"你成天读书做学问的，怎么也知道这些破事？"徐大可说，"这事也还是因人而异吧？处理得好，有境界，反而人生更精彩。处理得不好，貌合神离硬凑合，孩子就幸福了？反正我对自己有信心。你也要相信我徐大可对待生活有过人的坚韧。"

周明说："我对你有信心，但对余韵就不那么有信心了。"

"奇怪，你为什么对余韵好像有成见似的？上学时你不也对她有好感吗？你还说过陆老师最喜欢她。"

"不知道，"周明说，"反正我是希望有个女孩能一心一意地爱你。算了，不说这些了，说了也没用。你来找我，也就是跟我说说话而已，你要承认你心里也有嘀咕的，但要改变你的决定，估计是不可能了。你就一条道走到黑吧。"

除了周明和谈丽，徐大可没告诉任何人他和余韵结婚的事，当然也没有举办婚礼。余韵也没有办婚礼的想法。房子的事两人商量过了，余韵把汇金的房子退了，同意在靠近徐大可租住的地点再租一个两室套，这样方便徐大可照顾他母亲。

两个人置办了一些生活用品，找了个时间，请周明和谈丽吃了一顿西餐，算是一种仪式。每天晚上，徐大可先是回租住房安顿好母亲，等母亲睡了，他再回自己和余韵的家。

这段时间，徐大可心里非常踏实。每天的生活基本上是很有规律的，处理工作的事情，到超市买买菜，回家做做饭菜，把做好的饭菜送到母亲那儿去用微波炉热了给母亲吃。因为两个住处的距离很近，有时候把饭菜带到母亲那里时还是热着的。

母亲翠锁的状态似乎也一切正常，每天做她的十字绣。曾米诺已经买了徐大可母亲六幅作品。她说她爸很喜欢这些作品。徐大可把钱拿给母亲，见到钱以后翠锁脸上的欢喜，让徐大可觉得母亲已经是个接近正常的人了。

余韵对徐大可的一切事情都从不过问。开始时徐大可回家还跟她说说工作上的事，说说他母亲做十字绣的事。后来发现余韵对这些完全不进耳朵，也就不说了。挣到的钱，徐大可都要交给余韵，余韵照单全收。徐大可说，你拿钱的样子不像个有教养的。余韵说，什么叫教养？女人管着钱，男人才会有教养。如果男人管钱，只会用有教养的样子去做没教养的事。徐大可说，你是不是就是被有教养的有钱人给骗了？余韵大怒，说，徐大可，你有没有教养？

徐大可有时觉得这样的生活自己好像已经过了很久，有时又觉得这样的生活完全是一个梦，他并没有把握住任何东西，特别是他完全没有把握住余韵，不是余韵的身体，而是她的心思。

结婚以后的余韵还是爱买东西，徐大可实在不明白余韵哪来那么多东西要买。他问余韵，余韵说，女孩子不都这样吗？为什么？因为女孩子没有安全感。只有不停地买买买，才会得到安全感。余韵不仅给自己买，有时也会给徐大可买，都是内衣和袜子。徐大可说，给我买那么多袜子干什么？两双袜子不就够了？说是这么说，徐大可心里还是高兴的。每次穿上新袜子新内衣时，徐大可都有一种非常幸福的感觉，被拥抱的感觉。

有一回，徐大可把演出后观众献给歌星的花带回家，余韵特别高兴,她说,已经很久没有人给我献花了。

除了到江老板那里弹筝,余韵在家收了几个小学生,教他们弹筝。北边的屋子里放了两张古筝,屋里还有一张书桌,上面放着一台苹果电脑。徐大可很少去这间屋。有一天,他回家烧饭,余韵不在家。徐大可去北边的屋里,想把屋子收拾一下。他看见桌上放着一沓谱纸,上面是手写的乐谱,没有标题,谱子明显未完成。徐大可看了看谱,发现是他从来没听过的曲子。他一边看,一边哼,一边哼,一边笑了,心说,偷偷写曲子呢,不错不错,还是有追求的嘛。

这一次偶然的发现,让徐大可非常开心,他决定不对余韵挑破此事。但是,在琢磨自己的歌曲创作时,余韵写的主旋律总是窜入他的调子里,挥之不去,他觉得那个旋律既简单又深刻,仿佛是得到以后又失去的感觉。于是,他干脆另起炉灶,以这个旋律为主,写了一首歌,题目是《自言自语》。

这首歌很快就写好了。徐大可约了曾米诺,让她试唱。曾米诺唱了以后,说:"这首歌比你上次的《这一切都属于你》更好听,单单是清唱就已经让我跪了。我正在参加'我的歌'全国大赛,海选过了,第一轮唱了《这一切都属于你》,好评如潮。因为要求唱新创作歌,我正愁下一轮唱什么,你的新歌就出来了。这两首歌我马上打钱给你,算我买你的歌参加比赛。今后如果要录音出碟,你再拿百分之五十版税。你别客气,你的歌值这个价。要不干脆你再写一首,我相信凭这首《自言自语》我很有希望进下一轮,甚至有希望进入决赛。如果能进决赛,我就可以财务自由了。现在我用的都是我爸的钱,他一面给我钱,一面又叽叽咕咕。好在这次他似乎有点关心我唱的歌了,我第一轮的比赛他还看了电视,说没想到他女儿长相不咋的可是歌唱得的确一流。他还想请评委吃饭,被我骂了一顿。我还不知道他的心思?他是想用钱顶我。有钱人都这德行,总以为什么事都能拿钱开路。"

徐大可说:"过了第一轮了?我都没关注。下一轮什么时候播出?我找地方看。网上有直播吗?有直播我就可以在电脑上看了。"

"网上有的,"曾米诺说,"第一轮的情况也可以回看,这个节目现在很火。《这一切都属于你》的点击量也是最高的。你成天忙什么啊?怎么也不关心关心我,起码也关心关心你自己的作品啊。"

徐大可打开手机,果然找到了曾米诺比赛时唱《这一切都属于你》的录像。曾米诺穿的是一件白色的长裙,戴了顶毛线帽,看上去像个清纯朴实的大一学生。徐大可说:"几乎看不出这是你了,原来你还挺会扮清新的。你不是一直走性感路线的吗?乐队水平不错啊,主限制乐队,用一只手风琴,也很对路,很出彩,跟我们想的用一把口琴的意思差别不大。"

曾米诺告诉徐大可,所有歌手的演唱都是主办方请的乐队,编曲、配器的老师水平很高。她问徐大可对《自言自语》的配器有什么建议,她可以把徐大可的建议转告给编曲老师。

徐大可说他现在对配器还没有感觉,需要想一想,目前只有一点大致的想法,配器要简单,简单到只用一件乐器。吉他不好,太一般,而且自言自语的状态也不是吉他的意思。可以考虑用一把大提琴，或者用一把唢呐。

曾米诺说："唢呐？唢呐那么响，哪里是自言自语的意思了？"

"在我看，自言自语才是最响的声音。"徐大可说。

曾米诺一拍手说："有道理，你总是有惊人之语！干脆用这两件乐器不就完了，大提琴、唢呐，都用上。"

徐大可说："我写谱子，你拿去让乐队试试，不行再想别的办法。我发现你很有创意，特别擅长综合，上次你也是综合了我的想法。"

曾米诺说："唢呐手要哪里去找呢？不知道乐队里有没有会吹唢呐的。小号、圆号倒是有的。"

徐大可说："有件事你有所不知，我就是吹唢呐的。我吹起唢呐来，狂风大作飞沙走石，别的声音就都哑了。对了，我想起来了，不行的话也可以让小号配了试试，你不是说乐队里有小号手吗？"

曾米诺说："唢呐我觉得还是太粗野了，应该不合适。先让小号试试吧。那个小号手是个老外，名叫詹森，看上去很斯文，实际很骚情。"

"老外比较单纯，现在不少中国女孩都想找老外。老外不焦虑，不像我们中国男的，成天焦虑。"

"那是没钱，没钱才会焦虑。焦虑是没有安全感的表现。你的歌都有一种焦虑感，但是很能打动人。所以，你还是穷一点的好，否则，哪天你有钱了，就写不出好歌来了。"

"你爸是不是从来不焦虑？"

"他啊,我看他比谁都焦虑。他那是有钱以后的空虚。他已经什么都有了,还成天唱崔健的《一无所有》。"

徐大可说:"我也想有那样的空虚。"

曾米诺说:"呵呵,你还是琢磨琢磨给我写第三首歌吧。等我大红大紫了,我让你做我的经纪人,你跟着发财。"

徐大可的第三首歌在他去和合桥租住屋陪母亲时有了眉目。那天,也就是他接到周明想要弄钱买苏城三张琴电话的第二天,他已经跟曾米诺借到了六十万,正发愁从哪儿再弄一笔钱,是不是要再跟曾米诺借几十万,或是开口问余韵有没有那么多钱,周明却告诉他琴已经没有了的消息。徐大可把钱还给了曾米诺,回到母亲那里,看着母亲吃完饭,给母亲削了一只苹果。吃过苹果以后,翠锁回到卧室做她的十字绣,徐大可坐在小客厅里想着写歌的事。突然听到母亲在那边唱起来,声音不大,听得却很清楚。这是一首他从来没听过的歌,轻缓缓的,拂面而来,好像是一首摇篮曲:

河边长青草,春风吹来了。
月亮升又落,宝贝不睡觉。
蜡灯摇啊摇,妹妹过小桥。
宝贝快长大,娶来小娇娇。
哥哥挑河水,妹妹绣荷包。
上有双喜鹊,枝头喳喳叫。
上有双喜鹊,枝头喳喳叫。

母亲的歌声那么甜蜜悠远，仿佛来自另一个世界，一时让徐大可听呆了。他想这一定是母亲以前唱过的歌，唱给襁褓中的他的歌。

徐大可走过去，拍拍母亲的肩膀，让她早点睡。他不敢直视母亲看他的眼睛，他意识到自己几乎从来没有认真地和母亲对视过。在他的记忆中，他熟悉的只有母亲颤抖的背影和她急急走路时的样子。

回到和余韵一块儿住处的家，余韵还没睡，坐在床上看书。徐大可在客厅里把刚才听母亲唱的歌记在《大可日志》里。这本日志他一直放在他的背囊里，平时所记，只是一些生活、工作的备忘，还有就是他琢磨写作的歌词和歌谱。

记下了母亲唱的歌，徐大可冲澡，上床，钻进被窝，亲余韵。余韵不让他亲："你有没有要向我坦白的事情？"

"什么事，坦白什么？"

"你是不是偷看了我的谱子？"

徐大可说："什么人啊你是！你怎么知道我看了你的谱子？你在屋里装了监视器了？你果然有控制欲啊！"

余韵笑，哼了两句旋律："哼哼，你不偷看我的谱子，这两句你从哪儿来的？"

徐大可略一愣，反应过来了，他想余韵一定是在他的日志里看到他记的《自言自语》的曲谱了："好啊，你偷看我的日志！"

"偷了我的旋律，还说我偷看你的日志。谁先偷谁的？没想到你徐大可如此不堪！"

徐大可一边扒余韵的衣服一边说："你的就是我的，我的就是你的，咱们谁跟谁啊！"

两人做爱以后，余韵说："这事我还是要跟你说清楚，你的日志和手机我可以看，我的手机和其他私人物件你不可以看。"

徐大可说："那不行！偷了你两句旋律，我还你一首曲子。什么我的日志和手机你可以看你的手机和私人物件我不可以看，这完全是不平等条约！老实说，我真还从来没想过要看你的东西，我对任何人的隐私都不感兴趣，是你自己把谱子暴露在外的。哎，你在写什么曲子啊？感觉是你的创作。"

余韵说："那叫什么创作？不过是随便弄着玩，也没有题目。"

"我觉得很好听，没有题目，将来可以就用'无题'做题目。西方音乐很多无标题，中国古诗很多也是'无题'。无题才是对的，一旦有了题目，也就有了局限。周明说他发现了一个古谱，没有题目，说是跟所有有题目的琴曲都不同，他正在打谱，感觉很兴奋。"

说到这里，两人开始聊周明这个人，又聊到谈丽、季风，但基本上是徐大可说，余韵听，偶尔说几句。一开始徐大可有点担心余韵不爱听这些生活琐事，他也从来没有在这种赤身裸体的状态下跟余韵说这么多话。后来发现余韵对他说的所有的话题似乎都听得津津有味，与她以前不爱听他说话大不一样了。便搜肠刮肚，把他遇到的、想到的尽量地往外掏。他一边抚摸着余韵一边说这些，感到从来没有过的畅快。他觉出了余韵的变化，觉得如此情形才有夫妻的意思，这个状态中的余韵才是他能够全然把握住的,是完全属于他的。后来,他说到了母亲唱的那首歌,他让余韵在他的歌声中入睡。

余韵说:"民间的歌,真的是好听。不早了,睡吧。那个什么,你妈我还没见过,要不你把你妈搬过来住吧。省得你跑来跑去还不放心她。也可以省一笔钱。"

徐大可没想到余韵会说这话,他抱着余韵,到处用力地吻她,在又一次到达高潮时,徐大可喊道:"给我生个儿子!"

19

从扬城取回孙师傅收拾好的《明子日志》,周明把自己关在家里一页页认真地看了一遍这套明显有缺失的日志。即使是可以清晰地看明白字迹的部分,因为是个人化的日志方式,其中的表述也往往是散碎跳跃的,很难见出完整的生活过程。那首琴曲散见于各个时段,虽然分明是一曲,却明显未能完成。算一算作曲的时间跨度,竟有十八年之久。也就是说,这首未完成的曲子陆续地写了十八年。

周明把曲子重新抄在自己的笔记本上,又用了几张大纸抄了一遍,在原谱间留下空当,方便他把自己打出来的部分记在下面。后来周明发现那些记述日常事情的文字与谱子之间有明显的内涵上的联系,便又再用大纸抄谱,把一些文字记在每一段谱子之前。比如,第一段谱所在的日志记着:"母殁。葬母于竹林寺后山,与恩师墓毗邻。此处高朗,远山可阅。大庄娶叶子。"第二段乐谱前记着:"落日照江流,倚舷望清秋。"后面空着一些地方,大概是准备写一首诗的而未写完。第五段开头记的是:"漂泊沪上,一技不具,无以为衣食计。大庄叶子日馈月赠，愧受难安。今以恩师所授治印末技，换得五元。江湖市井，未料竟有人爱此方寸闲玩。其人欲从余习琴，柴米之资，或可无虞矣。"第六段谱子后面是："琴弹己心，谈何容易。终日枯坐，不知云何。"这一段乐谱，似乎是明子自己不满意的，上面还被毛笔画了一个大圈。但周明试着打谱，反而是可以比较顺利表述的，很抒情动听。周明想，要么是明子自己弹这段时与他的节奏处理不一样，要么就是他完全没有把握住明子的心思。

除了琴谱，《明子日志》中更多的还是一些日常生活的记录。虽然散碎，但是当周明把日志中的文字部分另行录入到电脑时，他也基本可以通过这些文字了解明子的一段生涯。明子和大庄显然是同乡，从小就在一起，大庄生性"多智，有乃父三分黠气七分侠气"。两人在故乡时即从一位和尚师父习琴及诗文，大庄于所学"过目成诵"，明子弹《平沙》时，大庄已能熟弹《渔歌》《樵歌》《白雪》《广陵》《胡笳》等曲，却时常受到师父责罚，因其"志意不凝，下指虚浮"。明子与母亲生活清贫，而大庄似乎家境颇为殷实，明子一家以及和尚师父"屡蒙其贶"。日志中提到的叶子应该与明子和大庄年相仿，一块儿长大。后来大庄娶了叶子，并有一女，名叫"秋儿"。明子、大庄与叶子离开家乡以后，大庄于沪上做生意，"喜交友"，因诙谐慷慨而颇有人缘，生意一度"昌炽"。明子似乎爱游历，日志中记录了他去过的地方多达二十六处，所到之处多半为访琴友，交结过的琴人共计五十多人。大庄在沪上有一名为"洗桐"的宅院，有将近三年的时间每月末有"雅集"，只是雅集的内容除了琴，还有赏梅、中秋、斗蟋、昆曲、书画等等。还有一些雅集是临时性的，是因为外地有重要人物来沪，这些人物大都是近代文化名流，其中许多周明都知道。也有一些名字他没听说过，包括好几位擅琴者。其中有一位悟远和尚是明子恩师的挚交，"下指坚劲，出音厚重清拔，如击钟磬然，与恩师手法如出一辙。而此时聆听，又有新悟。细加究辨，恩师之琴清旷淡远，悟远师父之琴深挚悲凉。节奏手法同而意趣性情不一。颇耐咀嚼思悟"。这里提到的悟远师父，周明在顾传松先生写钟先生的一篇小文章中见过。顾传松先生一生述而不作，几乎没留下任何著述，那篇文章发表于影响不小而学术性较差的《音乐天地》杂志上，题目是《钟鸿秋先生二三事》，里面所说的也都是非常简单的事，钟先生如何修博物馆的那张唐琴，钟先生如何爱花鸟鱼虫，钟先生如何琴艺绝伦而却迷恋其实并无天赋的丹青绘事，"人之往往不自知，可知也"。文章非常短，只在开头写了一段："钟鸿秋先生，安徽黟人。当代著名古琴国手。少小家贫，成人后于沪上以治印、绘像为生。家徒四壁，爱琴如痴。从悟远和尚习琴后，琴风大变。擅弹曲甚多，尤长于打谱。"接着，说的就是与琴无关的事情了。文章文白交杂，最后是一段大白话："钟鸿秋先生为人真诚质朴，多才多艺，相信他的艺术会在历史的长河中闪耀动人的光芒，得到越来越多人民群众的喜爱。"

周明心里激动不已，因为《明子日志》中提到了明子与悟远的关系，更因为日志中多次提到钟先生用过的琴，"孤云出岫""长清"。可以从日志中得知这两张琴的主人是"雄于资财"的大庄，大庄的藏琴不止这两张，日志中还记录了大庄屡次用田产易得数琴的事情。但这些琴明子的评价并不高。明子对琴的评价多半类似于品评人物:"'如意'平匀周备,然气息孱弱,只宜寒暄闲叙,不堪重托。""益王琴经手凡六床,华贵其表,却如乏趣商贾,略无性情。大庄以十亩田易得,叶子与余苦劝不止。奈何奈何。大庄性爱豪奢,粪土金银,自有其洒迈,原未可如何。然满壁旧琴,唯'孤云出岫'与'长清'深得天人精魄,如晤良师挚友,如对清风朗月。"

日志最后的内容周明以前就看过多次:"慈母不在,叶子亦殁。今大庄又焚书碎琴,怆然赴死。余四顾茫然,生无可恋。琴遗赠秋儿,冀其孑然之身聊得依傍。"当时他不明白为什么大庄既然已"碎琴"了怎么又有琴赠给秋儿,现在他想,大庄碎的琴应该是"孤云出岫",而明子遗赠给秋儿的应该是"长清"。也有可能大庄碎的琴还有他其他的藏琴。因为日志中提到的一些有琴名的琴周明从来没在任何文献资料中见过。

日志中关于"孤云出岫"的内容不少,很显然明子对这张琴的喜欢更甚于"长清"。"长清"最早在日志中出现,是明子和大庄初学琴时他们的师父所弹之琴。而"孤云出岫"似乎原本就是大庄家的旧物,或许是大庄父祖辈所拥有之器。而这张琴长期被明子用着,日志中往往记录着:"今以'孤云出岫'弹《离骚》十通。""今日大雪,四望皓皓,以'孤云出岫'弹《白雪》,思念大庄叶子秋儿,罢琴谛江,一夜无眠。"

这张"孤云出岫"的遭遇也较多。每五册日志中记载:"弃舟登岸,逛润城街肆,'孤云出岫'被贼人窃去。虽大庄不以为意,曰身外之物,其人唯琴是取,亦是雅人。而余惶愧无地,自责终日。"

第六册又记:"舟至苏城,与大庄叶子进白虎寺进香,赫然于一古玩肆见'孤云出岫',金徽被剜,玉轸足尽失。店主索价五十两银。大庄曰此琴徽轸不具,乃残琴一床,终以五两银购得。失而复得,喜不自胜。归舟与大庄痛饮。大庄解衣磅礴,拍舷放歌。"

第十册还记载:"叶子久病不愈,大庄延医数年,未见微效。今于沪上得黄德泉先生诊治,体力转强,每餐可饭二两余。大庄赠黄先生以'孤云出岫',因其爱琴如命。大庄曰,若可挽叶子性命,倾尽家财,在所不惜。余知黄先生爱书画,亦治十印赠之。大矣生死,与之相形,琴有何用哉?"

但这张琴后来又到了明子手中,日志第十七册中记载:"叶子咳血数日,终不治而殁。辛苦劳悴,药石难医。丧我叶子,天地仁乎?黄德泉先生自责回天乏术,还琴于大庄。大庄虽形容镇定,余实知其中心毁伤暗自泣血。噫,天性不改,风流自任,既知今日,何必当初。呜呼痛哉!"

周明不太明白这段话中最后的"天性不改,风流自任,既知今日,何必当初"的意思。他感觉到明子对大庄是有责怪的,或许,是大庄的风流伤了叶子的心。从日志中可以得出大庄性情倜傥潇洒的认识,或许会有拈花惹草之事,但整个日志中大庄和叶子的感情显然又是非常深厚的。在叶子去世前两个月,日志中记有她冒着危险在润城江边等候大庄的事情:"倭贼逼促,润城不保。叶子与秋儿本可渡江北上以避祸。枪炮之声在耳,叶子坚不从劝,执意待大庄到后一齐渡江。曰,生则同袍,死则同穴,吾与哥此生必当同生共死。秋儿虽年仅十四岁,亦慨然曰,吾亦与爹娘明叔同生共死。"

看到这一段的时候,周明想起了以前听陆老师说过的故事,那个故事发生在抗战时期的上海,也就是周明跟严重说过而他后来非常后悔的那个故事。周明后来还到图书馆查到过陆老师所说的资料。那份报纸上对这件事的报道非常简略,没有照片,只是寥寥数语。标题倒是相当显豁:"琴僧一夜弦如泣,艺妓坟头秋月悲。"周明想,这个时间已是叶子、大庄逝后七年了,明子如果还在上海,应该是见过这位琴僧的,秋儿如果活着,应该是二十一岁。可惜这本日志在大庄和叶子去世后就中断了。或者,那位琴僧有可能就是明子吗?

那位艺妓会不会是秋儿呢?

周明在家里看《明子日志》看了好几天,这几天里他都无法弹琴。那些散碎的往事连成一片,如同一部电影,他能看到一个个的人,甚至大庄、明子、叶子、秋儿的身形相貌都如在眼前。

时节已是初冬了,屋里很冷,周明缩着身子读着《明子日志》。读到深夜,周明用"近春"弹琴曲,刚弹几下就丢下不弹了。他完全找不到弹琴的感觉,他觉得他指下发出的每一个声音都不对,每一个句子都跌跌撞撞慌乱失措。

周明出了门,在城郊接合部的街上乱走。这里的变化非常快,原先的空旷冷清很快一天天地被众多的高楼、商店充斥了。即便到了深夜,好几家超市都还在营业。周明走进一家超市,买了一大袋方便面,一瓶牛栏山二锅头,回到家,煮了方便面,一边吃面一边喝酒。他想到了徐大可,他想,大可此时不知道在干什么?结了婚,大概酒是不喝了吧?

周明沮丧地发现,自己越琢磨古琴,离古琴反而越远。沮丧的同时,又不免有些兴奋,好像这是对自己和世界的一次新的感知。而且,他更加沮丧和兴奋地发现,他对人的感觉也是如此,他发现自己几乎不了解所有的人,不单单是钟先生,也包括徐大可、余韵、陆老师,甚至自己的父母。他只是肯定地告诉自己,他是真心爱琴的。虽然他同意陆老师说过的,这个世界即便没有古琴也无关紧要,但他想,如果没有琴,他这样一无所长的人又靠什么支撑着呢?能因为琴而获得对美如此的信任,还有什么比这更奢侈呢?

周明很想给徐大可打个电话,随便说点什么,想想这个时间太晚了,便打消了打电话的念头。徐大可结婚以后,周明只偶尔跟他通个电话,也没什么事,只是问候一声。从大可的声音中,周明都能感觉到他的变化,生活中多了一个人的那种充实与满足。周明想,大可可能是对的,虽然他并不觉得大可和余韵是一路人,但是生活可以把不同质的人捏合到一起。周明想,这真是一件无比奇妙的事情。

20

徐大可后来还是没退掉母亲的租住房,他想,让母亲和余韵住在一起肯定是不合适的。这套出租屋在租住了快要一年的时候,徐大可去房产中介交下一年的租金,中介说已经有一个人来交过房租了。徐大可知道这是周明干的,就给周明发了信息,说:"房租的事谢谢哥们了。回头我把钱打给你。目前我的情况很好,钱足够。"

徐大可说的是实话。公司的生意很好,仅仅是代理大剧院和艺术中心的票务就已经可以赚不少钱。另外,还有不少模特表演、歌星演唱会通过公司组织安排,收入也不少。

为了安置母亲,徐大可先是给母亲买了许多戏曲DVD,让她在家看。又请了一位姓陈的阿姨在家打扫卫生,烧饭做菜。陈阿姨是个话痨,东家长西家短,说个不停。徐大可发现自从来了这位阿姨以后,母亲几乎成天跟在陈阿姨后面,陈阿姨说什么,她听什么。陈阿姨知道翠锁有病,但她对此浑然不以为意,想说什么就说什么,甚至当着翠锁的面对徐大可说,"你妈哪有神经病啊?不过是娇气吧。她还把自己当小姑娘呢。人啊,就要吃苦，要劳动，要常带三分饥和寒。吃饱了，坐着不动，脑袋瓜里就会胡思乱想。你看我怎么带你妈的，我买菜，就让她拎着，我拖地，就让她擦窗户。她吃饭，就必须洗碗。我跟她说，不劳动就不得饭吃。你妈的毛病，肯定是你爸惯出来的！你别看我没文化，我一儿一女都上大学。学费他们自己挣，勤工俭学。他们说他们的同学有的发神经病，都是娇生惯养的。翠锁，今天你负责把窗子擦干净，要过年了。灶台也是你擦，我负责擦洗油烟机。"

有了这位陈阿姨，徐大可心里非常踏实。他没想到这个高大个子的阿姨对母亲的影响比药物还管用。他对余韵说："你最近好像不出去挣钱了。江老板那里你不去了？不去，总也要想法挣钱啊。要不然你负责在家买菜做饭，我给你开工资。要么就参加'高雅艺术进校园'活动，季风最近在弄这个事情，每场活动也有费用的，音乐学院从教育厅弄到的。"他这么说，本来并未指望余韵答应，因为余韵怀孕了。没想到余韵竟一口答应了下来。

季风学了古琴以后，很快在琴界崭露头角。先是参加了市里的古琴名家音乐会，接着和其他乐器拼盘，搞了"高雅艺术进校园"活动，在江城的各个高校、中小学、文化馆、博物馆巡演。有关他的介绍中写的是："自幼习琴，师从古琴大师陆近春、冯子怀，是当今中国古琴界新一代的代表人物。"

徐大可当然知道季风的底细，他对周明说过季风的事，再三希望周明能够出来参加活动。"你不出来，让他这种二半吊子招摇，最后就会是劣币驱逐良币的结局，谁也不知道古琴有你周明了。"徐大可说，"你知道吗，现在古琴很火，弄得二胡、古筝倒成了没文化的东西。音乐学院又开始招收古琴学生了，每年招四名。这是什么概念？季风现在到处讲他是陆老师的琴弟子，陆老师也不说他。更可怕的是我听说季风有可能接陆老师的班，在音乐学院担任古琴专职教师。如果他占据了这个位子，那你就完蛋了。"

说这些给周明听，徐大可是清楚周明不会在乎的。事实也果然如此，周明听了，只是笑笑而已，说："他要这样，我有什么办法？我脸皮薄，丢不起这个人。"

周明说是这么说，他心里其实并不是没有动静。

周末的下午，周明去了陆老师家，去之前，专门去买了陆老师爱吃的焦底馒头，一条鲫鱼，还有几种蔬菜。他想下午跟陆老师聊聊天，晚上和陆老师一起吃顿饭。他已经有很长一段时间不去陆老师那儿了。

进了陆老师家，周明见季风也在。陆老师和季风坐在小茶几边喝茶。

"哟，师兄来了。"见到周明，季风给周明拿过来一张小凳子，"正和陆老师说到你呢。"

"说我什么？"坐下来以后，周明抬头看到墙上挂着一个木质镜框，里面是陆老师和季风的合影，陆老师坐在一株梅花下面的石头上，抱着胳膊，满脸笑容。季风半蹲在陆老师身后，右臂夹着陆老师那张"梅间雪"，脸离陆老师的脸很近，也是满脸笑容。

"老师特别上相。刚洗出来的，不错吧？请了一个摄影师朋友拍的。"季风见周明看照片，说，"陆老师说很久没听你的琴了。最近在弹什么？"

周明说："还是那些老曲子，越弹越觉得琴太难，哪怕是《仙翁操》都没把握说能弹好。"

季风说："你这是过谦了，过度谦虚就是骄傲。要不就是你已经达到了新的境界，一般人理解不了的境界。"

周明说："你最近很活跃啊，到处是你的消息。怎么就把本行丢了，二胡不拉了？"

"二胡也拉，拉得少了而已。还是古琴有味道。上学时听你弹琴，我那时还没感觉。现在才知道古琴才是我们中国文化的瑰宝，二胡没法比。最近在向陆老师讨教，在学《流水》。"

"几天不见，你都弹《流水》了？"

"上台弹琴，还是《流水》有效果，有现代感。其他曲子一般人听不出什么道道来。我刚还跟陆老师说这事。他说你最爱钟先生的琴。钟先生的琴我也听，功夫当然好，但是问题是现在的人有几个能听出钟先生的味道来。传统？是的，传统当然了不起，但是你有没有想过，现在我们视为传统的这些琴曲，当时却并不古，非但不古，而且肯定是新的东西，创新的，全新的，之前没有过的。如果不是这样，那怎么可能出现《潇湘水云》这么精彩的音乐？如果大家都崇尚传统，那大家都做原始人去不就完了？陆老师不是有篇文章，《传统是一条河流》，说的也就是这个意思。我说的对吧，陆老师？"

周明看着一直不说话的陆老师，陆老师弓着背，看着茶杯里的茶水。周明发现一段时间不见陆老师，陆老师的头发明显白了很多。

陆老师喝了一口茶,对季风说:"你不是晚上还有演出吗?早点走吧,再过一会儿路上就该堵了,别耽误了演出。"

季风听陆老师这么说,就站起身来告辞,说:"那件事还望老师帮忙,校领导那边已经没问题了,这两天您再跟校长打个招呼啊。"

季风走后,周明和陆老师继续坐在茶几边喝茶。师徒俩都找不到合适的话题来说,好像隔着什么东西一样。陆老师先是说喝茶的事,说最近来的人很多,都是带了好茶给他,但他还是觉得老家的红茶好喝,喝惯了。又说了自己的身体,说感觉自己最近老得厉害,上个三楼都会喘。说学校新增了流行音乐专业,马上还要像兄弟院校那样提升为流行音乐学院,感觉学校越来越吵,在家有点待不住,想出去走走。

天渐渐暗下来,陆老师也没开灯。两个人坐在昏暗的屋里,茶已经没什么味道了,陆老师还是过一会儿就把热水瓶里的水倒进茶壶里,再把壶里的水倒进两个人的茶杯。多年以来,周明和陆老师都是用陆老师淘来的两只紫砂杯喝茶,陆老师就买了两只,一只上面刻着"幽兰",一只刻着"白雪"。陆老师说他看到这两只杯子时很开心,说这都是琴曲名啊。"你用这只,'白雪',我用'幽兰',一人一只,正好。"但此时周明发现刚才季风用的是他以前一直专用的"白雪",自己用的是一只白瓷的杯子。

要是照以前,周明会去厨房烧饭做菜,晚上在陆老师这儿吃,通常都是稀饭就馒头,两样蔬菜,一条鱼,陆老师爱吃鱼。

但此时的周明突然觉得在陆老师这里吃饭似乎有了那么一点不自在的感觉。于是,他站起身来,准备告辞。而陆老师开口问起了周明买的那两张旧琴的事,问周明这两张琴弹过一阵以后是不是更好了,旧琴久不弹会沉寂,弹一阵子就会润起来。

周明说:"还没怎么弹,平时还是弹'近春'的多。"

陆老师说:"最近我在想,'梅间雪'是不是应该还给顾家?现在都知道古琴值大价钱。顾老当年赠琴,这是那时的情况,那时谁知道有朝一日琴会这么值钱呢?这琴我用了几十年,录过不少磁带、CD了,也就可以了。总不能把它拿出去卖钱吧?顾老的大儿子顾焕群前几天来过,带着两个学生,想让我看看今年古琴专业能不能上。小孩子琴弹得不错,但我不可能打包票。如果有更好的学生,当然是录取更好的。你教的刘团长的女儿琴弹得怎样了?就是啊,你说她弹得不错,那肯定不错。就那么几个名额,如果考的人多了,只能优先录取好的。我没跟顾焕群打包票,他不大高兴。这些事真是有点麻烦。顾老对我那么好。"

周明说:"把'梅间雪'还给顾家好像也不对,这是过去的事了,谁不知道顾老赠琴给您的事?顾老不也送给余以怀老师一张旧琴吗?这都是琴坛佳话。"

"要不我给顾老的儿子一笔钱?我也没有什么积蓄,就是全部给他们,跟'梅间雪'的价值也差了很多。再说,这张琴最后总要有个去处,我孤身一人,死了以后这琴怎么办?"

周明说:"好像是个问题啊。"他心里想着的是建议陆老师把这张琴送去拍卖,拍卖所得三家平分。但他觉得自己的意见又

281

不大说得出口。"梅间雪"几乎是老师的命根子，老师还在，现在把琴卖掉，岂不是要了老师的命？于是，周明也就没再说什么。

周明没有在陆老师家吃晚饭，他离开陆老师家时，陆老师执意要送他，说坐了半天了，正好也要下楼走走。

两人走过了篮球场和田径场，走过了东坡。正是晚饭时间，一路上有许多学生。周明想，还是学校好，那么多年轻人，充满了活力，如果音研所能搬到学校里来就好了。而陆老师一边走一边说，你看，现在的音乐学院，快变成演艺学院了，实在太吵了。

走到学校大门口，周明跟陆老师说了再见，然后上了过街天桥，天桥那边有地铁站。快到天桥那头时，周明回头看陆老师，见陆老师还站在路边看他，就冲陆老师挥手，让陆老师回去。天桥上有雪化了以后结的冰，周明滑了一跤。等他下了天桥时，他发现陆老师还在街对面站着，而且还说着什么。周明没听清陆老师说的话，把手放在耳朵上。然后，他听到了陆老师传过来的大声的问话："你没事吧？"

周明拍拍屁股，大声地对陆老师喊道："没事没事，老师您回去吧！"

地铁里十分拥挤。周明手拉着横杆上的拉圈，前后都跟人贴着。他的前面是三个小学生，两个男孩一个女孩，都背着硕大的书包，他们在大声地说话，说的是考试的内容。戴眼镜的那个男孩说最后一道题他好像做错了，旁边那个精瘦的男孩说："老钱你就是没劲，心理不健康。都是过去时了，考都考了，先玩两天再说，我肯定这次数学又不及格，你请我吃哈根达斯，忘掉这不幸。"女孩子咯咯笑，说："老钱都这么难过了，你还要他请你吃哈根达斯，这叫乘人之危落井下石。"瘦男孩说："你舍不得他，那你这是怜香惜玉。"女孩笑得更厉害，说："胡说加八道，怜香惜玉根本不是这么用的好吧！"

到了鼓楼站，三个小孩子下了车，周明也下了车，他想在鼓楼找个地方吃晚饭。正要进一家汤包店，手机响了，是唐遇川打来的。唐遇川说他正在江城，此时正在鸿海商场的"大红门"吃饭，问周明在干什么，没事的话就过来一块儿吃饭。唐遇川说："跟你一个好哥们在一起，徐大可，哈哈，世界真小吧，过来吧！"

鸿海商场离这儿很近，周明步行去了鸿海商场五楼的"大红门"。找到唐遇川说的1号包间，推门进去，周明见对着门坐着严重，严重的右首是唐遇川，左首是徐大可，徐大可边上坐着一位他没见过的漂亮女孩，他愣了一下，坐到唐遇川右边的座位上，对严重点头招呼。唐遇川说："老弟，今天是严总做东，我跟他是头一回见面，跟徐大可也是头一回见面。严总对琴有兴趣，我说在江城有我一个好哥们，古琴大师周明。别谦虚，你就是大师。严总说你们是老朋友了，让我请你。我说你一直说徐大可徐大可，我也顺便结识一下。严总就打电话请来了徐大可，让我打电话给你。缘分，这都是缘分。老弟，你这位同学真不错，跟我性情很投，比你接地气。怎么样严总，人是不是都到齐了？齐了我们就开始，吃完饭看琴。有周明在，你就放心好了。他眼力好，不会说假话。严总你说几句，我们就开喝。"

周明进包间时,严重和徐大可都在低头看手机,唐遇川说过这话以后,严重放下手机,倾身过来给周明面前的酒杯里倒满酒,然后端起自己的酒杯,说:"今天高兴啊,都是好朋友。我对唐兄是久仰,大家之后,自己也是古琴名人。这回高兴,初次见面。大可和周明是老朋友了,大家都忙,也是许久不聚了。有这么个机会叙叙旧,太好了。来来来,我们先走一个,第一杯爷们都得干了,小姑娘随意。"说罢,跟几人碰了碰杯,将杯中酒干了。

一杯酒下肚,唐遇川说:"下午我看了严总的收藏,很震撼,很震撼,字画不谈,仅仅是严总的古代金银器收藏,我估计天下第一了。金银器我不敢玩,也玩不起,这也就是严总这样的大鳄才能玩的。严总现在收老琴,还有跟琴有关的东西,明智,明智。虽然时间晚了一些,如果早个十年,相同的钱,不说多吧,少说可以收到一百张琴。目前这两张琴,收得好,收得好。严总说是周明帮着掌眼的。所以啊,严总你知道吧,这两张琴你是捡了大漏。现在再拿出去拍,至少加一个零!"

严重自己斟满酒,又给周明的杯中倒满,举杯对周明说:"周明老弟,今天请到你来,大可也来,我特别高兴。有些事情我们之间可能有些误会,希望我们开诚布公,有话不要闷在心里。来吧爷们,喝酒!"

唐遇川说:"来,我陪你们一杯!严总有意建古琴博物馆,这不是一般有钱人的格调。放心,我帮你。别的我不敢说,琴的事,你要能在当今海内外找到一个比我更有资源的,我把头剁下来!"

周明闷头吃菜喝酒,不时拿眼睛看徐大可和对面的那个女孩。那个女孩也看他,眼里满是笑意。周明想,徐大可一定跟她说过他。他只是对徐大可带这么个漂亮女孩子来有点纳闷,看上去,他们很熟悉,关系很好。徐大可过一会就把手机拿到女孩眼前给她看,女孩也把她的手机拿给徐大可看,还抿着嘴巴用力地打徐大可的胳膊。

周明给徐大可发了信息:"她是谁?"

"曾米诺。漂亮吧?"徐大可回复。

"漂亮。"周明回复以后,就见徐大可把手机拿给了这个叫曾米诺的女孩看。曾米诺把嘴巴凑到徐大可耳朵边说了什么。徐大可笑,又发信息给周明:"曾米诺说你还知道说女孩漂亮。不呆。"周明发信息:"让我帮他掌眼看琴,要不要帮他?"徐大可回:"为什么不?你呆啊,有钱不要啊?"

周明回:"明白。OK。"

酒也就喝了一瓶,一顿饭很快吃完了。几个人离开包间时,严重对曾米诺说:"小姑娘,一楼都是名品,要不要去挑只包包,我送你。"

曾米诺说:"谢了,不必了。我想看古琴,还没看过古代的琴呢。"

众人到了严重的办公室,琴已在桌上放着了,四张琴,两张是严重在拍卖行买的,周明当然熟悉。另两张周明也认得,正是唐遇川从许闻韶那里买去的三张琴中的两张,一张列子,一张小仲尼。

进门时唐遇川就说:"周明老弟,下午严总已经基本有了买琴的意向,再请你把把关。两张琴都是我家旧藏,老爷子留下来的,没给你看过。你实话实说,不要客气。"

等周明见到这两张琴,知道唐遇川是想让他隐瞒这两张琴的来历。于是周明把两张琴翻来覆去地看了,又随手弹了弹。说:"旧琴,老的,没问题。挺好。"

"比我的两张怎样?"严重问周明。

"各有千秋吧。"周明斟酌着说话的分寸。

"唐兄要的价,长的这张三百五,短的二百五。我觉得高了。没有款,价钱不比我的琴低多少。"

唐遇川说:"这张列子我弄了胃镜照过腹腔了,洪武三年的。明初。送到拍卖行,三百起拍总没问题吧?拍起来,六百的可能不是没有。再省了佣金,这琴便宜严总了。"

周明又拿起琴来看,说:"列子这张,声音一流,断弦也极美,底板裂了,不影响声音。明初不一定,也有可能要晚一些,明中期以前是肯定的。小仲尼这张,我个人觉得声音更有味道,这张琴修的次数很多,说明它好,不好,古人不会反复修它。价钱我不懂,你们自己商量。"

严重说:"琴对就好,我不想买到假货。只要对,我就不怕。价钱的事,今天周明在场,我们就要透明。这样,既然是你祖父的琴,虽然没有题刻,总是名家用过的。干干脆脆,大的这张,两百八,小的这张,两百。一共四百八。"

唐遇川说:"你这是打八折啊!要不是家里出了点事急需钱,老爷子的琴我还真没脸出手。你干脆,我也干脆,一起拿,五百整数!"

严重说:"五百,两个二百五,多不好。四百九啦。要不我只能拿一张,拿这张大的有腹款的。"

两人又讨论了一会儿价钱,最终以四百九成交了。

严重说:"好了,愉快成交,皆大欢喜。就这样吧。唐兄以后有更好的琴再拿来。对了,有没有办法弄到钟鸿秋先生的那张'长清'啊?这张琴在钟先生的女弟子齐丹青手里。听说齐丹青身体不行了。有办法的话帮我打听打听她愿不愿意出手。"

唐遇川说:"完全没有可能!她要肯出手,我立马拆房子卖地买下来!这琴是什么概念你懂吗?天下第一!故宫的几张唐琴也比不了!你不懂弹琴人,真正的琴人,命给你可以,琴决不会卖出去的!"

严重笑道:"不一定,不一定。三十年河东三十年河西,万物都有定数。至少有一点可以肯定,不久的将来,'长清'总不在齐丹青手里了吧?总有人会成为'长清'的新主人吧?我的古琴文化博物馆正在筹划,我希望将来'长清'成为我的镇馆之宝。"

离开严重那里,下了楼,到了鸿海商场大门前的空地,唐遇川说:"他妈的,斯文扫地,以此为最。一个鸟老板,竟然玩起了古琴文化博物馆,几百万买无款的琴他妈眼都不眨。我们这些琴人,今后只能弹新琴了。"

徐大可要送周明回东郊,周明说还是坐地铁方便,跟唐遇川、徐大可,还有曾米诺道了别,坐地铁回家了。

到家以后,周明和衣躺在床上,什么也不想做。晚上再次弹那两张琴，周明还是很动心，旧琴的味道，再好的新琴也弹不出来。周明想，如果是钟先生、顾先生他们弹新琴，不知会是怎样的意思？下午严重问他对两张琴的价钱的意见，他没有表态，其实心里是觉得唐遇川开价太高了，却又对严重出价时的轻松态度感到震动不已。或许，这样的巨款在严重看来跟他这种穷书生吃一顿火锅没什么不同吧？

周明对徐大可来吃饭很有些不解，他很清楚徐大可和严重之间的疏远，他以为徐大可再也不会和严重有什么关系了。

不知过了多久，手机响了一下，是严重打来的："周明老弟，我已经把钱打给你了，收到了吧？没有啊，没事，你有空再查，不会错的。有句话还是想对你说，你是个学问人，琴人，我很尊重你。这次我买唐遇川的琴，完全是，不，多半是为了你。我按我们以前说的把钱如数给你打过去了。我要说的是，这两张琴不是唐遇川爷爷的，是苏城许家流出来的。他把琴说成是他爷爷的，是想卖个好价钱。天下没有不透风的墙，他这么做，我不揭穿他，是为你，也是给他面子。不就几百万吗？我要是为这区区几百万在心里嘀咕，那我也只能干一辈子司机。人活一世，什么最重要？大气最重要。你越大气，就越有人帮你。这是我处世的经验。琴是好东西，我越来越喜欢，最近总是听钟先生的琴曲。你说得没错，听了钟先生的，再听别人的琴就听不进去了。有空再听你说说钟先生的琴，我只是觉得好，哪里好，说不清，有机会听你说说。还有件事想问问你。今天跟大可一起来的那个女孩，姓曾的女孩，你熟悉的吧？不熟啊？我刚刚听说，她是曾军的女儿。曾军你不知道啊？呵呵，你真是读书人。我们江城的首富，比我厉害多了。十年前曾军和我住一个小区，还见过他女儿。样子变化太大，认不出来了。大可不会是跟她谈恋爱吧？听说曾军的这个女儿与众不同，很有个性，最近参加了全国的一个歌唱比赛，差点儿得冠军。其实那个决赛我也看直播的，只是不知道这个曾米诺就是曾军的女儿。今天我闹笑话了，还问她要不要在我那里挑一只包。呵呵。"

周明听严重说话，基本没怎么开口，只偶尔应付几句，他没告诉严重徐大可和余韵结婚的事。后来严重对周明说，他的朋友资源很广，大佬多，这些大佬的老婆很多都没事做，闲得发慌，如果周明愿意收古琴学生，他可以给周明介绍。"**学费你可以开高一点，你水平高，她们又有的是钱，你开价越高她们越愿意接受。主要还不是挣学费，你可以通过她们增广人脉。什么是人？人是社会关系的总和。马克思说的。生活比琴大得多，也比琴重要得多。老实说，我听钟先生的琴，感觉他一定有生活，经历很丰富。其他人的琴，我虽不懂，但光滑滑的听不出什么有劲的东西来。好东西都有苦味，好咖啡、好酒、好雪茄，都有苦味，甜就不对。什么是苦味？苦味就是生活的味道。我能有今天，老实说就一个苦字。说多了，不说了。有空请你过来叙。有什么好书记得推荐给我啊。"**

刚跟严重通完话，徐大可的电话就来了，徐大可说："你在跟谁通长话啊？打了半天占线。"

"严重。"周明跟徐大可说了严重说的一些内容。

徐大可说："你今天表现完美！我就怕你说出什么真话来把

自己的财路断了。跟这些家伙就是要狠起来。这回我放心了，你可以，不呆。你说什么？曾米诺是曾军的女儿？他妈的我还真不知道。她从来没说过。曾军我想起来了，陪胡老师住院时见过，他老婆还留了电话给我。我哪里知道他是这个曾军啊，哪里会想到曾米诺是首富的女儿啊。这事有点麻烦了。"

周明问徐大可怎么麻烦了。

徐大可说："她对我有意思。"

"那不是好吗？"周明笑，"你不是可以少奋斗三十年了？对了，我问你，你今天怎么会答应跟严重一起吃饭的？"

徐大可说："他打电话给我，说你要来，说有事要帮你。"

"是这样啊。此人真是厉害。"周明说，"你赶紧富起来，你看，有钱人多举重若轻行云流水啊。"

徐大可说："是啊，难怪曾米诺从来不谈钱，视金钱为粪土，原来是钱太多。早知道她是这背景，我就离她远一点了。"

徐大可简单说了他认识曾米诺的经过，告诉周明曾米诺用他的歌参加决赛，他的意见是这首歌不太适合在大场合唱，这也是余韵的意见。但是曾米诺执意要用这首歌，结果得票果然远远低于最后的那个用大歌做决赛曲目的冠军。

"你知道吗周明，"徐大可说，"曾米诺这个女孩很不简单，大气。你可能不了解女人。女人是一种天生小气的物种，拿得起，放不下，喜欢控制人，喜欢跟身边的女人做比较。她们最大的追求就是跟哪个男的天长地久，除此而外，别无追求。曾米诺不同，她对别人没有要求，酷爱唱歌，感觉很棒。对东家长西家短的事情很反感。我原以为她跟那些追名逐利的女孩没有什么不同，参加歌唱大赛，不都是想一朝成名吗？后来发现她是真喜欢音乐，真喜欢唱歌。我算是很不在乎什么的了吧？算是凡事看得开了吧？比起她来，常常很惭愧，觉得自己还不如个女人。"

"那余韵呢？她不知道曾米诺吧？"

"我没事跟她说曾米诺干什么？"

"听说女人有第六感，"周明说，"你小心点啊。"

"你怎么样啊？有没有动静了？要不要我给介绍一个？"

周明说："我是真怕，想想都怕。我现在感觉自己什么都把握不住，什么都深入不进去。脑子转不动。连琴都弹得没味道。"

徐大可说："这是好事！你自己不就说过，什么熟悉的东西突然变得陌生了，也就是要进入新境界的时候了。不信你马上弹琴试试，会有感觉的。"

结束了跟徐大可的通话，周明坐到琴桌前，用"卧游"弹了《归去来辞》。得到这张琴以后，周明弹得并不多，他一直有种感觉，这张琴张上丝弦以后一定会是它本来的味道，用钢丝弦弹，这张琴有点燥，周明感觉它的骨子里应该是平和疏淡的意思。此时再弹"卧游"，周明发觉这张琴跟那张无款的列子琴很相像，上中下散按泛非常平匀，滋味是萧散冲淡的。而且，此刻再弹，完全没有了先前燥的感觉。照理现在是冬天，琴会更燥一些才对，尤其是自己的心绪不谐和，怎么现在弹反而有了和润之感。周明想，这或许与所弹的这支曲子有关。于是，又弹了《广陵散》。结果依然是这样，琴音细腻松和，好像是静夜从远远的地方传过来似的。

周明来了弹琴的兴致,他摊开《无题》谱,从第一段一直弹到最后。他还从来没这么顺地弹过这首正在打谱的曲子,他好像听到了一些新的东西,好像跟在一个人的身后,听这个人踏雪而行发出的声音。这些声音很简单,却很耐听。

周明一遍遍地弹着《无题》,有些地方因为有了新的感觉,他改动了自己对照在原谱下的简谱。改改,弹弹,不觉天色亮了。

周明站起身来往窗外看,他想,今年还没下雪呢。

21

余韵怀孕后,就到底要不要孩子的问题,徐大可和余韵的态度出现了分歧。余韵不想要孩子,徐大可想要,他再三跟余韵讲道理,主要观点是余韵已经流掉一个,再流产不好,弄不好将来就生不出来了。徐大可知道余韵向来我行我素,说不定自己会跑到医院把胎儿做掉,便威胁她说,如果她把孩子做掉了,他们之间就完了。话是这么说了,徐大可还是不放心余韵,生怕她自行其是。他想,有了孩子,对余韵一定是件好事,至少会有一个重要的东西消耗她,她会活得具体而扎实。

徐大可的想法得到了事实的证明,余韵的肚子一天天大起来,这个孩子她想要做掉也没机会了。挺着大肚子的余韵的变化超乎徐大可的想象。余韵前所未有地关注起日常饮食以及身体锻炼,每天开好菜单让徐大可买这买那,并且开始照着网上的菜谱自己做菜。家里的声音开始多起来,余韵在音响里放着音乐,徐大可发现她放的都是舒缓明朗的音乐,鲁宾斯坦的肖邦《夜曲》,巴赫的《布兰登堡》《平均律钢琴曲》,还有稍稍热烈一些的,比如贝多芬的《春天奏鸣曲》和舒伯特的室内乐。

她说胎教很重要，要让儿子在她肚子里就听这类健康快乐的音乐，这样长大了才不会得忧郁症。徐大可笑她，你怎么就知道是儿子而不是女儿呢？余韵说，他动静多大啊，肯定是儿子。徐大可发现怀孕以后的余韵连长相都变了，脸上的线条变得圆润甜美了。余韵说，儿子长得要像我，性格要像你，千万别反过来。徐大可说，我的性格有什么好？余韵说，你什么都看得开，没心没肺啊。徐大可说，这还是你头一次评论我，原来你看上的是我的性格。余韵说，那还能看上你什么？余韵平时会哼歌，仿佛对着一个婴儿哼歌。她哼的是徐大可的那首《河边长青草》。

"你变了，余韵，"徐大可说，"完全变了一个人。"

"哪儿变了？"

"哪儿哪儿都变了。我又偷看了你写的《无题》，前面感觉是绕在一个圈里出不来，后面的两段好像飞起来似的，非常轻盈。"

余韵说："我没觉得我有什么变化，如果说有什么变化的话，我感觉自己现在像个君王，能够统治一切的君王。"

徐大可说："那你好好地把儿子生下来，你就是皇太后了。"

两人结婚没有办婚礼，余韵连她父母也只是短信通知，这事一直是徐大可的心事。余韵快要生产时，徐大可建议余韵跟她父母联系一下，毕竟是父母，这么大的事总不能一直不告诉她父母。

余韵说："有件事还是应该告诉你。我妈现在的丈夫是她的第三任了。"

"啊？是这样啊。你从来没说过。"

"我爸是我妈的第一任，生了我哥和我。我妈和我爸都非常自负，脾气都不好，他们好像总是吵架，总是在相互指责。我和我哥小的时候，他们不大管我们，多数时间把我和我哥放在我爷爷奶奶那里。我爷爷奶奶对我哥非常娇惯，对我则完全另外一个样子，好像我是他们的累赘。我爸和我妈离婚以后，我哥继续跟着我爷爷奶奶，我被我妈带着，跟她第二个丈夫一道生活。这个叔叔也是离了婚的，是个古筝老师，带着一个比我大一岁的女儿。我的筝就是跟他学的，从小学六年级到我上附中。他对我很好，但是他女儿始终把我当敌人。我见过最两面三刀的人就是这个姐姐，她在大人面前是一套，背后又是一套。你不知道她哪句话是真哪句话是假，不知道她什么时候在什么地方又给你下了一个套。因为我妈是我们那个中学的教导主任，她一直也不敢太放肆，但高考失利后她开始发作，在家里闹得不可开交，直到把我妈和她爸闹得离了婚。现在这个继父是我上大学那年跟我妈结婚的，有点娘娘腔，人好像还行，对我妈言听计从。告诉你这些，你还准备给他们打电话吗？"

徐大可想了想说："真没想到你的生活是这样的，你应该早告诉我。我想还是要给他们打个电话。他们来不来随便他们。"

余韵说："我对他们没有任何期望。"

徐大可给余韵家打了电话，跟他说话的是余韵的继父。徐大可告诉余韵："你继父很好说话啊，一听就是知书达理的，知道你快要生产了，立即决定第二天就来江城。"

第二天中午，徐大可到火车站接余韵的父母。出站口不断地有人潮涌出,徐大可在胸前举着一张写着"徐大可"的白纸站在出站口等着余韵的父母。

刚见到徐大可的余韵母亲一句话都没说,是余韵的继父——一个胖胖的脸色红润的秃顶男人——走到他面前与他相认,他的皮肤干净得像一块肥皂,他的声音软得像戏里的女人,他的笑容仿佛被搓揉过一百次似的。"蛮好蛮好,你来接我们啊,蛮好蛮好,小徐,蛮好蛮好。"

"好什么好。"这句话,是余韵的母亲在上了徐大可的车、车子开了半个小时快要到家时突然说的。

徐大可从后视镜里看了余韵的母亲一眼,她抱着胳膊看着窗外,她的脖子很长,尽管她的脖子上还系着一条纱巾,还是显得很长。徐大可觉得她说话的声音很有些特别,好像不是从喉咙而是从额头上的两道竖纹里发出的。她看着窗外的样子,好像那里正在进行一出令人作呕的表演。

徐大可注意到,她的脸对着的,是他平时买菜的农贸市场,那里只有一个摊位是卖活禽的。不知怎么搞的,徐大可此时看到了自己从那位总叼着一根烟戴着根粗大金项链的摊主手里接过一只宰杀好的母鸡走在拥挤的人群中,也是在这一时刻,徐大可看到了拎着一只活鸡站在乡村公交车站边上的他的父亲。

余韵的母亲和继父只在余韵和徐大可家待了两个多小时。进了家门,余韵给每个人下了一碗鸡汤面。四个人坐在餐桌上吃面,谁也没说话。

饭后,余韵的继父跟余韵要了块新毛巾,用热水搓了,递给余韵的母亲让她擦了脸。又到厨房把徐大可准备洗的碗抢去洗了。一边洗，一边说，洗碗有学问的，用了洗涤剂就不要用热水，因为热水会把洗涤剂熨在碗上，一定要用冷水洗，最后还要用手洗，因为洗碗布其实是最脏的东西，上面有很多的细菌，细菌多小啊，肉眼看不到的。他洗碗的时候，余韵进了卧室，而此时余韵的母亲坐到了北边的屋里弹起了筝，她弹的是《渔舟唱晚》，她弹得很差，好像刚学不久。徐大可倒了两杯绿茶放在餐桌上，对余韵的继父说："晚上你们怎么住？住家里的话，我就得赶紧去买床。"

余韵的继父说："不用了不用了，一会儿我们就回去了。家里离不开人，有两只小猫咪，还有许多花花草草要每天浇水。来看看就好，看看就好。蛮好的蛮好的。"说着，他从包里拿出一叠钱放在餐桌上，"这是两万块钱，妈妈的意思，给余韵买点吃的用的。不多不多，买点有营养的东西吃。这个茶是给我们泡的？好的好的，我喝绿茶的，妈妈不喝绿茶的，她胃不好，受不得凉，绿茶是凉性的。余韵也不适宜喝的。身体很重要的，要学会自己做自己的医生，北京卫视每天下午有'养生堂'节目，很好很好的，今天我们来不及看了，每天都要看的。前天一档节目，就是讲孕妇饮食营养的，我们昨天才知道余韵已经怀孕了，要是早些知道，可以记些笔记。方法其实不复杂的，就是营养要搭配好，要新鲜，要清爽。水果嘛天天要吃的，要新鲜，要清爽。妈妈晚上只吃水果的，饭是不吃的。"

这时，余韵坐在卧室的床上看手机，一直没跟她说话的母亲走到卧室里，说道："有了孩子一定要自己带，老人带的孩子一定出问题。你哥，你，都是教育失败的后果。"

297

徐大可担心余韵跟她母亲争吵，好在余韵一直没吭声。等余韵的母亲停止了絮叨开始在卧室里收拾时，一直在听余韵母亲说话的余韵的继父松了口气，开始对徐大可说话，他说的所有内容都跟养生有关，他在这方面的知识丰富得惊人。他还让徐大可跟着他做了几组动作，如何保护颈椎、眼睛、肺、心脏、肾脏等等。他指着徐大可的小腿说，你的心脏好的，人有两个心脏，小腿肚是另一个心脏，你的小腿肚这么结实，说明你的心脏很好的。

时间不长，余韵的继父和母亲走了。徐大可开车送他们去车站，余韵也跟着，坐在副驾上。四个人都不说话。徐大可从后视镜看坐在后座上的两个人，余韵的母亲侧着脸看窗外，抱着膀子，跟先前从车站回家时的姿态完全一样，但徐大可发现她的神情有了很大的不同，好像不那么嫌弃什么了似的。

到了送站坪，车停好，余韵的继父抢先下了车，把余韵母亲那侧的车门打开，扶着她的手引她下了车。

"不要下来了，不要下来了，好了好了，我们就走了啊。"余韵的继父朝余韵他们挥着手，扶着余韵母亲的胳膊往进站口走去。

"你妈的脖子真长，比你的还要长。"徐大可对余韵说，"她很漂亮，难怪可以一嫁再嫁。"

余韵看着她父母的背影，徐大可很希望余韵的母亲能回一下头，更希望她能回转过来抱一抱自己的女儿。但是她没有这么做。

徐大可听到身边的余韵说："我对当母亲一点信心都没有。"

"想那么多干吗?"徐大可说,"你现在只有一个目标,就是好好养身体,其他啥事不问。回头我教你几个动作。"

余韵说:"其实我妈很可怜。以前非常恨她,现在恨不起来了。"

徐大可说:"这是明显的。每个人活得都不容易,理解万岁,理解万岁。"

徐大可在车上打电话给周明,问周明有没有准备好录音出碟的事。周明说没有。徐大可说:"你这不行啊,早就跟你说了。什么信心不信心的?赶紧的,录音棚我都约好了,离你那儿不远,就两站地铁。你得有点行动力,否则就是我说的,你会被淘汰出局,琴界以后就是季风、唐遇川、严重的天下。季风最近玩得风生水起,动作很多,你怎么还无动于衷?'高雅艺术进校园'你不参加,学生不肯多收,唱片不愿意出,个人专场更是不肯办,仅凭你那些古琴文化讲座,能有多少影响?能带来什么效益?你看余韵,怀孕了,前些时候她参加'高雅艺术进校园'活动,一下就收了十几个学生。这是肚子太大了不方便才暂停下来。你至少也要弄十五个学生在手上才行。"

周明告诉徐大可,他听说季风已经正式进了音乐学院担任古琴专业教师,并且拿到了文化厅的项目,在学校成立"古琴文化中心"。

徐大可大叫:"你在哪儿?不行,我马上要见你,给你好好上上课。这还得了,季风当古琴专业教师了?你要歇菜了,哥们!"

把余韵送到家,徐大可去了周明那儿。徐大可对周明说:

"废话少说,现在我给你下死任务。你听,就有康庄大路走,不听,以后我就不再操你任何心,就让你一条道走到黑!第一件事,明天就跟我去录音棚,一个月内把唱片弄出来。我想好了,一张碟,两张最好,纯古琴的,选择你最拿手的录。然后我来找人设计,精美包装,用一个胡桃木盒子,到景德镇找名家烧一个琴形的镇纸,再烧一只小琴炉,跟你的古琴碟片一起放在盒子里。怎么销售你别管,我有办法,有路子,不必走市场。我可以找到外交部的人,把这套东西卖给外交部礼宾司,他们需要这种国粹,当国礼送给外国人,多他妈有档次!第二件事,你给我写一本古琴教材出来,就叫'古琴多少课',十课,五十课,你定。每支曲子录像,书上配光碟。然后一定要在网上教学,弄得好,一百万人在线跟你学琴不是不可能。第三,九月份在大剧院办一场古琴专场音乐会,两小时内容,我来找媒体跟进宣传,网上直播。第四,学校的古琴文化中心你要进去,专业古琴教师被季风占了,这个文化中心你不能不进去。怎么进啊?季风怎么进的,你也可以怎么进。你跟陆老师是什么关系?竟然让他左右了陆老师,这不是活丑吗?陆老师也是人,也要吃饭,也喜欢钱。没钱,他马上退休了,靠什么保障晚年生活?现在进好点的养老院你知道要多少钱吗?以陆老师那点退休工资,只能在家待着。老了,病了,动不了了,请个钟点工来打打扫烧烧饭都未必请得起。你清高,除了自命不凡自说自话,清高能哪怕一丁点地移动这个世界改善你和亲人的生活吗?陆老师这么多年只招了你一个专业学生,你自己的琴是弹好了,可是你实际地帮过陆老师什么吗?'古琴文化中心',我敢肯定是季风争取来的,他有这个脸皮和牛逼,他能觍着脸弯下身捧着钱去求人。你呢?你不行。当然,你有你的长项,你功夫深,学问好,要让你写学术文章让你弹个琴,你肯定比别人行,让你设计古琴文化中心的整体结构、计划,你肯定能把屁股坐稳了做得比别人扎实,要让你侍候病得不能动的老师你更一定能当好孝子贤孙。但你不主动,就啥也别谈。你总不能等着别人主动来恭维你巴结你把好酒好菜喂到你嘴边吧?结果是什么呢?是那些功夫不如你学问不如你德行不如你的人满足了别人的需要也满足了自己的需要。你成天沉迷于传统,成天谈钟先生钟先生。没错,这些都是宝贝,好得要命的宝贝。但是,这一切都俱往矣,时代不对了,没有环境支撑这么好的东西了。你上学时跟我说过,很多古代的琴曲都是一些遭遇不幸的人创作的,这些人甚至连姓名都没留下。有些琴人活得很惨,有的曲子是身世凄凉的太监写出来的。没错,历史很动人,但是真要把你的卵子割了让你做太监,让你待在阴暗的小屋里吃着长了霉的窝窝头随时听候皇帝老子皇后娘娘喊你去弹琴,你忧愁愤懑地创作了一首又一首动人心魄的琴曲,你愿意吗?再说明白一点,你周明也就是一般的才情,钟先生的境界,不是我打击你,你三辈子也达不到。我可以尊重你的性灵,也非常愿意这么干净热情地活着,但你要是太不接地气,你就白接受了我多年的教育了。我跟你说这些,是相信你能够改变自己,因为只有我懂你,我就是你的知音,我能听到你的向往,也能听到你心里的杂音和噪音。你对待严重买琴的事,不就做得很好吗?银行卡进了一大笔钱,你不是睡着了也会笑醒吗?告诉你,我看得很清楚,古琴有大钱赚。我指望有朝一日我们俩都挣到大钱,我们把房子买到一起,每家一亩院子,种上竹子,种上梨树枣树桂花树,竖起豆棚瓜架,留一块空地,拉一张排球网,我们喝着小酒,看我们的子孙打排球。喝醉了,我就光膀子吹《抬花轿》,你就在竹林里用唐琴弹《酒狂》。这他妈才是我们应该追求的未来!"

周明说:"大可,你是我最好的朋友,我知道你说这些都是为我好,但你是你,我是我,我听你说这些心里不安。心安才是家,你懂不懂?"

"唉,你看你,我说了半天,等于放屁是吧?心安,什么是安?'安'字是什么?上面一个屋,下面一个女,有房子,有女人,那才是安。没有房子没有女人,安个鸟啊!我说的这些,哪一点是让你违背你的清高原则啊?哪一点下作污秽啊?告诉你周明,我最近一直在想一件事。为什么有人会得抑郁会得精神病?原因只有两个,一个是没事干,成天空想;一是把世界想得太美,要求太高,眼里容不得沙子。这两条你都占齐了。你要是不听我的,早晚一天要得神经病。"

"不会的不会的,我怎么会得神经病呢?哪有弹古琴得神经的?外面那些野狐禅弹琴的,要么是装神经,要么是天生神经,不弹琴也会神经。来来,我给你看看好玩的。"周明拿出一册《明子日志》,指着上面的一首诗让徐大可看,他告诉徐大可他最近看《明子日志》有不少心得,但是其中的诗比较不好懂。

徐大可说:"什么诗?我来看看。"他看那页日志上写着:

绿溪新涨水，

白石隐清波。

翠竹初黄了，

纤纤变席箩。

风来动尔发，

舟动君行么？

不敢问明日，

鸳鸯有几多。

徐大可翻到下一页，说："这有什么难懂？这不是写着'右早春叫子织席'吗？就是写一个女子织竹席，一边思念远行的人。鸳鸯，应该是指席子上织的是鸳鸯图案。很明白的意思嘛。你成天读书，也不知读的是什么。可见纸上得来的东西总是浅薄。这都是生活知道吗？你不是告诉我说明子是个琴人吗？你看他心里多有情意，心里有女人。心里没有女人，你弹琴，你弹《龙朔操》《胡笳》能弹出什么意思来？老实告诉你，我改编那个《普庵咒》的时候，心里都想着女孩的。那时季风总买一些美女画册，我一边看画册上的美女，一边听你的《普庵咒》。我觉得你心里也是想女人的。你要是否认，那你就太虚伪了。"

周明拿过《明子日志》来翻看，他说："唉，对啊，我怎么连诗题都没看。你解读得完全对。这首诗算起来应该是明子十八岁那年写的，他和大庄坐船去上海，半年以后，叶子也去了上海。"

"这本日志挺有价值，可以看得出，明子、大庄和叶子之间有故事,感情很深,将来可以拍部电影,也算是现代版的高山流水遇知音了。"

"只可惜太片段了,不容易连起来。这要写小说的人来看,加上想象,倒真是一部很好的古琴故事。还是那个时代好,人和人之间有真纯的东西。"周明说,"不过,我感觉其中的这首未完成的《无题》是完整的,不是说它的曲子完结了,而是其中包含了所有的心思、所有的生命体验。还是音乐牛,特别是古代的音乐,没有录音,不可以反复听。弹了,有了,一罢手,又什么都没有了。于是又再去弹,再去体验和表达。很神奇。不像一幅画一首诗,就在那儿,痕迹一直都在。"

徐大可笑道:"哈哈,对对,这跟做爱一样。做的时候什么都来了。裤子一穿上,又什么都没有了,于是又想着再去做,再去表达和体验。这就是性的迷人之处,你说得很对,音乐最性感最迷人。"

周明说:"你是三句话不离本行,这话是你说的不是我说的。"

徐大可说:"谁说都一样,事实如此。还有件事你要赶紧去办,你也而立之年了,不对,你早就立了,立到而立之年还没有使用过,等于浪费生命。你要相信我说的,如果你有了性经验,你的琴会立马有质的变化。"

周明说:"怎么越说越不相干了。这事哪里是想有就有的,我不也着急上火吗?总不能随便钻进哪个洗头房解决问题吧?"

"那是,你冰清玉洁的,哪能干那事!"徐大可说,"不过你要主动,要有行动力,别期望哪个女孩对你投怀送抱。好了,我走了,还得去我妈那儿一趟。我妈啊?很好,最近情况不可想象得好,被阿姨收拾得服服帖帖。原先在老家时她就会烧几个菜,西红柿炒蛋、香干肉丝炒青椒、油面筋烧白菜、紫菜蛋汤。一段时间都不烧了,现在开始恢复,虽然有时忘了放盐有时又咸得要死,但知道动手烧菜了。这个阿姨,简直就是活菩萨。"

徐大可离开周明那儿时,跟周明把琴桌琴凳搬上车,约好了第二天去宁波银行下面的地下录音棚录琴曲。周明答应了录音,但对用哪张琴录音有些犯愁。徐大可说,随便用什么琴,现代的录音技术可以调音,想要什么声音都做得到。

周明说:"这样啊?如果能调成'长清'的声音,那就爽了。"

徐大可说:"你怎么这么爱'长清'的声音?行,这事也不难。你要相信有朝一日你一定有机会用'长清'录一张碟。买不起,用它录张碟总不会难于上青天吧。"

"如果能如愿,"周明说,"我要用'长清'录《无题》,只录这一曲。单曲出版发行。"

徐大可说:"行,你说了算。有钱了,这都不是事。"

22

周明的录音很顺利,除了《离骚》错了两处重弹了一遍,其他都是一遍过。他在监听室里听自己的录音,感觉很新鲜,也很满意。他感觉从录音中听到的要比自己平时的感觉好得多,平时弹琴,他从来不录音回听,这次的顺利,让他觉得至少自己的琴还过得去。

而编辑出版的过程相当烦人。在长达两个月的时间里,周明每天都要去一个平面设计工作室,跟装帧设计师讨论CD的文字、图片的设计。用什么图片、字体,怎样放置,要不要英文,等等,都是周明没想到的复杂。但是他很愿意去设计室,他一会儿出个主意,一会儿又要设计师重新改动,可以说大量的动作都是因为周明提出改动而多出来的。

周明很快意识到他之所以愿意跑工作室,完全是因为设计师小宋的缘故。小宋留一头直长发,脸庞清秀而圆润,特别是她的嘴唇和下巴,周明觉得她的嘴唇和下巴如果要用形容词的话那应该是个"甜"字,比余韵的嘴巴更有一种性感的味道。小宋坐在电脑前设计碟片的封面封底以及里面的说明书,周明坐在她的后侧,在她工作时提各种要求和建议。周明知道他的反复变动一定会给她增加麻烦,但他还是一而再再而三地对她提要求,因为他喜欢看她在听到他的指令时的反应。小宋总是平和的,"行,咱们试试,没关系,不麻烦"。"字体太大不好看,小点雅致,你自己再看看。我说得没错吧,大了就显得笨了。""琴的图片不一定要全啊,突出部分细节都可以了。不过琴的整体的样子的确很美,越看越好看。我还是把这张琴的照片抠出来试试。要花点时间。没关系,麻烦就麻烦。总要让你满意。"

每天去设计室,周明都会给小宋带上吃的,小宋也不客气,工作间隙时会吃周明带去的东西。设计快要完成的一天中午,快要吃午饭时,周明把复制的录音光盘插进电脑里,说,这就是我要出的琴曲,听着玩玩啊。小宋听了,说古琴太好听了,很像大提琴。周明听她这么一说,特别高兴,便跟她聊开了古琴和大提琴。然后,周明说:"我能不能请你吃饭啊?"

小宋说:"可以啊,当然可以了。"

周明很激动,当即请小宋去附近的一家川菜馆吃饭。吃饭的过程中,周明不停地说话,说他的家庭他的同学他的老师,还说了《明子日志》里的故事。小宋听得津津有味,说:"这么有意思啊,真是令人神往的故事。"

这是周明第一次这么长时间地和一个女孩子在一起说话,这样的相处让他感觉好极了,比听任何音乐都要令他愉悦。他想他要进一步了,他必须像徐大可说的要有实在的举措了。但是,此时的周明完全不知道该如何进行下去,他很想说"你真好看""我喜欢你",但他怎么都说不出口。他不知道徐大可、季风是如何处理这种难题的。他想自己完全是个无能的废物。

于是,周明咧着嘴,用力地挠起了自己的脑袋。小宋看着他,先是微笑,后来忍不住笑出声来。

"古琴很难学吗?"小宋说。

"不难,一点都不难!"周明说,"比谈恋爱容易多了!"

"你没谈过恋爱?我不信。你们搞艺术的,哪有不谈恋爱的?"

"我就不会,也没谈过。真的,这是第一回。"周明笑道,"你呢?"

小宋笑了,说:"你其实很狡猾很有心眼。每句话表达的东西都很多。我啊,我结婚都三年了,孩子都两岁多了。"

周明这下愣住了,他觉得自己像一只正在开屏却被人拔光了羽毛的孔雀,觉得这段时间每晚对小宋的幻想都是弱智的笑话。

回到家,周明又和衣躺在床上,一直到天光变暗。每回他不知所措不知所想的时候,他都这么躺着。他久久地看着挂在墙上的空调机,他数了好几遍才数清机盒上一道道的栅格是十七道。然后,他想到了《明子日志》上的《无题》,他想,明子是不是爱叶子呢?如果是,那《无题》中有些段落的晦涩难解是不是就是他的爱情呢?这些段落周明一直打不通,现在他似乎明白了一些。而且,他意识到了这种晦涩纠缠的意思贯穿了《无题》和明子的一生。

明子是深爱叶子的,这个与大庄生死相知的琴人,和大庄一样用尽一生爱着同一个女子。《无题》中的潇洒倜傥不是明子的性情，而是大庄的影子。这个曲子包含着明子、大庄和叶子三个人的生命史。

想到这里，周明心里像被照亮了一般，他给小宋发了一条信息："不管怎样，有句话我一定要表达，你是我第一次动心的姑娘。谢谢你！"

小宋回复的是："好人好梦。"

周明非常快乐，他把"好人好梦"发给徐大可。徐大可给周明回复的是："跟谁矫情啊？没神经吧？"

七月下旬，周明参加了一次古琴的活动，担任全国第一届"鸿秋杯"古琴大赛的评委。类似的邀请周明接到过不少次，以前每一次他都是拒绝的，他以为古琴不应该有什么比赛，也不应该有什么考级。这次他接受邀请，主要原因有两个，一是这是陆近春老师让他去的，陆老师自己也去，周明不好拒绝。二是比赛的地点安排在了梁溪，周明想借此机会再去拜访一下齐丹青先生。

但是周明没想到季风也去了。

周明是和陆老师、季风、季风的老婆范歌子一块儿去的，季风开着一辆新买的丰田SUV。他们在路上花了三个小时，中途在高速公路服务区停下来吃了馄饨。一路上，季风开车，范歌子坐在副驾上，周明和陆老师坐在后座。开始时季风说的话题都与车有关，他说他本来是想买一辆陆地巡洋舰的，但因为想着要换一套房子，就买了便宜一些的汉兰达。陆老师说，车子也就是个代步工具，只要能跑路就行。季风说，不对，您不开车，不知道这里面的差别。车子这东西，一是要安全，越好的车安全性越高。二是要有驾驶乐趣。美国有个老工程师，七十多岁了，买了辆法拉利恩佐，说这车跑起来，发动机的澎湃声让他体会到的是做爱时的快感。

后来话题被季风引上了古琴比赛，这时的周明才知道担任评委的还有冯子铭、余以怀、崔道宜等几位琴家。季风说："参加比赛的人我都看了看，心里基本有数。每个评委都有自己的学生来参加，最后肯定要阳光普照，大家都有奖拿。有点小麻烦的是一等奖只有一名，谁得这个一等奖？给谁都要得罪人。还有就是有一场名家音乐会，谁压轴，谁大轴？弄得不好，也有意见。"

陆老师说："这有什么难的？比赛就按水平来定，什么水平，一出手就知道，很容易判别的。音乐会更简单，冯子铭和余以怀，一个最后弹，一个倒数第二个弹。我啊？我随便什么时候弹都行。"

季风说："您是好说话，冯子铭和余以怀谁先谁后，不好弄。这次能把您和冯子铭、余以怀整到一起，也算是难得。整个活动的档次就高了。组委会让我排音乐会的演出次序，我很为难。再就是比赛的名次。"

周明说："这些事不都是有组委会安排吗？比赛按具体水平来定，不是很简单吗？"

季风说："你是书呆子，很多事情你都不懂。这次活动的赞助商你知道是谁吗？你看，你连这个都不关心。是我们江城鸿海的严总。他说他认识你。这次他也会来，音乐会他要来听的。他说如果来得及的话，比赛他也要来看。组委会，哪有什么组委会？不过是严总请了一些人来做服务工作，专业的评定还是要我们来。到时你们几位只负责打分，我还要当场做点评。音乐会排名也是我。一个活动，要发生许多动作，一件事不到位就玩不成。"

"你认识严重？"周明想不出季风是怎么跟严重认识的。

"是啊，认识，刚认识不久。他来拜访陆老师，我正好在。没想到他对琴这么熟，人也爽快。我跟他说可以组织一次古琴大赛，他当场就表示赞助了。"

"他有钱。"周明说。

季风说："不是钱不钱的事，关键是他有这份心。有钱人多呢，有几个肯在古琴上投钱的？他竟然知道齐丹青，说能不能请到齐丹青来做评委、参加演出。我说我还没见过齐老师呢。他让陆老师给齐老师打电话，陆老师说这事就别想了，齐老师肯定不会参加的。齐老师难道就这么不好接触？这个比赛是以她老师的名字命名的，为了她老师她也不来？如果她能来，如果音乐会能用'长清'来演奏，那这个活动就太完美了。所有老琴家的录音我都仔细听了，最好的声音就是'长清'。"

陆近春问周明："周明，你不是见过齐老师吗？'长清'有没有上手弹弹？这张琴我还是很年轻的时候见过，钟先生到江城来看顾先生，我记得钟先生一弹起琴来就没完没了一直弹，好像旁边任何东西都不存在似的。这张琴的音量并不大，但在钟先生手下却汹涌澎湃，让边上的人站不住。不过这张琴的手感并不好，很抗指，弦又粗，是钟先生自己制作的丝弦，很粗，连顾先生都说弹不动。这张琴我只弹了几下，声音好极了，怎么形容呢？不好形容。反正有种驾驭不了的感觉。"

周明正听得有趣，陆老师突然转了话题，说："对了周明，明天的比赛，你的学生刘天怡也参加。她没跟你说啊？这个小孩怎么跟你很像，琴弹得跟你很像不说，处事方式也一样一样的。她爸爸，就是市乐团的刘团长，你知道的，这次也来当评委，让她来参加比赛，她不肯，刘团长让我说服她来。好不容易算是答应了。我听过她的琴，才弹了不到两年，还没进专业，已经相当不错了。可以说是天才，至少比你考大学前的水平强。但是这次比赛冯子铭、余以怀、崔道宜的学生都来，有本科，也有硕士，估计水平要在刘天怡之上。"

周明说："那肯定的，人家学的时间比她长得多。她能不能拿名次无所谓，她的性格我知道的，不会把这种事情当回事。"

季风说："不对啊周明。我说的麻烦，其实主要指的就是刘天怡的事。我们自己人，有话直说啊。刘天怡已经考上了我们专业，九月就入学了，跟陆老师和我学专业。她如果不能得一个好名次，我们脸上都不好看，她也是你的学生嘛。这还在其次。陆老师说过，刘团长帮过他大忙，要回报。还有，我们歌子就在刘团长手下，刘团长平时很关照她。怎么说也要给刘天怡一个好名次。一等奖就一名，给她不可能，这太瓜田李下了。二等奖两名，我的意思是给她二等奖。一共七名评委，我们三个三票，加刘团长一票，四票投给她，这个奖就稳了。"

"如果别人弹得比她明显出色呢？"周明说。

季风说:"你看你,怎么这么不透气。只要没有明显的错,只要不弹断篇,艺术这东西,又不是一百米赛跑,有什么明显的高下啊?"

周明说:"问题是我们不是外行,陆老师不也说,一出手就可以分高下吗?"

陆近春拍拍周明的胳膊,说:"话就说到这一步吧,不多说了。周明,我欠刘团长的人情,你知道的。"

听陆老师这么说,周明便不再说话了。他看着窗外的田野,想到自己随陆老师学琴这么多年来的一些事情,感觉对陆老师有了奇怪的陌生感。他记得有一次和陆老师去郊外放风筝,天突然下起了大雪,两人往城里赶,当他们坐公交车回到城里时,除了道路上的雪被车碾压,其他地方的雪已经积起来。周明和陆老师走过过街天桥时,两人站下来看雪。陆老师说:"周明,你学琴已经不少年了,照说已进入了琴的世界,可是,有的时候,人们往一个地方走,不是越走越近而是相反,有可能我们会走到其他地方去。我自己便有这样的体会,琴离我,我离琴,感觉很远。说到底我懂琴吗?真的懂琴吗?未必。我们离老先生们的境界,离古代那些制谱者的境界,还是遥遥未及啊。"那时周明想,自己应该还是懂琴的,琴就如眼前这一切,苍茫迷离,但它们就在眼前和心里,说远远,说近也近。如果他还不能明白,那么琴又有谁能明白呢?此刻的周明心里有点乱,他不知道是什么东西影响了陆老师,是年事渐高,还是身边出现了季风?他想起第一次听陆老师琴时的感动,又想到陆老师最近的一次录音,这次的录音,陆老师琴风的改变是明显的,原先的一往情深变为宏阔壮大，原先无处不在的忧愁荡然无存了。周明甚至觉得陆老师的琴中有了钟先生的某种意思。

周明想，老师和钟先生都是孤独的，能走向明朗宽敞，无论如何都应该为老师高兴吧。

活动是在梁溪一家园林式酒店进行的，住的条件特别好，独门独院，一人一间。到了酒店，周明放下行李，决定先去看望齐丹青先生。

周明再次敲响齐先生家的门时，开门的是一位女子，她听了周明的来意，说她是齐先生的女儿，常听母亲说起周明。说齐先生因肺部重病住进了医院，医院不希望有人去探视。周明表达了非常想去看看齐先生的愿望，但还是被齐先生的女儿婉拒了。周明放下带去的茶叶，准备告辞。齐先生的女儿留周明坐一坐喝杯茶再走。周明便在朝北的一间小屋里坐了会儿，和齐先生的女儿说话。闲聊几句过后，齐先生的女儿就开始把话题转向对她母亲的抱怨，说她母亲这一辈子学琴是个极大的错误。照说按齐先生的才能，如果学个小提琴钢琴什么的，生活事业会顺利得多。"学古琴，受了一辈子穷。"齐先生的女儿说，"不光受穷，还受气。这么多年，我妈没给自己做一件事，所有的时间都花在为钟先生整理乐谱上了。钟先生弹了那么多曲子，记谱是项特别大的工程。好不容易整理出来，想找个出版社，先把已经整理好的出版出来，结果人家不愿意，说是亏钱。我妈一气之下，把自己辛辛苦苦抄了多年的谱子全烧了。现在她自己也是老人了，还能活几天？这一辈子就忙了钟先生的事，还没忙出个结果来。有什么意思?"

周明听着,不知该说什么好,只说:"现在国家慢慢重视起来了。"

齐先生的女儿挥了下手,打断了周明:"重视?不重视倒好,还有人真心弹弹琴;一重视,倒让那些不学无术的混子得了便宜了。我知道,这不是一下子成立了那么多委员会、中心吗?不是一下子冒出那么些个琴家、琴馆吗?什么民族瑰宝世界遗产?还不都是为了钱?老祖宗留下的好东西,算是被糟蹋完了。还搞什么古琴大奖赛,纯粹瞎胡闹。"

"您没随您母亲学琴?"周明岔开话题。

"学过几天,小时候,但坚决不学了。不喜欢,一点儿也不喜欢。"

"钟先生的琴您也不喜欢?"

"钟先生的琴,那当然好!但那是钟先生的好,别人做不到。以后也决不会再有人做得到那么好。喜欢听钟先生弹的曲和自己喜欢弹是两回事,我喜欢听钟先生弹的曲,不喜欢自己弹。我可不想像钟先生和我妈那样为了琴把生活给耽误了。自己有境界了,别人崇拜了,可家里人得了什么好了?"

齐先生的女儿很健谈,显然没把周明当外人。周明问:"齐先生平时在家弹琴吗?上回我来听齐先生弹琴的,她弹得真好,跟钟先生像极了。"

"你运气不错,我妈可是从来不对其他人弹琴,这你应该知道。不是我妈脾气古怪,而是每回她在家弹琴,只要弹几下就丢下,说还是听钟先生的录音好了。自己不必弹了。"

315

"我还是想去医院看看齐先生。"周明说,"我隔着窗子,看一眼就走。不会打扰先生的。"

齐先生的女儿迟疑了一下,说:"算了,真不必去了。"

听她这么说,周明也就不再坚持。他起身告辞,走到门口,又问:"梁溪以前是不是有别的名字?"

齐先生的女儿说:"有过,早先曾叫作赤山,因为山是方形的,又叫作方山。"

"那离这里不远是不是有一座古寺,竹林寺?"周明问。

"这你也知道?的确有。我小时候还跟我妈去过,很小,很破旧。那时里面住着一户人家,完全没有寺庙的意思了。后来再去,已经被拆了,成了养鸡场。"

齐先生的女儿又说:"弹琴弹到后来,都会乖僻。大概这事太孤独,很少与人打交道。从小到大,我读书,找工作,我妈凡事都没帮过忙。"

"你见过钟先生吗?"

"见过啊,小时候常常见。老先生很温和,笑眯眯的,但就是不爱说话,喜欢花花草草鸟儿鱼儿的。每次来,都老远地带一盆花或是几条金鱼来。到了这儿,天天往山里跑,看竹子。特别能喝酒,爱喝这里的黄酒。每回来,都用一根小扁担挑两坛黄酒回北京。"

"钟先生弹琴你听过?"

"当然。嘿,钟先生弹琴哪是弹啊,简直就是敲鼓,桌子都要被他震塌。"

周明听得高兴,说:"真好,这些事情,其实都值得记下来。"

告别了齐先生的女儿,周明走在梁溪的街上,跟人打听了医院的地址,去了医院。

梁溪中医院在一条古街上,街两边的建筑相当陈旧,大多是两层楼,楼下开着各样的门面,楼上有的也是商店,但多半是住人的样子。街上的人行走的情形缓慢而悠闲,不似大城市人的那种仓促和莫名的焦虑。

中医院也是一处旧建筑,白墙青瓦,地上铺的是青砖,踩之立生凉意,好在一进门就能闻到浓浓的中药味,这极大地冲散了这种凉意。病房却是新建的,呆板的式样。在门诊和病房之间有一个不小的院子,墙角植着巨大的芭蕉,石台上放着些盆景,品质很高。地上是立起来铺设的小青砖,纹饰多样。看得出这个院子也是老物什,气韵沉厚古雅。

周明在护士办公室打听到齐丹青先生在重症监护室,但护士说病人情况很不好,不可进病房探视。周明说他只想远远地看一眼。一名护士领着周明走到重症监护室门口,周明透过门上的玻璃窗,得以看到躺在病床上、插着管子的齐先生。齐先生闭着眼睛,脸色灰白,比上次周明见到时明显瘦了很多,看上去像是老了十几岁。齐先生的一只手露在被子外面,干枯得如同院子里的盆景松树干。周明想起《明子日志》里的两句诗:"心绪若舟随逝水,松针如指弹秋风。"眼下齐先生的手一动不动,任由针头将药水注入她的静脉。快到晚饭时间,走廊里一些病人家属在对面盥洗室里洗碗、打开水。他仔细地看着每个人的手,各种各样的手,纤细的、粗壮的、白皙的、黝黑的手。

周明不觉伸出自己的手,看着手背。他的手指修长白皙,指甲光洁。他转过身,把双手放在窗子上,仿佛这样就可以把这双充满生命活力的手放在齐先生枯槁的手上,传递自己的慰问,仿佛这样就能交结齐先生一生挥弦的孤独。

离开医院,周明站在梁溪老街上,不一会儿工夫就浑身是汗。他用相机拍了中医院和街面上其他一些店面,其中有一家卖竹制品的小铺子和一家铁器铺让周明逗留了不少时间。竹器铺里有一脸色红润的老者在编竹筐。他脚下卧着一条黄狗,无所事事地过一会儿就睁开眼睛看看门前走过的人。周明买了两张竹席,那席上织着牡丹和两只鸳鸯,这样的手艺在城里是看不到的。他想送给陆老师一张。周明记得《明子日志》里那首有关竹席的诗。

周明想到,《明子日志》中多次提到方山,他问编竹筐的老者,方山以前是不是有一家"琴子药房",老者抬手指着东边说:"那边,中医院,就是以前的'琴子药房'。多少年前的事情了,1949年后就改成中医院了。"

"药房的主人是不是姓陶?"周明问。

"不错,我也是听上人说过,是姓陶。不过民国时就换了主人了。早先这家药房大得很,东边那一溜房子都是陶家的,现在的眼镜店、文具店、剃头店、服装店还有馄饨面条店,以前都是陶家的药房。"

"这里草药多啊。"

"那是以前,山上都是宝贝。现在跟以前不好比了。就是竹子还多得很。多得不值钱,卖不出去。"

周明问：“以前这里是不是女人也织篾？”

老者说："有，少。这活计苦。"

周明还想再问些什么，怕耽误老人做活计，就静静地待在一旁，看老人把竹筐编完。老人将两张竹席一并卷成筒状，用布绳做了背带。周明背上竹席，跟老人道别。

周明在梁溪的街上走着，一条河在镇子里穿流而过，河上有石桥，显见是古代的事物。越过桥便是青山。河水在桥下跌落，形成一道宽宽的拱形的弯流，接着便细巧地流经石头滩，像一条条活泛的鱼寻找前行之路。河边上有人弯着腰用棒槌捶洗衣服，声音清晰而空旷。街上尽管有不少鸣着喇叭的汽车，超市、网吧等等也都与大城市一般无二，但整个感觉却是完全不同。

周明走在沿河的街道上，心里特别舒坦，好像走在过去的某个时间，走在他熟悉的地方。他想，在这里弹琴，或许能把琴弹得更好些。

桥那边是平展的空地，空地上有一株巨大的周明不识的古树，浓荫蔽地，树下支着一块大石磨，边上是四个石鼓凳。站在桥上，东、南、北三面一望无垠，近处是小城温厚的模样，远处是河流穿过的田野，再远处山峦连绵逶迤，被烟岚笼罩，淡得如同透明一般。正是群鸟归林的时分，鸟儿们背负夕阳，或快或慢地在眼前投林归巢。巨树上落满了各种鸟儿，无所顾忌地大声喧哗，如同参加一个盛大的节日。

周明回到酒店。酒店的院子完全是中国古典园林的风格，青砖铺地，中央有一鱼池，一丛假山上活水涓涓流至池中，因

319

有活水流经，池水异常清澈，可见肥硕的日本锦鲤在池中游动。院中有一株高大的梧桐，枝干近乎笔直，在高出院墙以后才有分杈，形态萧疏。依窗的地上栽了天竺和芭蕉，衬着一块古怪苍凉的湖石。

周明回到房间，打开随身带着的笔记本电脑，点开正在写作的《琴史》。这一大部头的专业著作他计划用五到十年的时间完成，已经写到唐代了。此刻周明看着自己已经写好的部分，感到他所写的内容无非都是文献上提到古琴的一些诗文，再就是宋代朱长文那部《琴史》中内容的直接引用。这些当然都是基本材料，可是与那些琴曲有关的一切生活事件都无法获知，他的写作也就完全没有生命的痕迹。周明觉得写得越多反而离历史越远。他感到非常沮丧。

正看着《琴史》，周明听到有人敲门，是陆老师喊他去吃晚饭。周明关了电脑，跟陆老师去了餐厅。

23

余韵怀孕期间,徐大可经常跟她谈论孩子的教育问题。他提醒余韵,带孩子的大忌是娇惯,因此等孩子出生以后一定要注意这一点,从小就要让他吃苦,要常带三分饥和寒,要做家务,要每天运动,要像他一样建立正确的人生观和方法论。他对余韵说:"什么是正确的人生观和方法论?就是要野蛮其体魄茁壮其精神。其中更重要的是精神的健康。读书当然要读,但不能像周明那样把书读死,死读书读死书还不如不读。要说周明读的书够多了,肚子里的知识和道理一大堆,但是这些东西对他用处不大,甚至是反作用。书上的道理不是无用,关键要会转化,要能利用成手里的兵器。周明有什么兵器?他是会用刀啊还是会用流星锤啊?是会像孙悟空一样七十二变啊还是像猪八戒一样毛长皮厚啊?会读书的人,砸碎了身上所有的枷锁,他老人家呢?是自己给自己披枷戴锁。我不能让我儿子变成他那样,我要让我儿子集孙悟空和猪八戒二者为一,打不死煮不烂,当一个混世魔王。"

余韵说:"万一是个女儿呢?"

徐大可说:"没有万一,我同意你说的,肯定生儿子!"

结果,余韵生了个女儿。

几乎在看到女儿的第一眼,徐大可就改变了他的人生观和方法论。除了余韵喂奶和他出去工作,其他时候,徐大可的女儿可可几乎是长在了徐大可身上。只要到了徐大可怀里,爱哭的可可就立马安静下来。徐大可说:"可可将来一定是音乐家,只要我哼歌她就安静,就会笑。等她长大了,就让她跟周明学古琴。古筝就算了,到底俗,哪有古琴高雅?你有没有发现,可可听古琴时的反应跟听古筝完全不一样,跟听唢呐时更不一样。我觉得这个女儿简直就是周明生的。"

"你这又不怕可可跟周明学琴以后变成书呆子了?"

"书呆子好!书呆子简单,心里不躁。女孩子就应该简简单单地过一生。"

"你这真是双重标准,一会儿是混世魔王的标准,一会儿又是淑女的标准。周明那样有什么好?连个老婆都找不到。"

徐大可说:"他一直光棍才好呢,到时他的遗产都归咱们可可。哈哈。"

这段时间,曾米诺在一家酒吧驻唱,因为她已经获得了一定的名声,她的驻唱让这家酒吧生意相当火爆。徐大可对她说:"你是不是就准备这么下去?就这么甘心挣这点小钱?"

曾米诺说:"要不然呢?这样不是挺好?"

"我认为你要么干别的去,要么还是争取往高处走一走。"徐大可说。

"我也这么想啊,激情消退了,总不能嗑药上高潮吧?对啊，我可以嗑药啊。没激情的生活，还不如死了。"

徐大可说："那我看你还是在酒吧唱唱歌好，嗑药就算了。靠嗑药追求激情，那是假高潮。你也老大不小了，不想谈个恋爱结个婚吗？"

曾米诺说："那也得我看上眼啊。现在的男人，要么是小白脸奶油得不行，要么跟你一样油腻庸俗。没劲！"

和曾米诺在一起时，徐大可会不由自主地说到可可，曾米诺笑着说："你跟我爸一样，成天说女儿小时候的事。"

有一天，徐大可下班较晚，他想起有些时候没见到曾米诺了，就开车去了她驻唱的"车站酒吧"。这个酒吧在运河边上，离音乐学院很近，是徐大可毕业以后有的。空间很大，里面有一个真的废弃的火车头。

酒吧里人很多，徐大可好不容易找到一个空座位坐下来，点了啤酒，看正在唱歌的曾米诺。曾米诺抱着一把木吉他，唱的是他没听过的一首歌。徐大可觉得这首歌非常好听，最后几句歌词是"吹来狂风，我站在海边，一无所有，两手空空"。

等曾米诺唱完，徐大可正想在掌声和口哨声中走上前跟曾米诺说句话，却见一个长头发瘦高个子的男子走到曾米诺面前，递给她一枝红色的玫瑰花。曾米诺接过玫瑰，跟这个人拥抱了一下，然后拿起话筒："好听不好听？这位就是这首歌的词曲作者，哈维！真正的天才！"

哈维转过身来，右手捂着胸口给大家鞠了一个躬。徐大可好几年没见哈维了，哈维的形象变化很大，如果不是曾米诺开口介绍，他真有点认不出这个以前西装笔挺的著名校友了。他想起周明前段时间还提起过哈维,说哈维毕业后混得很惨,剁掉了自己的一根手指。剁掉了一根手指的钢琴家还能有什么前程?他记得周明跟他说过余韵跟哈维好过。当时周明跟他说这事,是反对他和余韵好的。他认识哈维,也知道从来都目高于顶的哈维一定不认识他。他站在那儿,手里端着一杯啤酒。这时,哈维回到了座位上,而回到凳子上的曾米诺看到了徐大可,她冲徐大可举了举手里的吉他。徐大可也朝她举了举手里的酒杯。

接着,曾米诺又开始唱歌,这次她唱的是徐大可前不久写的一首歌,《月落乌啼》。徐大可就站在那儿听她唱,他觉得这首歌难听极了,好像一个人在说一个谎言似的。

歌没听完,徐大可就离开了酒吧。他开着车,开得很慢。快到家时,手机响了,是曾米诺打过来的。

"人呢?怎么走了?"

徐大可说:"不好意思啊,要回家侍候小祖宗。"

"还想介绍你认识一个朋友呢,也是你们音乐学院出来的。"

徐大可说:"啊,下回吧,下回有机会认识认识。写歌的吧,那首歌我听了几句,很棒啊。歌名是什么?"

"你不大高兴?听得出来。"

"哪有啊,这么好的歌,难得。"

"他说你的歌也很棒,你们是英雄相惜。"

"我哪是什么英雄?我现在就是一狗熊。他叫什么名字?"

"哈维,嘻嘻哈哈的哈,维生素的维。你过来吧,我们喝一杯。"

徐大可说:"不了,真的要回家了,否则女儿哭起来没人抱。喂,你怎么不说话啊?"

"对不起啊大可。"曾米诺说,"我非常珍惜你这个朋友,如果说我曾经爱过什么人,这个人就是你。你身上有一种悲天悯人的东西,真男人的东西。希望我们还是朋友,最好的朋友。"

徐大可想不出该如何接曾米诺的话,便什么也没再说,把电话挂了。

回到家,可可正在哭闹,徐大可抱起可可,对余韵说:"我要挣很多的钱。"

余韵说:"今天又受什么刺激了?你不是挺能挣钱吗?"

徐大可说:"女儿要富养,我要我女儿以后想包哪个小白脸就包哪个小白脸。"

"你有病啊!"

"对,"徐大可说,"我有神经病!"

可可睡着以后,徐大可打电话给周明,告诉周明他的古琴专辑已经全部弄好,外交部那边订了四千套,扣去成本还有一些应酬费用,这一下就赚了七十万。他问周明线上教学的事情准备得怎么样了。周明说他还没准备,他说他不想在线上教琴。

徐大可说:"不是已经说好了吗?怎么又不干了?古琴专辑赚的只是小钱,线上教学才是大钱。现在是网络时代了,匡杰都在网上教二胡了,才教了不到一年,据说他已经买了千万豪宅了。你不教,我敢肯定季风会教。"

"他要教他教好了,与我有何相干?"周明说,"你今天说话怎么像吃了枪子似的?是不是跟余韵吵架了?还是生意亏了?专辑赚的钱我多给你,你六我四,你七我三也行,多出来的算我给我干女儿的奶粉钱。"

徐大可问周明去梁溪参加古琴活动有什么收获。周明说:"收获很大,感想很多。最主要的感想是古琴这么有文化的东西被琴界自己搞得最没有文化最污糟,完全是铜臭味,弹琴的跟商人合谋,追名逐利。什么比赛啊?评委们为了自己的学生得奖,就快要白刀子进红刀子出了。季风当点评人,真是好意思!一个选手弹的是《耕莘钓渭》,他说成是"耕辛钓渭"。说是耕田辛苦了到渭水边钓鱼,表达的是一种象征,象征着厌倦了官场而退隐到江湖。我的学生刘天怡参加了啊,她排在最后一个。但是她放弃了,说是表示愤怒。这个小孩很有个性。哈哈,我支持她这么做,人必须对是非有态度。名家音乐会那个难看啊,真是不敢相信!水平有几个还不如参赛的学生。季风的琴我是头一回听,你知道他弹的什么吗?他弹了一首自己创作的曲子,跟发神经一样,独创手法,又拍又打。余以怀老师说他听季风弹琴脑袋快要炸了。研讨会上余老师没有点季风的名,但大骂当今琴界的装神弄鬼洒狗血。季风毫不以为意,他说了一大通古琴应该突破传统的道理。不过这位仁兄的确牛逼,余以怀老师对他的琴那么批评,过了一天,又跟季风有说有笑,到处夸季风有想法为人厚道。季风八面玲珑,这回算是大出风头了。扬城做琴的刘进一,目前国内斫琴的名家,琴是不错,这次带了十张琴去,想在会上卖琴。他的琴不便宜,却全都卖出去了。这也是季风帮的忙,季风竟然有本事说服严重买下了所有的琴,五个得奖的学生一人一张作为奖品,其他五张严重收藏。十张琴什么概念啊?一百多万啊。"

徐大可说:"精彩!我说的是季风,季风牛逼!你说他弄错了那个什么耕什么钓什么，无所鸟谓！谁他妈什么都懂啊？你就没有知识盲点？就是嘛。我说他牛逼，是他让所有人都得到了好处。他自己肯定也是盆满钵满。这就对了，有所得才对。你呢？你说你有收获，除了可想而知的几毛钱出场费，你有什么收获？我估计你顶多会适时地说出几句酸溜溜的话来挤对一下季风，其他时候你只能看着季风表演。你说音乐会水平差，那你肯定弹得好啰？有没有人会后告诉你你的琴弹得好啊？有没有混到几个女粉丝啊？我真是不爱说你了，你标标准准是个傻帽！什么这啊那的，都是玩玩的事情，弄得好像就你一个人背负着人类的理想与道德似的。传统？季风说得对，一切传统都是当时最时尚的。他玩点新花样怎么了？至少他玩出了新花样，以前未曾在这个世界上出现过的花样。这不是艺术的本质吗？不也他妈挺好玩吗？"

周明说："你别瞎吵吵了，可可都被你弄哭了。不说了不说了，回头再谈。你赶紧哄可可吧。算我倒霉，主动多分钱给你，讨来的却是你一顿瘟骂。"

徐大可丢下手机，余怒未消，哄好可可以后，他坐在北边房间里，看着对面的楼，那里有些窗子亮着有些黑着。徐大可想，那些黑着灯的和亮着灯的屋子里此时一定有人在做爱。此时的曾米诺大概正在亮着灯的屋里和哈维一无所有掀起了狂风。

徐大可拿起书架上的唢呐，嘴对着吹口，手按着音孔，闻到了灰尘的味道。

他走进卧室，余韵和可可都已经酣睡，徐大可听着她们的呼吸声，心里说："宝贝，好梦，爱你们。"

327

24

在陆近春老师的坚决要求下，周明成了"古琴文化中心"的兼职工作人员。整个中心就三个人，陆近春任主任，季风任副主任，再就是周明。周明之所以答应此事，主要是陆老师一定要让他参加，再者，周明也觉得本来自己所有的工作都与琴有关，算是顺便的事。三个人就中心的工作计划进行过几次讨论，也大致有了分工。工作有两大块：学术研究和古琴活动。学术研究中又包括了资料库的建设，该买的图书、音像要买，反正上面拨了相应的经费；周明正在做的《琴史》重新申报了科研项目，也有经费。季风说他负责对当今几位重要的琴家做一个访谈，包括陆老师、冯子铭、余以怀、崔道宜等。他说这是当代琴史，陆老师这一层次的琴家年事已高，如果不抓紧做这事，以后就会是遗憾了。古琴活动方面，季风认为要江城音乐学院和古琴文化中心挑头，每年组织一次国际学术研讨会，把研讨会的论文收集起来，每年出一本集子。再就是全国的古琴大赛，也应该由中心组织，让严重那些有钱人赞助。

季风说："事情一定要做，一件件地做，很快就会有影响力了。具体的事情我多做一些，学术上陆老师和周明多费心。我们齐心协力把中心做成全国最牛的古琴名片。周明最近出的专辑很漂亮啊，也不送我一个，我的还是严重送的。现在出专辑自己要花不少钱吧？中心可以用经费买一批，当作交流赠送礼品。以后古琴大赛也可以用这个专辑当奖品，外宾来了，也送这个。你不必想太多，好东西，送人上档次。在梁溪的时候，余以怀老师私下对我大赞你的琴，说你现在的琴跟钟先生非常像，不仔细听都分不出来，跟陆老师倒一点也不像了。不过，我还是喜欢陆老师的琴，钟先生的琴起伏变化太小。"

三个人每次都围着陆老师家的小茶几旁边喝茶边谈事情，学校给了中心一大一小两间办公室，陆老师不喜欢去，他说他习惯了自己的这个地方。周明和陆老师坐在这个小茶几边上喝茶聊天，已经许多年了，他也非常喜欢坐在小矮凳上跟老师闲聊。但是自从抬头就能看见陆老师和季风的那张合影照片，周明心里就有说不出的不自在。

有一次，陆老师让周明把"何如"和"卧游"带到家里，周明不想让季风得知他有这两张老琴，但是老师之命又不能违拗，只得带上了"何如"和"近春"，"卧游"没带。

那天下午，三个人谈的都是琴器的事情，陆老师向来对琴器有研究，周明对此也是极有兴趣。季风除了"梅间雪"没见过其他旧琴，所以，当周明和陆老师谈琴器时，他只能在一旁听。

周明的专辑是送给陆老师的，他们一边通过比较鉴赏"梅间雪""何如"和"近春"，一边也听周明的录音。陆近春说这

329

个录音其实还是应该用"梅间雪"的,"近春"有一个大问题,即过于追求把新琴做出老味道,初弹之下,苍透松沉,细审则缺乏新鲜的活力,有点疲。尤其是按音,透则透矣,却涵养不足,不耐品味。所谓"透",是旧琴共同的特点,然而好的旧琴完美地结合了透与亮、润、芳等要素,松透而有精神,苍老而有活力。透大多是时光岁月的作用,古人新斫之琴,首要目标应该是活泛的生机。

季风说:"我完全听不出来,这个录音的声音跟'梅间雪'没有差别啊。"

陆近春说:"这是后期做出来的,细听就不难辨别了。"

说着,陆近春在音响里放了钟先生的录音,刚听了一小会儿,季风就叫道:"我懂了懂了,这是'长清'弹的吧?'长清'的声音一出来,其他的声音就没了。而且,跟刚才听的周明的录音相比,我突然发现钟先生的琴中有禅意。"

陆近春说:"钟先生跟僧人学过琴,多少会有这方面的影响。不过钟先生就是钟先生,还是人间的滋味更多吧。"

周明说:"我查过不少僧人诗集,可以知道的是这些擅琴的僧人日常所弹大多也是《渔樵问答》《平沙落雁》《白雪》《山居吟》《樵歌》这类曲子,所以,僧人并不一定弹佛曲甚至主要不是弹佛曲是肯定的。琴尽管多有归隐萧散之意,但人间情怀却是根本。我听钟鸿秋先生的琴,初听清朗超越,是物我相忘的清气,但越听越听出他心里的苦来,无一曲不悲苦,无一声不悲苦。"

陆近春说:"是啊。现在人一谈古琴,都是竹林啊松云啊,好像古代琴人都是不食人间烟火的潇洒。其实不管是魏晋还是宋元明清，弹琴的人活得都苦。"

"的确，"周明说，"所以单单弹琴弹不好。比如我，生活太单纯，琴的内涵怎么也不可能深刻动人。"

季风说："所以啊，人就不能拒绝俗世，也拒绝不了。关键是自己内心有根本。否则，成天生活在象牙塔里，全然避让所谓庸俗的生活，总归有问题。"

那天，季风先行离开了陆老师家，他说范歌子怀孕反应很大，脾气也不好，每天要给她买新鲜的酒酿。走之前，他对陆老师说，刘天怡性高气傲，他给她上课基本没法上。

陆近春说："你还是让周明多带带她吧。年轻人有个性很自然，齐丹青老师很小的时候跟钟先生学琴，据说开始时也是自以为是，不听钟先生的。有些东西，非要等到了一定年纪才能懂。"

季风说："最近我真的开始对琴有感觉了，跟先前的想法大不相同。琴这东西，特别需要有敬畏之心。从二胡改到琴，太值得了。刘天怡继续跟周明学，我不反对。最好陆老师也经常说说她。她有个性，也是难得了。"

周明没想到这次季风的几句话对他产生了不小的震动，一向被他在心里瞧不起的季风让他高看了几眼。更重要的，是很久找不到弹琴感觉的周明在回家以后想弹琴打谱了。他在抄好的《无题》谱的第一页写上"无题"和"明子制曲"，重新开始琢磨打谱。

开始打此曲时，周明发现其中的旋律比较容易找到，但是这个旋律动机与现代音乐的概念完全不同，它清晰出现之后便行云流水般的自由前行了，好像一幅长卷，好像编年史的叙述，好像无法设计的一个人的一生，旋律并不是一以贯之始终围绕的核心。如果用西方音乐的呈示、展开的方式去理解便会茫然失路。周明知道，传统古琴制曲的内在机理，或者说古琴的作曲法已经成为今天的一个难题。且不谈打谱，最简单的证明，是今天所有的琴家都无法写出一听就是传统风貌的琴曲了。相对于今天的人还能写出地道的旧体诗，作为曾经能够自由丰富表达的方式，今天的古琴就太惨了。

　　周明只能从具体的指法分析入手，尽可能地以技逆意地体会《无题》的语言。他发觉明子的指法安排偏于高古，用了大量的打、摘，而且声多韵少，极少注出吟猱。如果用钟鸿秋先生的指法特点来应对显然比较能得其意。比之那些著名的琴曲，这支曲子的每一段长度都很大，整体的宏大有些类似《秋鸿》，而指法、乐句的丰富又有些像《广陵散》和《潇湘水云》。这些年对此曲的打谱，大的框架模样是有了，而且可以肯定是一首极好的琴曲，但周明并不满意。更麻烦的是此曲未完成，显然其后还应该有不少于五段的内容。曲子的动机或者说心绪周明能够大体把握，展开的眉目也基本有了，很丰富，但如何在进一步丰富的基础上收束住，周明完全没有想法。因为他认识到这首《无题》有点类似生命的状态，进行时的状态，是制曲者明子且行且作的痕迹，他已经经历了丰富的旅程，将遇到什么、还会遇到什么，都是开放的等待，当然，也只有明子自己能够完成。

周明弹了一夜琴。天亮时分,周明站在窗口看山。天色由灰青变为透彻的金色,太阳从平缓的山梁上浮出,天地立时变得一派明畅。他想着《明子日志》上有过一段话,跟他此刻的心境颇为相似:"一宵奏曲,不觉天明。白月在天,而朝阳并出。滂沱夜雨忽止,山声飒飒,正是古诗'树杪百重泉'之境。大庄来函因大雨延至近二十日,想来叶子已生产,未知男女。唯祈吉人天相,母婴安康。"

周明决定再一次去梁溪,他想再去看望齐先生,二来,也想去找一找《明子日志》中说的竹林寺,虽然当地人说寺庙早已无存,但周明还是想去那个地方感受一下。

准备好行李,周明给徐大可打电话,问他在哪里,他要把两张旧琴寄放在徐大可那里。徐大可说他正在母亲那儿,让周明到那儿去。

周明在徐大可母亲那里吃了午饭,菜是三样,油焖冬笋、红烧鳊鱼、木耳青菜,还有一个萝卜排骨汤。翠锁尽管见过周明,但还是怕见人,自己在卧室里吃。徐大可和周明在餐厅吃。周明说菜很好吃,尤其是红烧鳊鱼。徐大可告诉周明,油焖冬笋、木耳青菜、萝卜排骨汤是保姆陈阿姨烧的,红烧鳊鱼是他母亲烧的。

"我妈的情况越来越好,真没想到。这全要感谢陈阿姨。"徐大可说。

"这真是太好了,"周明问,"陈阿姨怎么不在?"

"干私活去了,中午她要去另两家打扫卫生。下午还有一家。她挣钱也不容易。"

吃过饭，徐大可让周明看他母亲做的十字绣。周明跟着徐大可进了卧室，见徐大可母亲正在绣的是宋徽宗的《听琴图》。

"我妈绣的，怎么样？"徐大可说，"这是曾米诺的爸爸订的货。我妈的手艺现在很值钱。"

周明说："这么复杂细致，阿姨太棒了！我也要订一幅。"

翠锁抬头说："一万块。很值钱。"

周明笑道："阿姨，我和大可好朋友，能不能便宜一点啊？"

"那就一百吧。"翠锁说。

徐大可和周明都哈哈大笑。

餐厅和卫生间之间有一个吊柜，有一米多长，徐大可站在椅子上，把两张琴放进去。他说他那里现在太乱，还是放在这里安全。又说："这两张琴你不会卖掉吗？卖了去买'长清'。"

周明说："这你不懂，一是'长清'怎么可能卖，再说即便上拍了，也不是这两张琴的价值抵得上的。那是唐琴，钟先生的唐琴，天下第一的琴。"

徐大可说："这次你去梁溪，不妨跟齐先生开口，跟她借'长清'录音，她不放心的话可以就在梁溪找个地方录，我来请录音师上门录。"

周明说："我开不了口。"

"怎么开不了口？借用'长清'录音，又不是开口买让老人家心里不舒服。你试试，一定要开口。不开口什么事都办不成，开了口就不会有遗憾。"

"好吧，我看情况啊，能开口就开口试试。没准我一开口，齐先生会一脚把我踢出门。"周明说。

徐大可说:"要不我陪你去梁溪和竹林寺吧,这两天刚好没什么事,我也见见齐先生。我们俩还没一道出去游山玩水过呢。不行的话我可以先回来。"

周明说:"你去可以,到了齐先生那儿别胡说八道啊。"

这次去梁溪,是徐大可开车。快到梁溪的一大段路基本都是山路,满眼的翠竹和野花,景色越来越美。周明想,这一路坐车实在是有些可惜了,骑自行车或走路才更有意思。这一想法,在他们把车停在梁溪镇政府招待所门前的空场以后得到了实现。

下车前,周明看到镇政府前的空地上站着一匹马,拴在一棵松树上,松树很高,很好看。他急急地下车,想看看这匹马,他还没近距离地看过马。谁知一着急,一只鞋子脱落在车里,脚已经站到地上,而且发觉他的双脚是麻的,他只能站着不动,等待麻劲过去。

青黑色的马神情平静,对周明侧目而视,它结实得跟松树一般。周明对下了车关好车门到后备厢取摄影器材的徐大可说:"这地方有马。"

徐大可说:"这哪是马?骡子!原来你连马和骡子都分不清。呵呵。"

周明不好意思,穿好鞋,说:"马和骡子,其实我都没近距离地看过呢。"

徐大可说:"你看,这就是时代的差异,没看过马,没去过大漠,如何弹得好《大胡笳》《广陵散》?别的读书啊修养啊生活经历啊什么的不谈,我觉得现在的琴人只要闻闻马身上的味道,至少也能把琴弹出点味道来。"

周明说:"你这说法有意思!"

住下以后,他们决定先去找竹林寺。

因为到竹林寺的路尚未修整,完全是崎岖不平的土路,徐大可的小车不适合在上面行驶。两人只能下车步行。

路上能见到人,走路的,骑车的。徐大可说:"你注意到没有,这地方的人非常有特点。"

周明观察了一会儿,说他没发现这里的人有什么特别。

"没看出来?长得特别好,"徐大可说,"尤其是身材,腰很短,肩膀宽,四肢长,屁股往上翘,很有力量的结构。女人很漂亮,又性感。"

前些天这里分明下过雨,地上有些湿烂,鞋子很快就沾上了泥巴,走起来颇有些吃力。徐大可带着周明,选择踏着路边的草走,这样感觉就舒服很多。

徐大可说现在到处修路,没想到这里竟然还没铺水泥柏油路。早知道要步行走这泥巴路,不如坐船了。这边上就是河,只是需要逆水而行,太费时间。

周明说:"可惜了,坐船多有意思。"

路上一边是山,一边是河,河过去是田野,田野的尽头还是山,能够感觉那边的山之后是山连着山的情形。往竹林寺去的这一路,即是往山的深处去。走了不算远,河流越来越窄,在山脚下流淌,从田野中穿过。河虽不宽,却有着活泼的气质,将整个视野变得很有生机。

周明心里很是畅快，前所未有的感觉。这样的天气，他来寻竹林寺，跟自己最好的朋友。在古代诗文和古画里，他读过许多携琴访友的内容，崇山湍流，巨树修竹，或一高士，或有琴童抱着琴，后面跟着一头驴，走在山林之中，或在万丈悬崖上坐着，风吹动他们的衣衫，与天地浩茫的清气相融，说渺小渺小，说旷远旷远，是空灵放旷的境况。但看得多了，总让周明为他们感到寂寞与冷僻。现在，当他走在这山路上时，他才感觉到天地间的生机原来有一种可以将思虑化解成无形的力量。相比于触目可见的无言而生机无限的大自然，人的那点琢磨真是太微不足道了。

继续走了半个多小时，两人站在一个高处歇息，这里可以看到不远处的溪流上有一座石桥，过了石桥就有人家，是一个相当大的村子，白墙青瓦，密密地挤着许多房屋，都是旧建筑。周明说他没想到这个偏僻的山村竟有这么多人家。

周明说这话的时候，身边有一位老人经过，老人扛着一把锄头，手里拎着一只竹篮，竹篮里卧着一只老母鸡。听到周明的话，老人告诉周明他们，这里原来相当富庶，有远近最大的祠堂，祠堂里的私塾也是最大的，出过不少读书人，留洋的，到大城市办大学、开银行、做工厂的都有。

"这里有没有一个姓陶的啊？"

"有啊，"老人说，"原来这里的第一大户就姓陶，后来去了上海。现在这里最大的姓不是陶了。"

周明问老人这里有没有人弹琴。老人说："你说的是诸葛亮弹的那种琴吧？听老人们说以前这里弹这琴的人有几个，跟竹林寺里一个和尚学的。现在哪还有啊？"

徐大可问竹林寺在哪儿，老人给他们指了方向："去竹林寺要过桥，往山里拐，也不远，就在后坡。寺早就没了，现在做了养鸡场了。"

两人谢过老人，往老人指的方向走。

午后的山里有些闷热，两人走上石桥时却感觉得到凉风在河道上的吹拂，桥下的河水流速很快，也有凉意从桥下托起来。周明说这里的风水真是好，动静相兼，既宁静安逸，又不窒闷，站在这桥上，会让人往远处想事情。

过了桥，沿着河岸走了十分钟，拐过竹林，便见一处舒缓的高坡，坡上是一排简易的平房，屋前没有一棵竹子，只有一株粗壮的老松，树干笔直无枝，只在将近七八米高的地方有一根很粗的断了的侧枝。树顶的松针不多，使得这里的天看上去极高旷。屋后的山突然变陡，山上有竹子，也有些杂树。站在坡上回头看，不见村落情景，只能看到从不远处绵延至极远处的竹海。太阳高悬中天，照耀着天地间的竹林在风中微微起伏，真如海水一般。

"这样的地方，才适合弹琴。"徐大可说出的话正应了周明此时心中所想。他还想到，如果是清晨、傍晚或夜间，这里的情形应该美得惊人。让周明觉得有些奇怪的是，这里并不是崇山峻岭的高耸之地，却能俯瞰四野，包括远处的群山，得辽望之意。

周明跟徐大可说了《明子日志》，他告诉徐大可，这部手札中最多的内容都与梁溪和竹林寺有关。站在这里，他能感觉到一种特别的联结。他觉得这套日志是明子在冥冥之中交付给他周明一个人看的，是对他习琴的一种教导。尽管他早已读熟了这部手札，这部只有散碎、简单的生活记述、背景不明的诗文和一些琴谱的旧札，而且可以肯定不是史有所载的要人所著，但它的意义对周明而言是其他任何书籍所无法替代的。如同一位身边无言的师长的意义一般。周明着迷的并不是要从札记中获取什么古琴秘要，而只是在日复一日的阅读中发现自己进入了一次漫长的旅程，并越来越多地在这种旅程中"看见"明子，也看见自己，有一种与挚友同行共在的感觉。

"可惜的是不知道大庄和叶子的女儿秋儿后来干什么去了。"周明说。

徐大可说："秋儿？秋儿会不会就是钟先生啊？钟先生不是叫钟鸿秋吗？"

周明一愣，随后看着徐大可大叫一声："对啊！没错没错，秋儿就是钟先生！怎么一直把日志中的秋儿想成是女孩子了？大可你真是神人！太好了太好了，这样就弄明白了一件大事实！"

徐大可说："带我来有用吧？上回那首写席子的诗是我帮你解释清楚的，这回又帮你弄清楚了日志里的重要人物。你究竟是怎么读书的啊？"

两人很快找到了养鸡场。养鸡场用竹篱笆围起来，并不很大，地面是夯平的土地，一群鸡在地上啄食。几只大公鸡很显眼，脸红得像喝醉了酒。见到来人，像身边跟着老婆的汉子见到别人看他们的老婆似的，眼神身形都有些抖威风的意思。其中一只最大的公鸡站在板车的把手上，发出雄壮的叫声。

在徐大可高喊了几声"有人吗"之后，屋里走出一个戴眼镜、络腮胡子的年轻人，年纪看上去不过三十。他的个头不大，身板头颅都是方方的。脸黑红，神情很滑稽。他手里拿着本书，那样子与养鸡的完全挨不上号。

"对不起兄弟，我们是来寻访竹林寺旧址的，打扰你了。这里就是竹林寺吗？"徐大可开口问他。

那人愣愣地看了会儿徐大可和周明，黑脸上突然就咧开笑容来，说："还有人知道竹林寺？老八辈子的事情了。是的，这里就是竹林寺旧址。不过竹林寺的意思是一点也没有了，连我都没见过这里的寺庙，老早就拆了。"

"还是有寺庙的意思，房子没了，地方环境感觉还是有。"徐大可说，"能让我们进去看看吗？我叫徐大可，这位叫周明，是研究古琴的。"

那小伙子说："可以可以，请进，要看就看看，没什么意思，都是鸡了。前两年来过一个弹古琴的，年纪大的女老师，跟她女儿一起来的。"

两人跟着这人走进屋，屋里的干净简洁出乎他们的意料，靠墙竟有一排摆满了书的竹书架。徐大可凑过去看，说："你是学什么的？这里怎么什么书都有？文学的、历史的，还有不少有关飞机的。"

那人说："呵呵，我是学飞机制造专业的。毕业后去修飞机，不想干了，就回家乡养鸡。自由自在，挣钱也不少。"

徐大可说："不会吧，造飞机的养鸡？你怎么称呼？"

"杜杳泉。'杳'是'木'下一个'日'字，泉水的'泉'。"

周明说："好名字，你的名字简直可以做琴名。"

杜杳泉说："我爸说过，我和他的名字以前就是琴的名字。"

"真的？什么时代的琴？"

"也不是什么古的琴，这里早先有个和尚会做琴，跟我太爷爷一个时候，就在这竹林寺。他做的琴都有名字。我太爷爷觉得琴的名字好，就用来做我父亲和我这辈人的名字。我父亲叫远岚。"

"你太爷爷是做什么的？好像是高人。"

"不是什么高人，这里的私塾先生。那个和尚才是高人。"

"和尚是什么法号？"

"好像没什么法号，大人们说他叫大钟。"

"那，那些琴到哪里去了？"

"我爷爷说那些琴全都被大钟和尚的弟子送人了。"杜杳泉说，"你们坐吧，我倒茶给你们喝。"

周明说："天哪，真是妙闻。竹林寺有故事啊。好，真是好。大钟和尚的弟子叫什么名字？你见过吗？"

杜杳泉说："我没见过，连我爸都没见过，我爷爷见过的。大名不知道，都叫他明子。"

听了这话，不止周明，连徐大可都呆住了。

"你还知道明子其他的事情吗？"周明问。

"不知道啊，我爷爷那辈人可能知道。"

"你爷爷还在吗？"

"不在了，去世也有二十年了。"杜杳泉说着，一指电视，说,"对不起,等一等啊。我要看电视了,每天都要看的电视,财富故事。你们坐你们坐,自己倒茶,看完电视再跟你们聊。"

竹茶几上有茶叶茶具,徐大可倒了三杯茶,坐在竹椅子上,说他也常看这个电视节目,说好看,让周明也坐下。

电视主持人是个圆脸大耳鼻直口方的光头,声若洪钟,字正腔圆,说话如同说书一般。节目的内容是讲一个市民旅游期间偶尔喜欢上一种善跑的外国瘦狗,突发奇想,弄回几只到国内繁殖,结果发了大财。

徐大可也看电视,他和杜杏泉看得津津有味,不时交流以前看过的这档节目,说其实财富到处都是,缺的是发现财路的眼光,说还有人养鸽子养鱼养虫子养狐狸养野猪发了大财呢。

徐大可说:"你看,都是养动物,人家的思路就特别,你养鸡就不行,鸡谁不能养啊,养鸡能赚什么钱?"

杜杏泉说:"那可不是!我的鸡你好好看过了吗?没发现什么吗?所以,没人知道我的鸡的妙处。你知道我的鸡卖多少钱一只吗?两百块。不论秤,只论只,一只两百块。正宗野山走地鸡,没有一丝肥油,一次飞行距离达三十米以上。你以为是一般的鸡吗?不是。"

周明自己对这样的电视一点也没兴趣,见他们看得高兴说得来劲,就走出屋,看外面的景象。他留意了一下鸡场里的鸡,果然发现这些鸡长得个头都不大,精神头特别好。平地过去是很长的长着杂树的陡坡,鸡们都站在陡坡上觅食。周明往坡上走了几步,这些鸡就都扑棱翅膀飞起来,而且的确飞行能力不凡,有的直接飞到高高的树上。林子里顿时一片喧腾之声。

造飞机的，来山里养鸡。周明想着这事，心里要笑。他走出竹篱笆门，走到先前他站在其下的老松前往远处看。此刻，阳光均匀地广布四野，没有风，使这广大的世界显得非常宁静，宁静得引动起幽微活泼的心思。天地间仿佛是有着一些什么声响的，可是并不动情，或者可以说这是一种极大气的声响，让此刻的他感受到某种前所未有的心怀。周明站在阳光里，无可无不可地看远山。他发现在老松和远山之间有一道低缓的山梁，山梁上除了三棵笔直的树，别无其他。这三棵树比老松要小一些，它们挨得很近地站着，像三个俊拔的少年。在此刻周明的感觉中，它们与老松之间好像存在某种关系，相互间有些距离，又可以清晰地看见彼此，好像是刚刚进行过炽热的交谈和告别，此时又遥遥地相互招手。

在竹林寺这样的地方，视野如此之广大，远山层叠迤逦，很容易心生远行之念，大庄和明子站在这里，也应该常常心生这样的念头吧。

远方又怎样呢？对于竹林寺来说，那些喧嚣的城市、焦躁的人群不也是远方的内容吗？去了那里又怎样呢？携琴访友内容的古画上，都是高士进山，从来没见过有谁从山里抱着琴去往都市访友的。

城里的生活是机械、被动、乏味的，清新可爱的事物和心情被无数庸常的东西挤迫得难得一遇，眼中所见与心中所想多半是无聊、空洞、形同虚设的。然而，正是在这样的状态中，周明每每地感受到自己心里强烈的对美的冲动，他弹旧曲的时候，往往弹着弹着就开始离开旧谱，瞎弹一气。尽管没有完整的结构，但那些即兴所得的乐句往往让周明的心思走到极远的地方，令他喜不自胜。可是，当他过一些时候再弹它们，当时的感觉却发生了变化，周明觉得他所写的所有的乐句都沾上了时髦的味道。不错，是新的，却是浅薄廉价的。

现在，周明就站在传统琴人制曲的地方，山水天地就在眼前，他心里响起琴声，仿佛在自由生长又仿佛在相互叮咛嘱咐的声音。

周明心说，琴啊琴，有琴真好。

25

徐大可是去竹林寺的当天就连夜赶回江城的,在梁溪镇政府招待所和周明吃晚饭的时候,徐大可接到陈阿姨的电话,陈阿姨说家里着火了。徐大可一听,脑子里立刻想到的是周明寄放在那儿的两张琴。

"怎么回事?我妈没事吧?"徐大可走到餐厅外问陈阿姨,"烧得厉害吗?消防车来没来?"

陈阿姨一边哭一边说:"对不起啊徐老师,我不在家,去别人家打扫。你妈烧菜,完了忘记看火了。你赶紧回来吧。你妈没受伤,不过被吓着了,情绪有点不对头。"

"琴呢?"徐大可压着嗓子。

"什么琴?家里没有琴啊。"

徐大可说:"我在外地,马上赶回去。你把我妈稳住。"

周明这时走过来:"是不是出什么事了?"

徐大可说:"没什么没什么,我妈精神又不大对了。"

"那你得赶紧回去啊。"

"是啊,我这就开车回去。"徐大可说,"你不用担心,也就四个多小时路程。十一点前肯定到家了。你继续吃吧,我走了。"

周明见徐大可情绪不对,叮嘱他路上千万小心,别开快车。"到家一定打个电话给我啊。"

徐大可答应了,然后开车往江城赶。

到了母亲的租住地,上了楼,还没进屋,徐大可就闻到了令他崩溃的味道,是一种无法形容的毁灭的味道。

屋里很黑,地上到处是水,在手机电筒的亮光中,他看到了陈阿姨和他母亲,翠锁的表情似哭似笑,一只手紧紧地攥着陈阿姨的胳膊,另一只手拿着一块布,好像是烧坏了的十字绣。陈阿姨的手里拿着拖把。

徐大可把手机的光照向那个吊柜所在的地方,因为柜底已经被烧掉,那里明显变高了。

"这个是不是你说的琴?"陈阿姨的眼睛不敢看徐大可,她用拖把指了指地上的东西。

徐大可低头一看,脸都麻了。地上的东西正是琴,尽管已经完全不成形状了,但徐大可知道那两撮东西是周明的琴。

徐大可走到母亲身边,抱住她,拍她的背。他说:"妈,走吧,去看看你孙女。陈阿姨,你回去吧。怪谁呢?这都是命。"

翠锁丢开陈阿姨,被徐大可扶着走出屋子,下了楼,上了徐大可的车。手里始终攥着被火烧过的十字绣。

领着母亲走进自己住处的屋里,已经是半夜了。到家之前,徐大可给余韵打了电话,把事情大致地说了,告诉余韵他一会儿要带母亲回去。

徐大可没想到余韵第一眼见到他母亲是笑的,他诧异地转脸看母亲,才明白余韵为什么会笑:翠锁满头满脸的黑灰,张着嘴巴,眼神吃惊,显得十分滑稽。

"我要回家。"翠锁拉着徐大可说。

"这就是家啊,你儿子的家。这是你儿媳妇,余韵,她叫余韵。"徐大可说,"马上给你洗个澡,今天你先睡沙发。明天给你买个单人床。"

徐大可要帮翠锁洗澡,余韵说:"你还给你妈洗澡啊?还是我来吧。我给你妈洗澡时你看着可可,她醒了就哭,女孩子就是烦。"

余韵找了几件自己的衣服,把翠锁带进卫生间。徐大可坐在客厅里,不一会听到了淋浴的声音。他很清楚着火之事一定吓着母亲了,他担心母亲会发作起来攻击余韵。他听到母亲在卫生间里说话的声音,"我要回家",那声音是轻微羞怯的,这让徐大可心里略微安定了一些,而余韵的声音更是让他如释重负,他听到她柔声地说了好几遍:"这就是家啊。"

徐大可给周明打了电话:"还没睡吧?我到家了。出大事了。"

"咋了?"周明问。

"我妈那儿失火了,你的两张琴都毁了。"徐大可说,"对不起啊周明,真不知该说什么。"

周明那边静了一会儿以后,徐大可听到了周明非常镇定的声音:"大可,你应该先告诉我你妈妈有没有伤着,家里着火,你不先告诉我阿姨怎样了这太不对了吧?你听好了啊,这两张

347

琴,也许命中就不该归我,我得来也多少有些不义。毁了就毁了。你不是说过,这个世界没有钟先生,甚至没有古琴也没啥了不得吗?"

徐大可说:"你不用劝我,这琴我得赔你。这个世界,我可以辜负有些人,但我决不会辜负你。"

周明说:"呵呵,你徐大可也有屄的时候,跟我说这些也不嫌'异怪'。行,你要赔你赔,但我只要这两张琴,一张'何如'一张'卧游',其他我都不要。除非你拿'长清'来抵。好了大可,你安心睡觉,我那个专辑该我的钱我不要了,都归你,房东那边估计要你赔一笔的。我赤条条一人,无牵无挂,要钱何用?齐先生那儿我不去了,明天就回去陪你。就这么说啊。"

徐大可长叹一声,挂了电话。

余韵穿着被淋得湿透的睡衣,扶着翠锁出了卫生间。徐大可接住母亲,扶她在沙发上睡下。翠锁穿的是余韵的衣服,她的神情颇有些欢悦,指着衣服对徐大可说"好看"。徐大可说:"好看好看,妈,睡吧睡吧,别再闯祸了。"

"谁闯祸了?"翠锁抬起身。

"没没,没人闯祸,你快睡吧。"徐大可把母亲按回沙发。

就在余韵自己也冲了澡走出卫生间时,徐大可的手机又响了,他以为是周明的,却发现是曾米诺打来的。看到手机上显示的"米诺"二字,徐大可立刻就种不好的感觉,因为曾米诺从来不会在这个时间打电话给他。

余韵在徐大可身边用毛巾擦着头发,看徐大可接了电话。

"谁?"余韵问道。

徐大可把手机放进裤兜里，对余韵说："曾米诺，跟你说过的那个歌手。突然打电话，说有个男的喝多了纠缠她。我过去一下吧，很快就回来。"

"你是110吗？还是你跟她之间有什么？"余韵说，"自己的事还没弄好。行啊，你去吧，我不管你。你不是最烦别人管你吗？"

徐大可说："对不起啊，只是一般朋友，我去去就回来，你要相信我。"

徐大可开车去曾米诺在电话里说的地方，那个地方离音乐学院不远，是一幢没有电梯的老公寓楼，楼梯很奇怪地暴露在外面。徐大可爬楼时打电话，问清了曾米诺在哪里，然后找到了六楼的617房间。

徐大可敲了门，是曾米诺开的门。屋里乱七八糟，地上，桌上，茶几上，到处是酒瓶子，哈维躺在沙发上，面如死灰，眼睛闭着。

"怎么回事？"徐大可指指哈维问曾米诺，"你怎么不回家，还在这儿？"

曾米诺说："他喝多了，他喝多了会吐，我怕他出事。"

"他这是死了还是睡着了？你就不怕你出事？你不是说他吸毒吗？你不是说他对你纠缠不休吗？这种人不如让他死了算了。管他干啥？"

曾米诺哭了，说："我怀孕了。"

徐大可看着曾米诺，又看看敞着怀像死狗一样的哈维，他的右手压在身下，左手耷拉在沙发边，他的手超大手指超长，

349

但这只手缺了一根小指。徐大可知道,这是他醉后自己剁掉的。

"我送你回家。"徐大可过去拉曾米诺。

曾米诺说:"我害怕。"

徐大可大声道:"你现在知道害怕了?你不是什么都不怕吗?你有钱,有激情,你玩个性玩潇洒,你想抽啥抽啥想玩谁玩谁,你再把你的大麻抽起来啊,你再脱了胸罩穿着背心把你的奶子荡起来啊!你怎么尿了?怎么这么个假洋鬼子尿驴就让你怀上了?走!回家!"

这时,躺在沙发上的哈维突然支起身开口说话了:"哎哎,这他妈谁啊?"他伸手在茶几上乱摸,对曾米诺说:"我的烟呢?把我的烟拿来!"

曾米诺说:"你醒了?你醒了我就走了。"

哈维站起来,一把抓住曾米诺的胳膊,然后抱住她:"宝贝,你可不许走!我一无所有,只有你。"

曾米诺用力地推哈维,却没能挣脱开。徐大可过去拍了拍哈维,说:"你丢开她。"

哈维丢开曾米诺,眯着眼睛从长发的间隙里看徐大可,说:"你他妈谁啊?你是她爸还是她哥啊?我好像见过你,你不就是那个吹死了人才吹的唢呐的吗?"

徐大可说:"我看你没醉,没醉就别装了。我是米诺的朋友,现在要带她回家。你别纠缠她。"

哈维说:"屁话!你是她朋友,我还是她男人呢,你把她带回家,她肚子里是你的种吗?"

"我这是好好劝你,你给我听明白了。你明白,明天找个警察来带你去戒毒所。"

徐大可拉着曾米诺要走,哈维突然从地上捡起一只方形的酒瓶砸向徐大可,徐大可脑子"嗡"的一声,觉得有东西从左眼流出来。他闭着左眼,猛地掐住哈维的脖子把他放倒在地,抡起拳头砸哈维的脸,直到哈维瘫软在地。

"赶紧打110,他不行了。"徐大可站起来,捂着左眼。

曾米诺浑身哆嗦着用手机报了警。不一会儿,来了三个警察。简单问了话,一个长得挺帅的小伙子让曾米诺和徐大可跟着去公安局,另一个年龄稍大一些的警察说:"还是先送医院吧,这位勇士的眼睛都烂了。功夫好,跟泰森去打啊。哎哎,地上这位,都打哈欠了,别装了,起来吧!起来吸两口提提精神啊!"

徐大可和哈维被送到省人民医院急诊室。给徐大可的眼睛做处理时,医生说夜里的急诊只能把碎玻璃清理掉,伤口包扎一下,眼睛要第二天看眼科,估计左眼保不住了。哈维的伤不重,医生简单处理以后,警察要带他去公安局。警察对曾米诺说,徐大可的伤很重,现在先回家,明天到眼科看过医生以后,自己去鼓楼派出所一趟。

徐大可和曾米诺正要离开医院,迎面过来两个人,是曾米诺的爸爸和妈妈。见到父母,曾米诺又开始哭。

曾米诺的父母以前在医院见过徐大可,曾军对徐大可说:"没想到在这儿见到你。眼睛没事吧?"

曾米诺说:"医生说大可左眼可能不行了。"

得知夜里没有专科眼医,曾军说:"这怎么行,一耽误就麻烦了。"

说着,他不知给谁打了电话,对徐大可说:"就待在这儿别动,一会儿医生就过来。"

果然,不一会儿就来了几位医生护士,把徐大可带进手术室。

等徐大可醒来,他发现自己在病房的床上躺着,视线感觉有些奇怪,他意识到他现在只用了一只右眼在看东西。他看到了抱着可可的余韵,还有曾米诺,曾米诺的父母。

"我的左眼。"徐大可说。

曾军说:"你先安静地躺几天,等拆线了再说。"

余韵在一旁说:"还等什么拆线,医生不都讲清楚了,左眼完蛋了。"

曾军说:"弟妹,实在对不住啊。所有的费用我来。你们家大可是好人,其实我们早就认识,他在医院侍候他老师时我们就见过,还以为他是他老师的儿子呢。这样的好人如今不多了。"

余韵说:"是啊,我是瞎了眼,找到这么个滥好人。"

曾军拿出一只文件袋来递给余韵:"这是十五万,弟妹你先拿着用。回头你告诉我你的银行卡号,我再打一笔钱给你。你放心,大可今后有什么事,你们有什么困难,都是我来。"

徐大可说:"钱不要,这事不怪米诺,都是命。我自己有钱。你们走吧。"

曾军还是把钱留给了余韵,带着老婆和曾米诺走了。

"我妈呢?"曾军他们走后,徐大可问余韵。

余韵说:"她在家。"

"我没事,你回去吧。现在几点了?"

余韵告诉徐大可现在是下午四点半,问他想不想吃东西。

徐大可说:"完全没有饿的感觉。周明没消息吗?"

余韵说:"他刚走,到你妈那个房子去收拾屋子了。房东要我们赔钱。"

"他们要多少?"

"五十万。"余韵说,"还要我们把房子恢复原样。"

徐大可说:"我的皮夹子呢?里面有三张卡,卡上有两万多。书架上有本《唢呐曲集》,里面夹着两张存单,一张两万,一张一万。都是两年的定期,应该就在最近到期了,可以取出来。"

"你就这点钱啊?"

"当然不止,不是有张卡在你手里吗?还有一百万给方继安投资了,他说半年能挣三十万。这钱有周明一半,我把他专辑的钱也投进去了,也带他挣点钱。我和谈丽都投了钱让方继安理财。等这笔钱拿回来,我们换一套大一点的房子。"说了这些,徐大可又说,"有件事还是告诉你好,那边失火,周明寄放在那儿的两张古琴被烧掉了,两张明代的琴。等方继安的钱回来,还是先赔周明。不过,这点钱远不够赔这两张琴的。"

余韵脸色很不好看,她说:"你真有本事啊,什么都不要我管,什么专辑?什么古琴?投什么资?我怎么什么都不知道?你怎么赔?你成了独眼了,今后拿什么赔?拿什么养家?"

徐大可闭上眼睛,不说话。他的脑子里也是一片混乱。

这时,徐大可的手机响了,余韵接电话,她听电话的时候,徐大可睁开右眼看余韵，他见余韵的嘴越咬越紧，两行眼泪从她眼睛里流出来。

"谁啊？"徐大可犹豫地问余韵。

"王八蛋！徐大可你个王八蛋！什么都叫你毁了！"余韵丢下徐大可的手机，抱着可可冲出了病房。

徐大可拿起手机，回打过去，他问谈丽："你跟余韵说了什么？"

谈丽说："我告诉她我们的钱都没了，方继安投资失败了，钱全都被骗了。"

徐大可火了："你跟她说这些干吗？她是她，我是我。"

谈丽说："你发这么大火干什么？我怎么知道她是她你是你，你们不是一家子吗？我不也倒了大霉吗？"

徐大可说："你倒霉？我他妈不倒霉？我现在想死！"

徐大可丢下手机，他的左眼开始剧烈疼痛，无法忍受的疼痛，疼得他浑身发抖。

26

　　夏天如同一次糟糕的彩排混乱地过去了。余韵离开了徐大可，带着可可回了故乡润城，那也是周明的故乡。周明记得上大学有一年的年三十，一个大雪天，他在龙吟寺见到过和哈维在一起的余韵。

　　得知余韵和徐大可离婚的消息以后，周明回了一趟润城，他打电话给余韵，想约她谈一谈。其实周明也不明确如果见到余韵能跟她说些什么。事实是余韵一接到他的电话就拒绝了与他见面，她说："一切都结束了。徐大可这个人已经从我的生活中消失了。"

　　见不到余韵，周明打消了劝她回心转意的念头，回了趟自己家，他想去看看父母。

　　这些年，周明只在春节时才有空回家。跟所有地方一样，这里也是到处拆房子建房子，挖路筑路，隔一段时间不来，就有面目全非不辨东西的感觉。房子的建筑各地基本是一个样子，毫无特色可言。

　　这段时间周明感觉到很累，以至于回家只有很短的路，他坐在出租车里竟然睡着了,直到出租车司机捅他的胳膊,周明才猛然醒来。虽然他睡着的工夫不长,却做了一个梦。梦中他看到母亲手里拿着一把木尺,在和父亲吵架。母亲说尺子应该是五根弦,父亲说是六根。周明记得自己在梦中向父母解释,尺子不是五根弦也不是六根弦,而是七根。

走下出租车的周明想,真是奇怪的梦,尺子哪来的弦呢?

父母当然知道尺子没弦而古琴有七根弦。又想起,那根尺子是他小时候顽皮时母亲用来打他的红木尺子。父亲打他都是用巴掌。"你上初中以前,实在是太皮了,没一分钟能好好坐着。"母亲有时会对周明"责问"他们打他做出这样的回答。母亲还说:"你皮,打你,我们也心疼。可是等你上了初中变得沉默寡言,我们又希望你还是像小时候那样欢蹦乱跳的好。人就一辈子,只要身体棒棒的,凡事想得开,就什么都好。读书,弹琴,结果把自己弄成反应迟钝呆兮兮的,有什么意思?"这样的话,在母亲说起他谈对象找老婆的事情时都会反复提及。母亲告诉周明,小时候和周明在一起玩、跟他一样皮的同学许力勤早就结了婚生了儿子。而且离了婚又找了一个。"许力勤真有本事,大学没上,大把挣钱。离婚时净身出户,房子、车子、存款都给了前妻和儿子,没过两年,又成大款住上别墅了。他妈成天穿金戴银耀武扬威,我们一起在街上练操的朋友都烦她,一群人里就数她跳得难看,她却不知好歹,老是笑话人家跳得不好。"周明的母亲退休后迷上了跳操,每天在家里说的多半是跳操的事情。周明每次回去,见母亲这么热情地参加社会活动,很是高兴。倒是父亲退休后的状态有些让他担心,平时父亲买菜烧饭，除了爱看电视，没有其他爱好。生活于父亲而言，只是随顺着日子的流动简单地前行，没有目标，没有消遣。电视剧里人们的喜怒哀乐是否真的那么牵动他的关注也似乎并不明确，父亲看电视的时候好像总是在走神的。想到这些，以及母亲时常直接开口提及要周明早点结婚生子给他们带的话题，周明都不免想起自己的婚姻，不是恋爱，而是婚姻。婚事已经成了他对父母的担当，这是周明以前没有想到的情况。

穿过一条小街，周明拐进他家所在的小巷。以前这里除了他家以及前后两幢楼房，其他都是老旧的平房，巷子里有一家卖日用杂货的小店和一家粮站，几条巷子的交叉口有一个井台，井台旁是一棵很大的合欢树。这里是周明小时候和小伙伴们一起玩耍的地方。周明记得小学快毕业时，他和许力勤等一帮邻居小孩在井边玩玻璃弹子，不知谁说起要到井里去，但说归说，没有人真的下井。许力勤说如果谁有胆量下井，就把在场所有人的玻璃弹子都给谁。周明数了数各人拥有的玻璃弹子，共计五十六颗之多，其中花瓣精品有六颗。当时对于周明这样的孩子来说，这是一笔像样的财富。周明脑子一热，下了井。时至今天，这都是周明引以为豪的壮举，尽管他的一只布鞋脱落下来沉入井底，但本来输光了自己弹子的他赢得了五十六颗玻璃弹子。他双手双脚撑在井两边的砖块上，抬头往上看，井口上聚满了兴奋的脸，阳光在他们的后面，显得极为遥远而迷人，一朵合欢花穿过那些脑袋，掉在他脸上，又与他的一只布鞋一道落入井水里。

长大以后的周明常回顾自己简短的生涯，他意识到，自己从顽皮到沉静的转变大概在一个偶然的事情之后。那是一个夏天，许力勤当兵的哥哥回家探亲，他请来了在文工团当乐手的同学。许力勤的哥哥背着一架扬琴回家，他那个一口黄牙的瘦子同学在许力勤一楼的家里将扬琴架在一口缸上面敲击琴弦，周明和一些激动的孩子挤在许力勤家的窗子口往里看。天黑下来时，其他孩子都回家吃饭了，窗口只剩下周明一个人。然后，他看着许力勤的哥哥、扬琴手和许力勤在屋子里吃饭，喝"光明"牌啤酒。周明期待着扬琴手酒足饭饱之后再一次用那双筷子一般的东西敲出音乐来。然而，这份期待没能得到满足，那个扬琴手饭后除了抽烟说话，没有再弹琴，他还走到窗边，在周明脸旁边往外吐了两口痰。周明觉得他吐痰的样子都与众不同，那痰吐得非常有力，好似玻璃弹子一样射到泥土里。回到家里，周明学着扬琴手的样子，用筷子敲击长条凳，发觉自己竟能够一句不差地在心里响起扬琴手敲出的曲调。这天以后，周明常常向许力勤打听那位扬琴手的事情，但许力勤对此毫无兴趣，他关心的是周明积攒下来的一大鞋盒玻璃弹子。直至在另一个夏天听到广播里的古琴音乐、见到姑父拉大提琴之前，周明都没能再近距离地看过其他任何高手的乐器表演，而那次缸上扬琴演奏的风采在少年周明心里长久地挥之不去。每天他定时守在收音机旁，听音乐节目，无数次地幻想着有朝一日自己也能亲手弹响一件乐器。得到第一张古琴的那天，周明失眠了。他眼睁睁地盯着天花板，觉得天花板上缀满了琴徽一样的星星。那张琴花费了父母两人一年的工资，周明的心里充满了对父母的感激。

许多年过去了,周明住着的原先鹤立鸡群的楼房已经显得很寒碜,这里盖起了许多更高的楼房,那口井和旁边的合欢树早已荡然无存。巷子里除了以前的杂货铺,还多出了许多的买卖,特别是到了下午,巷子里挤满了小吃车,卖凉皮的、鸭血粉丝的、馄饨面条的、炸鸡块的,实力稍强一些的,则破墙开店,做家常菜的生意。在巷子里做这类生意的"前辈"是许力勤,高中刚刚毕业,他已经开始在巷子里做买卖,先是摆地摊卖他自己从河里捕来的鱼虾,后来贩衣服和盒式音乐带。等别人仿效他做小生意时,许力勤已经在最繁华的商业街开了服装店和电器行,后来又做电脑生意,成了城里屈指可数的电脑商。但许力勤真正发大财还是做了房地产之后,城市改造给了早就收获第一桶金的许力勤更大的发展机会。与许力勤生意的发展相对应的,是周明日复一日地习琴,十多年来,周明除了弹琴还是弹琴,故乡以及许力勤们的变化于他而言是遥远模糊的存在,琴中一日世上千年的现实对周明从来没有引起过什么震动。从进音乐学院开始,周明离开故乡,只有寒假暑假回家,假期中大多数时间也是待在家里弹琴看书,或是到市图书馆看书。中学同学难得见面,即便见面,可交流的东西也很少。工作以后,每次春节回家,周明待在家里读书弹琴,书读得差不多了,他的假期也结束,背着背囊去火车站,上了火车,回到工作的城市,坐地铁,回到自己的小屋。故乡对于他而言,只是父母的代名词而已。

无论是故乡还是大城市,身边都是熙熙攘攘、密密匝匝的人群,大家都忙着生活,热切而焦躁,而周明似乎始终原地踏步，目标愿望都是模糊的。身边的一切与他都关系不大。他不是古代隐于市的大隐，却在不知不觉之中置身于这样的境地。如果要说他是生活在别处，却又完全不是那么回事。爱上一个人，成个家，深切地潜伏于他的意念之中。无所事事的时候，周明归纳了自己找对象的标准，首先要善良温厚，其次是勤劳；相貌只要顺眼就行，皮肤要好。不必有什么艺术才华，但必须通情达理。他想，符合这种标准的女孩子应当相当多，大多数女孩子无非都是这样的人。可是，当周明对所遇不多的女孩子进行了与他共同生活的预想时，却又沮丧地发现自己的标准有多么苛刻，这种说不清道不明的苛刻几乎可以说是矫情的，令他自己都越来越感到绝望。而耳闻目睹越来越多离婚的周明在尚未有相关经历的情况下已经不断地黯淡了心里的冲动。特别是前一段时间对小宋无疾而终的"恋爱"，更是让他对此事的热情遭到了打击。

好在每次听钟鸿秋先生的录音，或是打《明子日志》中那首未完琴曲时，周明会立即忘却内心所有的虚浮纠缠，进入生机勃勃的天地，那些困惑和遗憾一时间都会在琴音中消隐而去。为此，他意识到自己的生活有多么奢侈。但是，这样的时刻非常短暂，大多数时间，无论是晴天还是阴晦之日，周明还是会长时间地盘桓于那些纷乱的心绪之中。古琴成了他生活中极重要的内容，成为他生活的一部分，然而这部分内容又是那么虚疲脆弱，这让周明沮丧。

周明回到家中时，已经过了晚饭时间。家里只有父亲一个人，灯都没开。

周明父亲问周明有没有吃过饭,告诉周明,他母亲去中心广场跳操了。他对周明说,有几样事情要告诉他。一是周明母亲体检时被查出肺癌,晚期,但她拒绝入院治疗;二是他们这些年来积了点钱,将近三十万,想交给周明;三是许力勤的母亲想帮周明介绍一个对象,他们了解了女方的一些基本情况,觉得还不错。

周明说:"生病怎么能不去看医生?妈妈年纪还不算大,无论如何也得去看啊。"

周明的父亲说:"你妈的性格你又不是不知道,她说她的事情由她自己做主,绝对不进医院。我想,她是因为怕花钱,她说不是,而且,别说没钱,就是有钱,也决不受医院的折磨。家里的这些钱也是她得病后提出要给你的,说是贴补你买房子。妈妈还说,等她一死,这套房子也卖掉,把钱给你。别看这套房子面积不大,地段、学区在市里现在却是最好的,房价不低,能卖六十多万。"

周明说:"不行,胡闹嘛。我去找妈妈。这事要听医生的。"

说完,周明自己出门去了中心广场。

中心广场原先是这个城市最大的百货商店所在地,后来有了更大的商城,百货商店拆了,留出一大片空地,种了树,立了历史名人的雕像,算是美化城市的举措。

广场上甚是热闹,最抢眼的是几群老年舞蹈队,各据一方,在音乐声中跳健身舞。也有跳交谊舞的,老头老太热烈地抱在一起,旁若无人地沉浸在想象的浪漫之中,旁边的人看了,多半会觉得某种可爱的滑稽。

周明很快找到母亲所在的群体。这一阵营最大，人最多，队伍最齐整，音响设备最高级，人全都是老太太，随着欢快的音乐，"年轻的"老太太们举手投足扭腰摆胯，脸上的那份快乐着实让周明心里一爽。母亲也看到了周明，她对周明抛了个眼神，继续将正跳着的舞跳完。在整个队伍中，周明的母亲跳得非常出色，比领舞的许力勤的老妈跳得不知好多少。

一曲跳完，许力勤的母亲拍着手让众队员靠近她，她用地方普通话向队员们宣布后天参加一次大型活动需要准备注意的事项，号召伙伴们拿出全部的本领，给"最美老年舞蹈队"脸上增光添彩。老太太们把手摞在一起，大声"嗨嗨"了两声，各自散去。

刚听父亲说母亲重病消息时，周明心里非常压抑，而此时他站在欢腾的老太太们旁边，看着母亲一脸开心的样子，那份沉重一下子云散了不少。

"儿子，是不是你老子打电话给你，说我快死了，让你来家逼我去医院治病？"周明帮母亲收拾道具时，周明妈对周明说。

周明说："你不要神头鬼脸不把病当回事，进一步检查，然后再听医生怎么说。"

周明妈一边叫许力勤的妈过来，一边说："癌，查过两次了，癌。癌又怎么样？不得癌又怎么样？你妈是谁？文化不高觉悟高，绝对想得开。你不信问力勤妈，我们这个舞蹈队，有好几个得癌的，死了两个了。很正常。别人怕死，热爱舞蹈的老太太不怕死。"

许力勤的母亲走过来，她是个瘦子，胸部明显人工堆出两个圆浑的乳房,眉毛画得又长又重,像双把镰刀戳进两鬓,浑身香气扑鼻,一条白金钻石项链十分抢眼地挂在她皮肉松弛的脖子上。她过来搀着周明母亲的胳膊,说:"明明,你妈太了不起了,真是太了不起了,从来都是热心肠,好性格,心里没鬼花样精。奇怪这么好的性格也会得病。我每天都劝她再去看看病,到北京上海去重新诊断一下。她不肯唉。我说钱的事情你放心,我再小气再穷,你看病的钱我都会拿。但她死活不肯唉。不过要我说,你妈的决定也有道理,多少癌症是被治好的?拖到医院,给他们开膛剖肚折腾,钱花了,人受罪,结果屁用也没得,死得反而更快。要叫我得这病,也跟你妈一样想。跳舞,一天能跳都继续跳,活一天快活一天。"

母亲和许力勤的妈话都多,她们说个没完,周明插不上嘴。后来许力勤妈说起给周明介绍对象的事情,无论周明怎样表现出不想谈这事的意思,她还是告诉周明,女方今年二十五岁,润城人,现在江城海底世界当驯养员,专门驯海豚的,人很漂亮温柔。周明妈还说了一句:"屁股不小,一看就能生。"许力勤妈说她和那个姑娘说过周明,人家表示很有意愿接触。

周明说:"谢谢谢谢,刚知道我妈得这么重的病,哪有心思谈朋友?还是以后再说吧。妈,先回家吧,我还没吃饭呢。"周明说着,拉着母亲往家走。

在回家的路上,母亲走得很慢,仿佛很累的样子,这与她跳舞时的表现有着很大的差别。周明搀着母亲,说:"妈,我看你还是别逞能,身体不好,这么剧烈的舞怎么受得了?"

周明妈岔开话说:"你爸把钱给你了?明天就去银行,你有银行卡吧？把钱打到你卡上就行。"

周明问他妈哪来这么多钱，这些年供他上大学，怎么还能存下这么多钱？周明妈告诉周明，钱都是攒下来的，还有就是她退休后在家开了个小饭桌，供应附近小学的孩子们来家吃午饭，她饭菜烧得好，生意很不错。最近感觉有点疲劳，周明父亲的心脏也不太好，不想让他辛苦，才不再挣这份钱。

"反正到后来都是你的，不如早点给你拿走。"周明妈说。

"我有工资，钱够用，结婚还不知道是哪天的事，再说，你儿子这么有才，可以找个有钱女人结婚。我们家光线不好，客厅里基本没有阳光。你听我的，把这套房子卖了，换一套阳光好的一楼房子，安度晚年。存下来的钱，你们自己花花，看病也用得着。"

"说不去就不去！你这孩子出去这么多年，怎么像没见过世面似的。哪个不病不死啊？随他去吧！"周明母亲说，"我看我还有得活，人家得了癌症又自己好了的多得是。你赶紧结婚，我还能帮着带孩子。"

回到家，周明让母亲洗澡休息，他自己下了碗面条吃。在灯光下，周明见母亲脸色灰白，背也明显有些驼，心想母亲其实最清楚自己的身体状况。他不知道如何劝母亲母亲才肯去医院接受治疗。

周明拿了家里的钥匙，说他要去网吧收邮件，让父母早点睡觉歇息。其实他到网吧并不是为了收邮件，而是上网查找肺癌治疗的各种资料。网上的相关资料很多，意见莫衷一是。比较能让周明接受的看法是，就目前医疗水平而言，晚期癌症无法根治，只能通过适当的医疗减轻患者的痛苦，尽量地延长患者的生命。有一个帖子写道："癌症病人的生命等于上了滑滑梯，回头已无可能，唯一可做的只是想法子让滑滑梯的坡度变得缓一些，不那么陡，而且，过程中要给病人更多的快乐。"这种说法周明心里是接受的，他准备回去以后再托人去打听打听有没有好一点的方案。

周明在网吧里待了很久。除了看有关肺癌的资料，他也浏览了一些网上的古琴信息，大多数都是一些演出活动的消息，似乎就那么几个人，弹来弹去就那么几支老曲子，这些与他以前偶尔关注的情况没有什么变化。但他也发现了一些新的情况。一是有两位青年琴家开设了网上古琴教学课程，水平虽然不怎么样，内容也很浅，但是好像影响不小，学的人很多。二是网上有关季风的消息相当多，还有弹琴的视频。标题往往很显赫，"新一代琴家的标杆""国内最年轻的古琴教授新曲横空出世扣人心弦""当世伯牙数季风，手挥五弦送归鸿"。

回到家躺在床上，听着父母在隔壁小声的说话声，周明一夜未眠。他想得最多的倒不是母亲催他成家之事，而是一只眼睛瞎了以后的徐大可。

这段时间，只要有空，周明就去找徐大可，陪他收拾那个被火烧毁的房子，陪他跟他母亲一起吃饭。表面上看不出徐大可有什么性情上的变化，他斜戴着眼罩，跟周明说话的内容多半是问《明子日志》里的事情。但周明能清楚地感觉到徐大可的变化，房子着火，老婆离了，演出公司倒闭了，钱被骗了，更重要的，是两张琴毁了，周明能从徐大可的一只眼睛里看得出他心里的压抑。

有一次,周明去徐大可和他母亲住的地方,徐大可在卫生间给他母亲洗澡,翠锁洗好出来以后,在北边房间里唱歌,唱的好像是一首摇篮曲,徐大可在卫生间里待了很久,周明听着水声,心里特别难过。

周明走进父母的房间对他们说自己想回江城,周明的母亲说:"这都几点了?火车都没了,你怎么回去?有什么急事啊?"

周明简单地说了徐大可的事,周明母亲说:"啊呀,怎么这么倒霉,太可怜了,特别机灵能干的孩子。不过这么晚了你怎么回去,回去又不能陪他。不如明天早一点赶火车。"

周明说他还是要马上回去,可以打个车,贵一点无所谓。

"大可现在肯定很难,我得去陪陪他,"周明说,"对了,老爸不是说要给我一笔钱的吗?别给我汇钱啊,留着老妈看病。我有钱,将来会很有钱。"

"那个海底世界的姑娘你接触接触啊。"周明母亲说,"钱你不要,那就先帮你存着。有好的理财产品我们就买点。"

"知道了知道了。"周明说,"不管是养海豚的还是养老虎的,回去就找一个。明年是猪年,让你们抱个胖孙子。理财产品不要瞎买啊,现在到处骗人,特别是你们这样的老头老太,最容易上当受骗。"

周明妈拿出一张照片来给周明:"这个照片你带着,就是那个海豚姑娘。你看,是不是结结实实的很健康?模样也呱呱叫。"

周明接过照片来看,照片上是一个跪在池边和海豚接吻的姑娘,穿着蓝色的紧身衣,身材很好,脸上是灿烂的笑意,只有年轻的母亲亲吻自己的孩子才有的那种笑意。

"她叫什么?她有我的电话吗?"周明说,"有啊?那让她打电话给我吧。好好,我打我打,我主动打给她。"

27

离婚的事是徐大可提出的,他知道一旦他提出,余韵是会答应的,事实上也正是这样。余韵带着可可走得很利落,徐大可想去车站送,被余韵断然拒绝了。她跟徐大可说的最后一句话是:"没必要了。"

有好些天,徐大可都不想见任何人。曾米诺打电话给他他不接。周明来过几次,每次徐大可也都让周明不要再来,他说他要自己静下来想一想下一步该做些什么。

想了几天以后,徐大可去乐器店买了一把吉他,上学时他学过几天,几个主要调子的和声以前就会。他打了个电话给曾米诺,问她能不能介绍他去"车站酒吧"驻唱。

曾米诺说:"当然,一句话的事情。"

又说:"大可,下个月我要去西班牙了。"

"去干什么?旅游?"

"不是,过去了,就待在那儿了。办了移民。"

"西班牙好,那儿不是有弗拉门戈吗?特别棒的音乐。你们一家都去?"

"我和我妈先去,我爸这边还有一些事情要处理,他出去有些小麻烦,可能要过些时候才能去。"

"噢。"

"你也去西班牙好吗?"曾米诺说,"我不知该怎么跟你说。"

"不啦,我这样,还能去哪儿,又不是佐罗。哪儿都不去了。"

"对不起啊大可,真是对不起,对不起。"

徐大可说:"我几点去'车站'见老板?可能的话,今天去试试。不行也不要勉强人家。"

曾米诺说:"不会不行的,你的歌那么好。我爸跟那个乔老板很熟,实际这个酒吧就是我爸给他的小兄弟玩的。经理姓乔,很熟。"

徐大可说:"我努力啊,总不能砸你爸的生意。是啊,对你爸不算什么正经生意,对乔老板就不同了。事在人为,说不定我这个独眼歌手会火呢。"

说好是晚上七点半去见乔老板的,徐大可比约好的时间提前了一小时到了"车站酒吧"。乔老板十分殷勤地招呼了徐大可,徐大可拒绝了乔老板请他喝酒的盛情,说还是请乔老板先听一下歌,他准备了十来首歌,有自己写的,也有一些外国的名曲,他可以先唱一首给乔老板听听,"也许我的嗓子不合适唱歌。"徐大可说,但乔老板立刻表示不用:"米诺说过了,说她的许多歌都是你写的,你是大师。价钱的事不用商量,米诺说每晚三小时,一小时只要唱三首歌,一首歌一千,一晚九首歌,总共九千,客人的小费也都是徐兄的。"

369

"这么高?那你岂不是要亏本?"徐大可说。

"不会不会,说不定你来了帮我们赚大钱呢。酒的利润很大的。退一步讲了,亏也是曾总亏。不说酒水还有利润,就是每晚曾总送你九千,对他来说那也是小意思。"

"他为什么要这样待我?"

"这我哪里知道啊,他的事情谁敢多嘴去问啊?"乔老板说,"我给你叫点吃的,意面,还是牛扒?一会儿你愿意唱就唱,你不愿意唱就歇歇,另外还有两个歌手的。"

徐大可说:"今天先试一两首歌。行,明天正式来,不行这事就不谈了。"

店里的客人渐渐多起来。徐大可先是听另两个歌手各唱了两首歌,都是最近走红的歌。这两个歌手一男一女,年龄都很小,唱得不错,吉他弹得也好。他们之间很熟,相互递烟。那个女孩一直看拿着吉他的徐大可,还递过一支烟来。徐大可说"谢谢不抽",然后拿着吉他上了台。

徐大可唱的是他新写成的《知音》:

> 我的哥们成天说起一个人
>
> 他叫他钟先生
>
> 钟先生十岁那年没了爹娘
>
> 浪迹天涯
>
> 相伴的只有一张琴
>
> 秋风乍起他弹平沙
>
> 大雪纷飞他弹长清

醉在桥头他唱离骚

　　亲人坟头他弹广陵

　　他家徒四壁破衣烂衫

　　他用一袋面粉换了只蝈蝈听

　　钟先生，钟先生

　　一人世上走

　　弹琴有谁听

　　来来去去生生死死

　　江河奔流苍穹无垠

　　哥们说过

　　只有天地是他的知音

　　只有天地是知音

　　徐大可的嗓音很干，有点哑，他低头兀自唱着，很快进入自己的情绪。他觉得自己的声音好像一个个走在沙漠上的脚印一样，他好像又看到两双走在沙漠上的脚，那双脚的主人一个是钟先生一个是周明。他觉得他的好朋友的这一生只做了一件事，就是在荒凉的沙漠上跟着钟先生没完没了地行走。他觉得周明总有一天会跟钟先生一样倒在荒漠里，变成一段槁木。

　　徐大可唱完了，抬起头，才发现整个酒吧里都鸦雀无声，人们都无声地看着他。

　　然后，他看到了靠墙角站着的曾米诺。

　　曾米诺走到徐大可身边说："太好听了，我们坐一会儿，请你喝一杯。让他们唱吧。"

那个女歌手走过来对徐大可说:"老哥,你唱得太牛逼了!简直是克莱普顿和斯汀的味道。刚听你弹吉他那水平,我还以为你是来蒙事的呢。你的歌有故事,像说话一样。这才叫歌,没有故事的歌都他妈是无病呻吟。"

跟曾米诺坐下来以后,徐大可要了杯啤酒,对曾米诺说:"没想到唱歌这么累,才一首歌就浑身发软了。你来干什么?"

曾米诺说:"想听你唱歌啊。你的歌变化很大,那个女孩说得对,好像说故事一样。而且,你的嗓子绝了,干巴巴的,特别苍凉,跟弗拉门戈的歌很有一拼。这个钟先生是谁啊?"

"我最好的朋友周明的偶像,一个弹古琴的。你还记得周明吧?在严重那儿吃饭时见过,还想介绍你们成朋友的。"

"记得啊,你常提他。他人呢?"

"不知道,有两天没见了。前几天跟我去修房子的,我让他少来找我。"

"为什么不让他找你?你们不是最好的朋友吗?"

"我欠他太多了。"

"你欠他什么?"

徐大可扶了一下眼罩,叹气说:"家里着火,他寄放在我那儿的两张琴烧了。"

曾米诺说:"这多大事啊?两张琴能有多少钱?又不是上次在严重那里看他们交易的古代的琴。就算一万一张吧,两张琴也就两万。我帮你还给他不就完了?"

徐大可说:"说的就是旧琴,两张明代的琴。喝酒吧,这事不谈了。不是钱的事,是负人的事。"

"要说负人，是我负你，无论怎样这辈子都还不清。"

徐大可说："你没别的事吧？没事我说个故事给你听。从前，有一个山清水秀的地方，就叫竹溪村吧。村里有个大户姓陶，他的儿子叫名大庄，自小顽劣，不爱读书。大庄有个一块儿长大的发小，名叫明子，男孩子，另有一个女孩子名叫叶子，三个人都是好朋友。明子家很穷，爹去世得早，他跟着母亲一道过活，他自己给大庄家放牛喂羊，也干一些杂活。明子的母亲靠给大庄家干各种杂活维持生计。明子很喜欢叶子，叶子也很喜欢明子，但是大庄也喜欢叶子。等到叶子长大了，大庄娶了叶子。大庄不是有钱嘛？但这个大庄生性潇洒风流，娶了叶子，生了个儿子叫秋儿，还是到处找女人瞎混。后来大庄带着叶子去了上海做生意，丝绸、茶叶、货运，反正各种生意做得很大。大庄和明子小的时候在竹溪跟了一位和尚师父学琴，对，就是古琴。这个师父临死之前把两张琴分别赠给了大庄和明子，都是唐代的琴，一张叫'孤云出岫'，一张叫'长清'。大庄得的是'长清'，不过这张琴平时也是给更喜欢琴也更有天赋的明子弹。明子后来也去了上海，他不会做生意，靠给人刻图章、绘像为生。也教过琴，他的学生中有一个是当时的名妓，两人渐渐地有了感情，但是这个名妓被有势力的人占有，明子便削发为僧，回到故乡竹林寺，也就是在他学琴的地方当了和尚。后来那个名妓病逝了，明子赶到上海，在她的坟前弹了一夜琴，弹完了，把'孤云出岫'摔碎了。秋儿九岁那年，叶子也病逝了。大庄因得罪了强人被投入大牢，后又被刺瞎双眼，生意被夺去，出狱后，大庄把秋儿托付给明子，自杀身亡。"

"后来呢?"曾米诺问。

"后来明子也去世了,秋儿孑然一身,浪迹天涯,干过各种活,织席、烧窑、做木匠,但始终没放弃琴,后来成了近代最伟大的琴家。"

"我知道了,"曾米诺说,"秋儿是不是就是你的好哥们成天说的你唱的这位钟先生?"

"喝酒!"徐大可举杯跟曾米诺碰杯,"你真是聪明。"

"这个故事太好了!都是真事吗?"

徐大可说:"有真的,也有我信口编的。"

"可以写个剧本,让我爸投资拍部电影。"曾米诺说。

这天晚上,徐大可在"车站酒吧"只试唱了一首歌,离开酒吧之前,乔老板对徐大可说,歌唱得绝对,明天晚上就可以正式来驻唱。徐大可问乔老板每天能不能晚一点来,他家里有母亲需要照顾,要等母亲睡了才能出门。乔老板说没问题,反正酒吧是通宵营业,多晚来都行。徐大可说,那我就定下来,明天开始每晚十点过来。

徐大可把曾米诺送回家,自己开车回家。虽然他感觉有点累,但是心里很松快。他想曾米诺和她爸对自己实在算得上仗义,如果每天这么挣钱,一年下来就会很可观了。

正准备睡觉,有人敲门,徐大可知道这时来敲门的只有周明,打开门一看,果然是周明。

"这么晚了你来干啥?"徐大可问周明。

"我睡不着,来看看你,给你妈带了点藏红花。没花钱,是我的学生刘天怡送的,说这东西泡水喝对身体很好。另一件事,就是我看《明子日志》时总要想到你,我觉得里面的文字内容应该我们两个人一起看更有意思。大庄和明子是过去的知音,你我是当下的知音。而且你比我有洞察力,上次叶子织席诗和秋儿就是钟先生,不就是你一眼就看明白的吗?"

周明拿出带来的《明子日志》中的一册,说:"这里面一首七律写得不错,不过其中的'芳影'略有点费解。难道明子爱过谁吗?日志中没有其他记录啊。"

徐大可说:"我来看看。"

徐大可看日志中写的那首七律:

> 高楼独下意彷徨,
> 满背风声秋色凉。
> 雁阵惊寒何处去,
> 琴弦弛沓谁人张?
> 孤云聚散随流水,
> 芳影去来照翠篁。
> 梦里乡关明月在,
> 捣衣砧上泪茫茫。

这一天的日志中只有这一首诗,而且无题。徐大可说:"诗我真不懂,不过这里的'芳影'毫无疑问指的是女子。"

徐大可又往前后翻了翻,说:"嘿,估计我又帮你弄明白了一件事。你看,写这首诗的前两天的日志里不是明明白白写了叶子吗?这个'芳影'说的就是叶子,叶子是大庄的妻子,但是明子心里显然有叶子。"

周明拿过日志,看徐大可指出的那段文字:

叶子来信,言及故乡,竹林溪水,捣衣织席,屑碎之中,顿惹乡思。师父离开竹林寺,未知往去何处。临行未与人道别。村人晨起不闻钟声,至寺,见师父所留字条,曰:"我向西行,将止于何处,己亦未知。竹溪蒙纳,感怀终身。山高水长,乡亲珍重。"我往东,往尘市;师父往西,往云山。水行云走,天各一方。唯故乡静待日升月落,尚可供系念。琴弦自弛,无心调弹。不知师父之琴响于何处矣,不知叶子安康快适否。

周明拍手道:"大可你真是牛人。对啊,把两天的文字联系起来看不就明白了吗?我怎么没想到明子也爱叶子呢?"

徐大可说:"这充分说明你是书呆子一个。这本日志实在太难得了,想想这三个人,不,加上秋儿,这四个人的生活痕迹,真是让人动容。你不是说一直在打《无题》谱一直找不到感觉吗?打谱我不懂,但可以肯定这首明子创作的琴曲中饱含生活的内容,悲欢的情感。让你这个恋爱都没谈过的书呆子理解这样的音乐,也是难为你了。"

"你怎么知道我打此谱不行?哪天我弹了你听听,我已经找到基本的感觉了。这段时间又再三琢磨,越来越有信心。今天你说明子也爱叶子,这对我进一步理解曲子中那种孤单中的甜蜜太有帮助了。老实说,古代琴曲中还极少这样的情怀。即便是抒发人与人之间的感情，也都是男人对男人的。这是中国文人的历史命运造成的，游学也好，游宦也好，中国古人到处走，在时光里走，在山川里走，总是和有共同命运遭遇的人有聚有散。《春江花月夜》你总知道吧？这首诗被称为孤篇压倒全唐，道理何在？现在我明白了，是这首诗将大自然、人生哲思和爱情结合在了一起，是中国文化中少有的甜润。遗憾的是钟先生为什么没有弹这首《无题》留下录音，要是他来弹，那一定好得要命！"

徐大可说："周明，谢谢你啊。我知道你其实已经将这本日志烂熟于胸，你让我看让我说，只是想用这本日志中的故事感动我。你担心我遇到这些事情以后变颓废了。"

周明说："从来都是你教导我，我的确是书呆子一个。你不熟悉琴，但你内心比我强大，生活更是比我丰富得多。说我不担心你，那是假话，但我非常放心你。今天这么晚来找你，其实是有事要说。也听听你的意见。"

"什么事？是不是你谈恋爱了？"

"不是，"周明说，"是琴的事。你一直批评我的处世方式，你说过你是追求万众狂欢而我是喜欢清净独处的。以前我对你的话不以为然，我也反省过自己，我这个人生性喜欢清净，怕烦，不是能够折腾的材料。古琴特别对我的心思，这就跟我喜欢陶渊明一样。弹琴的时候让我心里特别舒服。但是，这么多年以来弹啊弹，却发现自己越来越不懂琴了，离琴越来越远了。我想你说得很有道理，这个道理很简单，很对头。生活，必须有生活。没有生活就不会真正懂琴，就弹不出什么东西来。"

"慢着,你想干啥?"徐大可说,"这些话我是说过,但我不也说过羡慕你的简单吗?"

周明说:"你让我说完。以前我不肯出专辑,认为我的琴还不到可以出专辑的火候,当然现在我还是这么认为的,我的琴还差得远。但是,出版这么个专辑一下子弄到那么多钱,我高兴不高兴?高兴啊,非常高兴!现在我想得很明白,我要挣钱,挣很多的钱,用琴挣钱。那些二半吊子都满把捞钱了,我怎么不能挣钱?你不是描绘过我们未来的生活吗?有朝一日我们把房子买到一起,每家一亩院子,种上竹树瓜果,留一块空地,拉一张排球网,我们边喝小酒边看我们的子孙打排球。一亩不行,半亩总可以奢望一下吧?"

"你说,你继续说,我听你怎么挣钱。"

"首先,我要拿到古琴界的话语权。正在写的《琴史》也有三十几万字草稿了,我准备再写差不多二十万字。其他一些论文暂停,因为只有这种大部头才有分量。没人肯下这个功夫。有了这部书,我相信马上可以在学校拿到正教授职称,可以评博导。仅此一项,季风就比不了了。学校古琴专业的教职,我也就顺理成章地拿下。季风那个水平,不论弹琴还是学术研究,撑死了五年后也就副教授吧。他想继承陆老师的衣钵,做些小动作亲近陆老师,这没大用。不下苦功,他只能做一个古琴活动家。高校还是需要真本事的。不谈水准,即便是感情,我也相信这么多年我和陆老师的感情不是他季风可以比的。第二,其实也是你建议的,我现在接受这个建议。我准备写一本古琴教材,配上视频光碟,同时联系网站,把这个视频的扩展版上网。现在学琴的人的确越来越多,像我们江城,我估计潜在的想要学琴的人少说也有十万。江城十万,全国呢?我这个水平,拿到全国十分之一的学琴者,应该很可能吧?第三条路,严重前几天跟我谈了一件事,他说他准备在桐柏那里拿一块地,三千亩,建一个古琴村,里面有斫琴坊、琴苑、古琴文化博物馆三大块,做琴、卖琴、教学生、文化旅游。他说他算过,单单是制作琴弦,一年收入都有可能达到上千万。琴弦上千万,琴呢?他请我去主持这个古琴文化村,说九百六十万平方公里的祖国大地只有我最合适担当此任。他这么一弄,就有点一统江山的意思了,其他人再弄就是小打小敲了。以前我不大喜欢严重,慢慢地发现他身上有豪气,更难得的是有情怀。你想啊,他这么有钱的人,要是想挣钱,干什么不能挣钱?完全不必用古琴挣钱。你知道吗,严重对琴弦的知识比我都多!"

周明说着,见徐大可似乎听得没精神,就问:"大可,你在听吗?你怎么一点也不亢奋啊?我都说得浑身冒火了。"

徐大可说:"在听啊,你的脱胎换骨的宣言我怎么能不听?我只是最近老是感觉累。你接受严重的聘请了?"

"还没。"周明说,"这不是来听听你的意见吗?"

徐大可说:"周明,我们一直有思想的交流,如今这样的朋友关系太难得。说起来我好像很皮实,动不动就教育你如何如何,其实很多时候我都有放弃的念头,往往都是因为你,我才不敢懈怠。你不是什么天才,比你有才的人多了去了!你一点也不宏大一点也不高昂,你对女孩子都没一点吸引力。但你从来不厌,从来听不到你说虚浮的大话,从来没见你瞧不起人欺

379

负人。我这个人,很狼狈很失败,没什么可骄傲的,能跟你做朋友,就是我徐大可此生最他妈骄傲的事!你要听我的意见,我就说我的心里话。我希望你高兴,你想做什么就去做什么,你最想做什么就去做什么。《琴史》是你一直想写的,这是你的兴趣所在,也是你的特长,旁人玩不了这个。写成了出版了,能当教授当教授,评不上教授也无所鸟谓,咱不想那么多。不是我打击你,你的专业比季风强,强一百倍,但是你当教授还是季风当教授那就不是你我说说的事了。教琴的事,我认为你可以再考虑考虑。我觉得这事未必合你的胃口,不是你不能教,而是教琴肯定要耗费你大量的时间精力。我相信你教琴肯定能挣钱。但你想没想过,这个钱是不是值得你花那么多的时间?一旦你开设了网上教程,你就无法脱身,就被套牢了。你不是我,我把钱当命,拿什么换钱我都愿意。你呢,弹琴的时间没了,读书写作的时间没了,你会不会后悔?再就是严重说的这个事情。严重是个人物,我知道他不是一般商人,毫不怀疑严重把古琴做大的能力。但是,你不了解商场,我们也都不了解严重。我做生意这些年,见到太多的有钱人一夜之间变成穷光蛋的事情了。如果一个人把命运托付给商人,那就太不靠谱了。对对,你说得对,明子大庄是相互托付性命的,后来呢?大庄那么有钱,怎么下了大狱家破人亡了?严重要聘你,用什么价钱聘你说好了吗?卖琴、卖弦有你的抽头吗?要你每天坐班半天,另外半天呢?你没车,他派人天天来接送你?即便是有车来接送,或者你将来自己买辆车自驾,桐柏那么远的路,来回就是半天。说是只让你上半天班,那么多的事,又是制琴制弦又是教学又是博物馆管理,还要编书出书,还要接待参观交流。他把准了你的脉,知道你为了把事情干好肯定会在那儿待一整天。你以为你有我徐大可混世的能耐啊?年薪八万请你周明,他说这都是陆老师的工资待遇了啊?他倒挺会比照的嘛!这不叫欺人太甚叫什么?真心话,我不想看到你被人欺负,不想看到几年过后你变成一个你自己都恶心的人。我宁愿你一直这么一袭布衣,清清爽爽开开心心地弹琴。你想象一下吧,钱来了,琴没了,这样的情形你接受吗?"

徐大可满以为他这番话足以打动周明,没想到当周明听完他的话以后,很轻松干脆地说:"你说完了?说完了我回答你最后的问题。我接受那样的情形。我要钱。至于有钱了就弹不了琴了,这不是跟你自己对艺术与生活关系的理解相矛盾吗?严重那边我也想过了,你说的我都想到了。我准备接受他的聘请。退一万步说,如果我心里不爽,不随时可以撤退吗?"

徐大可说:"唉,说了半天又白费口舌了。你能不能告诉我,怎么突然一下子爱上钱了?是不是最近想恋爱结婚了?什么时候喝你的喜酒啊?记住,你结婚一定要好好操办一下,不能像我跟余韵那样随便。要有仪式感。有仪式才会有约束。"

临走前,周明问徐大可最近在做什么,总要找事做才行,不然哪来钱生活。问徐大可要不要他支持一点。

徐大可说:"不用不用,今天刚去'车站酒吧'试唱了一下,曾米诺介绍的。不错,人家很满意,给的钱很到位。今后就靠这个了,没准成了独眼歌王。"

周明走后,徐大可在《大可日志》里写道:"今天去'车站

381

酒吧'试唱,明天正式驻唱。钱其实是曾军给。很够意思。但愿这样挣下去,攒十年,买张好琴给周明。"

写完了,他打开周明带来的一只拎包,他想拿藏红花泡一杯水放在母亲床头,她夜里醒来会喝水。他发现那只透明的放着藏红花的小玻璃瓶下有一只信封,信封上是周明的字"徐大可先生月供",打开信封一看,里面装的是一沓钱。

徐大可叹了口气,自言自语道:"这是叫我负人负到哪天呢。"

28

　　入冬之前，大多数时间，周明每天把自己关在家里写作《琴史》，同时进行《无题》的打谱。他跟严重去过一次桐柏，那里正在进行施工，地方太大，严重说先把琴馆、琴坊、博物馆和食堂建起来，尽快转起来，其他地方先荒着，本来就有两座小山和两个池塘以及大片的树林草地暂时不动，这样也有野趣。合约周明还是跟严重签了，年薪八万。而且是从现在就开始兑现，因为有不少事情已经需要周明提前设想了。周明的考虑是，不管怎样，在严重这里至少每个月能拿到将近七千块，这几乎是他工资的双倍。有了这笔钱，他就能帮徐大可一些。他想尽快地完成《琴史》的写作，尽快地出版，这样在他全部进入严重的古琴文化村的工作之前就了了一桩大事。

　　一切都很顺利，写作，打谱，和刘进一商谈把他的琴坊整体搬入古琴文化村，联系造弦工匠，等等。周明发现，仅仅是写作和打谱已经需要花费很多的时间，网上教琴的事情暂时根本无法纳入日程了。

　　一天，陆老师打电话让周明去他家一趟，说有事要跟周明商量。到了陆老师那儿,陆老师说:"周明啊,我已经退休了。古琴中心的事我也都推掉了,都让季风去做吧,他有热情,也能干。刚刚他评上副教授了,破格提的。学校要加强古琴教学、招生,我一退,这个专业起码得有一个副教授。"

"您叫我来,就为这事?"周明说。

"不,主要不是说这个。"陆老师说,"是'梅间雪'的事。这张琴不是顾老当年送给我的吗?那时没人在意旧琴的价值,赠琴的事很多,现在都知道旧琴非常值钱了。虽然顾家也没跟我提过这事,但这事始终是我心里的一个疙瘩,听说顾家两兄弟生活很清苦,我不知该怎么办。最近季风老是来跟我说这事,还带鸿海的老板严总来过。严总的意见是这琴由他买下来,然后把钱平分三份,我和顾家兄弟各得一份。"

周明说:"老师您自己的意思呢?"

陆近春说:"季风的意思是他觉得这琴就是我的,说冯子铭、余以怀,还有崔道宜他们手上不都弹的是老师赠的琴吗,再说,这张'梅间雪'原来也不是顾老的,也是别人赠送给顾老的。季风建议我把琴卖给严总。"

"老师您自己的意思呢?"周明又说了一遍。

陆近春说:"我想听听你的意见,所以叫你来商量的。"

周明说:"我没有任何想法。这事完全应该由您自己说了算。"

陆近春叹了口气说:"这张琴跟了我一辈子了,我结婚那年,顾先生把这张琴赠给我,算是给我的结婚纪念。它跟我的时间比我妻子跟我的时间还要长。唉,连人都要去的,琴又算什么呢？人能永久地拥有什么吗？我问你的意见，你不说，我知道你对我是有些意见的，咱们爷俩这些时候有些生分了。我有感觉，也大概知道是什么原因。这段时间我也在反思，大概是老了，特别怕孤独。有些爱好者来，总算能打打岔。季风是个能做事的人，他和范歌子刚生了个小孩，胖乎乎的，爱笑，很好玩。平时他很关心我，带我看病，报销，我的新光碟也是他跑前跑后张罗。如果不是他催促张罗，我对琴已经没有热情了。人老了，其实只要有事情消磨就好，就怕意气丧失，那样人很快就完了。"

周明心里很清楚季风希望陆老师把"梅间雪"卖给严重意味着什么，但他不想告诉陆老师这些。如果陆老师能得到一大笔钱，那季风得点好处也没什么不好。

周明最后还是没有说出自己对"梅间雪"处理的意见，他心里真的是认为这完全是陆老师自己的事。

陆近春对周明说："周末如果你有空，陪我去一趟扬城，然后再去梁溪见一下齐老师吧。我想去见见老朋友，散散心。"

周明说："就我们俩吗？好啊，我有空。"

从陆老师家出来，周明去了东坡，这地方又有很多时间没来了。无论是读大学还是进大学之前，这个地方对于他来说都有特殊的意义。只要他坐在这儿，他就会一下子想起一些人和事，陆老师、徐大可、余韵、季风、哈维，这些人和事叠合又流动，好像一条漂满树叶的河流。他也能看到自己，看到自己曾经的心思。周明记得，陆老师答应收他学琴后的每个星期天，他都要坐火车来江城陆老师家学琴。一早去，中午在陆老师家随便吃点,下午学琴,傍晚再坐车回家。艺术学院所在的地方那会儿基本上属于郊区,一座小山隔开了学院与一条尘土飞扬的道路。周明记得他在陆老师家几乎没吃过肉,要么吃面条,要么吃焦底馒头。有几次他带了母亲烧的红烧排骨给陆老师吃,发现陆老师还是很喜欢吃肉的,一大碗肉,多半都是陆老师吃的。每回吃多了肉,陆老师都要带周明爬学院里的那座小山,在山上走一会儿。陆老师也喜欢在东坡这里坐着,他说他平时经常到这里来坐着,这里有一窝野猫,他看着两只大猫从恋爱到生小猫,后来那只公猫不知到哪里去了,只有母猫带着四只小猫,再后来小猫长得比母猫都大了。周明的确在那里看到过这窝野猫,它们都窝在一丛矮树里,个个十分机警,但对陆老师一点也不戒备,还围着他的裤脚转。等周明上大学以后,小山被挖掉一半,建了一栋十二层的教学楼、一座图书馆和一个小音乐厅。在陆老师家的窗口,隔着老教学楼,可以看到那新建的教学楼十一和十二层的窗户。上大学期间,除了去图书馆,周明常去自习的正是这座新教学楼顶楼的教室,他坐在靠窗的地方,那里可以看到陆老师家的窗口。下午的时候,周明常常看到陆老师站在窗口往楼下看,一看就是半天,动都不动。周明知道那里是一个足球场。陆老师喜欢看足球?周明觉得,陆老师一个人,真是太寂寞了。和徐大可在这里海阔天空地聊天,听徐大可点评路过的人,是周明特别快乐的时光。此刻他回想起当年徐大可说得最多的人是余韵,他们其实是同时喜欢上余韵的。不同的是,当周明迅速在心里丢下余韵以后,徐大可死心塌地地爱上了她。周明想,天下最不可理喻的事情就是爱情了吧。余韵离开徐大可以后,见到大可,周明从来没听徐大可说过余韵,徐大可不说,周明也就不提,但他很清楚徐大可心里依然有余韵,他也知道余韵是不可能回到瞎了一只眼的徐大可身边了。

周明和陆老师本想坐长途大巴去扬城,但是当他打电话给顾焕群告诉他和陆老师要去扬城以后,顾焕群非常激动,说陆老师要来,那无论如何也是他们找车来江城接。

顾焕群是和顾焕明一起来的,开车的是刘进一。他们在音乐学院大门口接上陆近春和周明,顾焕明坐在副驾位上,陆近春、周明和顾焕群坐在后排。"梅间雪"装在琴囊里,横担在三人的腿上。

路上,陆老师问刘进一的琴现在做得怎样了,是不是又有大进境?顾焕群告诉陆近春,自从参加梁溪古琴活动回去之后,刘进一做琴的想法有了很大的改变,说他突然对自己所有的琴都不满意,他想照着"长清"的声音做琴,说那才是好琴。

陆近春说:"没上过手,照着录音怎么行?"

刘进一说:"可以的,完全可以的。'长清'的样子、尺寸,图录上都有,可以做得一模一样。声音没问题,我做了这么多年琴,心里基本有数。一张不行,十张不行,一百张试下来还不行吗?总有一天能做出来。"

"近春兄,我看他这是想当然,"顾焕群说,"他哪里是做十张!已经试了三十多张了,全是最好的材料,差不多把他好不容易弄来的好材料用光了。"

"结果怎样?"陆近春问。

刘进一说:"不成功,全都不成功。急得我觉都睡不着。奇怪得很,'长清'这张琴不是非常有个性的那种琴,其实是很中正大气的。但试了那么多,要么韵长了一点,就长了那么一点,味道就不是'长清'了,就会显得太漂亮太抒情,不挺了;要么透过了一点,就那么一点,就显得空了。照说试三十几张,完全可以找到分寸了,可就是不行。在灰胎、漆、弦上换方案,也不行。这个我有数,就是材料和腹腔制度的事情。"

周明问他:"那你还要继续试吗?比'长清'差一点不要紧,我挑一张接近的买下来自己用。我也是最爱'长清'。你说差一点,那也总是接近的。"

刘进一说:"不行唉,差了那么一点点,就变成非常平庸的琴了,比两千块钱的练习琴还不如。你说这奇怪到什么程度了。我要继续仿,不仿出来决不罢休。"

周明说:"我跟你预订一张,一旦像了,我马上来买。"

顾焕群说:"周明你就别再支持他了,再这么下去,好好的形势就被他自己毁了。什么事情都不能太冲动太执着。他的琴已经很好卖,为什么非要仿'长清'呢?正常的琴不做了,好材料用光了,日子不过了?这不是穷开心吗?"

刘进一说:"你们不懂我的心情。心里有了一个声音,做不出来,做出来的是旁的声音,不是自己心里的声音,饭都吃不下去。"

顾焕群说:"这一点你倒是有点像钟先生。我父亲是什么琴都弹,只要是张琴,他弹起来都高兴,不在乎好丑。钟先生不一样,他只弹'大自在'和'长清',旁的琴他动两下就丢下了。"

顾焕明说:"钟先生特别倔。"

周明此时心里想的是,没想到刘进一竟有如此高的心气,倒是令人敬重三分呢。他想,如果刘进一能够亲自上手"长清",是不是就可以把琴做得好一些呢?不过,即便上了手,也是不可能把"长清"剖开来看的。即便可以剖开,那材料,以及时光岁月又如何能做到一样呢?

想到这里,周明很为钟先生的执着感到孤单。"如果钟先生能像顾传松先生那样,乐观开心一点多好啊。"周明这样想。

到了扬城,唐遇川早就安排了酒店,大摆宴席宴请陆近春。众人吃饭时,"梅间雪"就倚靠在包间的墙角,好像一件不重要的行李似的。

而且,这个不重要的情况一直延续到宴席结束陆近春把琴交给顾焕群时。

"这个就还给你们了。"陆近春说,他两手托着装在琴囊里的琴。

顾焕群接过来说:"唉,我先拿着,先拿着。"

唐遇川在一旁说:"这么重要的东西,也不拿出来验明正身?"

顾焕群说:"不用,隔着琴囊就知道是'梅间雪'。特别轻,像一片树叶子。"

众人走出酒店,唐遇川说给陆老师和周明安排了住宿,先住下,休息一会儿,下午带他们去洗个澡,晚上雅集,大家弹弹琴。

正说着，周明的手机响了，是他母亲打来的。周明听完电话，对陆老师说："我要回润城一趟，家里好像出了点事。"

陆近春说："那我也跟你去润城吧，反正'梅间雪'物归原主了，我也了了心思了。总吃你妈妈做的红烧排骨，还没去过你家呢。"

因为周明执意要立即回润城，唐遇川就让刘进一开车把周明和陆近春送到了润城。

周明母亲说的事情是这样的：她去跳广场舞时，遇到一个在商场门口推销山东威海海景房的小姑娘，三十万买两套，每套八十平米。于是就跟着许力勤的母亲一起，各买了两套。合同签了。两年以后拿房子。但是过了没几天，就明白了这是个骗局。

"就这么多积蓄，三十万，全打水漂了。"周明的母亲垂头丧气地说，"陆老师，让你笑话了。也怪周明，上次他回来给他这笔钱他不肯拿。唉。"

周明请陆老师在他家坐坐喝喝茶，他去找人想想办法，看有什么办法把这笔钱追回来。

周明父亲说："算了，别麻烦了！人家都说这是个皮包公司，到哪儿去找人啊？"

周明说："你们陪陆老师说话，我出去一会儿。"

出了门，到了楼下，周明站在路边想着该跟谁联系。想了半天也没想出谁能帮这个忙。最后，周明给严重打了电话。他告诉严重他母亲和父亲身体都不好，这事对他们的打击很大。

严重的声音很愉快:"哈哈,周明老弟,谢谢你想着我。这事对你来说可能是个事,对我来说完全不是个事。哪家公司?名称、电话总有吧?跑得了和尚跑不了庙,总找得到人的。你让你爸你妈不要急,急出事情来就不上算了。最晚明天中午之前我给你电话。这样,怕你急,我马上打三十万到你账上,你先给你家人。款子如果能追回来,就让他们直接打我账上就行了,你都不用还我了。万一追不回来?不存在!比钱重要的东西很多,这个道理大家都懂的。"

周明道了谢,去超市买了排骨和一些蔬菜。出了超市,他到一家银行的自动取款机上刷了银行卡,果然,多出了三十万。

"三十万到了。大恩深铭了!"周明给严重发了短信。

严重回的是:"自己人。不存在。"

29

和合桥的房子修整恢复好了以后,徐大可跟房东交接了焕然一新的房子,和房东一块儿到银行,把五十万赔偿款划给了房东。晚上,按事先约定的十点钟去了"车站酒吧"。

刚进酒吧,乔老板就迎过来对徐大可说:"哥们到了,先别唱歌。有事跟你说。"

乔老板穿了件宽大的西服,敞着怀,里面是一件黑色的T恤衫,上面印着一只地雷的图案。他的神情态度跟前一天判若两人。徐大可直觉有点不对。

乔老板点了一根烟抽,又递给徐大可一根烟,徐大可拒绝了。乔老板说:"哥们,我说话单刀直入啊。我们说好的价钱要动一动了。昨天之前这间酒吧的主人是曾总,今天他把店盘给我了,也就是说'车站'与他无关了。昨天我说给你的费用,那是米诺要求的,实际也是曾总掏钱。我不知道他为什么要这么厚待你。现在这店都归了我,我问曾总你的事怎么弄。他说这事与他无关了。明白了?这么一来,你唱歌的费用就只能按我这个小老板的尺寸来付了。你来,我还是欢迎。十点来也行,尽量满足你的要求。不过只给你一小时，其他还有别的歌手要上时间。一小时四首歌，两百块。不是一首两百，是一小时两百。其他时间你再找找别的地方，如果一晚上再跑两家，也是一笔收入了。"

徐大可站在那儿愣了好一会儿，才说："一小时两百，如果八个小时，那就是一千六。大学教授也挣不到这么多，对吧？"

乔老板拍拍徐大可的肩膀："唱吧唱吧，我像你这么大的时候，一天的生活费只有二十块。人生就这么回屌事，得过且过吧。"

徐大可坐上台，弹起了吉他，唱了列侬的《昨天》。一边唱一边想，你的英文发音真他妈太烂了，上学时净被周明奚落，周明成天说你的英文咬牙切齿的，有一股子煎饼味。

他感觉到眼睛的疼痛，瞎了的那只和好的那只的疼痛不一样，一只是刺痛，另一只是钝痛。闭上眼睛，对这两种不同的疼痛便有更清晰的感觉。这样挺好，如果能一直闭着眼睛，没什么不好。或者，如果这时有人一枪崩了我，像列侬那样被人崩掉，也没什么不好。

不用睁眼看，他就知道曾米诺不会在酒吧，她不会再来这个地方了，不会再见他了。此时的她大概会在家里陪她老子听音乐，或许是古琴，缓慢的古琴，如同时光一样缓慢流动的古琴。他们在谈论她去西班牙的事情。他们不会有任何问题，甚至他们可以不带任何东西，空手前去，到了那儿，只要刷卡就可以买到想要的一切。他们会去看弗拉门戈。他能听到中老年歌手那苍凉嘶哑的歌声，听到他们的脚踏出来的声音，听到吉他扫弦的声音,还有击掌的声音。他能看到亮着灯的屋子,璀璨的灯光,有人在举杯,酒杯和酒杯碰出清亮的声音。

徐大可一共唱了四首歌,唱完以后,他看了看表,十点三十八分,不到一个小时。于是他又唱了一首约翰·丹佛的《诗歌·诺言·祈祷》,他想这首歌算是送给他的疼痛的。

乔老板走过来,手里拿着钱:"拿着,两百。要不要来一杯再走?"

"不了,回去了。"徐大可接过钱,捏成一团塞进裤兜。

这个时间,江城像只干活干累了正喘息的牲口,需要的是休息。回家之前,徐大可去超市买了两瓶二锅头,一箱啤酒。回到家,打开二锅头,倒在饭碗里,什么菜也不吃地喝酒。他有不少时间不喝酒了,至少余韵生了可可以后他是滴酒未沾过。他以为母亲睡了,当母亲推开卧室的门时他才知道母亲还没睡,因为她没有穿睡觉时穿的衣服。

"我要睡沙发。"翠锁说。

"你睡什么沙发,你就睡屋里,我睡沙发。"

"宝宝睡屋里。"

"没有宝宝,宝宝到她姥姥家去了。"徐大可见母亲站在他身边不动,就说,"妈,你坐下,不睡就坐一会儿,咱们说说话。"

"你喝酒了。"

"是啊,你闻到酒味了?"徐大可见母亲的眼神不对,就说,"妈,你不喜欢酒味,那我就不喝了。以后我也不喝了。喝酒不好,喝多了伤身体,浪费钱,臭烘烘。"

翠锁已经有些颤抖的身体松弛下来，说："不好，臭烘烘。"

"妈，你说，怎样才能挣到钱？"

"劳动啊，绣十字绣啊，擦窗户啊。"

"这个太少了。我说的是挣很多很多的钱。"

"当镇长啰，当医生啰。"

徐大可说："妈你还别说，你说得很对。我问你啊，宝宝明天一百天，给她买个什么好呢？"

"书包。"

"书包不行，一百天的宝宝哪里用得着书包，那得等她长大上学了。"

"口琴。口琴好听，河边长青草。"翠锁哼唱起来。

徐大可说："不如把老家那台钢琴拉来好不好？"

翠锁皱眉道："不好，道公打你。"

"前天我看你绣的是娃娃，绣好了吗？"

翠锁到卧室里拿过十字绣，徐大可见上面绣的是一个小娃娃抱着一把吉他。

"你的眼睛咋了？"翠锁好像刚发现徐大可戴着眼罩。

"没咋了，叫马蜂蜇了一下。"

"不是道公打的？"

"不是，当然不是。"徐大可说，"妈，你睡吧。"

翠锁进屋以后，徐大可没再喝酒。他拿出《大可日志》，在上面记下："可可一百天了。希望她到一百岁都是快乐的。"

《日志》上有以前记的一些工作上的联系单位和联系人，徐大可给几个熟人打了电话，开头都一样，"哥们，不说废话，我单刀直入了啊。有哪儿需要驻唱歌手的吗？我啊，我自己，不是别人。眼睛的事不提了，独眼了。"对方说的话基本一样，都是先问徐大可和哈维打架的事，说这事知道的人很多。接着就对他在"车站"驻唱表示诧异，说怎么混成这样了，演出公司不是很肥吗？最后都表示尽力想办法给他介绍活儿，只是现在遍地是高手，有很多驻唱的小家伙水平很高，他们唱的歌估计徐大可都没听过。有一个熟人说认识一个会所的主人，很高雅的会所，好像提过要找吉他手，要古典吉他，就是《爱的罗曼史》的那个路子，最好是女的，实在不行男的也行。不过你眼睛这样了，好像也不合适。徐大可打了一大通电话，一无所获。便打电话给谈丽。谈丽说她刚刚加入了一个小小的艺术培训机构，教小孩子乐器、绘画和舞蹈。她在里面担任二胡教师。可以跟老板说一下，把唢呐也列入教学内容。只是有没有人学唢呐，那就要看运气了。她说现在的艺术培训多如牛毛，除了古琴还缺教师，其他乐器的教师已经供大于求了。

"对了啊，你上学时不是跟鸿海的严重关系很好吗？"谈丽说，"还用唢呐挣到不少钱。你不会再跟他联络联络，或者到他手下弄点别的事情干干也行啊。"

徐大可说："你这也太瞧不起我了！天下之大，为什么要到他那里去要饭呢？"

谈丽说："咦，你怎么这么大火气？"

"行了别说了！"徐大可说，"我不是冲你发火，我是冲自己。我人生失败，自己瞧不起自己！"

这一夜，徐大可无法入睡。快天亮时才勉强睡着了一会儿。

母亲起床的声音把他弄醒,他起床,出门买了豆浆油条,回来跟母亲一块儿吃了。

上午,徐大可到房屋中介去了一趟,他想换一套房子,因为现在住的这套房子租金太贵。如果换一个远离市中心的房子,价钱会便宜一半。原先选择这个区域的房子,无非是方便母亲去脑科医院看病。现在他已经非常熟悉母亲的情况,知道她每天该怎样服药。加上余韵和可可也走了,他自己又无班可上,到"车站"唱歌可以坐地铁或公交车。收入如此,不换房子是不现实的。

符合徐大可要求的房子不少,基本在江城的外围。中介的职员告诉徐大可,东郊的香樟公寓有一种挑高的房子不错,说是五十平米,因为架出的一层不算面积,实际面积有九十平。这个房子可以买也可以租,性价比特别高。徐大可想起这个公寓正是周明住的那个,就说:"这个就算了。"他选了江边的枫桥公寓,也是挑高,结构空间跟香樟公寓几乎一样。

中介职员问徐大可:"为什么选这个?上班近啊?这个跟那个一样,每月租金贵五百呢。"

"就这个好,那里靠江边,我喜欢桥,喜欢水,不喜欢山。"徐大可说,"我想这会儿去看一下房子。"

中介的人说:"楼是离江不远,不过是北边的房子才能看到江,这套可以出租的是南面的,阳光好一些,但是应该看不到江。"

"没关系,看看再说。"

看了房子,徐大可当即决定租这套。回到城中的租住屋,他告诉母亲要搬去一个新的地方。屋里的东西很多，都是余韵留下的没用的包装盒之类。徐大可可以带走的只有一张大床和一只沙发。他把大床拆了，一趟趟地把东西扛下楼，然后塞进别克商务车里，这辆本来是方继安公司的车在公司倒闭以后留给徐大可的，现在徐大可想，过两天把这辆车卖掉，虽然它跑了十多万公里了，但这种老款别克商务车还是能卖出不错的价钱的。

忙了一天，在去"车站"的路上，徐大可想起他整整一天没喝过一口水，他的嗓子此刻干疼干疼的。他想到了周明，想到了上午拒绝选择周明所住的香樟公寓时自己的心思。他想，周明专辑的钱和他代付的房租无论如何应该尽快还给他。他知道自己此刻分明在逃离一些东西，包括周明。他抑制不住一种向所未有的情绪，不住地在心里说"厌倦了厌倦了"。

当徐大可拎着琴走进"车站"接到周明的电话时，徐大可回应周明的话语如同乔老板汗衫上的那个地雷一样令人感到潜在的危险。

"大可，知道我跟谁在一起吗？余韵！我在老家，正跟余韵一块儿吃饭。可可今天百日，我发小请客，好地方。你跟余韵说个话啊。"

徐大可听到那边传来许多愉快的声音，其中余韵的声音很清楚："就是成天爱哭，不好好吃奶。"尽管她说的是周明偶尔会说的那种方言，他还是能够清楚地知道那是余韵。

徐大可说："没事吧？没事别烦我。我忙。欠你的我会还清的。"说完，就把手机掐了。

周明又打过来,徐大可立刻又掐。如是三番,周明不再打了。徐大可把手机调成静音,开始唱歌。两首歌过后,休息喝水的时候,徐大可掏出手机,见周明发过来的一条信息:

"给谈丽打过电话。知道你心情不好。小心别成怨妇啊。"

徐大可回复信息:"我再不济,我再怨妇,也不会把有钱人的屁当唢呐吹!"

30

周明没想到严重会那么轻松地解决了海景房的事情,周明的父母更是喜出望外。周明的母亲当即给许力勤妈打了电话,把这事说了。

"你打电话给她干什么啊?"周明也顾不得陆老师在一旁,气得责怪母亲。

"她也买了啊。"

"她买了,钱要不回来,你拿回钱了,告诉她,是什么意思?你是能帮她讨回来,还是要炫耀一下啊?你跟她说你儿子有本事,有办法把钱拿回来,你这不是少脑子吗?"

"啊呀,我是不是高兴得昏了头了,"周明母亲说,"不好不好,是有点不好。不过,你也不要这么跟你妈急脸啊。力勤小时候不是跟你玩得很好吗?她妈不也热心帮你介绍女朋友吗?你要是能帮她一下,那有什么不好?帮不了也无所谓,人家有钱,这三十万对她家来说也不当个钱。"

周明知道自己有点失态,赶紧打住母亲的话头:"好了好了,是我不好。走,我们出门吃饭去吧,也不要在家烧了。请陆老师吃'同庆楼'。"

周明母亲说:"刚刚力勤妈说力勤要请客,他知道你回来,说好多年不见了,一定要见见。叫我们这就去'揽江阁',我和你爸还没去过。据说可以看长江,润城最贵的地方。"

"好吧,这一路带陆老师把各地好吃的都吃个遍。"周明对陆老师说,"余韵现在在润城,她和大可离了。带着个孩子,也不知道怎样了。"

陆近春说:"那把余韵请来一起不好吗?好多年不见了。她的筝弹得好的,我印象很深。人也特别漂亮。你说这个时间真是快啊,印象中还是个小姑娘,怎么转眼就结婚当了妈妈了。"

"要不您给她打电话吧,我请她她未必肯出席。"

"好啊,你手机给我,我来请她来。"

"揽江阁"建在江边一座土山上,六方形的仿古建筑,三层楼,一楼算是门厅,二三层是吃饭的地方。整个建筑也只可以摆两桌。每间餐厅的空间可想而知是相当奢侈了。

"多年不见,你变化很大啊。"见到许力勤,周明说,"完全是儒商的气派了。"

许力勤说:"大学者大艺术家,我斗大的字不识半箩,你辱绝我呢。你倒是一点也没变,还像个大学生。"

来吃饭的有陆老师、许力勤、许力勤父母、周明和他父母,还有余韵母女。

余韵是最后到的,她抱着可可一进屋,可可就大声哭。许力勤把可可接过去,抱在手里摇,说随便什么小孩,只要到我手里,马上就不哭。果然,可可到了他手里真的不哭了。

开宴之前，大家都站在宽敞的窗前看长江，夕阳之下的大江如同一块金红色的绸缎，有各样的船只行驶在江面上，不时能听到汽笛的声音。

许力勤说："当时买这块地建这么个阁子，就是想在高处看看长江。吃饭倒不是主要目的。拿批文、设计、审核、建筑、运营，费了老大的事，总算玩起来了。这个阁子的尺寸还是嫌大了一些，这么小的山，建筑一大，比例就不大对，小一点会更雅。没办法，我前妻就爱讲排场。我是喜欢简单清爽，什么东西，吃的用的，够用就好。"

周明向在座的人介绍了余韵，大家七嘴八舌地聊天。许力勤重新安排了座位，让余韵坐在陆老师身边，叫来一名服务员让她带着可可。

"小姑娘吧？太漂亮了，大了可能比她妈还要漂亮。小家伙多大了？叫什么名字？"许力勤问余韵。

"叫可可。今天正好满一百天。"

"啊呀，太好了。今天跟发小久别重逢，见到了陆大师，可可百日在我这儿过，蓬荜生辉，荣幸之至！张经理，给我找一个大点的红包来！我没带多少现金，柜台有现金吧？先拿一万块钱放红包里。再去做一个漂亮的蛋糕。我来倒酒我来倒酒，今天绝对是一家人的家宴，我们好好庆祝一下。你知道吗，周明？请你喝什么酒我本来还有点犹豫，心想你是学问人，请你喝太好的吧怕你心里骂我炫耀，请你喝一般的吧又怕你骂我小气。还好还好，上了茅台，十年的，也算对得住今天这个场面了。来来来，第一杯，我建议我们来敬小可可一杯，她是今天的老大,我们要沾沾她的福气,长命百岁,健康快乐!我干了,陆老师、叔叔阿姨你们随意,周明要干掉,余韵随意。我爸我妈都是好酒量,每年喝茅台要喝掉我一大笔钱。我幸福幸福,只要父母开心,多活几年,我挣钱就有目标。"

"揽江阁"的菜相当不错,量不大,但很精致。众人都说好吃。

席间许力勤问余韵,可可的爸爸怎么没一道来聚聚。周明正想找个什么话搪一下,余韵直接回答了许力勤:"离了。"

许力勤说:"哦,你是回来住两天。"

"不是,整个回老家了。可可这么小,我妈又不肯去江城,只好回来。"

"这样啊,"许力勤说,"吃菜吃菜,你是润城人,不过这种拆烩鲢鱼头你不一定吃过。怎么样,还可以吧?你要是觉得这里的菜不错,可以经常来,带你爸你妈、家人朋友来。下雪天在这里吃江鲜火锅才好呢。不知今年会不会下大雪,如果雪下得大,就请陆老师、周明回来,我们边赏雪边吃火锅。放心,不会叫你们弹琴弹筝,你们是大师,又不是卖艺的,对吧?要弹,也要租只小船在江上漂着,戴着斗笠,披着蓑衣,咚,咚,那才叫意思!"

许力勤边说着"咚,咚",边做着弹琴的动作,样子很滑稽。大家都笑。

吃着喝着聊着,不觉几个小时过去了。吃过蛋糕以后,周明去洗手间小便,他想今天是可可百日,徐大可应该记得的,便给徐大可打了电话。他完全没想到徐大可的反应是那样的。

在他和徐大可这么多年的交往中，这是他头一次听到徐大可用这种不友好的口气说话，徐大可说的话明显带有攻击性。谁捧有钱人的屁了？是说我周明巴结有钱人吗？我周明欠你什么了？徐大可不接他电话，他想大可可能遇到什么事了。于是打电话给谈丽，从谈丽那里得知了大可的情况。

但你大可也不能这么说我啊，我不是一直在帮你吗？你这不是不识好歹吗？周明也想发一条狠的信息回怼徐大可，但最终还是放弃了这种做法。徐大可现在太背运，周明想，谁走投无路的时候还能心平气和呢？

这顿饭给周明带来了一些震动。见到了发小，听许力勤气定神闲地谈天说地，说他的事业，周明觉得自己这些年的生活简直如同一张白纸。与严重的交往过程中，周明心里也有过类似的动静，但许力勤不同，许力勤是跟他一块长大的，几乎完全一样的成长环境。他们是从哪儿开始奔向不同方向的呢？是他被一个文工团的扬琴手带进了音乐世界而那时的许力勤已经在乡村弄来鱼虾在巷子口贩卖的时候吗？

吃饭的时候许力勤的妈妈又说起了那个名叫汪艳艳的海豚驯养员，她说许力勤什么都行，就是不会找女人。她很早就给许力勤介绍过这个姑娘，许力勤不听她的话，说女人必须自己找，哪怕错了也是自己的事。结果结一次离一次婚，离一次婚扒一层皮。现在好，又是一个人了。"我们力勤的眼睛有问题，做生意是有本事，有前后眼，做什么成什么。找女人就瞎了。他喜欢那些文艺范的，跳舞的，唱歌的，写诗的。我跟他说过日子又不是看戏，找这样的女人来家，肩不能挑手不能提有什么用？他不听，不听我有什么办法？随他瞎折腾。明明，你听阿姨的，那个汪艳艳一看就是会过日子的。"

饭局结束后，许力勤开车，先把余韵送回家，再送陆老师去了润城国际酒店，他对周明说，以后陆老师来一定要告诉他，就住这里，他在这里有年卡，"不必付钱，你也住这里陪陆老师吧，你睡觉打呼吗？要不再开一间？"周明说不必，他还是回家住，哪有到了家了还住酒店的道理。许力勤听周明这么说，也就不再坚持。跟陆老师道了别，说好第二天一早带陆老师去尝尝润城的锅盖面，然后开车送周明回家。快到的时候，许力勤说："你家还住在这里，房子太旧了。这地方人口密度太大，市里想让我把这块地拿下来新建一个小区，我算算拆迁成本太大，不合算。留着这个地方也好，还有过去的味道。有时过来怀怀旧也不错。对了，你留个手机号给我，有事没事也联络联络，小时候玩得那么好，现在连个电话都没有了。"

回到家，在床上躺下来，周明听到屋外起了很大的风，周明给徐大可发了信息，拟了几条，感觉都不是意思，后来他想了一首歌词，发给了徐大可，他知道徐大可一直在写歌。

午夜的风，
吹落白色的花瓣。
落满池塘，
遮住水中的月。
少年站在桥上，
看云看水，

看月圆月缺，
看落花如雪。

风掀帘帏，
谁在和谁告别？
花朵离了枝头，
少年心思谁解？
蚕丝吐尽栏杆冷，
谁成了灰？
谁独立荒凉？
谁的泪滴化成了蝶？

然后又发了一条信息："歌词一篇，免费供用。歌名自拟。"

发出去老半天，也没见徐大可回复。周明心说：这是生谁的气呢？神经病！

一定是因为夜里的大风，第二天天气极好，难得的蓝天白云。周明本来要和陆老师坐长途大巴去梁溪的。一早他到润城国际大酒店大堂接陆老师，许力勤已经到了那儿，但见到陆老师以后，周明发现老师的脸色灰灰的，问他是不是不舒服。陆老师说："梁溪可能去不了了。胸口闷，透不过气来。"

还没等周明开口，许力勤说："赶紧去医院！不能拖！弄不好是心脏堵了。我爸就是这个情况，去年装了两个支架。周明你扶着陆老师，我把车开到门口。"

陆老师果然是心脏血管堵塞,到了医院一检查,医生直接给装了两个支架。医生说,已经堵了百分之九十,很危险。

"你老师挺能忍的嘛?都堵这么厉害了,夜里应该就很不舒服了。"陆老师做完手术进了病房以后,许力勤在病房外对周明说。

"是啊,我老师就这样,什么都忍着。一个人,挺可怜的。谢谢你啊力勤,要不是你反应迅速,说不定要出大事。"

许力勤说:"我一会儿有要紧事要去办,你陪你老师啊。钱你有吧?够不够?不够一定跟我说啊。"

许力勤走后,周明到病房陪陆老师,陆老师说没想到心脏介入手术这么容易,效果非常明显,做手术的时候就有感觉,好像有风吹进去似的,心里一下子就轻松了。

周明让陆老师少说话,手术总是手术,人还是受了大伤的。

陆老师说:"周明,真是要谢谢你和你的同学。我现在感觉很好,这个病我知道的,很危险,但一旦上了支架就没事了。我现在很想跟你说说话,我们师生一场,很难得。你不爱说话,我也不爱说话,许多事情本来应该交流的,都烂在肚里了。古琴我弹了一辈子,年轻的时候非常痴迷,这几年淡了,如果不是有人来听,我几乎不弹琴了。'梅间雪'还给顾家,了了我一个大心愿。我觉得我已经没有任何牵挂了。我知道你对琴的喜爱,但怎么说呢,我又不能太过鼓励你,因为现在的你就是过去的我,我怕你最后跟我一样,一辈子就弹了个琴,把生活耽误了。我常常想,如果生活可以重新选择,我是不是还会选择古琴、选择清苦寂寞的生活。你没见过你师母,她在你还没学琴时就去世了。跟着我，她过得不好。虽然她从来没抱怨过，但是我心里过不去。我总想，我弹琴是快乐了，但是给亲人带来过什么吗？这种快乐是不是太自私了？季风这个人，我跟你说过，他有能力，会办事。但是人品一直让我不放心。古琴现在热起来了，学校加强古琴专业的建设，这当然不是坏事。有些事，我知道以你的个性不会去做，只有让季风去做。但心里我是想让你进专业来，他教专业不行，刘天怡的琴弹得都比他好一大截，这样下去会闹笑话。我老了，还了'梅间雪'，以后更没心思弹琴了。我跟老先生们比，跟钟先生顾先生他们比不了，他们和琴的关系不一样，他们骨子里就是琴人，琴是他们生命的一部分，我只是喜欢而已，这有很大的差别。你如果听我的建议，我希望你在弹琴的同时，也考虑考虑世俗的发展，平时多参加一些活动，跟音研所的领导、音乐学院的领导也打打交道。我听说沈院长的儿子想跟你学琴你都不收，这就不对了。琴界的人你也不接触不交流，梁溪那次活动我就注意到你的表现，你待在自己房间里，什么人也不主动去拜访，吃饭还是我去叫你的。你知道吗，当时冯子铭、余以怀，还有崔道宜老师他们几个在饭桌上就对你颇有微词。你这样下去，什么机会都轮不到你了。我心里是急的，又不好直接跟你说。今天把这些话说出来，我心里就像放了支架一样松快。"

周明说："其实我心里也一直在想这些事情。老师您放心，这些我懂的，而且近来也打算有所改变。我还不至于那么清高。"

"那就好，那就好。"陆近春说，"北京的李拓你知道的吧？

对对，我们一直是好朋友。他的影响很大，在音乐界、学术界的影响都很大，社会地位也高。我跟他说过你的情况，让他多多关照你。他说他读过你的文章，很欣赏。有机会你不妨去找找他，一是学术上可以交流请教，一是他这个人是全才，既能做学问，又很有社会能力，比我强太多了。我希望你多学学他，不要总待在书斋里。如果他帮你，我想许多事情就好办了。"

周明当然知道李拓的地位和影响，听陆老师这么说，周明心里很感动。他说："我会的，等您出院了，过些天我就专程去北京一趟拜访李老师。"

"沈院长儿子学琴的事情我来跟他说，就说你愿意教的，好不好？"

"好，好，我教。"周明说。

31

晚上在"车站酒吧"唱歌，每天固定可以拿两百元，徐大可每每地想，其实生活日用这两百元足够了。他戒了酒，每天到农贸市场买点菜，农贸市场有一家卖馒头的店也有煎饼卖，这让他非常开心。因为母亲和他都喜欢吃煎饼。买点豆瓣酱，裹点大葱肉丝，再做一个紫菜蛋汤或萝卜虾皮汤，吃饭的问题很容易就解决了。其他生活日用花不了几个钱。不过，想到要还周明的钱，徐大可就会发愁。在给他发了一首歌词以后，周明有很长一段时间不跟他联系了，他也不跟周明联系。跟他说什么呢？没什么可说的。他不喜欢严重，更不喜欢周明跟严重混。但要跟周明直接说这些，徐大可也觉得没有必要。每个人都有自己的想法，也应该有自己的想法。说起来，周明这样的书呆子能够和严重这样的商人混到一起去，很大一部分原因与他徐大可有关。如果他要为此表达不忿的话，等于是打自己的脸了。

周明给他发来的歌词他当然是看了很多遍，但是他觉得没有任何必要把它写成歌。他觉得这歌词太过娇嫩，一点力道都没有。

当然，徐大可也想到这是周明的一番心意，事实上多年以来周明对他一直都表达着这样的心意。周明是个习惯于体贴别人心思的人。只是此刻的徐大可深知自己已经难以摆脱某种纠结了，他觉得自己已经失去了平衡，像一只被一群鬣狗咬伤了的狮子似的，除了悲怆与凄凉，除了愤恨与绝望，其他什么都无能为力了。

而母亲翠锁之死，更是让徐大可陷入了绝境。

这些天，其实是徐大可感觉母亲最平稳正常的阶段。每天徐大可还没起床，翠锁就起床了。她烧早饭的时候，会打开收音机听新闻，听交通电台的"嘀嘀叭叭早上好"。她说话的神情和语言的逻辑之安定清晰让徐大可觉得母亲完全是个正常人了。母亲这样的表现，极大地消除了徐大可内心的抑郁和狂躁，他甚至开始批判自己近来对周明的莫名其妙的不满，并且开始想着是不是要把周明写的那首"狗屁歌词"谱上曲子。在"车站"唱歌时，他也意识到自己所唱的歌多半是汤姆·威廉那类温暖的美国乡村老歌。他想得最多的当然是余韵和可可，他想他能够理解余韵，他一点也不怨余韵。

然而，母亲死了，在他出门去农贸市场买菜时从十二层楼上掉下去死了。

叫120来，送医院，医生宣布病人死亡，殡仪馆来车把翠锁拉走，拿着医院开出的死亡证明到派出所办理手续，尸体火化，这一切过程好像只在一瞬间完成，好像比回答"$2x=4$，$x=?$"的难度要低得多。

徐大可跟乔老板请过假，他开着车，带上母亲的骨灰盒回故乡，他想不管怎样，母亲的骨灰总要回故乡才对。

徐大可把骨灰盒放在一只木箱里，箱子里还有母亲的一些衣物，有她没做完的十字绣。他是夜里开车回老家的，他想一个人带着母亲穿过黑暗回到故乡。开着车，徐大可听到后面"哐当哐当"的声音，是箱子和座位以及箱子里的东西和箱子碰撞发出的声音。这些声音非常轻微，一下一下，仿佛母亲拍着孩子哄孩子入睡的声音。徐大可知道母亲就在后面，跟着他在这黑夜中穿行。黑夜是宁静的，却在徐大可心里轰响出无数的声音，仿佛整个世界都在此时响起，风声，琴声，唢呐声，父母的话语，余韵的筝声，可可的哭声，还有酒吧里人们的絮语，汇成模糊而浩大的声音。更有一个清晰的旋律穿越众响，在混杂的虚空中响起，好像冰河上初融的春水，此时此刻显得那么不合时宜。徐大可意识到，这是周明正在打谱的《无题》和余韵自作筝曲合并的乐句。

"啊——啊——"徐大可两手用力地拍着方向盘，嘶喊着，他觉得他那只好眼此刻快要炸裂了。

车到家时，天已经放亮了。徐大可找到刘柱子，刘柱子喊了几个乡亲，把翠锁的骨灰埋在翠锁名下的自家的棉花地里，徐道公的坟就在这儿。徐道公去世时，在自家地里筑坟乡里还是默许的。这次埋翠锁时，刘柱子说现在乡里有规定，很快自家地里也不可以筑坟了。

仪式结束以后，徐大可请刘柱子和几位帮忙的乡亲喝酒吃饭，这几位都是徐大可以前请到江城吹唢呐的。徐大可没喝酒，他说下午还要开车回江城:"谢谢各位大伯大叔,有你们的唢呐声,我妈才真正地回了故乡,我知道我妈的心住在哪里。"

一位大伯说:"你们这一家真是,命不中,多灾多难,爹娘死于非命,你好好的进了城,把一只眼又弄毁了。假如你不离开和桥,也许就不会这么惨了。"

另一位说:"说这干啥,喝酒!大可你要想开点,哪一个不死?到头来,谁和谁都一样。"

吃完饭,刘柱子他们拎着铁锹、锄头和唢呐各自离去。徐大可回到家,在钢琴边坐了一会儿,对着墙上挂着的照片看了很久,照片上是一家三口,那时徐大可一岁,翠锁坐着,手里抱着他,徐道公站在后面。徐大可取下相框,锁好门,开车回江城。

在路上,徐大可给乔老板打了电话,说他刚把母亲葬了,这个月都不合适去酒吧,要请一段时间假。

乔老板说:"兄弟,节哀节哀。我给你转了一千块钱,一点心意,你收到吗?应该到了,你回头查收一下。酒吧这边你就不要操心了,新招了一个驻唱,小姑娘漂亮得一米。这段时间生意不大行,指望她来了以后上生意呢。"

徐大可说:"明白了。多谢啊。"

回到江城,徐大可先去了电信营业部,把正用着的手机号注销了,换了一个号码,把一些有用的联系方式倒进新号码里。然后回到枫桥。

徐大可给以前认识的几个歌手打了电话,问他们要不要歌,他的新歌。包括柏凡在内的几个歌手的反应几乎一样,都说可以听听，让徐大可唱个小样发给他们。

徐大可拿起吉他，发现自己根本无法唱歌，便把吉他丢在沙发上。

开始入冬了，屋里没有空调，有点冷。徐大可心想，这个冬天不知该怎么度过。如果加上母亲的被子，应该就没问题了。

他感到疲乏极了，身上一点力气都没有，他想如果他此刻要吹唢呐的话，可能连声音都发不出来。

徐大可决定好好睡一觉，他把自己的和母亲的被子都盖在身上，还是感到冷，而且浑身到处疼，关节，肌肉，脑袋，都非常疼。

他知道自己大概是发烧了，家里是有一只体温表的，但他一时想不起来放在哪儿了，也就不准备找体温表。他想，还是等天亮了再去药店买退烧药。

徐大可迷迷糊糊地开始做梦，他梦到自己站在一个大木板上，木板有些摇晃，好像是在一片大水上似的，他的脚感觉有些飘忽，眼前出现了一座很高的楼，尖顶，顶上站着一只公鸡，发出很大的声音，不像公鸡叫的声音，倒有些像江上的汽笛或驴发出的。接着，那只公鸡朝他飞过来，越飞越近，到了跟前，才发现它长着徐道公的脸。徐大可把手里的煎饼举到徐道公面前，徐道公说，鸡汤好了，把汤盛出来。徐大可问哪有鸡汤啊。徐道公高喊，我的生活都被你们毁了。徐大可很害怕，他想他应该打电话喊110，却听到手机的铃声，他到处找手机，但四处都是骨灰，他的脚踩着一块头盖骨，他想他不应该踩头盖骨，他想挪开脚，却怎么都用不上劲。他看到周明和严重抬着一张硕大的琴在桥上走,他喊着周明的名字,周明听不见,于是他拼命地喊,周明还是没听见。

徐大可在自己的喊声中醒来,他知道刚才是在梦里。他拿过手机,没有任何来电的痕迹,他想起自己已经换了号码,不会有人给他打电话了。

身上疼得更厉害了,疼得徐大可无法入睡。他在床上辗转反侧,他想起上学时他也发过一次烧,那是一年的暑假,他没回和桥老家。那次也是这样的症状,怕冷,浑身疼。好在周明来宿舍,周明去教工食堂给他打来了开水,又买来了吃的。徐大可很快就觉得舒服了很多。两人还跑到鼓楼看了场电影。

挨到天亮,徐大可撑着去了药店,买了感冒退烧药,又在一家粥店买了皮蛋瘦肉粥带回去。吃了粥和药,很快地出了一身大汗,身上立刻轻松多了。

32

和陆近春老师回到江城以后的很长一段时间,周明前所未有的忙,他觉得他的生活就如同改革开放一般,国门大开,无数从未经历的东西纷至沓来。

周明先是去了一趟扬城,在刘进一那儿挑了两张琴,找人刻了自己拟的琴名和题跋。一张"孤云出岫",列子式。一张"梅花落",蕉叶式。"孤云出岫"上面的诗题是"茶煮二江水,琴弹一壑雷。只知云出岫,未问几时归。""梅花落"上题的是"七弦弄罢弄无弦,天外有天山外山。独爱芭蕉春夜雨,梅花一曲到阑珊。"

刘进一坚决不肯收周明的钱,说琴坊整体进驻古琴文化村,全凭周明帮忙,无论如何也不能收钱。

周明说:"文化村的事情肯定很多,你的琴还是要想办法增加产量,不要总琢磨着做出'长清'。至少要赶紧带一批徒弟出来做练习琴。"

这两张琴,"梅花落"被周明送给了音乐学院沈院长,沈院长问周明琴多少钱,周明说:"送给沈钊的。让沈钊好好学,下周日开始第一课,下午晚上都行。我过来,我那儿远,他不用跑来跑去。就在我们中心办公室上课。嗨,什么学费啊?不收不收。"

沈院长夫人说:"琴可不便宜,听说北京有个人做的琴都一百万了。"

周明说:"这个没那么贵,那个价钱太离谱了。不过要说声音,这张琴比北京那位的琴好。您是专家,一听就懂的。"

紧接着,周明带着"孤云出岫"坐夜车去了北京。

在北京李拓家里,周明和李拓相谈甚欢。周明跟李拓聊了他读过的李拓的著作《中国古代音乐研究方法论》,说了他自己正在写的《琴史》,还用送给李拓的"孤云出岫"弹了两曲。李拓是内行,对先秦至六朝的音乐史特别有研究,他说他本来也有撰写中国古代音乐通史的计划,但是事务性的事情越来越多,专业算是快丢了。

"专业还是有意思,读读书,写写书,与世无涉,多清净。"李拓说,"不过,许多重要的事情还是要有真才实学的人去把握才行,否则,好端端的事业就被那些不学无术投机钻营的人占据了要津。这张琴不错,比别人送我的那几张强许多。我虽然不弹琴,声音好坏还是能够分辨的。新琴做成这样了不得。要我看,琴的制作这些年要比古琴学术研究和演奏的进境大得多。小周啊,陆兄对你十分器重,我也看好你啊。古琴是我们民族文化的瑰宝,目前的学术积累还很弱,你要勇于挑重担,多做点事情。学术、弹琴是一方面,另一方面,社会工作也要锻炼自己。读书当然好,但是你想过没有,有些人读书的时候想着的是天下，如何运用知识和智慧改变这个世界。只是想着读书，只是惦记着发表几篇小论文，立意就太低了。一切文章都从生活来，而生活也可以当文章做。不是什么难事。陶渊明不是说过'纵浪大化中，不喜亦不惧'吗？我看你的一篇论文中也提到过的。对啊，弦都在心里，需要自己调。只要咱们保持初心，得到了不要狂喜，失败了也不要惧怯就可以了。下个月我要带队去各个学校检查验收高校本科教学，你们学校好像是在月底去。这段时间你在吧？不要出门啊，到时我让沈院长安排一次跟你们学校骨干教师的座谈，晚上再听一下你们学校老师学生代表的音乐演出。你准备一下，我点名让沈院长让你参加。还有一事，明年开春，在北京有一个中国音乐学高层论坛，你好好准备一篇论文，我让手下给你发请柬。"

离开李拓家，周明去了沙滩，到中国美术馆看了两个展览，又去文物出版社门店买了几本书，在一家饺子店吃了一盘饺子，喝了一小瓶"劲酒"，然后坐夜车回江城。周明坐的是卧铺，他躺在上铺，感觉透不过气来，有种窒息感，心脏也很不舒服。于是他下了铺，坐在窗边的折叠椅上，还是觉得气闷，便到卫生间里去。卫生间里的味道不好，但是窗子有风吹进来，周明感觉舒服多了。他回到自己的上铺，躺下来，不久就进入了梦乡。他梦见自己走过了一条街又一条街，街与街之间有一个又一个的广场，广场上聚满了人，人们紧紧地挨着，说话，嘴巴动着，没有声音。每一个人的面容都是清晰的，却没一个是周明认识的。后来他们更紧密地融合在一起，成了一片阔大的水面，微微起伏着，无边无际。他看到徐大可像一条海豚似的在水下快速地游动,矫健极了,飞一般的。那海豚跃出水面,在空中翻了一个跟头,又落入水中,转眼不见了。无论周明怎样用力地寻找,看见的只是阒寂无声的大水和无数闪亮的东西。

醒来以后,周明看手机上的时间,是夜里三点。周明拨打了徐大可的电话,听到的是"您所拨打的号码是空号"。

火车到江城站后,周明倒了两次地铁回到香樟公寓。他打开电脑,翻看正在写的《琴史》,决定将嵇康那章抽出来,与汉斯立克的《论音乐的美》做一个比较写一篇论文,题目是《嵇康〈声无哀乐论〉与汉斯立克〈论音乐的美〉的比较研究》,他准备用这篇文章作为李拓所说的国际学术论坛的论文。

周明写得很顺,午饭没吃,一直写到下午五点。存盘、关机以后,他觉得好像有什么事情要做,想来想去,给汪艳艳打了电话。

汪艳艳的声音好像有笑意似的,她说正在换衣服准备下班。

"有空见面吗?"周明说,"我可以去你那里,顺便也看看海豚。"

汪艳艳说:"海底世界马上下班了,要不下个星期天你过来看?"

"下个星期天?那还要等一个星期啊。还是你到我这儿来吧,如果你下班没事的话。"

电话里传来汪艳艳的笑声:"好吧,地址发给我,香樟公寓啊?我知道,离我住的地方很近,直线距离不到一百米。那我一会儿就过去啊。"

汪艳艳来之前,周明一直趴在窗口看楼下,趴了将近一个

419

小时，他看到一个穿着米色风衣牛仔裤的姑娘走过来，进了大门。周明的心不知怎么的突然狂跳起来，他在照片上见过汪艳艳，而眼前的姑娘比照片上更漂亮。

汪艳艳进了门，手里还拎着一只装有水果的塑料袋。

"怎么这么老半天啊？海底世界离这儿，骑自行车二十分钟也到了。"

"给我妹妹打了个电话，又去买水果。头一回来拜访大学老师，总不能空手吧。"

汪艳艳化了淡妆，她站在周明面前，让周明觉得她的身姿、她的容颜健康舒服得像一棵春天的树。

"太好了太好了。"周明觉得自己完全不会说话了。

周明住的地方只有一张高凳和一只小靠背椅能坐人，高凳是周明坐着弹琴的，小椅子是他看书时坐的。周明让汪艳艳坐在高凳上，他自己坐小椅。两人这么一高一低地坐着，周明得仰着头看汪艳艳。

汪艳艳坐下后，就很有兴趣地看桌上那张琴，周明仰着头，从侧面看她，汪艳艳风衣里面穿的是一件本白色的棉布汗衫，显然不怎么新了。她的身材圆融挺秀，肩宽宽的，鼻子翘翘的，有些俏皮，嘴巴微微张着，嘴唇饱满而性感。让周明既贪看，又有些不好意思。

"我这里乱，没来得及打扫一下。"

"挺干净的啊，就是太简陋了，什么都没有。"汪艳艳说，"不像过日子的。我参观参观可以吧？"说罢，去洗手间和周明的卧室看了看。周明的卧室里没有衣柜和书柜，一千多册书以及音乐光碟就在地上堆着,被褥放在大纸箱里,衣服放在塑料整理箱里,贴墙摞起来。最大的两只纸箱里放的是周明父亲寄来的三床棉被。周明共有四床棉被,两床厚的两床薄的,其中两床一直没用得着。他不知道父亲为什么要给他寄这么多棉被。

汪艳艳说:"这么多书。你每天就只看书?"

周明说:"也不只看书啊,还要弹琴。书买了,也不都看。买的时候想要看,买来了,有的再也没看过,就放在家里落灰了。我弹个曲子给你听吧。"说着这话,周明在心里都笑自己的慌乱和急迫。

汪艳艳说:"好啊,要听。"

周明弹的是《流水》。选择弹这支曲子,是他估计汪艳艳可能没怎么接触过古琴,容易听得下去。

周明弹完了,扭头看汪艳艳。

"好听呢。真好听。我好像看到了流水,水里有海豚在游。"汪艳艳说。

周明笑道:"听这支曲子联想到海豚的,全世界大概只有你一个人。你带来的水果我们吃起来吧。我这儿什么好吃的都没有。"

汪艳艳剥橘子的时候,周明在组合音响里放上了钟先生的录音。

"这个跟你刚才弹的一样,"汪艳艳接着说,"不过又不大一样。"

"怎么不一样,哪里不一样啊?"周明来了兴致。

汪艳艳把剥好的橘子递给周明,说:"这个人弹的好像是在山里弹的,你的像是在舞台上弹的。"

听了这话,周明吃惊不小。他一下子涨红了脸,说不出话来。

汪艳艳说:"我是外行,瞎说说的。直接的感觉而已。你吃橘子啊。"

周明说:"不,不。你说,接着说,我愿意听你说说你的感觉。"

汪艳艳看着周明笑:"你怎么这么认真啊,我是随口说说的。要不你再弹一曲给我听听吧。"

周明说好。他想了想,又弹了并不完整的《无题》。

汪艳艳说:"这个曲子叫什么?好听,好听,听了心里很快乐,好像天很高。不过,好像前面更好听,后面突然矮下来了,匆匆忙忙的。"

周明这下更是吃惊不小,他没想到汪艳艳听琴如此敏感细致,因为《无题》后面他自己试着接续了一部分。而且,在周明的理解中,明子所作部分的《无题》,虽有辽远广阔之意,总体却是悲凉沉郁的,为何在汪艳艳听来却是快乐的?

正愣着,周明的手机响了,是严重打来的。周明把橘子递给汪艳艳,走到卧室里听电话。严重这个电话打了很长时间,等周明回到客厅,发现汪艳艳脱了风衣卷了裤脚,在打扫卫生间。汪艳艳说:"马桶的螺丝松了,紧一紧就好了,你也不知道弄。地漏也快堵了。你这电话打的时间可够长的啊,你要有事,我马上就走,一会儿就好,我也该走了。"

周明说:"不许走不许走,我要听你说话,不要你打扫。要不我来下面条,你就在我这儿吃好不好?"

汪艳艳说:"你去弹琴吧,我没事做,帮你收拾一下厨房,面条还是我来下吧。"

汪艳艳答应留下来吃饭,周明喜不自胜。他有一下没一下地弹琴,弹得完全没心思,干脆也找出一条毛巾,陪着汪艳艳一块儿收拾房间。打扫过程中,周明不停地说话,说他自小学琴的事,说陆近春老师,说徐大可,说余韵,说得最多的,是钟鸿秋先生和《明子日志》。周明给汪艳艳看《明子日志》,汪艳艳说:"这个人的字写得真漂亮,那么认真,始终一笔一画的,结结实实的。"

"你长得也一笔一画结结实实的。"周明发觉自己此刻的言语完全没有了逻辑和分寸。不过,初次见面他的这种无厘头表现却让汪艳艳一直笑个不停。周明觉得她与他见过的所有女孩都不一样,到底哪儿不一样,想了半天,周明想,大概是她坦然的笑吧。

汪艳艳也说话,说得多的还是自己的生活,说她带驯的海豚飞飞,说她正在读书的妹妹汪婷婷,说婷婷特别懂事,平时省吃俭用,从来不跟她要这要那,只要放假,家里的活都是她帮着妈妈干。

周明说:"婷婷唱歌唱得好不好?"

"什么意思?"

"我是想,如果婷婷音准没问题的话,她放假可以到我这里来,我可以教她弹琴。"

"她学的是印刷,明年就毕业了。只要肯吃苦,总有活路的。不知她喜欢不喜欢古琴呢。婷婷的字写得很漂亮。"

"长得也跟你一样漂亮吗？"

"呵呵，跟我一样的眉眼，比我高，就是太瘦了，像根竹竿似的。她说学校里有不少男生追她呢。"汪艳艳说，"我爸去世得早，我妈身体也不大好，就希望婷婷好好地读书，明年有个稳定的工作。"

"我觉得你长得像一棵树，很好看的树。"周明说。

汪艳艳说："哈哈，你挺有意思的。"

周明说："我看人，总会把人跟别的东西联系起来，我觉得有的人像马，有的人像老鼠，有的人像公鸡，有的人像牛。特别是眼睛，我觉得你的眼睛像鹿。"

汪艳艳说："你倒别说，真是的，你这么一说，我觉得你的脸也像一种动物。"

"什么动物？海豚？"

"我不敢说。"汪艳艳笑。

"说唉，我的脸不会像骡子吧？"

汪艳艳大笑，说："我觉得你像蝈蝈。"

周明也笑："蝈蝈的脸不就跟骡子一样嘛！"

两人说着话，周明觉得他好像已经与这个陌生姑娘说过很多年的话似的，她说的每一句话他都愿意听。

吃过面条，送走汪艳艳。周明躺在床上，不想睡觉。他觉得被子有点厚了，嫌热，换了薄的，又觉得凉。换来换去，折腾了半天。

到了午夜，周明睡不着，站到窗口往外看，窗外可以看到高楼的身影,亮着一些灯,他知道汪艳艳就住在前面的一栋楼里,知道楼后面就是山,他想起以前在山上听到的男女欢爱时发出的驴一般的叫声,他回想着汪艳艳圆融挺秀的身体和明澈的眼睛,给汪艳艳发了信息:"什么时候才能再见面啊?明天下班你有空吗?我们去山里逮蝈蝈好吗?"

33

徐大可把别克车卖了,出了4S店,进了地铁站,他给方继安打了电话。

"老方,最近怎样啊?"

"大可啊?你的号码变了?"方继安说,"我还能怎么样?失败的人生。老婆走了,女儿和儿子也带走了。"

"在做什么?"

"在大剧院找了个活,负责音乐厅的灯光音响。你呢?"方继安说,"我都没脸见你。听说你毁了一只眼?"

"呵呵,是啊,瞎了一只,一目了然了。"徐大可说,"正在找活儿干,前些时候在一个酒吧驻唱,干了没多久,活儿也丢了。打电话给你,是问你的银行卡号码。你别紧张,不是追债。你的那辆别克车我卖了十五万,分你一半吧。以前你待我不薄,投资的事那是命,不是你存心害我。"

"唉,你还不如大耳刮子抽我我还舒坦点。"方继安说,"你不是没活儿干吗?不行的话到大剧院来弄个活儿干干,这儿你也熟,我再跟汤经理说一声,应该没问题。前两天他还跟我说让我负责另外的事情,你来,音乐厅七七八八的杂活就归你。月薪四千,有五险一金。中午有盒饭,据说年终还有点奖金什么的。钱很少,不过也不是特别忙。真的?你愿意?对啊,什么收入都没有,人会不对的。四千也是钱。大丈夫能屈能伸,暂时背运,可千万别萎了。这会儿如果你有空,可以马上过来一趟。"

徐大可当然愿意,他下了地铁,又上了反向的地铁,去了大剧院。

见到方继安,徐大可说他在4S店吃过简餐了。方继安就在大剧院的星巴克请汤经理和徐大可喝咖啡,把事情谈了。随后又带着徐大可去了音乐厅的总控室,那里可以俯瞰整个剧场。

汤经理说,最近大剧院的活动越来越多,档次也越来越高。原以为江城乐迷的水平远不如北京上海,没想到引进的一些室内乐、音乐剧场场爆满。而且,附带的一些活动,比如大师班、音乐沙龙也很火,再贵的票也卖得出去。事情越来越多,所以,要把方继安抽出去干别的活儿。

"民乐的活动有没有啊?"徐大可问。

"有,少。这是个问题。"汤经理说,"很明显,这个音乐厅大多是高雅音乐,你也知道的,你们以前组织的一些演出,流行音乐那些,都在二楼那个开放的空间,钢琴、小提琴、室内乐交响乐、歌剧音乐剧才可以在这个最好的厅演出。现在领导们很希望能在这里组织一些民乐,中国传统的东西。先前也组织过的,昆曲折子戏,都是名家,效果还不错,昆迷来了不少。琵琶大师那场就不行了,一千多人的座位,稀稀拉拉只来了不到两百人，其中一多半的票还是赠票。接着还有二胡、古筝的计划，虽然大钱都是他们自己拿，我们少量贴一些，但是场面要好看才行，往深里说，是中国文化的社会影响要能实现才行。"

徐大可说："为什么不考虑古琴呢？现在都知道古琴才是中国民族音乐的瑰宝。"

"有的有的，昨天刚谈到古琴的事。音乐学院的季教授昨天来过。谈得不错。他的想法很多，曲目、背景、宣传册、网上宣传、媒体跟进，甚至各个环节的服务保障，他考虑得都非常细致，以前还没见过这么周到的艺术家。艺术家都是装扮好了甩着手来就完事了。"

"季教授？季风吧？认识，太认识了，"徐大可说，"他是准备在这儿弄一场古琴音乐会了？"

"是啊，个人专场。不过也有两位助演嘉宾，一位北京的一位上海的，据说都是当代古琴界地位最高的大师。"

徐大可笑而不语。

汤经理问道："你笑什么？好像有意思。"

徐大可说："你听过他的琴吗？"

"没啊。介绍上说他是当今最有影响最有成就的年青一代的古琴大家。"

"那你可以先听听再说。"徐大可说。

汤经理看着徐大可，说："了解了，你微言大义，我心里多少有点数了。"

徐大可说："回头我再给你一套CD听听，是这位季教授的同事周明弹的古琴。这是外交部礼宾司当作代表中国文化精粹赠送给外国贵宾的。他们之间有水平差异,可以说是白云和烂泥的差异。谁是白云谁是烂泥我不说,你自己听。"

汤经理说:"我有数了有数了。这个季教授也没给我听他的碟片,只是介绍了他自己,给我看了工作证,还有他其他演出的节目单。我还没有答应他。没答应他的原因是他设计的演出方式似乎有问题。他要一边弹琴一边用干冰造出云雾来,同时还要有女孩子的舞蹈,有古装的,也有现代舞的,听上去很丰富。但是我跟他说我们这个厅是全国乃至全亚洲最高级的音乐厅,来这儿演出,都是原汁原味清清爽爽,从来没用干冰造云雾。我印象中古琴也是很纯正简朴的样式。"

"不孤单寂寞,那就不叫古琴。"徐大可说。

"那这个古琴为什么现在这么火呢?"

"因为孤单寂寞可以卖钱,因为每个人都孤单寂寞,因为古琴可以装逼骗人。"徐大可说,"如果这么美好的地方不能够成为爱乐者的心灵家园,如果大剧院音乐厅只要有钱就可以来这儿沽名钓誉,那我还真不稀罕来这儿看笑话了。"

汤经理拍拍徐大可的肩膀:"老弟,我全明白了。以前你和继安到我们这里组织活动,我只知道你能干,没想到你是这样的人。你让我惭愧了。那个周明的琴我想一定很棒,你认识他啊?我们可以请他来办一场个人专场啊。"

"认识,不过有段时间不联系了。可以把他的电话号码给你,还是你自己跟他联系比较好。"徐大可岔开汤经理的话,"方兄,这个调音台我还没用过,你再给我讲讲。"

429

方继安告诉徐大可,一会儿有个美国的大提琴家要来走台,"晚上演出,下午你就跟着看我操作。很简单,特别是这种独奏乐器,就一个麦,伴奏钢琴不用麦的。彩排时做个记录就行。如果演奏家不换乐器,没有音量的变化,那就更简单。你不是吹唢呐的吗?唢呐响得要命,就更用不着麦了。"

这天下午,是徐大可多日以来心里最平衡的时刻。大提琴手的演出内容是巴赫的《六首无伴奏大提琴组曲》中的三曲,一人一琴,没有伴奏。大提琴手是个温和的小个子中年演奏家,穿得很家常,一件白色T恤,一条牛仔裤,一双登山鞋。他坚持要把所有的曲子都拉一遍,使得整个彩排跟正式演出没有任何差别。他坐在台上拉琴,多半时候是闭着眼睛,动作很小,神情安详,不像有些提琴手拉起琴来好像得了急性肠炎似的。在空阔的音乐厅,在他的琴声中,徐大可一下子仿佛进入了另一个世界,所有的伤痛和焦躁都被引带着缓缓起伏汤汤流逝。他记得这套曲子是周明除了钟先生的古琴以外最爱的音乐,周明还经常让徐大可跟他一人一只耳塞在随身听里听此曲,并且告诉他他最喜欢的是卡萨尔斯的版本,其他的版本都太抒情太漂亮了。"悲天悯人应该是质朴的,无言的。"周明的这话徐大可非常赞同,他比周明更不喜欢撒了糖的东西。眼前的这位小个子的大提琴家拉出来的味道分明带有甜味,跟周明不太喜欢的托特利耶颇类似。但此时的徐大可却非常喜欢他的演奏。他此刻特别想吃甜的,吃大白兔奶糖,吃奥利奥饼干,哪怕吃那种粉红色的奶茶,哪怕直接用勺子舀白砂糖吃。

晚上的正式演出也让徐大可喜欢,没有主持,没有报幕,美国小个子拿起横放在地上的大提琴，二话不说进入演奏。他穿了件白色的唐装，脚上是一双中国布鞋。他闭眼拉琴的时候，让徐大可觉得他正骑着一匹温驯的枣红色的老马走在开满鲜花的草地上。他舍不得这样的音乐就这么结束，如同他在和余韵相爱时舍不得睡去一直看着余韵的脸庞一样。

总控室可以看到整个音乐大厅的情形，徐大可把所有的听众都看了一个遍，他想，喜欢大提琴的周明说不定就坐在下面。然而，徐大可没看到周明。

回到家以后，徐大可坐在沙发上，闭上眼睛。他想好好地静下来想一想，这是他一直以来的习惯，他知道他是个长于思索的人，他的准确与干练都得益于这种冥想与深思。没有人能帮自己，想要移动什么改变什么，除了思索，别无他法。他知道他与周明不同，周明做什么，完全是凭着直觉和天性，不必、也不会多想。而他徐大可不行，他必须把事情想透。而这种思索的最重要的内容是反观自己。我是谁？我从哪里来？我的力量何在？我的弱点是什么？此刻的徐大可在黑暗与虚空中看到了自己三十多年来的样子，伴随他的只有伤痛和残缺，除了周明，没人真正地帮助过他。但是他有着自己的力量，是改变生活意愿的强烈？是洞察社会的准确？是待人接物的松弛？还是比较了众多的表现他清楚地知道自己对于艺术不同凡响的理解以及天赋？弱点呢？我的弱点在哪里？我最大的弱点，大概还是太过计较，对余韵与严重的关系，对周明与严重的合作，骨子里是计较的；对曾米诺、曾军，心里是有怨气的。

徐大可知道自己心里最大的问题是他和余韵之间的事，他爱余韵，完全没有任何杂念地爱余韵，以牺牲的心态爱余韵，他可以接受余韵的全部，却不能接受她几乎一言不发地离开。事实上，是余韵的离开而不是别的事情给了他致命的一击。

这样下去不行，没有意义、没有成果的思索只会带来更大的纠缠，这会把什么都给耽误了。徐大可最后这么想。

徐大可长叹一口大气，睁开一只独眼，抱起吉他，拨动和弦，他决定还是要不停地写歌，只有工作才能挤走不良想法，摆脱困境。不一会儿，一首歌写成了，他想这首歌就叫《心疼》：

　　一把铁锹一抔泥
　　一碗烧酒浇心里
　　冬天正在到来
　　我用你儿子的双手埋葬你

　　你完整如同婴儿
　　你因为心碎而死
　　你心疼我的心疼
　　想要告诉你已来不及
　　心疼不是一种甜蜜

徐大可又调整了几处，用手机录了自己唱的，发给了柏凡。没过多久，柏凡的电话就过来了。

"徐哥，这歌我要了，极好。账号给我，马上打钱给你。"

徐大可说:"没有副歌啊。我不想加副歌。"

"不要副歌,副歌多余,反而把这么好的旋律冲淡了。我想重复两遍当副歌。"

"我也这么想。"

柏凡说:"最近正要录一张新专辑,还缺一首歌,老歌不想用,就想要这样的新作。徐哥还有吗?最好稍微淡一点松一点的,丰富一下专辑。"

徐大可说:"这是刚刚写的,新的没有,之前有一首,一会儿给你发过去。"

这是前些时候徐大可写的,他录了音,发给了柏凡。歌名是《三人行》:

一个人走在街上,
一个人走在山里,
一个人站在船头,
有风景,没有窗。

一个人醉在酒旁,
一个人倚在松下,
一个人拍打船舷,
明月夜,是他乡。

三人行,同裳衣。
三人行,伤别离。

说好三人同生死，

大江东去月落西。

"太好了，这么好的歌怎么不早拿出来啊？你别再给别人啊，我收了啊。"柏凡的电话立刻打过来了。

"明白，不会给别人了。"

"你怎么也不开价?"

徐大可说："你看值多少就给多少吧，我不开价。"

柏凡说："本来是我的经纪人谈这些事的，今天破例，因为徐哥是老朋友，歌又这么好。五千一首，行吗?"

"行。老朋友，怎么都行。"徐大可知道柏凡这样的当红歌星买歌的一般价位，但他没有丝毫犹豫，他说，"有好事想着徐哥啊。"

柏凡大笑："哈哈，爽快！高人，高人！徐哥，你是高人。怎么样，来北京吧，咱一块儿玩音乐。江城冬天在屋里都得穿棉袄，连个暖气都没有。怎么样，考虑考虑?"

34

很长时间了，因为实在太忙，周明都没有见到过徐大可。他用了一年时间完成了原计划用至少五年完成的《琴史》初稿的写作。早春迎接教育部本科教学检查以及中国音乐学国际学术高层论坛的事情非常顺利，这两件事让周明出足了风头，准确地说，是在李拓的推举下周明出足了风头。音乐学院沈院长在全体教职工大会上直接说，如果没有周明，江城音乐学院的验收很难过关，古琴专业说不定会被砍掉。紧接着，五月份，周明被破格提拔为副教授，调入音乐学院民乐系古琴专业担任专职古琴教师，同时兼任古琴文化中心主任。

周明马踏春风的这段时间，也是季风走麦城的时期。先是因卖琴有欺诈行为被刘进一告到学校。季风买了刘进一的一张价值十二万的琴，用大漆把底板上的铭刻覆盖以后，重新刻上了"季风手斫"，然后以五十八万的价钱卖给了一个日本访问学者。该日本学者到扬城拜访刘进一时带着这张琴，事情于是败露。另一件事是季风自费出版了一本古琴学术专著《宋代古琴的历史考察》，准备以此书破格申请教授。虽然此书没有公开发行，只印刷了几百册，但读到此书的刘天怡发现它几乎未做改动、完全剽窃自北京一位学者的论著。两案并作，季风虽然未被学校开除，但学校在对他进行批评教育之后不再让他担任古琴专业教师，古琴文化中心的职务也被拿掉了。这样一来，季风在学校肯定难混了。九月，开学之初，他辞去了公职，弄了一个"弦外古琴馆"，开馆课徒，生意相当不错。周明听说他开始出售自己斫制的琴，每张三十万到五十万不等。有好事者拿着季风"亲斫"的琴来给周明评价。周明说，我只评价旧琴。

周明和汪艳艳的恋爱进展得也非常顺利，两人已经领了结婚证，准备春节期间办婚礼。严重知道周明结婚的消息，说婚礼一定要在他的高尔夫酒店举办，一应花销全免，每桌按两千元的标准。

周明不愿意接受这样的馈赠，他说："我也没多少朋友，还是回老家办比较好。艳艳也是润城人，我们两家人，加上亲戚朋友，顶多十桌。"

这话是严重叫周明去谈秋拍事宜时说的。严重告诉周明，北京正和拍卖公司今年秋拍有一个古琴专场，他准备去拿一张非常重要的琴。

"什么琴？"因为周明忙于写作、教学和谈恋爱，还有严重那个古琴文化村筹备的诸多杂事，根本没有留心拍卖的消息。

严重拿出一册薄而精雅的拍卖图录，封面上一张红黑相间色彩斑斓的琴一下子让周明惊住了，"长清"，这张琴界无人不知的琴，钟先生的琴，赫然于上。

图录中共有十张琴，十张琴做一个专场，可见拍卖公司对此事的重视程度。整本图录，有一半篇幅被"长清"占据，每一页上，都有"长清"各个角度、各个细节的高清图片。以前周明只是在钟先生琴曲CD盒里的文字介绍以及文物出版社出版的《中国民间藏琴》中见过这张琴，一是钟先生弹琴的几张照片中有这张琴的样子，一是《中国民间藏琴》中唯一正面的全琴照片。但这些照片并不十分清晰，钟先生CD中的照片甚至是黑白的。而这个拍卖图录中的照片极其清晰，细节可以说是纤毫毕现。

图录的图片之间有文字介绍："'长清'，盛唐琴，伏羲式，红间黑漆，金徽玉轸，琴额嵌明飞凤纹黄玉板一方，金徽玉轸或因遭剜劫，显为后配，琴额之工明代特征明显，叶知亦非唐物。琴面小蛇腹断间冰裂，底大蛇腹断间流水。牛毛细纹，遍及琴身……此琴为近现代著名古琴国手钟鸿秋先生终身抚弹之器，其超卓音声之美，言语无可拟论，允称天下第一……"

这篇文章相当长，看到最后，再回头看文题，这才看到文章的作者名：李拓。

"李老师写的。"周明说，"大家。真没想到这张琴这么贵气这么灿烂，还以为有些发灰呢。"

严重说："我早就得知今年有这个专场，拍卖行也来我这里征集。本来我是绝无拍掉手中旧琴的意向，我是收琴的，怎么会出手旧琴呢？后来拍卖行的人说这张'长清'被齐丹青先生家人拿出来了，估计价钱有可能到两亿左右。我想来想去，这么大的价钱，完全拿现钱出来有点困难，文化村投入太大了。所以我决定把我的四张琴卖出，到时看情况能不能贴点钱把

'长清'拿下。因为这张琴,我的想法有了不小的改变,我决定为这张琴专门建一个小博物馆,屋子要大,整个屋子里除了这张琴,除了一张钟先生的相片,除了循环播放钟先生的《秋鸿》,其他什么都没有。每次进去拜观'长清'的人不得超过十人,参观时间限制在十分钟之内。这样才有神圣感和敬畏感。为了'长清',其他琴我都可以不要了。就这一张琴足够了。等这个博物馆建起来,我要每天在里面静坐一小时。天下没有比这更奢侈更牛逼的事情了。"

周明不说话,翻到后半册,看到了"中和""南风""松云""隐秀""荷樵"、小仲尼和洪武三年的那张列子。这几张,都是周明熟悉的。每张琴的文字介绍也是李拓所写。

见周明读文字,严重说:"本来拍卖行有意请你写这批琴的介绍文字,后来觉得这批东西分量太重,还是请了李拓先生。"

周明说:"那当然,李老师的学问功夫和文字修养,哪里是我能比的。"

严重说:"都是重器,关键就看拍卖行招商情况如何了。这次我一反常例,早早地就放出话去,'长清'我不惜一切代价,志在必得。"

除了这八张琴,图录中还有另外两张琴,一张蕉叶,一张混沌材,一看年份都较浅,文字说明也较为草率,明显不是李拓的手笔。上面所注时期为"民国"。并写道:"这两张琴虽年代不甚久远,但制作精工细致,铭刻精美,声音清奇有逸气,可见乱世亦固有不可夺弃之琴心血脉存焉。其品质或在一般清琴之上。"

周明觉得这两张琴看上去非常顺眼，翻到后页，是琴底板的情况，底板有铭刻，混沌材上琴名是草书"醉渔"二字，琴名之下、池沼间铭刻"伐桐岭上，醉渔滩头。月印江心，想望高秋"。四言十六字，欧体楷书。蕉叶琴名"竹心"，隶书，池上铭刻"盘泥藏酒，捧雪得泉。心心相依，根根相连"。也是四言十六字，也是隽雅的欧楷。

铭刻之字，周明觉得非常熟悉，铭刻的文词他也有看过的印象，再看字下刻的一方小小印章里的字，周明差点惊叫出来。"明子"，印章上分明刻的是这两个字！

"这两张琴你怎么看得这么认真？拍卖行的人说要凑十张琴一道拍，没有其他的，只好拿这两张民国琴凑了。他们说清代以后的琴都很不上规矩，这两张做工不错，字也写得好。估计是一个人做的。就是这个叫明子的人。他们说到哪去查叫明子的人啊。估计也就是一个不相干的人做得玩的。所以价钱也低，五万起拍。"

周明说："我在看这上面的字。你还别说，就这民国的字，现在的人也写不到这个水平了。"

严重跟周明说起文化村琴坊的事，说他对做琴的事非常有兴趣，如果有来生，其实他的愿望是做个匠人。

"我有点担心刘进一。"周明说。

"此话怎讲？我看他人很厚道啊。"

"不是人品，他的人品当然可以放心。只是他太过追求旧琴的韵味，用最好的材料反复去仿'长清'，他又没见过'长清'，仅仅凭录音里'长清'的声音去琢磨，这不是太不理性了吗？

如果他搬到文化村来以后还这样,那就耽误造琴了。"

"没问题,除了人品,其他都不是问题。现在我在派人到处收旧木材。过去能够用得起好云杉的,也就集中在江苏、浙江、皖南、福建这些地方,北方好的建筑多用油松,不适合做琴。我让人见到好的就收,人家一千收的,我加倍,两千收,人家两千收的,我出四千。现在各地收老木头的都知道我了,不用上门去找,他们自己就送上门来了。这事我还没跟你讲,现在可以告诉你,我已经弄了一个大仓库,囤了十万根老云杉了,都是最好的。一根料,少说能做六张琴的面板吧?其他人再要做琴,只能小打小闹。刘进一那里我去看过,他的储备太少,再做个两年就会没米下锅了。他那么痴迷做琴,我不喊他来,他自己也会跑来的。他要仿'长清',好事。人还是要有点这种劲头,要有痴情有癖好。等我拿下'长清',他不就可以仿到位了吗?"

"你的想法真是太厉害了,佩服。"周明说的是心里话。

严重说:"晚上要接待省里的几位要人,古琴文化村的事都是他们帮忙。他们常听我说起你,提出想听你弹弹琴。你让艳艳也一块儿来。对了,我突然想起来你说过艳艳的妹妹马上毕业了,工作的事情有着落了吗?如果愿意的话,欢迎到我这里来做事。专业什么的无所谓,读书也就是培养综合素质,读过书的人应该什么都能干。"

周明说:"那行吧,多谢。我先去游个泳,跟汪艳艳约好的。"

"大可最近怎样了?"严重问,"前两年听说他为曾军的女儿出头，把自己的一只眼毁了，后来到一个酒吧唱歌，再后来就没消息了，人间蒸发了？你这个同学，我印象非常深。我注意到他吃饭的样子，就知道此人不是一般人。一个是他不吃高级的菜，他一动筷子，就是那些萝卜、土豆之类，再就是每盘菜他也都挑最差的部位下筷子。这一点我太理解了，他跟我太像，一看就是苦出身。我听说曾军的女儿跟他很好啊？"

"我也是很久没见了。"周明不想跟严重多说徐大可的事，"汪艳艳在等我，我这就过去啊。"

离开鸿海以后，周明去了谈丽那儿，问大可怎么联系不上了。谈丽说她也不知道，打过电话，是空号。

"我感觉他对我有意见，真是奇了怪了，想来想去找没得罪他啊。"周明拿出两万块钱交给谈丽，"这钱你放着，如果碰到他就交给他。你准备好大红包啊，明年春节我结婚了。"

"啊？跟什么人啊？有照片没有？"

"照片没有，总之很漂亮，胸不如你，腿比你长。"

"周明你现在越来越油，其实我早就发现你骨子里很坏。她干什么的？"

"驯海豚的，在海底世界。"

"不是艺术圈的？还以为你骗了女学生呢。"

周明说："不是艺术圈的，艺术圈的女孩我看不明白，拿不住。我怕给人戴绿帽子。大可不会跟曾米诺去西班牙了吧？"

谈丽说："怎么可能呢？你想多了。超级富豪的千金，如果肯跟大可，太阳要从西边出来了。"

"那可不一定，"周明说，"人间自有真情在。等我成了超级富豪,就找一个饱受欺凌的按摩女当老婆。"

"呸!"谈丽说,"你还是去做海豚吧。"

去游泳是周明随口跟严重说的,他并没有去游泳。离开谈丽那儿,他急急地回了香樟公寓,翻看《明子日志》,他在第七册中看到了与两张民国琴有关的文字:

  师父今日函至,距前次来函一月整,曰,山越行越深,心则益廓然无碍。此地有崇山峻岭,无茂林修竹,触目荒寒,然清流激湍时时得见,乃山头积雪消融而致。路遇马帮,见一马累死道中。临流畅望,有琴不弹,方知古人弹无弦琴虽为后人妄拟故事,然则弦琴之偏弊、有声之拘狭,于如此山水间可感知矣。今日"竹心""醉渔"二琴张弦试弹,出音清逸,颇可喜悦。各拟一跋:"盘泥藏酒,捧雪得泉。心心相依,根根相连。""伐桐岭上,醉渔滩头。月印江心,想望高秋。"

一直到汪艳艳来了,周明还在看《明子日志》,他指着《明子日志》里的这些内容给汪艳艳看,说:"你看,以前的生活多美。跟那些人吃饭多没意思啊,我怎么变成这样了。"

汪艳艳说:"人不可能只待在自己的心里,那样要得病的。"

"你不觉得那样活着很美吗?"

"很美啊,没说不美啊,"汪艳艳说,"最近连我都受你影响开始关注古琴了。"

"是看电视了?还是听琴曲了?"

汪艳艳说:"不是。是小说网上有篇写古琴的小说,挺好看的。你没看吗?就是你常提起的那个徐大可写的。"

"什么?我看看!"

汪艳艳打开手机,找到小说以后,递给周明。周明见第一页上写着:

竹林寺

徐大可

1

几乎每天,明子都要到竹林寺去,拾柴禾要经过那儿。走过那片平展展的空地时,明子就能听到寺里传出来的琴声,或者,看到寺里的和尚大钟师父在空地上练拳。明子拾柴禾,一早一晚,要么是清晨,要么是黄昏,总是天光晦明交接的时刻。这样的时刻,无遮无拦的虚空中好像是有着一些什么的,明子在这虚空中往前走,他的肌肤能感觉到这些东西,好像有一羽极轻的翅膀,柔缓地围着他。

在后山上拾了柴禾,明子会在斜坡上坐一会儿,看太阳在远处淡到透明的那痕山上升起来,这时候,就能看到三棵直直的树站在那山上,如果太阳再高一些,雾气消散了,远山便会变成深黛色。如果是黄昏,那山又是另一般样子,阳光厚重地铺张在万物之上,明子能听到钟声在什么地方发出来,一波一波地漾开,杳杳不绝。

周明叫道:"好啊,怪不得这么长时间人影都没了,原来闭门谢客当起作家来了。写得好,你躺着歇一会儿,我再看啊。"

竹林寺原来有一个老和尚的,两年前圆寂了,竹林寺成了空寺。村里的人烧了一口大缸,将老和尚埋在后山坡上。就在老和尚入土的第八天,来了一个云游的和尚。村里的人都到寺里看他。他问村里说话最有用的乃仁,他能不能在寺里落脚。乃仁说,你会做什么。他说,会种地,烧窑,能识字写字。乃仁说,这就好。这间小庙刚走了个和尚,就来了你,这是天意。你能种地,就好。屋前屋后有老和尚留下的菜地,你要是能种地,就饿不死。你怎么称呼?和尚说,叫我大钟好了。

明子那会儿刚过七岁,跟着大人去看新来的和尚。他看到大钟背着个长长的包,站在寺门前,像一棵铁硬的树,不知怎的,有点喜欢他,又有点怕他,尽管大钟的眼神是温和快活的。

乃仁对大钟说:"后山树多,你要生火,就去砍。"

大钟看看山,说:"我不会砍树的,别看山大,砍一棵树,山就会秃一块。地上拾拾,就可以了。"

说这话时,大钟拿眼看了看身边的明子。明子觉得他说话有趣,看他看自己,不知怎么的就说了句:"我识得字的。"

大钟将背着的长包袱摘下来,夹抱在手上,看明子。明子就地上拾了块石片,拨开竹叶,在泥地上先写了个"日",再写了个"月",成一个"明"字。明子写的"明",将"日"写得大,"月"写得小。大钟说:"你写得好,太阳是比月亮大的。你叫什么?"

明子说:"明子。"

大钟笑道:"倒像个和尚的名字。是老和尚给你起的吗?"

"不是,"明子说,"我娘给起的。我娘说,'明子',就是太阳和月亮的儿子。"

正说着这话,天一下子暗下来。太阳落到山后了。明子背起柴禾,往山下走。脚上的鞋有点小了,脚趾的位置上补着的两块布是蓝花的,明子不喜欢自己穿这么花的鞋,可他又不想烦娘给他做新的,娘太苦。明子想,如果脚再大些,他就干脆光脚得了。他看大钟穿的是一双脚背脚趾全都露在外面的鞋,也挺好。

近看远看,这里都是竹子。天光暗的时候,竹林的声音会大起来,明子以为,清晨的时候,这是风从竹林里出门玩去了,傍晚时分,是风在外面玩够了回家来了,何况,还有那么多的白色的大鸟,它们驮在风的背上来来去去。明子想,如果我也能驮在风的背上到远处玩玩,多好。

钟声响起来。已经有好几天,寺里的钟都没响了。明子想,这一定是大钟师父敲的钟。这声音和老和尚敲的不大一样。老和尚的钟声有点像寺前的那池泉水,清清的,平平的。而大钟的钟声,有点像大风起时竹林的样子,起起伏伏,一波波往远处涌。明子觉着这钟声在推着他往前走,舒服极了。

周明有点看呆了,他知道大可的写作才华,记得他上学时说过要写关于友情的小说,却没想到大可会写这么大部头的作品。大可现在哪里呢?

汪艳艳过来说:"怎么样?好看吧?徐大可长什么样啊?看他的小说,感觉他是个清秀的人。"

"呸,他还清秀啊?他长得像野猪。"周明笑得不行,他拿出一银行卡给汪艳艳,说,"这张卡你拿着,每个月婷婷的生活费什么的要用就在这里面取钱。另外,你记得帮我做一件事,每个月初在里面拿六千块钱出来放在一边,有机会交给大可。原先他有张银行卡的,可是后来打不进去钱了,估计是他注销了。"

"我记得了。"汪艳艳接过卡。

"你不问问我为什么要每个月给他钱吗?"

"不问。这是你们男人之间的事。可能是你要还他的债,也可能是他有困难你要帮他。要不你继续看小说吧,我们就不去吃饭了,在家吃面条。"

周明说:"有大餐不吃,吃什么面条?走走,开路。带上琴,饭后还要弹琴。我现在是御前琴待诏。大可的小说回头再看,我要看看他会不会把我写进去。"

35

下雪了,北京的雪刚下起来的时候,像个穿着白裙飘飘而行的姑娘。随着越下越大,便像喝醉了酒的怒汉了。

徐大可写了一夜《竹林寺》,虽然心里很痛快,却又觉得气血翻腾,浑身一点力气都没有。

到北京以后的这段时间,因为有柏凡介绍,徐大可的歌卖得非常不错。圈里人都知道江城来了一位独眼的怪才,找来要歌的歌手越来越多。柏凡建议徐大可请个经纪人,省了很多的琐事,价钱也好谈。徐大可说:"不用。还是一个人自由。"

徐大可习惯在晚饭或上厕所的时候写歌,一边吃饭上厕所,一边酝酿歌曲。许多做音乐的人都说徐大可的歌有一种特别的味道,很简单,不施脂粉,单刀直入,而又很有余味。

写小说是在晚上十一点以后开始,写到天亮。他喜欢站在窗口看清早的街道,看急匆匆上班上学的人们。每天六点五十,他都能看到一个小姑娘背着书包,拉着一个高个子男人的手在路上走。徐大可估计她大概在上小学一年级,她长得挺胖,远远地看不清她的五官。这么冷的天,她几乎光着腿,只穿着一双深色的袜子。他们走到街对面的小学门口时,她都要跟弯下身来的爸爸拥抱贴脸。徐大可想,女孩子,一定要控制住嘴巴啊,否则会太胖,长大了就不好看了。

徐大可很想可可,他不断地回想可可在他手里的感觉。余韵生完可可出院时,徐大可是用一个枕头席捧着可可的,可可柔若无骨,软得像一只灌满了水的塑料袋,徐大可非常担心她从枕头席上滑出去。

徐大可也很想余韵,时隔两年多,余韵在他心里渐渐模糊的同时也渐渐清晰,他想余韵就是个普通得不能再普通的女子,她没有得到过什么爱,没有安全感,她爱买东西,爱漂亮,不大关心自己以外的事情,她没有什么追求,没把艺术当成了不得的东西,她没有什么特别羡慕的,也没有什么特别鄙视的,如果不是弹筝,那她就是一个捧着大碗喝小米粥的和桥村姑或北京大妞。这又有什么不对呢?相反,如果她才华盖世风流绝代,她视庸常如粪土,那他还会爱她吗?

换了号码的手机里保存着余韵、周明、谈丽和余韵父亲的手机号,徐大可接过别人的电话或给别人打过电话之后,都会对着通讯录上余韵和周明的名字看半天。许多次他都有给他们打电话的冲动,但他都忍住了没打。想念余韵的时候,写小说的时候,他会进入与余韵重逢的各种版本的想象。每一个版本的最后,都是他紧紧地、长久地、一言不出地抱着余韵。

徐大可决定去一趟润城。收拾了东西,去超市买了一只好看的小书包,四大盒巧克力,两瓶西洋参,两盒稻香村的点心,在联合售票处买了去润城的车票。车票是夜里的,徐大可想白天无事可做也不想做什么事，便躺下来睡觉，但他根本睡不着，一会儿起来喝水一会儿起来上厕所一会儿又抱起吉他扫几下，乱七八糟，完全像一个准备初恋的学生。

上了火车，徐大可也不想躺下，他一直坐在窗边的折叠椅上往外看，外面是漆黑的夜色，偶尔掠过一些亮光。他想琢磨着写歌，可是心里都是"河边长青草"的调子。好在进入《竹林寺》的构思时他的思绪可以是正常的。这部作品他已经写了差不多一半，每天在小说网上连载一段，反响不错。写作的难点不在生活内容而在涉及古琴的具体知识，每回碰到这类问题时，徐大可都想给周明打个电话咨询一下，但他也还是放弃了这个念头。在他看来，琴跟其他东西一样，不必拘泥于知识。重要的是生命的痕迹，是人性和个性。他想得很明白，这部小说他要写一个古代知音的故事，一个相互托付性命的友情的故事。故事的三个主人公原型都来自周明给他看过的《明子日志》，明子、大庄和叶子。令他自己也觉得可乐的是只要写到明子和大庄的对话，他都会立刻想起他和周明平常聊天的情形。

上午十点，车到润城站。往出租车站点去的时候，徐大可给余韵的继父打了电话。

"喂，是我，大可。"

"哦哦哦，是大可啊。你还好吧？"

"还好还好，你们也好吧？"徐大可觉得余韵继父的态度很友好，心里不免有些激动。

"好的呀，都好的呀。我刚刚做了个小手术，胆囊摘除了。喔唷，疼得来要命，不拿掉不行了。余韵妈的膝盖有点积液，也没什么大问题。她平时不爱动,不对的呀。我教你的动作你还做吗?要做啊,很有用的。"

"我刚下火车,刚到润城。想来看看你们,可以吧?不是专门的,是出差顺路。"

"好的呀,你来你来。地址啊?你打车来吧?这样好了,你打车到国际大酒店,我走过去接你,我们这里车子进不来,路一点点窄。打车很近的,起步价足够了。"

上了出租车,车开出了地下停车场,徐大可发现这里也下了大雪。

余韵的继父打了一把硕大的雨伞站在国际大酒店门口,穿了件黑色的呢大衣,格子围巾,但没有戴帽子,光着脑袋。他的脑袋光滑油润,裸露着,让徐大可看着都冷。

"出差顺路啊,"余韵的继父抢过徐大可手里的一只拎袋,"出差顺路还带这许多东西做什么?不要客气的。"

"没什么东西,就是一些吃的。"

徐大可没有带伞,他拿过余韵继父手里的伞给两人打着。余韵继父走在他身边,徐大可能从他的身形感觉到他的一丝别扭。

余韵家就在国际大酒店后面的一条小巷里,这是余韵的故乡,是她的家,他从来没到过这个小城,以前周明常常邀请他来润城玩,他一次也没来过。他曾经和在这里长大的女孩那么亲密,却从来没来过。包括他最好的朋友周明,他想周明从小生活的地方应该也是这样的情形。他想他们可能连大雁都没见过吧?

"来来来,请进请进。出差顺路还带这许多东西做什么?不要客气的。"进门的时候余韵继父说话的声音很响,"余韵妈,大可来了!"

屋子不大,两室一厅,是旧房子,屋子里堆得到处是东西,不过相当整齐干净。

余韵母亲是从厨房里走出来的,她系着围裙,以徐大可不可想象的欢快面貌过来见徐大可:"大可啊,下这么大雪,你出差啊?刚刚听说你要来,我赶紧煮了点汤圆,马上就可以起锅了,你坐一下就好。"

客厅是兼餐厅的,徐大可放下东西,他想脱掉外套,又意识到这是南方,进屋也是要穿着外衣的。

"在北京待了没几天,进屋就习惯了穿棉袄。"徐大可在餐桌边的椅子上坐下来,四处地看着,"这么多东西,是不是要搬家啊?"

余韵继父说:"对的对的,本来想着年前就搬的,突然下这么大的雪,烂糟糟的,只好等等再说了。"

"是要搬新房子吗?"

"是啊,江边的一个新小区。这里阳光被前面酒店给挡了,否则也没必要换什么房子,我们就两个人,这个房子其实足够住的。"

"余韵和可可不跟你们住?"徐大可能看到北边屋里床上放着两只布娃娃。

余韵的母亲端着碗过来:"吃吧大可,两只芝麻两只豆沙两只榴莲的,不知道你喜欢吃什么,都很好吃的。"

徐大可没觉得肚子饿,但他还是吃了两只汤圆。

余韵的母亲对徐大可说:"你问余韵和可可,谢谢你还关心她们。她们两个月前还住在这里的,后来不是又结婚了吗,搬出去住了。我们跟余韵说过,让她告诉你一声,她说打过你的电话,没联系上。余韵现在这个老公人不错的,虽然是生意人,离过婚,但是人很不错的,对余韵和可可都好,对我们也好,新房子就是他一定要给我们换的。余韵回来以后,也没个工作。她现在的这个先生经济上比较有实力,不要她工作。这样子,我们也算放心了。一个带着孩子的妈妈,三十多了,能有这样的归宿,还能想什么呢?你这趟来,是不是事先没联系她啊?我来打个电话给她,让她带可可回来。晚上让她先生请客,我们聚一聚。她先生人很好的,你不必有什么不自在。"

徐大可说:"不用了。就是顺路来看看叔叔阿姨。以为余韵和可可跟你们一道住的,不在就算了。给可可带了一只书包,小小孩背的,装不了书,做做样子的。还有巧克力,是余韵爱吃的有坚果的。汤圆真好吃,很甜。"

余韵的继父给徐大可递来一只热毛巾让徐大可擦脸,说:"你都好吧?看上去没以前结棍了,是不是工作太辛苦?我跟你说啊,不论多忙,身体一定要注意。我教你的操你还在做吗?要做,很有用的。关键是要坚持,每天做,哪怕两组也是好的。"

余韵母亲说:"有没有再成个家啊?还是应该再找个人。"

徐大可说:"嗨,不容易找到合适的。再找吧,看缘分了。"

余韵继父问徐大可什么时候走,要不要在国际大酒店订房间。

徐大可说:"不用订,今晚就走了。那个什么,龙吟寺远吗?不远的话我下午去那儿转转,回头直接去车站回北京。"

"不远不远,润城这么小,到哪儿打车都是起步价。下这么大雪你去啊?"余韵继父说。

"没事没事,下雪应该更有意思。周明以前就说过龙吟寺,说下雪天看江景很好看。行,那我就走了啊。你们多保重。"

余韵的继父把徐大可送到巷子口,一定要徐大可带上那把硕大的雨伞。徐大可也就不好拒绝,接过雨伞,看着余韵的继父快步往巷子里走去,然后打了辆车,去龙吟寺。

坐轮渡过江,进了山门,徐大可沿着左边的路上山。因为下大雪,人很少。走到山背后的半山处,那里有一个平台,站在那里可以俯瞰大江。徐大可在那里站了很久,透过大雪和树枝,大江好像一大块一大块拼接而成的绸缎。江上空空无有一物,耳边只有漫天的风声,单调而苍凉。手里的雨伞越来越重,上面积了不少雪。徐大可不想把雨伞上的雪抖落,他想就一直这么待着,看看雨伞上到底能积多厚的雪。

直到天快黑了,徐大可都一直站着,时间久了,他感觉到恍惚,不知道自己站在哪里。在他想象中进行过的重见余韵的版本中,有一个情节也是在一个雪天,余韵站在雪地里,他跑过去抱住余韵,余韵的嘴唇跟雪花一样,是带有甜味的冰凉。他不可遏止地期望着此刻余韵能够来找他,他父母打电话告诉她他来了他去了龙吟寺她抱着可可来到这里他要接过可可指着风雪中飞动的鸟儿给她看告诉她哪些是乌鸦哪些是蜡嘴他要搀

453

着余韵的胳膊走在积了厚厚的雪的台阶上小心地走如同当年他搀着她从妇产科走出来那样。

然而,什么都没有发生。徐大可闭上眼,他觉得此刻他是有三只眼的,他可以用第三只眼看到世上所有的人,他们彼此彼此,每个人都一样,绝无例外。

回北京徐大可买的是头等车厢,其他票都卖完了,只能坐头等。茶桌上放着两本杂志,徐大可拿起来翻看,其中一本的封面上是醒目的琴,非常漂亮的琴。这是一本拍卖图录,里面用了最大的篇幅推介的是"长清",其他还有另外九张。那九张都有估价区间,低的是五万,高的在五百万到一千二百万之间。唯有"长清"在估价栏里注明的是"电话询价"。

这是周明心里的圣物,徐大可想,他想了想自己的积蓄,三张卡加起来,总共是二十八万。

徐大可累极了,连拿那本图册的力气都没有。

36

拍卖是上午场,比周明的想象进行得要快得多。

开始拍的是"竹心",拍卖师叫了两次起拍价,无人应价,场内认识的人在相互打招呼,声音有些嘈杂。周明坐在严重身边,他低头看图录中的"长清"。严重低声对周明说:"都惦着好的呢。"就在拍卖师举起榔头准备喊"流拍"时,周明举起了手中的号牌。拍卖师喊道:"39号应价了。还有人要吗?六万五千元,六万五千元,六万五千元最后一次。没有应价了?五万元成交!开张大吉,恭喜您39号先生。买张民国琴过年。"

场上一片笑声和掌声。

"便宜,买着玩,终归是张琴吧。"周明依然低头看图录。

第二张拍"醉渔"。拍卖师说:"又一张民国琴,五万元起拍,有要的吗?五万元,五万元两次,五万元最后一次。好的,又是39号先生。还有要的吗?六万五千元,六万五千元,六万五千元最后一次。五万元成交!恭喜39号先生。一心二意,十万元买两张民国琴。谢谢抛砖引玉!"

场上又是一片笑声和掌声。

接下来,场上突然陷入了寂静。每张琴都有人争,拍卖师的朗声报价以及报号牌数字的声音此起彼伏,说时迟那时快,周明几乎来不及反应,便已经落锤成交。

小仲尼四百万。

洪武款列子九百六十万。

"松云"六百二十万。

"隐秀"六百三十万。

"荷樵"六百八十万。

"中和"七百五十万。

"南风"三千六百万。

这几张拍完以后,拍卖师停了足足一分钟才说:"主角登场了。最后要拍卖的是唐琴'长清',此器不必我多说了,诸位手里都可以看李拓先生的介绍。五千万起拍。五千万一次,五千万两次,没人有兴趣吗?五千万……"

周明想,都喊三次了,严重怎么还不举牌。正扭头看严重,就听拍卖师喊道:"好极了,有人出价了。后排的那位请把号牌举高一点。是位小姐,16号。谢谢姑娘!五千五百万,五千五百万,好,前排这位,41号先生出价五千五百万。"

41号是严重手里的号牌,周明知道严重喜欢坐在第一排,他参加拍卖完全不看其他人。

"不要往后看。"周明想回头,被严重轻声阻止了。

拍卖师说:"16号小姐直接出价八千万。"

他的话音刚落,严重马上举起一根食指。

"一亿?"拍卖师高喊,"41号先生出价一亿。4,1,死要啊。"

场上顿时一片惊呼声和掌声。

周明心跳不已,却见拍卖师把手伸向远处:"确定意思是加八千万?好极了!一亿八千万,16号小姐出价一亿八千万,诸位请不吝掌声,已经超过中国古琴最高拍卖纪录了。"

掌声还在响着,就见严重左手大指和食指做了一个"八",右手食指和中指做了一个"二"。他看着拍卖师身边的几个漂亮姑娘,扭头对周明说:"中间那个姑娘,你注意到没有,鼻子肯定整过的。"

"两亿八千万?41号先生直接加价到两亿八千万!"

这一下,全场突然鸦雀无声了。严重扭转头往后排看,周明也跟着扭头。

他们看到了那个16号,他们都认得她,曾米诺穿着一身宝蓝色的滑雪衫,戴着一副墨镜,雪白的假发。她靠墙站着,好像这里是一个滑雪场。

落锤了。

这时,周明的手机振动起来,是一个陌生的号码。他接电话,是曾米诺。

"看到你了周明。"

"我也看到你了。"周明回过头来看向他招手的曾米诺。

"有空吗?好,就等你这句话。马上去协和医院。徐大可住那里。从柏凡那里才得知大可得了白血病,快不行了。"

周明不知自己是怎么跟曾米诺一块儿去的医院,不知道是怎样进了病房站在躺在病床上的徐大可身边的,他甚至不相信这个面无人色奄奄一息的人就是他最好的朋友。

徐大可已经不能说话,他的嘴巴耷拉着,一只好眼只剩下一道缝,暗淡的光从里面透出来。

曾米诺颤抖不已,她蹲下身来,嘴巴对着徐大可的耳朵,说:"大可,我来还你的情,想帮你买下'长清',我知道这是你要给周明的。对不起对不起,没能做到。"

周明攥着徐大可的手,什么话也说不出。

一滴眼泪从徐大可的眼睛里滑落出来。

快要过年了,周明带着"长清"去了梁溪,住在一家小旅店里。旅店里只有周明一个客人。屋里很干净,一张床,靠窗一张书桌,一张方凳。没有空调,周明只得穿着厚棉衣。他从琴盒里中取出装在琴囊里的"长清",搁在书桌上,又把《无题》曲谱放在琴前面。这支历经大钟、明子或许还有钟先生数手而未竟的琴曲,周明也未能完成,在他以为可以接续《无题》写些什么的时候,他发现自此曲的主题出现之后,就注定了它是一种开放的、无尽行走的意思,或者说,它会以一种特别的未完成的方式循环往复下去。写了删,删了写,最终周明只在《无题》中加了三个大撮,如同撞响大钟的大撮。

雪下个不停。周明看了看窗外纷飞的雪,开始上弦。这张琴早在齐先生那里就已经被她卸去了琴弦,多年不弹了。严重拍下"长清"以后,把琴交给周明,让周明装上弦后先过两天瘾。周明装好了一弦,伸手勾弹一弦的散音,谁知,"长清"竟发不出声音来,琴弦仿佛不是架在木头上而是在尘土上一般。周明大惊,他拿起琴来,从龙池凤沼孔往里看,除去古朽沉穆的木质,并未看出有什么异样。周明急急地将其余六根弦全都装好,用力地弹各弦散音按音和泛音,无论他怎么弹,得到的都是喑哑之声。

"长清"哑了。

这张历经一千多年传承的唐代古琴,终于越过了它最美的顶峰、在这个大雪封山的冬日终结了它的振动。它像一片飘落的花瓣,尽管斑斓璀璨,美丽尚在,却纤维寸断,失去了振动的生命。

周明打开窗户，寒风卷着雪花闯进屋内，像有生命的活物，欢腾而舞。视野中的雪越来越大，大雪遮蔽了一切，包括他刚刚走过的道路。

琴就在手边，《无题》曲也在手边。周明在板凳上坐定，用哑了的"长清"，一字一句，弹完了未完成的《无题》，直至钟声在心中响起，渐归阒寂。

然后，他弃琴兀立，久久地凝望大雪，仿佛将会有人从浩茫的漫天风声中，踏雪而来。

1998年初稿于南京师范大学文学院书库
2020年2月定稿于南京家中